茅盾研究
八十年書系

錢振綱・鍾桂松◎主編

韋韜、陳小曼◎著

52

我的父親茅盾

花木蘭文化出版社

國家圖書館出版品預行編目資料

我的父親茅盾／韋韜、陳小曼 著 — 初版 — 新北市：花木蘭
文化出版社，2014〔民 103〕
目 2+260 面；19×26 公分
（茅盾研究八十年書系；第 52 冊）
ISBN：978-986-322-742-7（精裝）
1. 沈德鴻 2. 傳記
820.908   103010664

中國茅盾研究會《茅盾研究八十年書系》編委會

主　　編：錢振綱 鍾桂松

副主編：許建輝 王中忱 李　玲

特邀顧問：

邵伯周 孫中田 莊鍾慶 丁爾綱 萬樹玉 李　岫

王嘉良 李廣德 翟德耀 李庶長 高利克 唐金海

ISBN-978-986-322-742-7

9 789863 227427

茅盾研究八十年書系
第五二冊

ISBN：978-986-322-742-7

我的父親茅盾

本書據遼寧人民出版社 2004 年 2 月版重印

作　　者　韋韜、陳小曼
主　　編　錢振綱　鍾桂松
總 編 輯　杜潔祥
副總編輯　楊嘉樂
編　　輯　許郁翎
出　　版　花木蘭文化出版社
社　　長　高小娟
聯絡地址　235 新北市中和區中安街七二號十三樓
　　　　　電話：02-2923-1455／傳眞：02-2923-1452
網　　址　http://www.huamulan.tw 信箱 hml810518@gmail.com
印　　刷　普羅文化出版廣告事業
初　　版　2014 年 7 月
定　　價　60 冊（精裝）新台幣 120,000 元

我的父親茅盾

韋韜、陳小曼　著

提　要

　　幾年前，我們曾寫過一本《父親的晚年》，但書中記述的僅僅是父親晚年在「文化大革命」的特殊環境中的經歷，遠不足以反映父親八十餘年風風雨雨的人生歷程。所以寫一本回憶父親一生經歷的書一直是我們的心願，也想彌補一下《晚年》一書的缺憾。

　　但在提筆撰寫時，不免有些惶恐，因為在父親逝世後的這二十餘年間，茅盾傳記、茅盾評傳等等著作已出版了十多種，它們都有各自的特色。這些傳記的作者都是茅盾研究的專家和學者。我們只能另闢蹊徑，以子女的獨特視角來寫。

　　我們決定從這四個方面來回憶和介紹父親的一生，即政治生涯、藝術追求、親情友情和人格情操，每一部分又分若干獨立的情節和故事。我們希望，通過這本書，讀者所看到的茅盾，不僅是位作家，還是個孝順的兒子、體貼的丈夫、可靠的朋友、可親可敬的父親和祖父。

目

次

塑像

茅盾在書房

前　言

2002 年，遼寧人民出版社計劃出版一套文化名人子女回憶父輩的叢書，定名爲「父輩叢書」，當年 8 月出版社便約我們撰寫其中的一冊，即《我的父親茅盾》。我們覺得出版社的這個創意很有特色。

幾年前，我們曾寫過一本《父親的晚年》，但書中記述的僅僅是父親晚年在「文化大革命」的特殊環境中的經歷，遠不足以反映父親八十餘年風風雨雨的人生歷程。所以寫一本回憶父親一生經歷的書一直是我們的心願，也想彌補一下《晚年》一書的缺憾。於是我們便欣然接受了這個任務。

但在提筆撰寫時，不免有些惶恐，因爲在父親逝世後的這二十餘年間，茅盾傳記、茅盾評傳等等著作已出版了十多種，它們都有各自的特色。這些傳記的作者都是茅盾研究的專家和學者。我們只能另闢蹊徑，以子女的獨特視角來寫。

我們決定從四個方面來回憶和介紹父親的一生，即政治生涯、藝術追求、親情友情和人格情操，每一部分又分若干獨立的情節和故事。我們希望，通過這本書，讀者所看到的茅盾，不僅是位作家，還是位孝順的兒子、體貼的丈夫、可靠的朋友、可親可敬的父親和祖父。但我們這支拙筆仍未能較全面地反映這位爲我國的進步文化事業奉獻了畢生精力的老戰士的精神風貌，這是我們感到愧疚和遺憾的。

在書稿初步完成之後，我們有幸得到編輯出版界的老前輩王仰晨同志的熱心幫助，對書稿進行了認眞細緻的審定和潤色，使書稿增色不少。在此，我們向仰晨同志表示衷心的感謝。

現在這本小書已奉獻在讀者面前，它能否達到預期的效果，只有等待讀者的評判和認可了。

韋韜　陳小曼

2003 年 9 月 30 日

第一章　父親的政治生涯

第一節　父親教我唱《國際歌》

從我記事之時起，到我背上書包上學的那一年，約有四五年罷（那時我們住在上海），在我的記憶中，父親和母親（孔德沚）是整天忙忙碌碌。母親晚上還能見到，因為帶我睡覺；父親則很少見面，白天一早就出了門，晚上回家又關在書房裡寫文章，那時我早已睡著了。所以，我和姐姐的幼年是在奶奶的教養下度過的。奶奶知書達禮。記得在我四五歲的時候，奶奶就給我和姐姐講《西遊記》了，她是把書中的故事用孩子們能理解的淺近的語言講給我們聽的。

在那幾年中，父親還多次離開上海，去了廣州，去了武漢，還去了日本，少則半年，多則兩年。其中去武漢那次是和母親一同去的。我長大以後才知道，父親去廣州是參加國民黨第二次代表大會，與母親同去武漢是參加 1927 年的大革命，而去日本則是為了避難——躲避國民黨政府的通緝。

父親教我和姐姐唱《國際歌》是在 1927 年夏季，母親和父親先後從武漢回到上海之後。那時，父親突然改變了過去天天不落家的「毛病」，整天呆在三樓的書房裡寫東西，足不出戶，使我十分詫異。這段時間大約有一年。在這一年我和姐姐能與父親經常見面甚至有了與他親熱一番的機會。也就是在這段時間裡，他教會了我們唱《國際歌》。他和母親都不是音樂愛好者。嚴格地說，他們缺乏音樂細胞，還有點五音不全。在他們去武漢之前，我從未聽他們唱過歌，只聽見父親獨自吟哦過古詩文和母親教我們念的童謠。

　　起初，父親並沒有教我們唱《國際歌》，而是在房間裡獨自低聲吟唱，母親有時也和著他唱，父親還常糾正她唱錯之處。我和姐姐在一旁聽多了，也就學會了，有一天我們就當著父親的面唱起來。父親又驚又喜，誇我們聰明，便認真地一句一句教我們，還講解歌詞的意思。我們自然似懂非懂，只明白了一點，即全世界的奴隸們要起來打倒資本家，最後要實現「英特納雄耐爾」，但什麼是「英特納雄耐爾」，還是不明白，只覺得這個東西很神聖，連父親都崇拜它。

　　父親從武漢大革命的熔爐回到上海，是帶著因大革命失敗的創傷、悲痛和消沉回來的。為了躲避國民黨的通緝和迫害，他蝸居斗室近一年。但是，從我們孩子們的眼裡看來，父親的變化卻在另一方面：他變得可親了，變得慈祥了，而且變得會唱歌，會唱不少很好聽的歌了。在大革命失敗後的沉重的日子裡，父親隱居在家中卻引吭高唱《國際歌》，這大概展示了他當時精神狀態的另一面，正如他在晚年回憶那段歷史時所說：「一場大風暴過去了，但引起這場風暴的社會矛盾，一個也沒有解決。……所以革命是一定還要起來的」！（《茅盾全集》34卷392、393頁）

　　也許有人會奇怪，為什麼在那白色恐怖的年代，你們一家老小竟敢在家中高唱《國際歌》？難道不怕殺頭！但真實情形就是如此，我和姐姐大聲唱《國際歌》，父母親從不干涉。直到20世紀30年代初，母親才不讓我們高聲唱《國際歌》，但仍舊允許我們小聲唱，只是不要當著外人唱，也就是說，唱這支歌是我們的家庭秘密，不能外泄。那時候，我們已經知道，這支歌是共產黨的歌，唱這支歌被國民黨、蔣介石知道了，是要坐牢、槍斃的。現在想來，在1927、1928年，蔣介石剛剛在南京站穩腳跟，正忙於與北方軍閥內戰，還顧不上建立嚴密的特務機構，警察和憲兵在「寧錯抓一百，不漏掉一個」的命令下，抓共產黨還算「內行」，但對什麼是《國際歌》卻一竅不通，即使對著這些蠢貨大唱《國際歌》，也不會有危險。可是到了30年代初，情況就不同了，蔣介石的統治地位基本上已經鞏固，軍警憲特的「知識水平」也大有提高，所以母親不再讓我們大聲歌唱《國際歌》了。父親除了教我們唱《國際歌》，還教了其他幾首革命歌曲，其中有一首《少年先鋒隊歌》，也是我至今尚未忘記的，記得開頭兩句是：「走上前去呀曙光在前，同志們奮鬥。用我們的刺刀和槍炮開自己的路。」這首歌使我知道了人與人之間的稱呼還有「同志」這個詞，並且覺得它特別親切。

1925年春茅盾和孔德沚在上海留影。

　　後來我們長大了，才發現父親教我們唱的《國際歌》有些音符唱錯了。這不奇怪，試想，一個音樂的門外漢，在大革命的洪流中居然學會了唱歌，而且一發而不可收，這可是一個奇蹟，唱錯一兩個音符不足為怪。這件事也使我從另一個側面勾勒出一幅1927年大革命的如火如荼的畫面。

　　從父親教我們唱《國際歌》開始，我和姐姐在父母親潛移默化的薰陶下，漸漸地樹立了一個最基本的觀念：共產黨是好人，國民黨、蔣介石是壞蛋。後來從母親嘴裡我們還知道了父母親曾經都是共產黨，陳獨秀和毛澤東還是父親的朋友。又知道叔叔沈澤民、嬸嬸張琴秋也是共產黨，叔叔還是共產黨的重要人物，可惜剛三十三歲時就犧牲在鄂豫皖蘇區了！

1940 年，父母親把我和姐姐帶到延安，讓我們參加了革命。那時我發現，父親在共產黨的高級幹部中有許多朋友和熟人，可見他當年在共產黨內是相當活躍和很有人緣的。可是幾十年來，他從未向我們談論他早年的這段經歷，對他曾是共產黨就更諱莫如深，我們只是偶爾從母親口中聽到一些片段。一直到了父親的晚年，在「四人幫」大施淫威，任意篡改歷史顛倒黑白的時候，父親才突然宣布：要把他早年的經歷寫出來，「還歷史一個真面目」，並向我和孩子們詳細講述了他那段鮮為人知的歷史。那時我才知道，父親原來是中國共產黨最早的黨員之一。

第二節　中國共產黨最早的黨員之一

1916 年 8 月，父親從北京大學預科畢業，來到了十里洋場的上海，進了商務印書館。那年父親二十歲。商務印書館的總經理張元濟在接見父親時，發現父親的英語程度不低，就把他分配到編譯所的英文部任初級編輯。一個月後，因父親對商務新出版的《辭源》提出了一些中肯的意見，得到張元濟的賞識，認為父親在英文部是「用非其材」，就調他到國文部給版本學家孫毓修當助手。在孫先生的手下，父親用了不到一年的時間，譯完了一本 25 萬字的通俗讀物《衣、食、住》，又編了 10 萬字的《中國寓言初編》，還為商務出版的《學生雜誌》翻譯了一篇英國科幻小說家威爾斯的小說《三百年後孵化之卵》。於是又被《學生雜誌》主編朱元善看中，硬把他借了去，協助朱編雜誌，寫社論和翻譯科普小說。

父親最早的兩篇論文《學生與社會》和《一九一八年之學生》，就是發表在《學生雜誌》上的。在這兩篇文章中，父親提出了青年應該追求的人生觀和價值觀：「有擔當宇宙之志，……尤須有自主心，以造成高尚之人格，切用之學問。有奮鬥力以戰退厄運，以建新業。」又提出青年要有「革新思想」，「即力排有生以來所薰染於腦海中之舊習慣、舊思想，而一一革新之，以為吸收新知新學之備。」當時父親還沒有接觸馬克思主義，他的思想認識停留在資產階級民主主義範疇，但他的勤奮、進取心和思想的解放，已在商務印書館那一泓死水中激起了一個小小的漣漪。

助編《學生雜誌》，使父親有機會從雜誌編輯部訂閱的書刊中第一次讀到了《新青年》，從而大大地打開了眼界。《新青年》提倡民主與科學，主張

平等自由、人格獨立、個性解放，抨擊舊禮教、舊思想、舊文化，把國家的振興和社會改造的希望，寄託在青年身上。這種種觀點。正和父親的思想相吻合，而且從理論上作了更深的闡述和提高。因爲這些理論多來自西方，於是又激起了父親從西方各種思潮中尋求眞理的欲望。在這樣的探求中，終於使他把關注點集中到社會主義上來，其中就有馬克思主義，但起初僅僅是把它作爲當時各種政治學說之一來研究的。

1919～1927

　　父親實行「拿來主義」是有原則的，即可以「佩服」但不盲從，借鑒是爲我所用。當時他對尼采的學說，羅素鼓吹的「基爾特社會主義」，以及無政府主義都做過細緻的研究。他採用一分爲二的研究方法，即贊成其合理的內容，又揚棄其錯誤的觀點。經過鑒別才能比較，從比較中再擇取眞理，經過苦苦的探索，父親終於選擇了馬克思主義。

　　父親走向馬克思主義，除了來自自身對追求眞理的渴望，還有賴於三個外在的因素：其一，他聽到了十月革命的炮聲和讀到了李大釗發表在《新青年》上的《庶民的勝利》；其二，「五四」運動的爆發大大激勵了他的「參政」意識，開始積極、大量地撰寫文章，探討主義，議論時弊，在不到一年的時間裡，在報刊上共發表了論著和譯文近90篇；其三，與陳獨秀建立了聯繫。

　　在這裡，需要專門提一下張東蓀。張東蓀是梁啓超的弟子，屬於「研究系」，當時是《時事新報》和《解放與改造》的主編。「五四」運動後，他在新思潮的推動下也開始研究社會主義，並且和陳獨秀建立了密切的關係，一度與陳合作擬發起和組織上海馬克思主義研究小組。父親那時撰寫的研究社會主義的論文和翻譯的小說和劇本，大半發表在《解放與改造》和《時事新報》的副刊《學燈》上，因此就與張東蓀由結識、熟悉而成爲朋友。張曾約父親寫過一篇介紹羅素的「基爾特社會主義」的長文，還請父親代他主編了幾個星期的《時事新報》。

1919 年「五四」運動後，《新青年》內部發生了分裂，陳獨秀主張在《新青年》上談政治，宣傳馬克思主義，以胡適爲首的一批北大教授則對此持反對態度。陳獨秀一氣之下，便決定把《新青年》移到上海來出版。到上海後，陳就約見在滬的朋友，商量如何在滬繼續出版《新青年》。張東蓀在被邀之列，他擅自把父親也帶了去，這是父親第一次見到陳獨秀。這次會面，父親還結識了陳望道、李漢俊、李達和戴季陶，他們見到父親都表示早就聞名並讀過你的文章，想不到還那麼年輕，眞是後生可畏等等。其實，除了陳獨秀，其他幾位當時都不過三十左右，比父親大不了幾歲。這次會面，使父親從此進入了陳獨秀的圈子，加速了他的思想向馬克思主義的轉化和深入。

就在父親努力探索社會主義的同時，他和叔叔沈澤民於 1919 年 7 月，聯合了家鄉的一些青年知識份子和客居在外的學生，在家鄉烏鎭發起組織了一個政治性的社團——「新鄉人社」，其宗旨是反對封建，提倡科學，改革社會，宣傳民主，並出版了社刊《新鄉人》，由父親任主編。這是父親的第一次「參政」活動，他既是組織又是領導者。「新鄉人社」活動了三年，除了出版社刊，還在家鄉青年中組織過一些講演會、討論會等活動。到 1922 年，「新鄉人社」已發展到五十餘人，並更名爲「桐鄉青年社」。那時父親與叔叔已經是共產黨員，就有意想把「桐鄉青年社」的綱領從民主主義轉向社會主義。但那時會員的成分已相當複雜，其中有一大部分人不贊成社會主義，最後不得不分道揚鑣，「桐鄉青年社」也就此解體了。這是父親早年的一次「不成功的」政治實踐。

1920 年 5 月，改版後的《新青年》出版了，公開打出了介紹、研究馬克思主義理論和介紹十月革命、研究蘇俄的旗幟。由於原來的一批撰稿人不再供稿，便只能在上海另闢稿源，父親就順理成章地成爲《新青年》的「鐵杆」撰稿人，而且不拿稿酬。這是刊物同人共同議定的。

就在那一年的 5 月，陳獨秀和李漢俊、陳望道、張東蓀等人討論了發起上海共產主義小組的問題。7 月，這個小組成立了，發起人有陳獨秀、陳望道、李漢俊、李達、沈玄廬、俞秀松，卻沒有張東蓀。原來張臨時退出了，據說是梁啓超從日本回來，不同意他參加這個小組，而張又不敢違拗梁啓超和脫離研究系。張東蓀早年引導父親結識了陳獨秀及其他共產主義先行者，然而他自己卻走上了另一條路，站到了共產黨人的對立面，世事的變遷就是如此莫測。

1920 年 10 月，父親經李漢俊和李達的介紹，參加了上海共產主義小組，成為小組的第七名成員，同時加入的還有邵力子。1921 年 7 月中國共產黨成立，父親成為中國共產黨的第一批黨員之一。

上海共產主義小組成立後，決定出版一個秘密發行的黨刊《共產黨》，專門宣傳和介紹共產黨的理論和實踐以及第三國際和各國共產黨的消息，由李達任主編，撰稿人都是共產主義小組的成員。父親參加這個小組後，也就成為刊物積極的撰稿人，翻譯和介紹了不少關於共產主義和共產黨的文章。他在晚年回憶道：「通過這些翻譯活動，我算是初步懂得了共產主義是什麼，共產黨的黨綱和內部組織是怎樣的。」（《茅盾全集》34 卷 196 頁）也是在《共產黨》上，父親在《自治運動與社會革命》這篇文章中，第一次比較系統地闡述了馬克思主義的無產階級革命與無產階級專政的學說，指出我們的任務「就是無產階級的革命！立刻舉行無產階級的革命！無產階級的革命便是要把一切生產工具都歸生產勞工所有，一切權力都歸勞工們執掌，直到滅盡一分一毫的掠奪制度，資本主義決不能復活為止。」（《茅盾全集》14 卷 204 頁）這些都證明父親為了尋找馬克思主義這個放之四海而皆準的普遍真理，曾經歷了漫長的探索，而他在思想上成為一個合格的馬克思主義者，還是他加入共產主義小組之後。父親在晚年總結這段經歷時說：「只有看得多，才能比較，才能分辨出哪些是正確的，哪些是不正確的；只有這樣自己探討出來的正確東西，自己才真正受用。當然，因此也走了彎路，付出了十分辛勤的腦力勞動，在當時歷史條件下，這是不得不然的。」（《茅盾全集》17 卷 622、623 頁）這段話，也可以當做父親一生的「座右銘」。

由於經常為《共產黨》寫稿，父親與李達的交往也就日趨密切。那時父親的一個遠房姑母王會悟（她比父親還小兩三歲）從烏鎮來到上海，父親把她介紹給了李達，不久他們就結婚了。黨的一大召開時，臨時把會址轉移到嘉興南湖，就是王會悟出的主意；而在嘉興租借南湖的遊船，則是父親的內弟孔另境（當時他正在嘉興中學念書）出力聯繫的。

中國共產黨成立後，有一條當時從蘇俄學來的紀律，即黨員不能暴露身份，所以我們家中有了個共產黨員，祖母和母親一直不知道。直到半年以後，為了消除祖母的懷疑，父親才告訴了祖母和母親，事後，黨組織也沒有批評。事情的經過是這樣：黨成立之初，中央考慮到當時父親在商務印書館工作（主編《小說月報》），接觸面比較廣，便於隱蔽與外界的聯繫，所以就

讓他擔任黨中央的聯絡員，組織關係就編在黨中央的支部內。支部會每週開一次，就在陳獨秀家裡，從晚上八時直到十一時以後。陳獨秀住在租界環龍路漁陽里 2 號，父親住在閘北，相距甚遠，需穿越半個上海市，所以父親每次開完會回到家裡，早則半夜十二時左右，遲則凌晨一二點鐘。起初他對家裡謊稱是加夜班，但不可能每週都加夜班，這就引起了祖母的懷疑，終於有一天父親半夜回到家，看見祖母陰沉著臉坐在客廳裡。父親明白不能再隱瞞了，不得不把參加共產黨的經過告訴了祖母，並且簡單地介紹了共產黨的性質和目的。祖母聽了

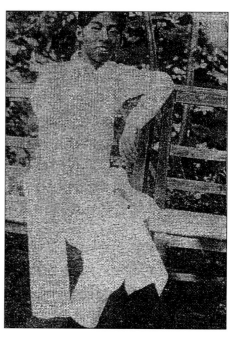

1919 年 2 月茅盾在上海半淞園。

點點頭說：我相信我兒子選擇的道路不會錯；這件事你也應該告訴德沚，她太信任你了，一點也沒有起疑心，你不應該再瞞著她。祖母還說，今後你們也可以到我們家裡來開會嘛。

母親知道父親已經加入共產黨後，很興奮。那時她在愛國女校學習，常聽到同學們議論共產主義和共產黨，知道這是一個代表勞動人民的政黨，所以她也很想參加。父親不同意，認為她水平還低，首先需要學習，等弄懂了共產主義 ABC 再參加不遲。後來父親因忙於工作，就沒有再過問這件事，直到 1925 年 4 月間的一天晚上，母親拉著楊之華（瞿秋白夫人）興沖沖地回到家中，大聲向父親宣布：「從今天起我也是中國共產黨黨員了！之華是我的介紹人。」不等父親作出反應，楊之華就搶著說：「雁冰同志，我代表婦女同志向你提出批評，你身為共產黨員，又是研究婦女問題的專家，卻有著濃厚的大男子主義，一點不關心德沚同志的政治生命！你應該作出深刻的檢討！」父親連忙作揖道歉，一面自謙說：「我算得什麼婦女問題專家，只不過是紙上談兵罷了，真正的婦女問題行家，還是你楊大姐，我把德沚託付給你，果然你就把她培養出來了。」

從此，我們家中就有了兩個共產黨員。祖母則是共產黨的忠實同情者，

自從知道兒子是共產黨員後，她已經看過好幾本關於共產黨的小冊子了。那年姐姐已經四歲，而我剛剛兩歲。

第三節　「婦女問題專家」

楊之華稱父親是「研究婦女問題的專家。」這個稱謂對只知道父親是寫過長篇小說《子夜》的我國著名文學家的當代青年聽來，也許會覺得不可思議，然而在上世紀的 20 年代，父親的確有此美譽。

在 1923、1924 年間，父親曾經是中共上海地方兼區執行委員會的執行委員，該委員會原名上海地方執行委員會（即上海市委），1923 年 7 月改稱上海地方兼區執行委員會，並擴大了職能，除了上海市，還兼管江、浙兩省的黨務工作（相當於建國後的華東局）。父親是這個委員會的五個執行委員之一，並兼任下轄的國民運動委員會的委員長，國民運動委員會是為了開展統一戰線工作而新成立的。當時正是第一次國共合作的前夕，共產黨既要與國民黨團結合作，又要說服黨員以個人身份加入國民黨。後來這個國民運動委員會進行了改組，擴大為統一管理工人、農民、商人、學生、婦女各方面運動的機構，其中兼管婦女運動方面的有向警予和父親。

向警予是中國婦女運動第一代的領導人，當時她是黨中央婦女部部長、中央委員和《民國日報》副刊《婦女週報》的主編之一。讓父親和向警予同掌婦女運動方面的工作，是因為父親當時在這方面有些研究，寫過不少對此頗有見地的文章之故。從 1919 年秋至 1924 年底的四年間，他曾撰寫和翻譯了近百篇有關婦女問題的文章，分別發表在商務印書館出版的《婦女雜誌》上和《民國日報》副刊《婦女評論》、《婦女週報》等報刊上。

那四年也是父親寫作的第一個高峰期，四年間的著譯共七百多篇，內容則是五花八門，有文藝評論、政論、散文、雜文、童話以及翻譯的小說、劇本、詩歌、論文和科普讀物等等，其中僅有關婦女問題的就約佔 15%。

但到了 1925 年，父親基本上無暇再顧及婦女問題了，因為從那一年起，他的時間大部被實際的革命工作佔據了，如參加「五卅」運動，領導商務印書館大罷工，赴廣州參加國民黨第二次全國代表大會，會後留在廣州協助毛澤東處理國民黨中宣部的工作和編輯《政治週報》，「中山艦事件」後返回上海擔任上海交通局主任，同年底又赴武漢參加 1927 年的大革命，等等。雖然

不再寫有關婦女問題的文章，但他仍被視為「婦女問題專家」，如 1927 年他在武漢中央政治軍事學校任教官時，就被分配講授「婦女運動和婦女解放」等等。

「五四」時期的茅盾。

　　對於父親關注和研究婦女問題，似乎還可以多說幾句。「五四」前夕，凡新派人物，或「唯新是慕」者，都要講一講婦女解放問題，似乎已成為一種時尚，當然參與議論的都是男性。《新青年》便經常刊載論婦女解放的文章，父親就是受《新青年》的影響而注意婦女問題的。父親研究婦女問題的方法仍是先由「拿來主義」著手：從英文書刊中查找西方與之有關的各種理論，加以比較、衡量，取其合理部分後再揉入自己之新見。當時他較為欣賞的是瑞典女子主義派的學者愛倫凱女士的學說，受她的影響較深，所以他早期的婦女運動觀，基本上是資產階級民主主義的自由、平等、博愛和個性解放、人道主義思想。他認為：凡是人類都是平等的，奴隸要解放，處於奴隸地位的婦女自然也應得到解放，而婦女解放的內涵，就是恢復其人的權利，使之能和男性「並肩立在社會上，不分你高我低」，「成個堂堂正正的人」。他認為當今婦女解放首先要從改造倫理，改造兩性關係，解決婦女的人格獨立入手，就是先從精神方面入手，經濟獨立的問題可以滯後再解決。對於婦女的政治解放，他重視不足，認為辛亥革命後的「婦女運動是政治的」，「它旨在政治公開，重在平等」；而「當今的婦女運動是社會的」，「它旨在解放婦女也成個人」，故「重在自由」。因此，他對於當時的「婦女參政運動」持否定的態度，認為這只是一些上層婦女玩弄的「花瓶」式的參政，為反動的軍閥政權塗脂抹粉。由此，他得出婦女運動的中堅力量不是上層的貴婦人，而是中間階層的知識份子婦女，因為只有她們才懂得人格的獨立和婚姻的自由。至於下層的勞動婦女則由於生活的重壓和知識的貧乏，使她們對什麼是婦女解放還難以理解。

　　顯然，父親早期的婦女運動觀存在著缺陷陷，其性質是革命民主主義的

而非社會主義的。這部分非社會主義的觀點在他加入了共產主義小組之後，在直接閱讀了馬克思主義關於婦女問題的經典著作如恩格斯的《家庭、私有制和國家的起源》之後，就有了根本性的改變，從此放棄了愛倫凱的觀點，並宣告：我主張照社會主義者提出的解決法去解決中國的家庭問題以及婦女問題。

父親早期的婦女運動觀，在對待封建包辦婚姻和如何解決的問題上，有其獨特的與眾不同的見解，在當時十分引人注意。他認為包辦婚姻的確沒有愛的基礎，但既已結婚，就不應輕率地解除婚約，因為「在男子固然可以另想辦法；但是女子如何？我不要伊，別人要伊麼？……我娶了伊來，便可以引伊到社會上，使伊有知識，解放了伊，做個『人』。」（《茅盾全集》14 卷 59 頁）實際上，當時提出解除包辦婚姻的都是男方，而女方的遭遇，或者陪伴公婆守一輩子活寡，或者上吊尋了短見。也就是說，在當時的封建婚姻制度下，解除包辦婚姻，只是男方得到了「自由」，而女方則被推進了深淵，這對婦女解放來說是不公平的。所以父親宣布：我不把愛情看得很重，卻把「利他主義」看得很重，願以建設的手段來改革包辦婚姻。

父親的上述觀點有其思想的動因，即父親與母親的結合就是包辦婚姻的產物。他們是經歷了先結婚，後戀愛，然後相敬相愛，風雨同舟五十年。父親對母親的「利他主義」，正是他的「引伊到社會上，使伊有知識，解放了伊，做個『人』」這一「理論」具體而微的實踐。自然，母親得以從「包辦婚姻」的陰影中解脫出來，除了自己的努力外，還因為有一個好婆婆，一個知書達禮，深明大義，毫無封建意識的婆婆。

記得在抗日戰爭前夕，我曾聽到母親和姐姐的一次對話。那時報紙上有則社會新聞，說一包辦婚姻的女子，因被丈夫遺棄而服毒自盡，標題是《封建婚姻之悲劇》。姐姐認為這是包辦婚姻的惡果，自由戀愛就不會發生這樣的事。母親不同意，說：「這不能一概而論，我和你爸爸就是包辦婚姻，到現在快二十年了，還是和和美美的。問題不在以什麼方式結婚，而在結婚後能否建立感情，互相體貼，長久生活。關鍵在於人。現在自由戀愛鬧離婚的還不多嗎？而幾十年包辦婚姻的夫妻，夫唱婦隨白頭偕老的不也多得很嗎？他們都是先結婚後戀愛的。」姐姐要母親講講當年結婚時的感受。母親說：「結婚以後覺得自己與你爸爸在哪方面都差距太大，配不上你爸爸，所以大哭了幾場。可是你爸爸不嫌棄我，說你這大哭說明你有羞恥心和上進心，年輕人只

要肯上進，就什麼都能做到。你奶奶更好，把我當做親生女兒，把著手教我識字、讀書。我發奮從頭學起，四年後在語文上就達到了初中程度，搬到上海後又進了愛國女校學習。那時候我和你爸爸已經有了感情，我們是從相敬再到相愛的。再後來就有了你和弟弟。」「那麼爸爸當時是怎麼說的呢？」「你爸爸對我講過：沒有感情基礎的包辦婚姻自然是不能提倡的，但既已成為事實，解決的辦法就不能是簡單的離婚，因為女方是弱者。當初為了不傷父母的心，你同意包辦婚姻，為何現在就忍心傷害妻子的心，硬要逼他離婚！我是主張男方幫助女方成長為獨立的人，同時培養雙方的感情。萬一感情培養不成，女方已經有了獨立的人格和能力，離婚也就傷害不了她了。我們的婚姻不是證明了我的這個理論是行得通的嗎？」姐姐說：「爸爸真是個偉大的人道主義者！」

父親的上述觀點，後來也有所修正，即承認愛情是神聖的，「戀愛不是理智的產物，是感情的產物」，「強令無愛情者發生戀愛」是罪過。但是他雖贊成自由戀愛，卻對借自由戀愛之名而行「戀愛至上主義」和「杯水主義」等等行為表示深惡痛絕。這些現象在大革命時期曾在部分革命青年中廣為流行。父親認為「杯水主義」和「戀愛至上主義」是從兩個極端對自由戀愛的歪曲和玷辱。「杯水主義」其實是「自由亂愛」，沒有真正的愛情；「戀愛至上主義」則是無原則的不分善惡的愛情，他認為追求「善」的愛情是崇高的，而屈從「惡」的愛情則是犯罪。

其實，在父親的心底，「利他主義」的婚姻觀從未放棄過。這從他懷念惲代英的一篇文章中能見到端倪。惲代英是父親在 20 年代的好友，曾多次在一起共事。惲的婚姻也是父母包辦的，而他處理的方法與父親一樣：從人道主義出發。在抗戰快結束時，父親在一篇紀念惲代英的文章《憶 Y 君》中，寫到惲代英 1927 年初在武漢結婚的經過。新娘是惲的表妹，他們是遵照父母之命結婚的。當時惲是武漢中央軍事政治學校的教育長，這件事在學校中引起了轟動。在一次辦公會議上有同志提出問題：「不在戀愛的基礎上而為了父母之命結婚，應當怎樣解釋呢？女同志們認為這是助長了封建勢力對於青年的壓迫。……」惲代英回答道：「這要看當事人是被壓迫著去做的呢，還是出於自動。至於什麼戀愛呢，在我看來，恐怕也得有個基礎。要是在戀愛的基礎上和反革命者結婚，恐怕也不足為訓。」有人插口問道：「可是人道主義又如何呢？」惲代英臉色嚴肅起來，慢聲答道：「除了對付反革命，我倒也不覺得

茅盾夫婦離開武漢前的留影。

人道主義有什麼不對。……而且，人道主義這名詞，恐怕不好隨便用的。革命，當然不是為了要講人道主義，革命是為了消滅壓迫者，熄滅專制獨裁，為了爭得被壓迫者應當享有的人的權利。我們是為了要使一切人都平等自由，都有幸福，這才來幹革命的。要是只顧到什麼自私的戀愛而使你的最親近的人受到痛苦，要是連那為了你而犧牲自我的人你都不能使她幸福，那我們還幹什麼革命？……當然，前提是你那最親近的人不是反對你的事業的，你顧到他們的幸福同時並不妨礙革命。同志們，我的意見對不對？」(《茅盾全集》12 卷 258～259 頁)

　　惲代英的這一席話，在經歷了近二十個春秋之後，又由父親追憶記述下來，說明在這個問題上，他們之間的觀點是如此的一致，而刻印在父親的腦海中又是如何的深刻。當然，這也可能是他藉此機會「夫子自道」一番，這足以證明父親從不認為自己的「利他主義」婚姻觀的實踐錯了，而認為這是個「創造」。

第四節　領導商務印書館大罷工

　　共產主義運動的思想啓蒙總是首先在先進的知識份子中間開展和傳播，然而共產主義運動的深入就必須在工人中首先在產業工人中紮根，這是共產

黨的性質決定的。中國共產黨成立後，就把領導和開展工人運動，在工人階級隊伍中建黨，作為頭等大事來抓。

1921 年多，徐梅坤拿著黨中央的介紹信來找父親。徐梅坤原是杭州的一個排字工人，參加共產黨後，就被調到上海，使命是組織上海的印刷工人工會。商務印書館當時是上海也是全國最大的出版印刷企業，它在上海的印刷廠就有三千多工人。徐梅坤既要開展工作，就自然地要把商務印書館作為重點。父親當時是商務印書館組織的「元老」，又因為編《小說月報》而在館內外頗有聲望，所以黨中央讓徐來找他商量。那時候，父親雖然擔任黨中央聯絡員的工作，但實際的黨務工作還參加得不多，主要精力還是放在文學上——編《小說月報》和寫文章。所以在商務印書館內傳播馬克思主義和發展黨組織，還局限於他所在的編譯所的知識份子範圍之內，與印刷工人的接觸僅限於少數文化程度較高的技術工人。徐梅坤的到來正好填補了父親工作之不足。兩人商量的結果是先在工人中發展黨團員，待形成一定的骨幹力量後再籌組工會。父親就把自己熟悉的技術工人糜文溶、柳普青介紹給了徐梅坤，隨後又介紹他們參加了黨，他們便成為商務印刷工人中最早的兩顆黨的種子。

到 1923 年初，商務印書館的中共黨組織只發展到二十來人，包括編譯所、印刷所、發行所，成為當時上海同一單位中黨員人數最多的黨組織。為了在工人中宣講工人運動的鬥爭史和工人的神聖權利，徐梅坤和父親在 1922 年「五一」勞動節組織了一次紀念活動，在一塊空地上召開群眾大會，由父親上台宣講「五一」勞動節的由來和意義。到會有三百多人，其中大部分是商務印書館的印刷工人。可惜那次集會中途被巡捕衝散了。

但商務印書館工會的成立卻一直遲至 1925 年「五卅」運動以後。原因是北洋政府懍於「二七」大罷工的震撼力，明令禁止各地成立工會。「五卅」運動上海全市的大罷工衝毀了這道禁令，各工廠紛紛成立了工會，6 月 21 日商務印書館也成立了工會，並藉虹江路的廣舞台舉行了有數千人參加的成立大會。會上選出了執行委員二十三人，父親是其中之一。商務印書館工會隸屬於上海印刷工人聯合會，它不只包括商務印刷所的工人，還包括商務的總務處、編譯所、發行所的職工，這就為後來的商務印書館大罷工準備了有利的條件。

商務印書館工會成立後的兩個月，發行所屬下虹口分店的員工得知當局

擬裁減發行所的職工，便在黨員廖陳雲（陳雲）等的發動下秘密集會，並串聯了發行所其他分店的員工，以及印刷所的部分工人和管理處、編譯所的低層職工密謀罷工，要求加薪。這一情況很快被商務黨支部知道了，並由父親和徐梅坤聯繫後立即向中央作了匯報。中央迅速作出決定：在商務印書館組織一次罷工，以重振「五卅」以後遭壓迫而漸趨低潮的上海工人運動。但又指出，商務印書館是中國的民族企業，對新文化的發展是有貢獻的，商務領導層中的張菊生、鮑咸昌都是開明人士，所以鬥爭要有節制，主要達到兩個目的，即政治上爭得工會的合法地位，經濟上爭取適當增加工資和改善職工的福利。中央還委派徐梅坤在罷工委員會中組織臨時黨團，實際領導罷工鬥爭。臨時黨團成員包括商務各所的負責黨員，父親是黨團的領導之一，負責罷工的宣傳工作。

臨時黨團研究了罷工的組織與發動，認為罷工應分步驟進行，逐步擴大，以便團結和爭取盡可能多的非黨群眾參加。尤其在編譯所，那是個知識份子集中的部門，雖然黨員人數也最多，但要他們參加工人的罷工，需要首先在道義上說服他們。於是黨團決定罷工先由發行所發動，隨後印刷所、管理處加入，最後編譯所也參加，形成商務全面的大罷工。

1925 年的茅盾。

1925 年 8 月 19 日，發行所開始醞釀罷工，22 日由發行所職工首先宣布罷工，並選出了由發行所成員組成的罷工臨時委員會，由廖陳雲為委員長。同時向報界發布了由父親起草的罷工宣言。宣言中寫道：

> 我們很抱愧，在這風雨飄搖的時局中，爲了我們自己的生活上的苦痛，走進這條路，我們尤其是抱愧，在這 20 世紀的新時代，在這號稱東方最高文化機關裡面，遇著不能忍受的生活上的苦痛，使我們走進這條路。……誰還喜歡走進這條路呢，「急不暇擇」情豈得已，我們的工作的辛苦，實非筆墨所能描寫，而時間的冗長，亦非一般人所能意料的。早上八點鐘開市，七點鐘已經在路上跑了，晚上七點半閉市，八點鐘我們還喘喘地在馬路上走，如果遲到一分，或者是早走一刻，也要在薪水項下扣除，這種超過十二小時的工

作，這種一分一刻的扣算，在先進的歐美，固然是沒有的了，是在落後的中國，也是「絕無僅有」的吧。……薪水的微小，說來真也可憐，其不足十元及十元上下實佔百分之七十五，有在三四年前十餘元而到現在還是十餘元者，年來上海之生計的高漲無不數倍於此，區區之數，固然難以「贍養家室」，即個人在今日之上海的生活，亦豈再能敷衍。我們每每思及，無不「疾首痛恨」。……當局對於同人的集會結社戒備之嚴，真是不可思議，而其壓迫同人個人行動，亦無所不用其極。……同人之行動，一被覺察，便可藉故辭退。……我們的工作和時間既如此之辛苦而冗長，我們的人權和自由既如此之被漠視被剝削，我們的職業是如此之危險，我們的生活是如此之苦悶而悲慘，……在這重重壓迫的黑暗中，實在忍無可忍了。我們感覺到改進生活，減少工作時間，保障人權和集會自由等等之必要，知道組織工會之刻不容緩，現已集議定章，正式成立職工會。……現本會已議決於八月二十二日起，宣告罷工，……在罷工期內，同人須極力鎮定，遵守秩序，……作有秩序的奮鬥，得最後的勝利。……（《申報》1925 年 8 月 23 日）

父親這篇書卷氣十足的罷工宣言，終於成為他筆耕一生中之一絕！

8 月 23 日，在商務編譯所對面的東方圖書館前的廣場上，舉行了有印刷行、發行所、管理處的罷工職工 4000 人參加的大會，會上提出了由父親起草的復工條件十二條，包括承認工會有代表全體職工之權，增加工資，縮短工作時間，廢除包工制，優待女工等內容。24 日，編譯所全體職工也加入了罷工。當天下午，勞資雙方舉行了第一次談判，公司方面的談判代表有張菊生、高夢旦、王雲五等；工會方面的談判代表共十三人，其中印刷所四人，發行所、編譯所、管理處各三人。編譯所的代表是父親、鄭振鐸和丁曉先，丁也是黨員。這次談判無結果，因為資方提出先復工再談判，職工方面自然不能接受。25 日，職工代表開會，通過了成立罷工中央執行委員會，委員十三人（基本上就是工會方面參與談判的代表）。為了保證談判不受外界的干擾，會上還決定拒絕各報記者的採訪，罷工的消息由罷工中央執行委員會寫定後，送各報館發表。撰寫和發布罷工消息的工作就由父親擔任。

8 月 26 日上午，勞資雙方代表在總務處會議室舉行第二次談判，談判進行時發生了一件意料不到的事。父親在晚年撰寫的回憶錄中曾這樣描述道：

「忽有淞滬鎮守使派來的一個營長帶了幾個衛兵闖進會議室，說是奉命來調解的。這個營長高踞上座，命資方代表及勞方代表各坐一邊，拿起罷工中央執行委員會的條件和資方的表示能接受的答覆條件，草草看了一下，就大聲說：你們工人不是要加工資麼？我說可以。商務印書館有的是錢。你們工人又說要成立工會麼？那不成。聯帥（孫傳芳，時稱五省聯帥）命令取締一切工會。幾千人罷工，地方治安就不能維持了，限你們雙方今天立即簽字復工。這一番話，勞資雙方，都不贊成，都不作聲。這個營長就拍案而起，威脅說：明天我派兵來，一定要復工。說著就朝外走了。這時候，王雲五突然快步上前，拉住了營長，撲的跪在地下哀求道：請營長息怒，寬限一、二天，我們自己解決，千萬不要派兵來。營長不置可否就走了。王雲五回身對大家痛哭道：我們雙方讓步一點，免得外邊人來干涉。會議無法繼續開下去，雙方都退席。」（《茅盾全集》34 卷 315 頁）

　　這次事件後，父親和徐梅坤即刻向中央作了匯報，中央指示：要堅決避免軍隊的介入，既然資方提出可以讓步，我們可以視他們讓步的程度也作出相應的妥協，以爭取圓滿結束罷工鬥爭。

　　第二天，商務資方果然作出了相當大的讓步，於是經過了一整天的討價還價，至晚 9 時，終於達成了協議，並當場由父親將達成的協議寫成「復工條件」十六條，由資方代表鮑咸昌和勞方代表十三人分別在上面簽了字。復工條件相當詳細，主要內容有：公司承認工會有代表全體職工與公司交涉和協調的權利；適當增加低薪職工的工資，如工資在十元以內者加百分之三十等等；改進花紅的分派辦法以利廣大職工；縮短發行所職工工作時間一小時，或加發工資；女工產前產後各休假一個月，生產費用由公司負責；擴充職工

茅盾手書的商務印書館罷工「復工條件」。

子女免費入學（小學）名額；不能因罷工開除工人，這次罷工薪水照發，等等。其中專門針對編譯所的一條是：公司於相當的時機及需要，派遣同人赴國內外留學或考察。這是因爲編譯所的同人都是高級知識份子，他們關心的不是增加幾元錢的工資或減少點工作時間。

28 日上午，商務印書館的全體職工大會在東方圖書館前的廣場上舉行，印刷所的王景雲任大會主席，父親則代表罷工中央執行委員會在大會上報告了談判的經過，解釋了復工協議的內容，並指出復工條件之主要項目如增加工資、承認工會的權利、改良待遇、優待女工等，都有對職工較有利的規定。又說此次復工，雙方都作了讓步，這也是不得不如此，但罷工中央執行委員會認爲這次罷工鬥爭總體來講是勝利了！今後，工友們應努力於工會勢力之擴大和鞏固，方能保證這次勝利的成果。到會職工一致歡呼，擁護復工條件。大會隨即宣布自即日起結束罷工，各部門一律復工。

8 月 28 日，上海各大報紙都登載了父親代表商務印書館罷工中央執行委員會起草的《復工宣言》：

> 我們罷工以來六日了，我們決定的兩個交涉原則，是（一）在不妨害公司存在的範圍內，代表同人提出合理的要求，（二）在十分諒解對方精神之下，爲同人求得應有的利益。我們根據這兩個原則與公司交涉，幾經磋商，漸次接近。二十七日條件正式簽字，二十八日起，同人即一律復工，本委員會亦於同日取消。在這議定的條件裡，對於同人物質上精神上的痛苦，實在並沒減少多少，但是同人爲顧全中國大局計，爲公司前途計，不得不忍痛而出此十二分的讓步。在這議定的條件裡，有許多關於待遇上的都尚待初定詳章，這固然同人將來希望之所寄，而公司對於同人迭次所表示之誠意，亦將於是卜之。謹此宣言。
>
> 商務印書館罷工中央執行委員會八月二十八日。（《申報》1925 年 8 月 28 日）

商務印書館大罷工的勝利結束，果然如黨中央預計的那樣，給上海漸趨低潮的工人運動打了一支強心劑，不久中華書局的職工也罷工了，接著又有郵政工人的罷工，於是，上海的工人運動在黨的領導下，又開始了回升，走向新的發展階段。

第五節　大革命的風雲變幻

　　1926 年的 10 月北伐軍攻克武漢，國民政府也從廣州遷到武漢，武漢三鎮成為全國革命運動的中心。那時，父親已內定出任浙江省政府的秘書長，只等北伐軍光復浙江後即去杭州上任。可是北伐軍的進攻受挫，孫傳芳又把響應北伐軍的原浙江省省長夏超趕出了杭州，父親的工作也變得不可測了。於是黨中央改變計劃，決定派他到武漢中央軍事政治學校（即原黃埔軍校）任政治教官。1926 年底，父親和母親離開了上海，這次是母親主動要求同行的，她從家鄉來滬後，還未離開過上海，為了這次遠行能如願，她沒有把自己已經懷孕的事告訴父親。

　　1927 年初的武漢與上海的氣氛不大一樣，國民政府剛剛在外交上打了個大勝仗，收回了漢口的英租界，一洗「五卅」運動時上海英租界的巡捕濫殺我愛國同胞的恥辱，也洗刷了幾十年來滿清政府和北洋政府對帝國主義奴顏婢膝、喪權辱國的種種奇恥大辱，大大長了中國人的志氣！廣大群眾的反帝愛國熱情像火山噴發的岩漿般奔瀉於武漢三鎮的大街小巷，除了穿軍裝的男女軍人，隨處能見到搖著小紅旗，喊著口號的各個行業的工人自衛隊、學生宣傳隊、婦女工作隊等忙碌的身影。父親和母親一踏上漢口的碼頭，就立即融入了這個革命的大熔爐中。

　　在武漢的頭三個月，父親的主要工作是在軍校講課，課目有：什麼是帝國主義和封建主義，國民革命軍的政治目的是什麼，關於婦女解放運動等。那時學校剛創辦，缺椅少桌，也沒有大課堂，上課時教官就站在操場中央的桌子上講，學生則圍在四周聽。因為沒有擴音器，教官必須直著嗓子吼，所以一堂課下來十分吃力。但因為只是單純的講課，晚上便有空閒的時間去找老朋友聊天。那時聚集到武漢的父親的熟人真不少，像陳獨秀、瞿秋白、毛澤東、李漢俊、惲代英、李達、鄧演達、周佛海、陳公博等，商務印書館編譯所的同事也有不少在這裡。但他們多半比父親忙，有的簡直忙得焦頭爛額，通常不易見到。

　　那時武漢正傳布著農民運動過火的流言，說農民協會不分青紅皂白，把北伐軍軍官的家都抄了，還讓軍官的父母和親屬戴上高帽子遊街等等。母親分配在農政部工作，她也聽到過這些傳聞。父親還聽說黨中央內部對這種現象有不同的看法。父親在見到瞿秋白和陳獨秀時詢問了此事。陳獨秀對此很惱火，認為無產階級需要發動廣大的農民同盟軍一起來反對帝國主義和

封建主義，工農聯盟是取得革命勝利的決定因素，但是農民運動的發動要慢慢來。目前湖南、湖北農民協會動輒給土豪劣紳戴高帽遊街，這是侮辱人格的幼稚行為。尤其是把許多革命軍人在農村的家給抄了，還槍斃了他們的家屬等等。這種做法，是在給革命幫倒忙，弄得農村人心惶惶，勢將直接影響到北伐軍的士氣，甚至危害國共合作的基礎，使目前大好的革命形勢倒退！他主張堅決制止農村中的這種過火行為。

瞿秋白的觀點則與陳獨秀不同。他遞給父親一篇毛澤東的文章，說：「你看看潤之同志的這篇文章，我是贊成他的觀點的。中國有幾千年的封建制度，要徹底摧毀這個制度，光靠工人階級的力量是不行的，必須發動最廣大的貧苦農民自己起來

1927年4月，茅盾奉命到《漢口民國日報》擔任總主筆。《漢口民國日報》名義上是國民黨湖北省黨部的機關報，實際上為共產黨所掌握，董必武任社長，毛澤民任總經理。報紙的編輯方針、宣傳內容，由中共中央宣傳部確定，報社的編輯多數是共產黨員。這是擔任《漢口民國日報》總主筆時的茅盾。

革命。現在南方各省農民協會正在做的就是這個工作。誰都知道，在洶湧澎湃的革命洪流中，難免泥沙俱下，有些幼稚過火的行為和不足之處在所難免，問題在於我們怎樣評價它，是看主流呢，還是只注意泥沙。我贊賞潤之同志的評價：農民運動好得很，不是糟得很。」父親同意瞿秋白的意見，而且明白了在農民運動過火這個問題上，中央內部的分歧很大。

不過，進入4月份，這個問題的爭端暫時被壓了下去，因為蔣介石叛變了！

4月初，中央決定調父親去編《漢口民國日報》。這報紙在名義上是國民黨湖北省黨部的機關報，實際上是共產黨的報紙，也可以說是共產黨掌握的第一張大型報紙。報社社長是董必武，總經理是毛澤民，父親是總主筆，編輯人員除了一位國民黨左派，其餘都是共產黨員。報紙的編輯方針也由中共中央宣傳部確定。它與國民黨中央宣傳部的機關報《中央日報》成為武漢相互對峙的兩大輿論陣地。

父親接編報紙才幾天就發生了「四一二」反革命政變，蔣介石在上海、

南京突然襲擊和屠殺共產黨人，血腥鎮壓上海的起義工人。武漢震驚了，《漢口民國日報》開始整版整版地刊登聲討蔣介石的文章。父親撰寫的討蔣社論就有《革命者的仁慈》、《袁世凱與蔣介石》、《蔣逆敗象畢露了》等五六篇。然而，群眾討蔣的熱情雖高，軍隊討蔣的行動卻拖延不決，原因是武漢國民政府掌握的軍隊，除了葉挺的獨立師，其他都隸屬於國民黨，這些軍隊的將領並不熱心去討伐他們的「校長」蔣介石。結果東征討蔣的計劃終於流產而改爲繼續北伐。其時汪精衛從國外回到武漢，宣布與共產黨繼續合作，國民黨中央也開除了蔣介石的黨籍，罷免了他的總司令的職務。當時汪精衛的這種「革命」姿態迷惑了不少共產黨人，其中就有陳獨秀。

4月底，中國共產黨召開了第五次代表大會。大會分析了蔣介石叛變後的政治形勢，指出原來的工農與資產階級的政治同盟已經破裂，今後與國民黨左派的聯合是工農與小資產階級的政治同盟，因而要保障小資產階級的利益，聯合小商人、小地主，反對以蔣介石爲代表的大地主、大資產階級和新舊軍閥。關於農民問題，大會指出「國民革命應首先是一個農民革命」，提出要加深農村革命進程，進行土地革命，沒收大地主的土地，解除土豪劣紳的武裝，建立鄉村自治政府，組織農民自衛軍；同時又提出不沒收小地主和革命軍人的土地。「五大」通過的農民問題決議是正確的，但並沒有付諸實施，因爲汪精衛採取了兩面派手法，以保障小資產階級的利益爲藉口，阻礙了決議的實行。陳獨秀則爲了保持與國民黨左派的政治聯盟，對汪精衛限制農民運動的措施及暫緩東進，先行北伐等重大決策，都採取支持或默認的態度。當然，這裡也有共產國際代表的意見在內。

大約在 5 月間，有一天陳獨秀見父親時對他說：「《漢口民國日報》太紅了，國民黨左派有意見，現在外面都在造共產主義的謠，說什麼『共產共妻』，所以你在報上還是少登些工運、農運和婦女解放的消息和文章。」父親說：「《民國日報》沒有記者，所有的消息都是工會、農協和省政府供給的，這些消息我都看過，說的都是實際情形，無非是揭露土豪劣紳，沒有，『共產共妻』的消息呀！」陳獨秀說：「那是他們造謠，但是現在這種消息登多了，國民黨裡有人就害怕，說革命革到自己頭上了。」又說：「我們有的同志亂講話，說孫夫人、廖夫人也有封建思想，一直守寡不嫁人。」父親問他這些消息是聽誰說的，他說是國民黨上層分子。父親勸他不要聽信這些謠言，他不置可否，最後又提醒父親少登工農運動的消息。父親這才清楚，雖然開過了「五大」，

陳獨秀並沒有改變他對農民運動的看法。

蔣介石的叛變革命，大大鼓舞了各地的地主，土豪和劣紳，他們在農村由蠢蠢而動到大肆反撲：襲擊農民協會，暗殺農運領袖，摧毀剛建立的農村自治政權。同時，他們又與蔣介石分子勾結，潛入武漢等城市，散布誣陷農民運動的各種謠言。到 5 月初，「工農運動過火」的議論又甚囂塵上，鬧得滿城風雨。

5 月間，父親的辦公桌上開始堆滿各地農協寄來的關於農村反動勢力的騷動和農協反擊的消息和報導，其中土豪劣紳勾結地方軍警對農民的血腥屠殺更是觸目驚心。父親將這些消息冠以一個總標題《光明與黑暗的鬥爭》，予以據實報導，並且寫了社論《鞏固後方》。社論說：「在武漢方面，不但要嚴厲鎮壓蔣逆潛派來漢搗亂的逆黨，並須嚴密檢舉潛伏的反動分子。在湘鄂贛境內各縣，應以敏捷的手腕鏟除鄉村的封建餘孽、土豪劣紳，及團防等類的反動武裝勢力，只有把鄉村封建勢力根本鏟除了以後，我們方能說後方的鞏固確得了保障。」（《茅盾全集》15 卷 356 頁）

然而革命的行動總是比反革命的行動慢半步。剛剛提出要「鞏固後方」，5 月 13 日夏斗寅的叛變就發生了，並在 17 日佔領了武漢的南門汀泗橋。這次叛變雖然被葉挺的第二十四師和中央軍事政治學校的學生臨時編成的獨立師在三天內就擊潰了，但駐守漢口和漢陽的國民黨何鍵部和李品仙部卻按兵不動，這顯示了一種不祥的預兆。果然夏斗寅剛被擊潰，長沙就發生了「馬日事變」，駐守長沙的許克祥獨立團在 21 日夜裡突然襲擊了省黨部、總工會、農民自衛軍總部等革命機關，奪了工人糾察隊的槍，搗毀和查封了這些機關，並對共產黨員、國民黨左派成員和革命群眾進行了屠殺。隨後，他們封鎖了長沙對外的一切消息，同時聲稱這只是與工人糾察隊發生了一場誤會與衝突，他們仍舊擁護護武漢政府，只是反對共產黨的過火行為。然而紙畢竟包不住火，到了 6 月中旬，長沙事件的真相逐漸透露出來，特別是湖南各團體請願團的到達武漢，終於使真相大白。國民黨的《中央日報》不登這些消息，《漢口民國日報》則不顧阻撓，連續五天登載了湖南請願團的長篇報告，父親並為此連續撰寫了四篇社論聲援請願團的鬥爭。在一篇題為《撲滅本省各屬的白色恐怖》的社論中說：

這日本省各屬雪片也似的告急，都是聲訴各縣土豪劣紳勾結土匪摧毀黨部、民眾團體，殘殺農民的哀史。這些反動大聯合的殘酷，

真是有史以來所僅見；他們殺人如芟草，又挖眼拔舌剖腸割首，活
埋火焚，甚至以繩穿女同志乳房，驅之遊街。……我們總還記得不
久以前，因爲本省各屬一二縣內稍稍懲辦了幾個土豪劣紳，反動派
遂張皇其詞，造謠煽惑，竟說是「赤色恐怖不得了」，而以耳代目者
亦從而搖頭曰：「糟，糟！」但是「赤色恐怖」尚未經事實上的證明，
白色恐怖卻已成爲不可掩之事實了！……我們須知湖北各屬土豪劣
紳土匪的大聯合的蠢動不是偶發的事件，也不是「農民運動過火」
所起的反響，……而確是反動派搖撼武漢的大陰謀中的一部。……
撲滅各屬的白色恐怖，便是目前最重要的工作，刻不容緩的工作！

（《茅盾全集》15 卷 396、397 頁）

不幸，父親預言的「大陰謀」不久便成爲事實，7 月 15 日寧漢合流，汪
精衛宣布「分共」，公開叛變了革命，向共產黨舉起了又一把屠刀。由於當時
的共產黨沒有掌握槍桿子，撲滅白色恐怖也就成了個幻想。

6 月底，父親把母親送上了回上海的輪船，因爲母親懷孕已七個月，留在
武漢太危險了。父親自己則在 7 月 8 日寫完最後一篇社論《討蔣與團結革命
勢力》後，向汪精衛遞了辭呈，當天就與毛澤民一起轉入了「地下」。

轟轟烈烈的大革命失敗了！父親在晚年曾談到大革命失敗的原因。他
說，陳獨秀的右傾機會主義是導致大革命失敗的主要原因。陳獨秀在當時並
不一般地反對農民運動，他只是害怕農民運動的高漲會嚇退國民黨，導致國
共合作破裂，國民革命夭折。他不相信共產黨能單獨挑起國民革命的重擔，
他對共產黨掌握槍桿子也持消極的態度，認爲條件還不成熟，怕那樣做會激
化與國民黨的矛盾。而那時在共產黨內也確實存在「左傾幼稚病」，這些幼稚
過火的行爲雖在整個大局中只是局部問題，但對爭取和團結中間勢力顯然是
不利的。由於陳獨秀在黨內的威望，國民黨左派又信任他，共產國際的代表
也支持他，這就使得他的右傾路線得以推行，最終導致大革命的失敗。

7 月下旬，父親奉中央之命從武漢趕到九江，準備去南昌參加「八一」起
義。但因交通阻斷而滯留在廬山，最後不得不於 8 月中旬回到了上海。由於父
親已列入南京政府通緝的第一批共產黨員的名單，只得隱匿在家中杜絕了與外
界的一切交往，過起了與世隔絕的生活。就在這時候，爲了養家餬口，父親重
新拿起筆，開始了創作，他的第一部小說就是《幻滅》、《動搖》、《追求》三個
連續的中篇，即《蝕》三部曲，從此父親中斷了他的政治活動家的生涯而徹底

成爲一個文學家。後來他曾在《從牯嶺到東京》一文中傾訴了他當時眞實的心情：「我是眞實地去生活，經驗了動亂中國的最複雜的人生的一幕，終於感得了幻滅的悲哀，人生的矛盾，在消沉的心情下，孤寂的生活中，而尙受生活執著的支配，想要以我的生命力的餘燼從別方面在這迷亂灰色的人生內發一星微光，於是我就開始創作了。」（《茅盾全集》19 卷 176、177 頁）一年後父親去了日本，又中斷了與黨在組織上的聯繫。

這是大革命時期的茅盾。

　　現在有不少學者在論及大革命失敗後的父親時，都要探究他那時的「消沉」、「幻滅」和「動搖」。對於這個問題，父親自己就有過多次剖析。在《從牯嶺到東京》（1928 年 7 月）中他作了第一次剖白，他說：

> 　　革命未到的時候，是多少渴望，將到的時候是如何的興奮，彷彿明天就是黃金世界，可是明天來了，並且過去了，後天也過去了，大後天也過去了，一切理想中的幸福都成了廢票，……這就來了幻滅。這是普遍的，凡是眞心熱望著革命的人們都曾在那時候有過這樣一度的幻滅；不但是小資產階級，並且也有貧苦的工農。這是幻滅，不是動搖！……幻滅的人，對於當前的騙人的事物是看清了的，他把它一腳踢開，……或者從此不管這些事，或者是另尋一條路來幹。只有尙執著於那事物而不能將它看個徹底的，然後會動搖起來。

他又說：

> 　　我承認這極端悲觀的基調是我自己的，……說這是我的思想落伍了罷，我就不懂爲什麼像蒼蠅那樣向窗玻片盲撞便算是不落伍？說我只是消極，不給人家一條出路麼，我也承認的；我就不能自信做了留聲機吆喝著：「這是出路，往這邊來」是有什麼價值並且良心上自安的。……人家說這是我的思想動搖。我也不願意聲辯。我想來我倒並沒動搖過，我實在是自始就不贊成一年來許多人所呼號吶

喊的「出路」。(《茅盾全集》19 卷 180～183 頁)

父親的剖白，回答了三個問題：第一，他否認自己動搖過。第二，他承認自己感到了「幻滅」，但這「幻滅」不是對革命理想的幻滅，而是對自己的「革命速勝論」的幻滅，這是父親的一個深刻的自我反思。第三，他承認自己悲觀和消沉，因爲他當時還看不到革命的「出路」，又不願做留聲機和撞玻璃窗的蒼蠅。他原來信奉的是蘇聯十月革命的模式，即城市暴動的模式，然而大革命的失敗以及隨後的盲動主義城市暴動的失敗，破滅了他對蘇聯革命模式的崇拜，可是他又看不見也找不到適合中國國情的新出路。他採取的辦法就是停下來，獨立思考一番。

父親的另一次剖析是在他的晚年，是在對自己的一生進行歷史的反思時說的。他在回憶錄《我走過的道路》中寫道：

我對於大革命失敗後的形勢感到迷惘，我需要時間思考、觀察和分析。自從離開家庭進入社會以來，我逐漸養成了這樣一種習慣，遇事好尋根究底，好獨立思考，不願意隨聲附和。這種習慣，其實在我那一輩人中間也是很平常的，它的好處，大家都明白，我也不多講了；但是這個習慣在我的身上也有副作用，這就是當形勢突變時，我往往停下來思考，而不像有些人那樣緊緊跟上。一九二七年大革命的失敗，使我痛心，也使我悲觀，它迫使我停下來思索：革命究竟往何處去？共產主義的理論我深信不移，蘇聯的榜樣也無可非議，但是中國革命的道路該怎樣走？在以前我自以爲已經清楚了，然而，在一九二七年的夏季，我發現自己並沒有弄清楚！在大革命中我看到了敵人的種種表演——從僞裝極左面貌到對革命人民的血腥屠殺；也看到了自己陣營內的形形色色——右的從動搖、妥協到逃跑，左的從幼稚、狂熱到盲動。在革命的核心我看到和聽到的是無止休的爭論，以及國際代表的權威，——我既欽佩他們對馬列主義理論的熟悉，一開口就滔滔不絕，也懷疑他們對中國這樣複雜的社會眞能瞭如指掌。我震驚於聲勢浩大的兩湖農民運動竟如此輕易地被白色恐怖所摧毀，也爲南昌暴動的迅速失敗而失望。在經歷了如此激蕩的生活之後，我需要停下來獨自思考一番。曾有人把革命成功前的紛擾起伏，比之爲產婦分娩前的陣痛。一個嬰兒的誕生，尚且要經過幾次陣痛；何況一個新社會？大革命是失

敗了，陣痛仍在繼續。不過，當時乘革命高潮而起的弄潮兒，雖知低潮是暫時的，但對中國革命的正確道路，仍在摸索之中。（《茅盾全集》34 卷 382、383 頁）

又說：

> 轟轟烈烈大革命的失敗使我悲痛消沉，我的確不知道以後革命應走怎樣的路，但我並不認為中國革命到此就完了。我冷靜地咀嚼了武漢時期的一切，我想，一場大風暴過去了，但引起這場風暴的社會矛盾，一個也沒有解決。中國仍是個帝國主義、封建勢力、軍閥買辦統治的國家，只是換上了新的代理人蔣介石。所以革命是一定還要起來的。中國共產黨一九二一年成立時只有五十幾個黨員，到一九二七年就發展到五萬黨員，誰能說共產黨經此挫折，遂一蹶不振？中國歷代的農民起義，史不絕書，難道二十世紀二十年代有共產黨領導的農民運動反而一遭挫折就不能再起？這是誰也不能相信的。當然，革命起來了也許還會失敗，但最後終歸要勝利的。

（《茅盾全集》34 卷 392、393 頁）

父親在大革命失敗後尋找的中國革命的新出路，在兩年後找到了，這就是毛澤東創造的以農村包圍城市最後奪取全國勝利的革命道路。

第六節　鬥爭的藝術——原則性與靈活性

父親的政治生涯從 1920 年開始，其中重大的政治活動集中在 1925～1927 年間，這三年他幾乎放棄了文學活動。1927 年以後，政治家沈雁冰「消失」了，中國文壇則出現了一位筆名叫茅盾的文學家。不過早年的政治鬥爭經歷對父親的錘煉，則影響深遠，它培育了父親堅定的信仰、銳敏的眼光和靈活的鬥爭藝術，也就是說，使他熟諳了辯證法，懂得了如何在敵人營壘內生存和鬥爭，又如何掌握鬥爭的原則性和靈活性。下面就講講父親在這方面的幾個故事。

一、30 年代的「左衝右突」

1930 年夏，父親剛剛從日本回到上海，馮乃超就來看他，拿出一份「左聯」的綱領，請父親參加新近成立的左翼作家聯盟。當時父親已經從馮雪峰那裡了解到「左聯」是共產黨領導的外圍組織，其任務是團結最廣大的進步

作家，共同對抗國民黨對進步文藝活動的排擠和打擊。同時又知道葉聖陶和鄭振鐸未被邀請參加，不過魯迅加入了，郁達夫則在魯迅的堅持下也被吸收了。父親贊成「左聯」的宗旨，而且意識到，魯迅的參加意味著戴在魯迅頭上的那頂「封建餘孽」的帽子已被摘掉；現在父親被邀請，則說明他也不再是「小資產階級的代言人」了，所以父親就對馮乃超說：「照『綱領』的規定，我還不夠資格。」馮回答：「綱領是奮鬥目標，只要同意就可以了。」於是父親不再推讓，成了「左聯」的成員。

擔任「左聯」行政書記時的茅盾。

　　父親參加「左聯」，是對黨團結廣大進步作家的文藝路線的支持，但是他並不欣賞當時的「左聯」成員，因為其中很多是後期「創造社」和「太陽社」的人，他們的極左思想雖受到一定的批判，但並未徹底肅清。由他們來「團結」最廣大的進步作家，將十分困難，他們排斥葉聖陶、鄭振鐸、郁達夫便是證明。不久，父親又發現「左聯」這個文學團體其實更像個政黨，它要求成員的是如何關心政治爭，如何上街遊行，貼標語、撒傳單、搞「飛行集會」，以及幫助工人出牆報、辦夜校等等，卻不要求成員去從事文學創作，甚至還對有創作熱情和願望的作家扣上「作品主義」的帽子，批評他們「沒有全面的理解文學運動的意義，自限於作品行動的偏狹見解中，成為一種作品萬能觀念」。提出「特別要和右傾的傾向作鬥爭」等等。

　　當時正是立三路線的全盛期，「左聯」的極左也就不足為奇了。父親素來喜歡獨立思考，不願作「留聲機」，對「左聯」這種「左」的行為自然不贊成。他採取的對策是：你搞你的「革命活動」，我行我的「自由主義」。在摸清「左聯」的脈搏之後，父親就一般地不參加「左聯」組織的各種活動，有意地犯「自由主義」，並且與魯迅取得了默契。這種「越軌行為」，自然引起一些「左聯」成員對他的不滿，在背後議論他「目無組織紀律」、「缺乏革命熱情」、「膽小怕事」、「擺文人臭架子」等等。父親沒有理會這些，只顧埋頭搞自己的創作。倒是馮雪峰看不過去，到處替他解釋說：沈先生年紀大、身體弱，不必要求他參加這些活動。身體弱倒是事實，年紀大只能是個藉口，因為那時父親不過三十多歲，參加遊行或是夜間去街上貼個傳單，還是完全可以勝任的。

八個月後，父親這種「我行我素」的「自由主義」取得了勝利：一方面，在這段時間裡創作了三篇取材於歷史和傳說的短篇小說《豹子頭林沖》、《石碣》、《大澤鄉》和一個學生題材的中篇小說《路》；另一方面，他在1931年5月擔任了「左聯」的行政書記，參與了「左聯」的領導工作，並與瞿秋白、魯迅合作，對「左聯」前期的極左行為進行了糾正，為「左聯」後來的發展做出了貢獻。

1933年春，父親和鄭振鐸商議出版一個「自己的」大型文學期刊。那時上海大型的純文學雜誌很少，且都不是「自己的」。這份「自己的」雜誌就是《文學》，它的內容以創作為主，提倡現實主義文學，也重視文藝評論和翻譯，觀點是左傾的，但作者隊伍要廣泛，能容納各方面的同路人。這樣的雜誌，一般的老牌書店是不敢出的，後來通過胡愈之找到了生活書店，與鄒韜奮一談就同意了。此外，雜誌還要有一層保護色，即最好是由一個中間派人物任主編，以便於與國民黨打交道。後來經鄭振鐸請到了傅東華，傅是原商務印書館的同人，一向不關心政治，且有一個任江蘇省教育廳廳長的哥哥，是比較理想的人選。但傅提出他正在編教科書，不能全力投入《文學》的工作，因此審稿、寫「社談」類的評論文章，以及編輯部日常工作他都不管。這樣，父親就成了《文學》實際上的主編。

1933年7月1日《文學》創刊了，由於編委會陣容的強大（魯迅、葉聖陶、郁達夫、陳望道、胡愈之等共十人），又由於創刊號上匯集了名家的文章，除了上述編委外，還有朱自清、巴金、王統照、豐子愷、張天翼、曹靖華，以及當時的青年作家沙汀、艾蕪、臧克家等的小說、論文、散文、詩歌、譯文等等，內容不拘一格，既富於戰鬥精神，又雅俗共賞，所以氣勢不凡，很有些一鳴驚人的樣子。7月1日創刊，不到一週即再版，到8月15日已經四版。國民黨的反動小報那時便開始造謠，說魯迅、沈雁冰自以《自由談》作為他們復興文化運動的地盤以後，現在已在籌組團體了，並將循文學研究會之路線行進。把《文學》的創刊認定是左翼作家重新集結和進擊的信號。

1933年11月，國民黨開始了大規模的文化「圍剿」，先是指使流氓搗毀進步的影片公司和出版社，接著就全面查禁圖書雜誌，公布了149種要查禁的書籍名單，父親所有的創作全在被禁之列，還專門成立了一個中央圖書雜誌審查委員會。12月上旬的一天，傅東華匆匆來找父親，說他得到內部消息，對《文學》的禁令就要下來了，不過聽傳布消息那人的口氣，似乎尚有回旋

的餘地。父親說，他們是要我們投降，不過我們不妨去聽聽他們講些什麼。這件事最好由你一個人去，鄭振鐸在北京，我馬上發電報請他來上海，好共同商討對策。

兩天以後，傅東華來向父親述說了他了解的情況。他說，國民黨市黨部提出三條繼續出版《文學》的條件，一是不採用左翼作品，二是要為民族文藝努力，二是稿件要送審。父親笑笑說：第一第二條都是空話，這裡沒有個標準可掌握，他們也知道我們是不會照辦的，關鍵是第三條。不過從半年多來《申報·自由談》對付國民黨審查的經驗來看，要瞞過那些低能的審查老爺的眼睛還是有辦法的。我們且看看他們最後怎樣決定罷。反正有一點要對他們說清楚：《文學》是純文藝刊物，既無政治背景，也不涉足政治。不久，國民黨上海市黨部來了通知，《文學》自二卷一期起，每期稿子要經過他們特派的審查官檢查通過，才能排印。

後來，父親他們看到了國民黨上海市黨部的一個報告，其中講到查禁《文學》的「經過」：「《文學》本係文總刊物，態度惡化已極。名由傅東華與茅盾兩人主編，實際由茅盾主幹，經予查禁。嗣該傅東華聯同鄭振鐸具請願轉變作風，為民族文藝努力，不採用左翼作品，並於印行前先送審核，始姑准繼續出版。」國民黨這個歪曲捏造的報告，當時就在文藝界流傳，連魯迅都聽到了。父親為此向魯迅作了說明。魯迅認為，國民黨允許《文學》繼續出版是為了利用《文學》這塊招牌來偷換內容，所謂檢查就是手段。他主張與其被檢查不如停刊。父親十分理解魯迅的疾惡如仇，卻不同意停刊，認為停刊倒是容易，但要再辦起這樣一個大型雜誌來可就難了，國民黨決不會再允許你辦。所以應該繼續堅守這塊陣地。只要編輯權在我們手裡，他們想要「偷換內容」是辦不到的。父親的意見是先試辦兩期，看看他們有什麼審查的花招。

《文學》繼續出版了，第二卷第一期的稿件果然被審查官抽得七零八落，不得不以備用的稿

1937年抗戰前夕，茅盾在上海寓所前的花園中小憩。

件補上，這就打亂了編輯出版的程序，雜誌脫期半個月才出版。為此，父親專門寫了一則啓事登在這一期上：「本刊自去年7月創刊以來，每月1日發行，從未脫期，內容純屬文藝，絕無政治背景，極受讀者界歡迎，銷行至為暢廣。近以特種原因，致出版延期，重勞讀者垂詢，至深歉憾！事非得已，尚祈曲諒是幸！」

通過這一期刊物的被審查，父親卻大致摸清了這些審查官的根底。譬如冰心的一篇散文中有這樣的句子：「我願有十萬斛的泉水、湖水、海水。清涼的、碧綠的、蔚藍的、迎面灑來、潑來、沖來，洗出一個新鮮活潑的我。……也洗淨了宇宙中的山川人物。……大地上處處都是光明，看不見一絲雲影。」然而「洪水，這迎頭沖來的十萬斛的洪水，何時才來到呢？」由於審查官看不懂其中的寓意，此文就過了關。可見檢查老爺對文學其實一竅不通，他們「審查」的本領就只是辨認作者的姓名，凡「犯忌」的名字，不管文章內容如何，一律抽去。為此父親試把一篇原來署茅盾的文章改署「蒲牢」，果然就通過了。

然而，國民黨檢查官的這種亂抽亂砍，畢竟增加了雜誌編輯的許多困難。於是父親就與鄭振鐸、傅東華研究長期應對的策略。結果決定自第三期起連續出四期專號，即翻譯專號、創作專號、弱小民族文學專號和中國文學研究專號，這四期專號，估計有三期國民黨檢查官是撈不到什麼油水的，因為不是譯文就是中國古典文學研究。這就有了四個月的緩衝時間，可以摸索出對付檢查老爺的萬全良策，也避開了這些老爺們的新官上任三把火；而對眾多等稿費買米下鍋的青年作者來說，也不至於馬上影響他們的生活。父親把這些對策告訴了魯迅，徵求他的意見。魯迅也認為連出專號不失為目前應付敵人壓迫的一個可行的辦法，表示贊成；但又認為國民黨的壓迫只會愈來愈烈，擔心四個專號以後，《文學》又將如何生存？父親比較樂觀，認為既有壓迫，就一定會找到反壓迫的方法，敵人是有弱點和有漏洞可以為我們利用的，那些不學無術的檢查老爺就是個老大的弱點，只要我們採取靈活的鬥爭方法，相信《文學》是不會被壓倒的。

果然，《文學》在國民黨的文化「圍剿」中挺過來了，從1934年下半年開始，基本上摸清了敵人的底細，穩住了自己的陣腳，恢復了原來的聲勢，繼續前進了；同時也給那些國民黨的反動小報造的各種謠言，什麼《文學》要轉向，《文學》要停刊等等以迎頭痛擊。《文學》的出版前後持續了四年多

時間，直到抗戰爆發上海淪陷後才停刊。它算得上是 30 年代上海大型文學刊物中壽命最長，影響也最大的一個。它之所以能長期存在並發揮出巨大的作用；成爲 30 年代左翼作家和進步作家馳騁的陣地，父親的既堅持鬥爭的原則性又掌握鬥爭的靈活性的辦刊方針，確實起了重大的作用。

1939 年 2 月，茅盾在蘭州中國旅行社招待所。

二、新疆脫險

　　1938 年底，武漢和廣州相繼淪陷，父親在香港主編的《文藝陣地》已到了山窮水盡的地步——雜誌斷絕了銷往內地的一切渠道。權衡之下，父親決定離開香港，正在躊躇著往何處去時，杜重遠（一位與救國會關係密切的進步實業家）來動員父親去新疆教書，因爲他已答應新疆督辦盛世才去任新疆學院院長，希望得到父親的支持。爲了增加說服力，他送給父親一本他寫的小冊子——《盛世才與新新疆》，說這是他三進新疆的見聞錄。書中對盛世才及其統治下的新疆大加讚揚，把盛世才描寫成一個思想進步，主張反帝、親蘇、民族平等，確實想幹一番事業的人，與中共關係也不錯等等，似乎新疆是中國的第二個延安。這本書的確打動了父親，心想新疆地處大西北，背靠蘇聯，乃抗戰的後方，蘇聯援華物資的必經之路，如能建設成爲一個民主進步的基地，與延安成犄角之勢，這對抗日戰爭乃至中國革命的最後勝利都會有極大的好處。

　　父親向來不信單方面的耳食之言，總要多方求證，於是他去拜訪了中共駐香港的代表廖承志。廖表示對新疆的情況也不甚了解，只約略地說了盛世才原是東北軍郭松齡部下的一個團長，依靠蘇聯的支持取得了新疆的統治權，因而標榜的六大政策首先就是親蘇。由於蘇聯，所以和中共的關係也不錯。現在他的政權已建立五年多，爲了幫助他鞏固政權和建設經濟，延安方面已派去不少幹部，其中有些是父親認識的。

　　廖承志的一番話，讓父親吃了定心丸，於是 1938 年底我們全家四口開始

了新疆的「遠征」。1939年初，我們經河內、昆明抵達蘭州，在蘭州因等飛機滯留了一個多月。這一個多月內，父親聽到了對新疆的另一種說法。有一位大革命時期認識的老朋友，供職於甘肅省政府，他就勸父親不要貿然去新疆，他說就他所接觸到的人，都說新疆去不得，那地方很複雜，進去不容易，出來更困難。盛世才上台後，把新疆封鎖得嚴嚴實實，裡面真實的消息一點也傳不出來。他問父親：「你知道俞秀松嗎？」父親說：「當然認識，他是上海共產主義小組的發起人之一。」「聽說他由聯共派到新疆工作，結果被盛世才殺害了！」這使父親大為驚訝。他建議父親如一定要去，可以把家眷暫留在內地，單身前去，這樣將來也有個脫身的藉口。做過這樣勸告的友人還有好幾位。

父親經過反覆思量，最後還是決定全家去新疆。因為杜重遠已把家眷帶去了，現正在迪化（今烏魯木齊）等我們，不能失信於他；而所有勸父親不要去新疆的人又都是國民黨方面的；另外，盛世才又不是瘋子，為何要加害自己請去的客人？最重要的一點是，不少延安派去的人都還在那裡工作，可見那裡並不危險。

我們全家和張仲實（原生活書店總經理）一行終於來到了迪化。我們是從哈密乘小轎車去的，在離迪化20公里處遇到了盛世才迎接我們的車隊，車隊中間是小轎車，前後各有一輛卡車，上面站滿了荷槍實彈的衛隊，駕駛室頂上架著一挺機關槍。車隊駛近我們時，突然前面一輛卡車離開公路駛向右側，後面那輛則駛向公路左側，形成了兩翼，小轎車就在兩翼保護之下，駛到跟前。父親暗想：這排場是從哪裡學來的？難道是怕遭暗算？他捅了捅身旁的張仲實，悄聲說：「看來情況不太妙啊！」

接著盛世才在督辦公署舉行盛大的歡迎宴會，為父親和張仲實洗塵，並介紹認識了新疆各界的頭面人物，其中就有父親的老朋友毛澤民，他們已有十二年沒見面了，現在他是新疆財政廳長，化名周彬。還見到了雙腿截肢的教育廳長孟一鳴（徐夢秋），他也是從延安來的，是澤民叔叔在莫斯科時的同學。幾天後，盛世才又請父親擔任新成立的新疆文化協會委員長，張仲實任副委員長。如此，父親就一面在新疆學院教書，一面作文化協會的工作。

到迪化的第三天，父親去拜會了毛澤民，又經毛的介紹拜會了徐夢秋。父親是想從他們那裡了解新疆的真實情況，以解心中的疑惑。他們的回答是：盛世才實行六大政策是進步的，對抗戰有利；他親蘇、反帝，又講馬列

主義，還建立了一個政治組織叫「反帝會」，實際上也由我們的同志在掌管。他與蘇聯的關係密切，因為新疆的經濟和軍事實際上靠蘇聯支撐著。不過，盛世才有邊疆「土皇帝」的特性，多疑、嫉賢、殘暴，他對我們很客氣，奉為貴賓，但不交心，且有言在先，不允許我們在新疆發展組織。他的周圍有一伙親信，是他的耳目，你今後與這些人接觸時要小心，最好多觀察、少說話，多做事、少出風頭。

他們還說盛世才不喜歡我們包括他自己的手下人與蘇聯領事館多接觸。他上台以來殺過不少人，每年都有一大批，其中有過去的反動軍官，有少數民族的頭領，有曾經幫助他打「天下」的功臣，也有從蘇聯過來的聯共黨員（因為蘇聯告訴他這些人是托派）。他請我們來幫忙，也因為他手下沒有可用的幹部了。總之，盛世才這個人很難捉摸。又說，為了避嫌，我們之間今後也要少來往，不過夢秋是教育廳長，與你工作上的聯繫很多，今後就主要由夢秋與你聯繫。後來父親漸漸知道，新疆除了延安來的幹部，還有不少聯共派來的幹部，「反帝會」的秘書長王寶輪、邊務處長陳培生都是聯共黨員。

毛澤民、徐夢秋的介紹，使父親心中有了底，認為盛世才雖有軍閥氣，但反帝親蘇親共是主流，因而最初的三個月父親工作得比較熱心，經常給報刊寫文章或應邀作講演，還幫助新疆學院的學生編了個報告劇《新新疆進行曲》。「反帝會」有個叫《反帝戰線》的會刊，盛世才有意請父親去任主編，父親不願捲入新疆政治的是非圈而婉拒了，他還需要多觀察。出於同一考慮，父親把我和姐姐關在家中自學俄語，謝絕了盛世才的夫人要姐姐去女子中學教書的建議。

5月的一天，徐夢秋來我們家，向父親發出警告說：「已經有人在背後說你的閒話了，因為你新官上任，熱情太高，別人心裡不舒服；你又拒絕擔任《反帝戰線》的主編，盛世才心裡也不會痛快。」又說：「杜重遠也太天真了，以為自己是盛世才的同鄉，和他能肝膽相照，可以隨便地講話，結果得罪了不少盛的心腹，現在連盛世才本人都懷疑他有野心了。你有機會可以找杜先生談談，勸他今後講話要收斂一點。」

從這一天起，父親開始了作脫離新疆的準備，這個準備可用「堅壁清野」四字來形容。他謝絕了去外單位演講的邀請，也不再寫與本職工作無關的文章，只是「熱心」地為《反帝戰線》寫國際問題述評；父親一生中寫的國際

問題評論，大約就集中在新疆這半年間。此外，在文化協會，他把主要精力放在編小學教科書上，盡量避免在民族問題上發表意見，因為他已聽說雖然「六大政策」有「民族平等」這一條，但實際上各民族的領袖人物已被盛世才鎮壓了不止一批。

「堅壁清野」的另一步驟是在給內地朋友的書信中造輿論，訴說自己抵新後水土不服，身體日趨衰弱，或許不可能長期逗留新疆。因為父親知道，凡寄往內地的書信，盛世才都要檢查，他這樣做就是將去意暗示給盛世才。那時，內地有不少進步青年受了杜重遠那本《盛世才與新新疆》的誘惑，紛紛寫信要求來新疆。這些信凡經父親之手的，都被他婉言拒絕了，只有趙丹他們一批演員沒有聽從勸告，貿然闖入新疆，後來落得個妻離子散，坐了五年的冤獄。

到了 9 月下旬，杜重遠冤案終於被釀成了，盛世才親自下令把杜軟禁起來。對杜的謗書在盛處本已盈篋，盛已認定杜別有用心。這次的直接原因則是杜重遠率新疆學院的學生利用暑假到北疆進行社會調查，在伊犁與當地的行政長姚雄打得火熱。姚雄也是東北人，是幫盛世才打天下的功臣，後來因遭盛懷疑，被削去兵權，調任伊犁的行政長。杜重遠不知底裡，與姚雄稱兄道弟，自然加重了盛世才的疑心。正好 8 月初趙丹他們一批演員來到了迪化，杜重遠又熱心地派新疆學院的學生幫助趙丹他們演出，使盛世才認定杜重遠在拉幫結派，有圖謀不軌之嫌。而杜對此卻一直被蒙在鼓裡，又聽不進父親對他的忠告，直到被軟禁了恍然大悟。

杜重遠被軟禁後，父親和張仲實大為緊張，既然他們是杜重遠請來的，肯定會被盛世才視為杜的同黨。那時新疆學院院長已由盛世才的親信姜作周接替，父親和張仲實便藉口文化協會的工作忙，辭去了新疆學院的工作。為了摸清盛的下一步棋將怎樣走，父親去拜訪了徐夢秋。徐分析道：據我觀察，盛世才對你還是比較放心的，因為你平時說話謹慎，不講出格的或犯他忌的話，從來不議論新疆的政治，工作又兢兢業業，所以他沒法給你戴上一頂「野心家」的帽子。而且你在國內外的名氣很大，盛世才對此也有顧慮，不敢貿然對你下手的。另外，他派在你身邊工作的兩個人，副官長盧毓麟和文化協會副委員長李佩珂，對你的印象都不錯，在盛的面前總說你的好話。不過要他馬上放你回內地，恐怕也難，你還得耐心等待機會。你也知道，他掌握了離開新疆的交通工具，任何人不得他的允許就休想離開。徐夢秋又說：萬一

茅盾在新疆學院雖然不講文學課，但仍吸引了一批愛好文學的學生
在身邊。茅盾支持他們創辦了校刊《新芒》，又鼓勵他們集體創作了劇本
《新新疆進行曲》，並正式公演。這是茅盾與教育系部分學生的合影。

情況發生了突變，盛世才眞要對你或張仲實下手，毛澤民和我也研究了一個
應急的辦法，你們就說你們是共產黨員，只不過不是經過延安派來的，這樣，
我們就可以出面把你們救出來，送到延安去。因爲我們與盛世才有過協議：
共產黨員出了事，由我們送回延安，他不得處理。好在你們過去是共產黨，
盛世才也清楚。

　　經過與徐夢秋的交談，父親和張仲實多少放心了一點。不久，張仲實收
到了他伯母去世的電報，徐夢秋就建議張仲實給盛世才寫封信，大意是他從
小由伯母撫養長大，現在她老人家去世了，想請假回內地奔喪。出乎意料的
是盛世才居然同意了，說有了飛機就可以走。可是張仲實左等右等始終沒有
飛機，雖然天上經常有飛機飛過。

這樣又等了兩個月，有一天傍晚，父親突然收到上海打來的一封加急電報，說祖母在家鄉烏鎮病逝了！看到電報母親放聲痛哭起來，然後就埋怨父親為何把我們帶到這個只能進不能出的倒霉地方來，現在想要奔喪都不可能。母親的責怪觸發了父親的靈感：何不學張仲實的辦法也請假奔喪？盛世才一向以孝道教人，既然允許了張仲實，大概也不會拒絕我吧。果然盛世才爽快地同意了。為了造成聲勢，父親又向盛提出先在迪化開喪遙祭，也被應允了。父親當即寫了訃告，刊登在次日的《新疆日報》上，第三天又在漢文會的禮堂為祖母舉行了隆重的祭奠儀式。隔了一天，盛世才設宴為我們送行。我們想，這一次肯定能走成了。

然而行期卻一直拖延下去，盛仍以「沒有飛機」為藉口。父親又去請教了徐夢秋，徐說，盛世才曾對他說過，你們這一走是不會回來了。不過，你們這次聲勢造得不錯，這是有利的條件。至於飛機，你們不妨去找蘇聯總領事，他許他有辦法。於是父親和張仲實去拜訪了蘇聯總領事。總領事說：「這幾天正好有一架飛機要經過迪化飛往重慶，盛督辦是知道的，他沒有告訴你們？」父親答以「沒有」。總領事說：「你們要搭這架飛機總要得到盛督辦的同意才行。」思忖片刻又說：「有一個辦法不妨試一試，『五一』節那天，盛督辦照例要請我吃飯，你們一定是陪客。那時你們可以當面問督辦：聽說有一架飛重慶的蘇聯飛機，不知能不能搭這架飛機走？盛督辦不能當著我的面說沒有飛機，必然會推到我身上，說飛機是蘇聯的，請你們問總領事。我就當面表示可以，這樣，他就不好再阻攔了。」

果然，在那天的宴會上，父親與總領事按那妙計依法炮製，取得了成功，盛世才還舉杯祝我們一路平安。五天後，1940年5月6日，我們搭乘的飛機終於越過了猩猩峽，逃出了盛世才的魔爪。

三、與國民黨「中統」周旋

1941年底太平洋戰爭爆發後，父親和母親在中共地下黨的安排下，經過東江遊擊區於1942年3月抵達桂林。那時的桂林聚集了大批從香港脫險歸來的進步文化人，桂林也因此成了一個民主空氣比較濃厚、文化生活比較活躍的城市。

在桂林剛剛安頓下來，父親就聽說蔣介石派了一個代表來邀請從香港歸來的文化人去重慶。不久，這位代表就來請父親共進午餐，代表中央表示慰

問。這位代表叫劉百閔，公開身份是中國文化服務社的社長，實際上是 CC 系的文化特務。他說文化工作委員會的委員散居各地（父親是這個文化工作委員會的常務委員），以致重慶總部的工作難以開展，所以「蔣先生特意派我來請沈先生還有其他原來在重慶的委員回到重慶去，至於工作問題、生活安排，這都好說」。父親婉謝了。心想這十之八九是蔣介石想把香港歸來的文化人重新置於他的監視下。就推託說剛到桂林，需要歇一下，手頭又正在寫一個長篇，等寫完再說罷。劉百閔又拜訪了張友漁、金仲華、梁漱溟等人，但都沒有結果，當時大家都在觀望，沒有人願意冒風險。劉百閔的遊說沒有成功，不敢回重慶，便滯留在桂林，過一段時間就再挨家挨戶遊說一番。

　　劉百閔已經用各種方式動員父親四五次了，半年之後，父親給了他一個面子，表示同意去重慶。劉百閔自然喜出望外，因為這樣他可以向蔣介石交差了。其實父親的這個決定是經過深思熟慮的。他對比了桂渝兩地的優劣：從政治環境講，桂林雖較重慶稍為自由，但並無本質上的區別，廣西省政府不會冒與重慶翻臉來保護這批進步文化人的安全。假如蔣介石派特務來暗殺或秘密綁架了我們中的一個，然後揚言這是某某不聽「蔣委員長的勸告」，以致中央無法保護其安全，廣西當局也只好沉默，不敢有什麼大的反響。如果到重慶，因為已經在特務的監視之下，他們反倒不必動屠刀了。而且還因為重慶是陪都，駐有各國的外交使節和新聞機構，假如蔣介石對自己請去的「無

　　1942 年 12 月初，茅盾應國民黨政府的邀請離開桂林去重慶。蔣介石為了置香港歸來的進步文化人於自己的控制之下，在 5 月間派特使到桂林代表政府邀請滯留桂林的著名文化人；茅盾經縝密考慮，決定應邀前往。臨行前，桂林的文藝界朋友們在一橫幅上題詩、作畫、簽名，為茅盾送行。

黨派人士」下毒手，面對國際輿論就難以交代。另外，父親到了重慶可以以國民黨軍事委員會政治部文化工作委員會常務委員的身份進行活動，中共辦事處又近在咫尺，而郭沫若、老舍等一大批朋友也都還在那裡堅持工作，只要注意鬥爭策略，工作、安全等似乎都可不必過慮。

正好那時葉以群來信催父親去重慶繼續主編《文藝陣地》，父親便在這樣的情況下順水推舟地同意了劉百閔的邀請。葉以群那時是周恩來指定的專門負責黨組織與父親間的聯繫的，因此他敦促父親去重慶這件事，肯定是經周恩來認可了的。

不過，父親的這個決定，也引起某些左派分子的議論，認為這是向蔣介石屈服，破壞了一致對敵的陣線等等。父親沒有理會這些言論，積極作著上路的準備。

行前一星期，柳亞子、田漢夫婦等朋友為父親餞行。席上田漢對父親說：「我的長子海男也要去重慶，可以和你們同行，一路上也能照顧你們、保護你們。」海男是國民黨軍校炮科畢業的正規軍人，能隨身攜帶手槍，有他陪伴，父母親當然十分感激。

那時從桂林去重慶，須先乘火車至柳州，再換車到金城江，然後改乘長途汽車直達重慶。12 月 3 日晚，父母親和田海男來到柳州，住進了旅館，打算次日換車去金城江。在旅館裡，父親遇到了一件意外事：一個小特務敲門進屋主動找父親搭話。說他在桂林曾拜訪過父親，說著便從口袋裡掏出一張紙條，遞給父親，上面印著一行字：「查沈雁冰（茅盾）、鄒韜奮係異黨分子，有不軌行為，著各地的分處、分局留心稽查他們的行徑。」下面蓋有中統局的圖章。父親對之淡然一笑。那人卻嚴肅地說：「沈先生，這是真的，我吃的就是這碗飯。因為我一向敬佩先生，所以向您透個風。明天火車上有個胖子和您同行，這人是我的上司，我們奉命陪送您到重慶。」

第二天，在去金城江的火車上，果然見那小特務跟著一個中年胖子坐在附近。海男悄悄對父親說，他認識這個胖子，是個中統特務，公開身份是西南公路局稽查，姓陸，在桂林和柳州都有他的辦事處。

到了金城江，父親拿著省政府的介紹信，很順利地買到兩張第二天去貴陽的汽車票。可是海男拿出軍校的介紹信去買票時，卻被告知票已售罄，讓他搭下一車走。顯然他們是想把父母親和海男拆離。母親擔心他們要搞什麼陰謀，主張也改搭下一班車。父親則認為既然他們這樣熱心地要代替海男當

我們的「保鏢」，那我們也不必推託，明天還是上路罷。入夜，母親仍舊憂心忡忡，輾轉反側不能入眠，父親勸她放心，分析道：「老蔣派劉百閔專程到桂林來請我們，而且耐心地等了半年，是表示他的『誠心』和『寬宏大量』。我是第一個聽他的『勸告』去重慶的，假如在半路上對我做了手腳，就等於撕破了他戴了半年的假面具，而且會驚動其他尚滯留在桂林的文化人，這樣做不是太蠢了嗎？所以我估計那胖子的任務就是把我囫圇地送到重慶，不許傷我的一根毫毛，當然也要防我途中脫逃。他們派那麼一個大角色來護送，算是看得起我了。」

第二天在長途汽車上，那姓陸的胖子過來向父親打招呼，稱父親為沈先生，說抗戰初期他曾在長沙聽過父親的演講，所以認識父親。又介紹自己是西南公路局的稽查，常在這條路上跑，可以作父親的義務嚮導。父親說自己是第一次走這條路，聽說今夜要在獨山住宿，不知旅館是否容易住上。姓陸的說：「獨山只有一家旅館，的確難以住上。不過只要沈先生願意，我可以幫沈先生訂到房間。」父親說：「好哇，那就拜託您了。」從金城江到重慶，除了獨山，還要在貴陽、遵義、綦江各宿一夜，父親乾脆把一路上的食宿、買車票等事都託付給了這個姓陸的，這在他是求之不得，對父親來說這些瑣事都可不用操心，樂得輕鬆。

就這樣，在姓陸的以及那個小特務的精心「保護」下，父母親順利地到達了重慶。汽車停穩，姓陸的向父親告別後便下了車，在車站的出口處與一個人交頭接耳說了幾句，隨即消失在人叢中。顯然他已辦完交接，把父親移交給另一撥特務來監視了。

解放後，薩空了曾告訴父親說，1945 年 6 月，他遭到秘密綁架並囚禁了兩年，在即將恢復自由時，中統特務頭子徐恩曾託人傳話給他說：「人有幸有不幸，最不幸的是杜重遠，他已在新疆被盛世才殺掉了。最幸的是茅盾，他因為應蔣委員長之召到了重慶，所以不好意思再把他關起來。你在這裡三年是幸與不幸之間。」特務頭子的幸福觀自然不值一駁，不過他這話也證明了父親在桂林做出的決定是正確的，對當時形勢的估計沒有錯，它使父親贏得了三年寶貴的時間，為中國人民多做了一些工作。

到達重慶後，生活書店幫父親在郊區的唐家沱找到了一處住房。這是一幢小樓，樓的後門隔一塊草坪便是公路。搬去不久，公路對面正對後門的地方搭起了一個賣紙煙的草棚，這就是中統局用以監視父親的據點。特務機關

的「保護」使父親因禍得福，在唐家沱的三年中，白天，流氓、乞丐從不上門，夜間，樑上君子也不敢光顧。

也就在搬到唐家沱後不久，劉百閔來拜訪父親，拿出一封張道藩請父親赴便宴的請柬。張道藩是 CC 派的一員大將，是國民黨主管文化工作的首腦人物，父親覺得有必要去會一下這樣的「頂頭上司」，也好順便摸摸他的底。便宴就設在張道藩的客廳裡，劉百閔是陪客，三人邊吃邊談。張道藩一開口就對父親大加恭維，說父親這次應蔣委員長的邀請，率先來到重慶，是有眼光、顧大局的行動。還說：「像沈先生這樣有國際影響的大作家，怎能蟄居西南一隅，只有在陪都這樣的政治、經濟、文化中心，才能充分發揮先生的才智。這次請沈先生來重慶，就是希望先生多方面地為抗戰文化工作做貢獻。」

聽罷張道藩的這些話之後，父親便說：「感謝政府對我的器重。我是《文藝陣地》的主編，這次到重慶來就是為了繼續編《文藝陣地》，這也是為了能對抗戰多盡一份力。可是一到重慶後就聽說《文藝陣地》一出重慶市就被查扣，不知是什麼原因？《文藝陣地》是經政府登記核准出版的，每期雜誌又經圖書審查委員會檢查通過，發生這樣的事太不可理解了。」張道藩聽後故作驚訝地問劉百閔：「有這等事嗎？我怎麼不知道？」劉百閔說：「風聞有此事，因為社會上傳說《文藝陣地》是共產黨的刊物，下面一些具體辦事的人

茅盾在重慶與老舍、于立群合影。

就亂來了。」父親說：「張部長也清楚我不是共產黨，我主編的刊物怎麼會是共產黨的呢。」張道藩做出一副無奈的樣子：「沈先生與共產黨的關係我們當然知道，辦這種事的都是警察憲兵，他們行事向來不通知我們，我這個文化官想管也管不了。不過，沈先生遠在桂林恐怕不清楚，近一年來《文藝陣地》上的一些文章確也有點出格，難怪警憲界的弟兄們要查扣。」父親驚訝道：「這就怪了，每一期《文藝陣地》的稿子我都看過，並未發現有礙抗戰的內容和言論呀，張部長能否指出幾篇？」張道藩苦笑道：「我整天雜務纏身，哪裡能記得是什麼文章。」又問劉百閔：「百閔，你記得嗎？」劉百閔忙說：「我那時也在桂林，只是回到重慶才聽人說起，是哪幾篇文章我也不清楚。」張道藩說：「沈先生請放心，這件事我一定向有關方面去查詢，給沈先生一個滿意的答覆。」

飯後，他們移到沙發上繼續閒談。張道藩：「聽說沈先生正在籌備另一個文藝刊物，這不與《文藝陣地》重複了嗎？」父親答道：「是有這個打算，而且已經向內政部提出申請了，不過內政部遲遲不給登記。這是個純文藝的大型刊物，主要發表創作，和《文藝陣地》的性質不同。張部長不覺得重慶作為陪都，文藝氣氛，尤其創作方面還太薄弱、太不足嗎？我們辦這個雜誌就是為了填補這方面的空缺，為抗戰文藝多出一把力。」張道藩只是呵呵一笑，未置可否。「相信張部長一定會支持我們這個繁榮陪都文化的舉動的」，父親接著說，「為使內政部早是簽發登記許可，還要請張部長幫忙催一催。」張道藩哈哈笑道：「現在的衙門作風真是積重難返，積重難返！不過沈先生託付的事，我一定幫忙。」話題一轉，他又說：「兄弟這幾年也辦了個文藝刊物，不知沈先生見過沒有。」父親道：「是不是《文藝先鋒》？我早就拜讀了。」張道藩說：「我這個刊物選稿的原則是不問作者的政治傾向，只看文章內容是否有利於抗戰，沈先生一定也發現，在《文藝先鋒》上寫文章的有不少是沈先生的朋友。如果沈先生也能為我這個小刊物提供幾篇大作，最好是一個長篇連載，對《文藝先鋒》可真是『蓬蓽增輝』了。」父親說：「為貴刊寫點短文倒還可以，長篇實在難辦。」稍停一會又漫應道：「等安定下來再說吧。」張道藩又要求父親為他的下屬——文化運動委員會的工作人員作一次講演。父親略一躊躇後也就答應了。

但張道藩的承諾都是空頭支票，在他的「關懷」下，《文藝陣地》既未能辦下去，計劃中的大型文學雜誌也胎死腹中。即使這樣，父親並未食言，還

是為《文藝先鋒》寫了幾則「文藝雜談」，也給張道藩的部下作了題為《文藝工作者如何正確對待生活》的一次講演，指出要真正認識生活，必須先把有歷史以來的人類生活作一個全面系統的分析和研究，然後方能明白怎樣的生活才是合理的生活等等。至於張道藩說到的長篇小說，在《文藝先鋒》主編三番五次的纏磨下，父親終於寫了一部中篇《走上崗位》交了差。這中篇是寫抗戰初期上海某愛國的民族資本家在工人的支持下，把工廠遷往內地的故事。其中也揭露了國民政府中某些親日派從中作梗的伎倆。父親估計，在太平洋戰爭爆發之後罵罵親日派，張道藩是無可奈何的。

張道藩對父親的這些客氣的姿態，使得唐家沱住宅後門擺香煙攤的小特務的態度也變了，每見到父親便含笑招呼，警戒也放鬆了。不過上述交往，在某些朋友中卻引起了微詞，似乎父親與張道藩的「熱乎」，有右傾之嫌。葉以群特意把這些閒話透露給父親。父親聽後說：「當初恩來同志讓我來重慶，就是要我以公開合法的身份多做些工作，我們不是還在和國民黨搞統一戰線嗎？為什麼工作方式就只能是劍拔弩張？要我和張道藩翻臉這很容易，可是這樣一來我的工作就不好做了。」

第七節　面對政治運動

父親的前半生幾乎一直生活在政治壓迫下的顛沛流離中，全國的解放為他開創了一個嶄新的安定的能自由生活和創作的環境，他正雄心勃勃地打算把未完成的三部長篇小說續完，同時有計劃地深入生活、深入工農兵，醞釀創作新的作品。母親則憧憬著在西子湖畔擁有一個安定的，真正屬於自己的家，讓父親從此能安靜地、專心致志地從事創作。然而，美好的計劃尚在腹中，周總理就向父親提出了要他出任新中國第一任文化部長。父親很感意外，本能的反應就是「不能幹」和「幹不了」，他婉言謝絕了，同時向總理陳述了自己醞釀已久的創作規劃和目標。「你這個計劃是不現實的，雖然我理解你的心情和願望。」總理聽罷說：「你想，你已經被選為全國文聯副主席和中國作家協會主席，你能拋開你領導的全國作家，逃離塵世去專門搞創作嗎？」父親作了一些辯白，雙方都沒能說服對方。

過了幾天，父親接到毛主席召見他的通知，他心裡明白這一定又是關於文化部長的事，去時便帶上早已擬就的五年創作計劃。到了毛主席那裡，果

然如他所預料的，周總理也在座。剛坐下，毛主席就開門見山說：「恩來對我講了，你不願意當文化部長，他勸不動你，只好來搬我這個救兵了。你先說說不願當文化部長的理由。」父親只好又講了一遍，特別強調自己不會做官，怕擔不起這樣重的擔子，自己還有好幾部長篇小說尚待完成等等，並把創作計劃遞給了毛主席。

　　毛主席似乎很有興趣地看了一遍，拍著計劃稿說：「好呀，這個計劃很不錯呀！恩來，你看怎麼辦？」總理說：「是否能找到一個兩全其美的辦法，既當了文化部長，又不影響搞創作？」毛主席說：「我看可以這麼辦。雁冰兄，你剛才講的是你的小道理，現在我來講講我的大道理。全國剛剛解放，百廢待興，軍事、政治、經濟、科教、文化都要興，文化是有關意識形態的一個方面，所以文化部很重要，文化部長也很重要，他的擔子不輕。現在想當文化部長的人不少，但我們偏偏選中了你，因為我們相信你，這是全國人民的需要。在大道理面前，小道理應該服從大道理，你說是不是？」他直直地望著父親，好像在等待父親的回答。父親還想推託，便說：「郭老也可以當文化部長呀，為什麼不請他？」毛主席說：「郭老是可以，但是他已經擔任了中國科學院院長和文化教育委員會主任兩個職務了，再要兼文化部長，別人的意

　　1949 年 6 月，新政治協商會議籌備會在北平成立，茅盾為籌備委員會的常務委員。這是籌備委員會常務委員的合影。自左至右，前排：譚平山、章伯鈞、朱德、毛澤東、沈鈞儒、李濟深、陳嘉庚、茅盾；中排：黃炎培、馬寅初、陳叔通、郭沫若、蔡廷鍇、烏蘭夫；後排：周恩來、林伯渠、蔡暢、張奚若、馬敘倫、李立三。

見就更多了。至於不會做官，我和恩來也不會做官，大家都在學做官，這也是革命的需要嘛。」稍停一會又說：「為了使你做官和當作家兩不誤，我們想了一個辦法，給你配備一個得力的助手，實際工作由他去做，你就有時間寫你的小說了。」

父親詞窮，就這樣當上了文化部長，而且一幹就幹了十五年。雖然毛主席說了，具體事務可交副部長們去做，但作為部長，父親從未想過要推卸自己的職責。於是，作為作家的茅盾終於讓位於作為政府高級官員的沈雁冰，並且陷入了一個兩難的境地：既要維護人民政府的威望，又要對得起作家的良心，而在這之後最艱難的，就是如何面對接連不斷的政治運動。

建國初期的政治運動，如土改、鎮壓反革命、三反五反、肅反，父親都是堅決擁護的，雖然也看到一些過火的做法，如「五反」中由上面規定各單位打「老虎」的指標，以及群眾運動中的變相「逼供信」等等，但認為那是「九個指頭與一個指頭」的關係，洪流中的泥沙。對電影《武訓傳》的批判，是最早的一次涉及文藝界的政治批判運動，而且犯「錯誤」的又是父親的熟人（孫瑜）和朋友（趙丹）。對於武訓這個中國歷史上著名的義丐，父親一直是讚賞的，毛主席的批評使父親感到汗顏，因為影片是經文化部審查並通過的，父親卻沒有發現問題。這次批判，使父親知道了該怎樣以階級分析的方法來洞察事物的本質。但另一方面，父親總覺得武訓是舊社會中的一個好人，批評他階級覺悟不高可以，把他說成是階級叛徒，甚至是反革命幫凶之類就過分了，因為畢竟武訓不懂馬克思主義。

對《紅樓夢》研究的批判和對胡風文藝思想的批判，都發生在 1955 年前後。對胡適研究《紅樓夢》的觀點，父親也並不贊成，認為批判是必要的，但是對於把學術問題動輒下政治結論的做法，父親也不贊同，認為這樣做將堵塞言路，不利於學術研究的開展和發展。胡風的文藝觀點，父親自始就不贊成，因此對胡風的批評，他是積極參加的，至於胡風的歷史問題，父親在 30 年代也曾有過懷疑，但是把胡風的思想、學術問題輕率地上綱為反革命問題，而且還牽連一大批同志，父親在內心深處是無法認同的。

政治運動直接衝擊到父親的，是反右鬥爭。開始黨中央號召黨外民主人士給黨提意見，提倡百家爭鳴，歡迎暢所欲言。在統戰部召開的座談會上父親也發了言，對官僚主義、宗派主義、教條主義的形成及其相互關係提出了看法。他認為有些黨的領導幹部不熟悉本部門的專業，卻不懂裝懂，對自己

的「威信」又念念不忘，聽不得不同意
見，只憑教條和命令行事，對持不同意
見者剛好用各種帽子加以壓服，其結果
是使下級也成爲唯唯諾諾的教條主義者
和官僚主義者。而這一切的根源是在於
「一言堂」，缺乏民主，消除這種弊病的
良藥則惟有開展民主。

　　父親的這些觀點切中時弊，並沒有
錯，然而有形無形的壓力都來了，先是
不讓在報紙上發表他的發言，繼而有關
方面向父親暗示：你那個發言有錯誤，
不公開發表是對你的愛護，你要汲取教
訓之類。

　　那時「反右」運動已大張旗鼓地展
開，一些很不像話的「言論」如要共產

1958 年 5 月，茅盾在寓所。

黨解散，各黨派輪流執政等等，已陸續在報紙上公布。父親自然不會同意這
類言論，但對於任意把許多善意向黨提意見的同志扣上政治帽子，打成「右
派」，他是反對的；尤其不贊成所謂「引蛇出洞」的做法，認爲這是極不得人
心的一大失著。那時有關方面指出父親的發言有錯誤而又「網開一面」，顯然
是要父親「提高認識」，積極投入反右鬥爭。作爲文化部長和作協主席，在這
樣激烈的政治運動中是必須「表態」的，因而不得不奉命投入鬥爭，寫了幾
篇批判文章（其中就有對劉紹棠的批評）。其時作協書記處正在召開批判「丁
陳反黨集團」大會，父親根本就不相信丁玲會反黨，但迫於形勢，不得不在
會上作了一個表態性的發言。爲了躲過這種痛苦的「糾纏」，經過一番苦思以
後，他給作協黨組書記邵荃麟寫了一封「訴苦」信，表示因自己得了腦病，
不能用腦，無治繼續參加作協的會議，也無法爲報刊寫批判文章了。這封信
眞正起了作用，使他擺脫了那種苦境和窘境，少說了不少違心之言。

　　但是父親對毛主席的信任還是堅定不移的，他只是不滿於運動中的擴大
化和過火行爲，對毛主席發動這些政治運動的動機的純正卻從未懷疑過。只
有一個例外，就是對 1958 年掀起的大躍進運動。起初報紙上如火如荼的宣傳
使他大受鼓舞，先後寫過不少熱情歌頌的文章。直到 1959 年浮誇風被揭露才

清醒過來，認識到這是毛主席指導思想的一次大大的失誤，其後更清楚地認識到，人民群眾的革命熱情，如果是建築在虛幻的基礎上，一旦幻想破滅，國家和人民將為之付出多麼高昂和沉重的代價！

這以後，父親發現自己愈來愈跟不上毛主席的思想了，譬如 1959 年，明明是左傾狂熱造成了全國性的災難，卻在廬山展開了反擊「右傾機會主義」的運動；1962 年初召開七千人大會，總結了「大躍進」以來的經驗教訓，批評了工作中「左」的錯誤，指出要實事求是，發揚民主，重視人民內部矛盾的問題，可是不久又高舉起階級鬥爭的旗幟，把大量的人民內部矛盾推向了敵我矛盾。所有這些矛盾，使習慣於「獨立思考」的父親陷入了巨大的矛盾中。按父親的本性，當時他應該像 1927 年大革命失敗後那樣，停下來獨自思索一番；可是文化部的工作，文化部長的身份又不允許他這樣做，而是必須「緊跟」。可以想見，假如父親不「當官」而是個普通的作家，他很可能仿照 1930 年參加「左聯」時的辦法──犯「自由主義」。可是現在不行，他必須以實際行動來維護黨中央的聲譽和威望，必須以大局為重，掌握好「投鼠忌器」這個原則。對於個人來說，則要學會「忍辱負重」。記得在 60 年代初，有一次父親、母親和我們閒聊，談到 30 年代魯迅疾惡如仇的故事，談到當時文藝界流傳的一句話：「老頭子又發火了！」父親突然說道：「魯迅在 1936 年就去世了，這是他的幸運。假如魯迅活到今天，以他的性格和脾氣，恐怕日子不會好過，說不定會成『右派』。」

1962 年夏，父親作為中國代表團團長率團赴蘇聯參加莫斯科裁軍大會，臨行前周總理作了詳細的指示。可是代表團回國後卻受到了批評，說是犯了右傾錯誤。其實代表團在國外完全是遵照周總理的指示辦事的，而且會議進行中也隨時向國內請示匯報。當聽到這樣的指責時，副團長金仲華有點沉不住氣了，但父親阻止了他，因為辯解於事無補，只能傷害周總理，要懂得「忍辱負重」。這一次出國，也就成為父親的最後一次出國。

在這之後不久，父親去大連參加作協召開的農村題材創作座談會（即後來被稱作「大連會議」的）。在這次會上，父親「犯」了一個眾所周知的「錯誤」，即認為也可以寫中間狀態的人物。其實在會議上，大家最關心也最感困惑的問題是如何反映大躍進以來農村的變化，又不違背黨的農村政策。寫不寫中間狀態的人物，只是討論中的一個內容。對於前一個問題，父親的意見就是四個字：「投鼠忌器」。可是後來在「文革」中，大連會議卻成為「中間

人物論」的代名詞。

　　進入 60 年代，政治運動更加頻繁了。父親寫文章時便有意識地不再涉及這方面的問題；但對於國際鬥爭，對於反帝反修，父親的態度依然是積極的。

　　1964 年，毛主席對文藝工作先後作了兩個批示，批評文聯各協會十五年來基本上不執行黨的政策，不去接近工農兵，不去反映社會主義的革命和建設；指責文化部是帝王將相部、才子佳人部和外國死人部。這就是說，把十五年來父親在文化部和作協所做的一切工作全部否定了。在那幾年中，文化部的副部長已先後換了好幾任，一個個都是遭到批判後撤職的，只有父親這個正部長還一直留任。現在這兩個批示一出來，他這個文化部長的「下台」也就是必然的了。對此，父親很坦然，因為連年的政治運動，已使人人都明白，凡在運動中被「點了名」的，也就「在劫難逃」，無需再辯護了。

　　年底，周總理找父親談了話，大意是說：文化部的工作這幾年來一直沒有搞好，這責任不在你，而是我們配備給你的副手沒有選好，這是黨的責任。我知道你一直不願意當這個文化部長，還提出過辭職。我們當時沒有同意，因為找不到能接替你的合適人選。現在打算滿足你的要求，讓你卸下這副擔子，輕鬆輕鬆，請你出任政協副主席，你同意嗎？父親當然沒有意見。1965 年初，報紙上公布了免去父親文化部長職務，改任政協副主席的消息。從此，父親又一次進入了停下來獨自思索的時期，他的方式就是擱筆沉思。

第八節　十年沉默

　　十年是指「文革」十年，十年沉默就是指父親在這十年中在政治上對外界的沉默。

　　父親這十年沉默，其實在「文革」前一年就開始了，那時報紙上開始批判邵荃麟的「中間人物論」和夏衍改編的電影《林家舖子》，表面上看批判的是夏衍和邵荃麟，但明眼人一看都知道，實則是指向父親的。從那時起父親就開始沉默。

　　十年沉默大致可分為三個階段，我們姑且稱之為「思索期」（約三年）、「沉默期」（約四年）和「復甦期」（約三年）。它大體上展示了父親在「文革」中

思想情緒變化的軌跡。1927 年大革命失敗後，父親有過一次停下來進行反思的過程，但時間不長，只有一年多。「文革」十年是他第二次停下來反思，但這次的情形大不同於前一次。1927 年時，共產黨還不是執政黨，雖然處於國民黨的血腥鎮壓下，但黨內的思想、言論都是自由的，黨員有意見，即使是帶有路線性質的意見，也可以自由發表。所以當時父親雖然停下來思索，卻並不妨礙他寫文章、搞創作。「文革」的情況完全不同，共產黨經歷了幾十年的革命鬥爭和社會主義建設，在人民群眾的心目中已建立起了崇高的威望。但由於體制方面的缺陷，對毛主席的個人崇拜達到登峰造極的地步，輿論一律，任何不同的意見都可以上綱到政治問題。這樣，父親停下來反思所採取的方式，只能是沉默。

第一階段，父親尚未被「打倒」，雖然在文化部和作協的院子裡已經出現了批判他的大字報，封他為「30 年代文藝黑線的祖師爺」之類，但數量不多。有一次，還遭到了紅衛兵抄家，但被中央文革及時派人來勸走了。那時雖然他還被邀請登上天安門城樓參加檢閱紅衛兵，在新聞報導中的一長串國家領導人名單中也會出現他的名字，但他卻堅決不寫文章。當時，只要毛主席有了什麼「最新指示」，報紙上就必然會刊出一批表態文章，他對這些很是不屑，自然更不會去湊這種熱鬧。我曾經問父親為何不寫這類文章？父親開頭不作聲，後來說：「我還要再看一看，看清楚了再決定寫與不寫。一個人的信仰，要看他一生的言行，最後要由歷史來作結論，所以我是不寫這種趕浪頭的文章的。」

對這場「文化大革命」，開始時父親是持認同的態度，認為毛主席的主觀願望是好的，是為了反修防修，擔心中國步蘇聯的後塵——變修，最後導致資本主義的復辟。因而雖然對當時社會上發生的各種怪現象如抄家、破「四舊」，遊鬥「走資派」，

十年浩劫中，茅盾面對「四人幫」的淫威，保持了嚴峻的沉默，這沉默就是對這場「史無前例」的「大革命」的最大抗議。這是 1966 年冬擱筆閒居的茅盾。

以至宣揚血統論，停產停課鬧革命等等，一方面無法理解，另一方面希望只是暫時現象，正如歷史運動中出現過的過火行為那樣。持這種善良願望的，在當時的老革命、老同志中恐怕相當普遍，即雖然對「文化大革命」十分不理解，卻仍舊相信有毛主席在掌舵，這種現象能很快成為過去。父親對我們說過這樣一件事：那一天是毛主席在天安門城樓上檢閱紅衛兵，父親也應邀參加了，站了兩個小時後到大廳裡休息，正好謝覺哉同志也在那裡。寒暄過後兩人就默然相對，似乎都有話要說又不知該說什麼和怎麼說。終於謝老打破了沉寂，意味深長地說：「看來，又要有半年不能讀書了！」父親明白，這是謝老對當時的動亂現象一時半刻還難以結束而發的感嘆。

那時父親對「文化大革命」更多的是觀察，很少議論。他是通過各大報和紅衛兵小報，以及聽到的種種新聞來進行分析，即使發議論多半也只是短短的一句話，譬如對紅衛兵上街造反認為是「無法無天」；對破「四舊」的評論是「數典忘祖」，「愚昧野蠻」；對紅衛兵衝向全國煽風點火，認為「將導致天下大亂」；對學校的「停課鬧革命」更是痛心疾首，認為這是對孩子們的犯罪等等。其實這些都是他不理解或是想不通的問題，而這些問題的積累，終於導致了他對「文化大革命」「善良」願望的破滅。但最直接的原因則是嬸嬸張琴秋之死和老舍之死。

張琴秋是我們最親近的親戚，早年赴蘇聯學習，是「二十八個半布爾什維克」之一。長征中她是著名的紅軍婦女團團長。建國後，一直擔任紡織工業副部長。就是這樣一位對革命堅貞忠勇的老戰士，卻被「造反派」迫害致死！老舍之死則在於「士可殺而不可辱」，他受不了對他人格的極端侮辱。父親對此曾深感悲痛，他嘆息道：「平日見老舍隨和、幽默、開朗，想不到他是個性格剛烈、自尊心極強的人！他投身於太平湖，顯然是對這種不公正世道的無聲的抗議。不過，自殺終究不是辦法，為什麼不堅持一下，親眼看看這世事究竟將會怎樣地發展變化呢？我相信即使滄海桑田，最終仍然逃不脫社會發展規律的制約？」

我認為，父親的這段話，道出了他「思索」後的心聲。

第二階段是父親心情最陰鬱的時期，長達四年之久。1969 年的國慶節，父親第一次被剝奪了登上天安門參加慶典的權利，接著，秘書被調走了，警衛員被取消了，內部文件甚至連「大參考」也不給看了，他的名字也從報紙上國家領導人的名單中消失了。從此，母親更加憂心忡忡，生怕哪一天父親

會突然被揪去批鬥，戴高帽、遊街。「你爸爸那麼瘦弱的身體怎麼吃得消呀！」她不止一次地這樣念叨。可是父親卻坦然處之，認為該來的終於來了，這是早在預料之中的，就憑自己三年不寫一篇文章這一點，就夠被打倒了。有一天，母親悄悄問我：「你說他們為什麼一直不揪鬥你爸爸？」我說：「我又怎能知道，你去問中央文革或者造反派呀。」母親急道：「你還開玩笑，我都快急死了。」「爸爸是怎麼說的？」「他才不說呢，整天抱一本線裝書，像個入定的和尚。」為了安慰母

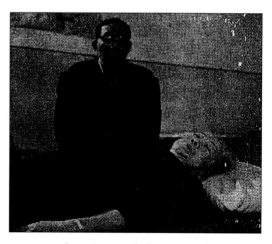

1970 年 1 月 29 日凌晨，夫人孔德沚因腎炎被誤診未能得應有的治療而不幸逝世，終年七十三歲。茅盾失去了白首相依的老伴。孔德沚的後事冷冷清清，除家人外，僅葉聖陶老友同去八寶山火葬場向遺體默哀告別。兒媳在幹校勞動，請假不准，未能參加葬禮。這是在醫院的太平間內茅盾與夫人的最後一次合影。

親，我說：「據我分析，無非三種原因，一是上邊有人保護爸爸，二是造反派忙著打派仗，他們搶著批鬥的是本單位的當權派，鬥爸爸這個政協副主席對他們沒有用。三是爸爸『文革』以來一直沉默，沒有現行的『反革命』辮子可抓。爸爸目前這種狀況，外面通稱為『靠邊站』。」母親聽後說：「一定是第一個原因，是周總理保護了你爸爸。這樣我就放心了。」

然而母親並沒有真正的放心，終日陷於憂鬱中的她終於在半年後，即1970 年 1 月 29 日的凌晨，在醫院的急診室裡匆匆地離開了我們。

母親的死對父親的打擊，遠比造反派的大字報和「靠邊站」沉重！把母親的骨灰盒送入八寶山的靈堂之後，他就大病了一場。高燒中曾喃喃自語道：「想不到這麼快就要去見德沚了。」這次大病之後，他的情緒顯得十分低沉，常常僵臥床上仰視著天花板遐想。有時整理整理母親的遺物，嘴裡絮叨著哪件衣服是她為了什麼縫製的，因為捨不得穿，只穿了幾次等等。還經常翻出姐姐中學時代的作文，在臥室裡獨自吟誦。還寫了一首懷念祖母的舊體詩。總之，父親完全沉浸在對逝去的親人們的懷念中。這種狀態，在我們帶著三個孩子搬去與他同住後，才漸漸好轉。看到三個可愛的孫兒孫女常在他跟前，他臉上開始有了笑容，健康狀況也漸漸有了好轉。在這一段時間裡，

父親對於窗外沸沸揚揚的「文化大革命」一概不聞不問，直到林彪摔死在蒙古的溫都爾汗之後，才有所轉變。

　　林彪叛國事件對父親的震動不小。他認為作為自己指定的接班人卻背叛了自己，應該引起毛主席的深刻反思，如果毛主席能從中吸取教訓，改弦更張，那麼中國的政局有可能就此向好的方面變化。然而很快父親又失望了。因為周總理提出的要批判林彪的極左思潮，很快就被毛主席改成了批判林彪的「形左實右」。於是父親又一次進入了「沉默」，只是偶爾寫寫舊體詩，抒發胸中

在十年浩劫中，茅盾失去的親人還有弟媳紡織工業部副部長張琴秋和惟一的侄女瑪婭。她們都是被「四人幫」迫害致死的。在那黑雲翻滾、是非顛倒的日子裡，茅盾只能把悲痛深深地埋藏在心底。讀書成了他打發時光的最好辦法，偶爾也寫寫舊體詩抒發胸臆。七絕《無題》和七律《讀〈稼軒集〉》就是其中的兩首，作於 1972 年和 1973 年春。

的鬱結。有兩首寫在一個小筆記本上，一為七絕《偶成》：「蟬蜩餐露非高潔，蜣螂轉丸豈貪痴？由來物性難理說，有不為焉有為之。」（《茅盾全集》10 卷 438 頁）另一首為半闋「西江月」《無題》：「誰見雪中送炭？萬般錦上添花。朝三暮四莫驚嘩，『辯證』用之有法。」（同上，440 頁）這兩首詩是父親首次用文字表達的他對「文革」以來所見種種不正常現象的感慨，以及對林彪之流的陰謀家、兩面派的蔑視和嘲諷。另有一首題為《讀〈稼軒集〉》的七律則是父親當時自身心緒的寫照：「浮沉湖海詞千首，老去牢騷豈偶然。漫憶縱橫穿敵壘，劇憐客與過江船。美芹藎謀空傳世，京口壯猷僅匝年。擾擾魚蝦豪傑盡，放翁同甫共嬋娟。」（同上，442 頁）

　　1971 年秋季，原來準備召開第四屆全國人民代表大會，從春季開始，全國各地就紛紛選舉新一屆的人大代表。因為上一屆的人大代表，大部分在「文化大革命」中挨了鬥，甚至已經鬥死，所以新一屆代表的選舉就特別強調「吐故納新」，要選舉「文革」中湧現的「革命派」。父親雖然已經當了二十年的人大代表，但這一屆的選舉卻榜上無名。我們曾在閒談中問過父親，父親淡淡一笑道：「我沒有去造反，怎能當代表？」林彪事件發生後，由於已經選出

的代表中不少是林彪的黨羽，於是不得不把四屆人大召開的日期延後，已選出的代表全部作廢，直到1973年春，才又重新選舉人大代表。

這時發生了一件對父親來說十分重要的事。

一天，胡愈之來看望父親，說他剛剛聽到一個消息：有人檢舉父親是叛徒，說是父親在1928年去日本的途中自首過。聽到這話，從不疾言厲色的父親被激怒了：「胡說，完全是胡說！大家都知道，我是從上海乘輪船去日本的，在船上怎麼叛變？我也從來沒有被捕過，哪來的自首！」略一思索又說：「既然有這樣的問題，為什麼不來問問我，也好讓我這個當事人辯白幾句呀！」胡老勸慰道：「想必是『查無實據』，可是又做不了結論，只好掛起來了。」父親稍平靜了些說：「只是那個誣告我的人，不知是何居心，竟要置我於死地？」胡老說：「肯定不是年輕人，恐怕還是我們同輩的人。」「那就奇怪了。」父親陷入了沉思。

事後父親把這件事告訴了我，我認為這事關係重大，必須查個水落石出。父親說：「怎麼查？找誰去查？即使找到，他們也可以否認，這是個無頭案。」「可是，這件事已經使你莫名其妙地『靠邊站』了三年多了。」父親聳聳肩道：「歷史是客觀存在，是真是假總會弄明白的。」這時四屆人大代表的重新選舉正在進行，我想，應該趁這機會把父親的問題弄清楚，至少所謂「叛徒」問題必須澄清，於是就多次動員父親說：「思想認識問題，不論扣上什麼政治帽子，將來總能說清楚的，你現在不理睬它也可以；可是歷史問題，尤其是政治誣陷，你不能聽之任之，應該主動申訴，要求澄清。這是不同性質的兩類問題。」父親終於被我說服了，同意給周總理寫申訴信，請鄧大姐轉交。8月初，父親寫了「文革」以來的第一封申訴信；在我的敦促下，一星期後又發出了第二封信。

9月初，政協副秘書長李金德來看望父親，這是「文革」以來政協領導第一次家訪。寒暄之後，李金德說：「報告您一個好消息，四屆人大將在年底召開，組織上讓我來正式通知您，您已經當選為四屆人大的代表了。」父親不覺一愣，馬上聯想到給總理寫過的信，就回道：「那麼我的問題是怎樣解決的？據說我還有一個『叛徒』問題。」李金德略一沉吟道：「這個，我也不清楚，我剛剛調到政協工作，許多情況還不了解。不過，既然您已經當選為人大代表，說明那些問題已經不存在了，都解決了。」事後我對父親說：「爸爸，你應該要求他們拿出個書面結論來，不然你這三年『叛徒』之冤不是白

受了嗎？」父親不置可否，只是說：「我這點冤算得了什麼。」就這樣，父親沒有再去追究，被誣陷為「叛徒」之事就此不了了之了。

第三階段，父親的名字重又出現在報紙上了，於是親友們的來信多了，父親的活動也多起來了。不過，這些「活動」主要是「地下」或是家庭內部的，「如續寫《霜葉紅似二月花》等，對外依舊保持著沉默。

1974～1976 年是父親的情緒隨著政局的變化大起大落的三年。其中有鄧小平同志的復出和再次被打倒，毛主席批評「四人幫」又繼續重用「四人幫」，周總理的逝世和天安門事件，等等。這些大事件在父親身上的反應是打破了幾年來的沉默寡言，開始在家庭內部「暢談」國事。

小平同志是在 1974 年 4 月復出並恢復了國務院副總理的職務。6 月，周總理因癌症惡化住院，就由他代總理主持國務院的日常工作。10 月，在毛主席的提議下又擔任了國務院第一副總理。據小道新聞，毛主席對他的評價是「人才難得，政治思想強」，於是大家都有鬆一口氣的感覺。那時，正準備在 1975 年初召開四屆人大，年底卻聽到一個傳言，說是四屆人大之後，中央的人事安排將有大調整，「造反派」（江青一伙）將更加得勢。父親聽後，很感到擔憂。因為 1974 年這一年，江青他們藉「批林批孔」和反擊「右傾回潮」，明目張膽地對周總理旁敲側擊，又多次藉故向鄧小平挑釁，黨內的這些矛盾和鬥爭，必然會在新一屆政府的人事安排上反映出來。

父親那時最擔憂的是他對毛主席的態度還看不準，他向我們說：「江青他們表現的對『無產階級文化大革命』的『無限忠誠』，正投了毛主席之所好，而毛主席的態度對未來政府的人事安排是決定性的。」幸而父親的擔憂未成事實，大會的結果是鄧小平仍舊擔任第一副總理，代周總理主持日常工作；在黨的十屆二中全會上又被選為黨中央副主席和政治局常委，且被任命為中央軍委副主席兼人民解放軍總參謀長。此時又風聞毛主席批評江青的話：「不要多露面，不要批文件，不要由你組閣（當後台老闆）。」

不久，我們又聽到了另外兩個好消息：一是毛主席批評江青、張春橋、王洪文、姚文元說「叫你們不要搞『四人幫』了，為什麼照樣搞呀！要團結大多數。」從此「四人幫」這名稱就傳遍了神州大地。另一是毛主席說：「戰犯還給特赦呢，『文革』時期押起來的大小幹部也應該統統釋放。」這使大家都興奮起來，認為「文革」的動亂終於要走到盡頭了！父親也很興奮，但比我們要謹慎得多，他還要再觀察。他對我們說：「現在小道消息太多了，許多

只是寄託了人們的願望。」「你以為毛主席不會批評江青？」「會的，做得太過分，就會批評，毛主席重用鄧小平就是對江青他們的批評。」

從 1975 年開春起，鄧小平開始對各方面的工作進行大刀闊斧的整頓，經過不長的一段時間，全國形勢出現了好轉，人們稱頌鄧小平為鄧大人。與此同時，關於「四人幫」的種種傳聞像一股洶湧的潛流在地下奔騰，宣泄著人們心中淤積已久的憤懣。其中傳布最廣的有：江青與葉群聯合起來整各自的「仇人」的故事；江青竭力吹捧林彪，執意要把林彪作為毛主席的接班人寫進黨章，又親自為林彪拍

1975 年春，茅盾在寓所。

攝學習毛著的大幅照片；江青大肆宣傳呂后、武則天是法家，自己想當武則天那樣的女皇；江青授意美國記者維克特寫《紅都女皇》，以及毛主席對江作的批示：「孤陋寡聞，愚昧無知，立即攆出政治局，分道揚鑣」，和周總理對此建議「暫緩執行」等等。對於周總理的「建議」，人們都深感惋惜，認為總理太寬厚了。此外傳播的還有江青在上海當三流影星藍萍時的種種醜聞軼事等等。父親在聽我們議論這些「小道」時，有時也插說幾句或談談自己的感想。當他聽我們講到江青曾自詡為半個紅學家和把自己裝扮成魯迅之後的第一個文學家時，從他淡淡的笑容中流露了他對此的極度輕蔑。

1975 年 7 月，文藝界廣泛傳播著毛主席有關文藝政策的兩條批示，一條是針對江青無端指責電影《創業》有十大「罪狀」而說的：「此片無大錯，……不要求全責備，而且罪名有十條之多，太過分了……。」另一條是：「黨的文藝政策要調整，要逐步擴大文藝節目，對作家要懲前毖後，治病救人。」聽到這兩條批示，人心大快，都以為幾年來在文藝界「江青說了算」的局面要改變了。但父親卻很冷靜，他認為雖然毛主席提出要調整黨的文藝政策，但是並沒有把「四人幫」從他們盤踞的輿論陣地上請下來。如今雖然鄧小平在各條戰線上進行了整頓，而且很有成績和大得人心，可是未能掌握輿論陣地，

宣傳工具始終被控制在「四人幫」手中，看來還不能高興得過早。

父親的顧慮到了9月便得到了證實。「四人幫」利用毛主席關於《水滸》的一次談話，開始了反撲，胡說什麼黨內有人要學宋江搞投降主義，想架空毛主席等等。面對這樣的反覆，父親表示了他的看法，他對我們說：「你們注意到沒有，毛主席對江青的批評都是屬於思想品德方面的，沒有政治性的。」我們提出疑義：「江青想自己組閣，這還不是政治問題？」「但是毛主席只說她有野心，並沒有說她是走資派或反對『文化大革命』呀！我認為，在毛主席心目中，贊成或是反對『文化大革命』是最根本的分水線，而江青從來都是『文化大革命』最積極的擁護者。」

大約兩個月以後，形勢有了急劇的變化，毛主席在給清華大學的一個批示中說：「他們罵遲群，實際上是反對我」，「一些同志，主要是老同志，思想還停止在資產階級民主革命階段，對社會主義革命不理解，有抵觸，甚至反對。對『文化大革命』有兩種態度，一是不滿意，二是要算帳，算『文化大革命』的帳。」「清華所涉及的問題不是孤立的，是當前兩條路線鬥爭的反映。」

遲群是「四人幫」安插在清華大學的一隻小爬蟲，現在毛主席竟站出來支持這條小爬蟲，而且還把問題的性質提高到路線鬥爭，實在使人無法理解。在這之後，父親讀到了一份批判《論全黨全國各項工作的總綱》的材料，《總綱》是按照鄧小平的指示寫成的。父親讀過之後說道：「現在明白了，毛主席一定以為這份《總綱》如果貫徹下去，『文化大革命』就會徹底被否定，這在他是絕對不能允許的。所以他說有人要算『文化大革命』的帳，並且把它提到路線鬥爭的高度。在他看來，江青的錯誤和鄧小平的『錯誤』相比較，江青只是小巫。」

不久，周總理逝世了，鄧小平也再一次被打倒，天安門廣場發生了廣大群眾自發悼念周總理，反對「四人幫」的聲勢浩大活動，以及隨之而來的「四人幫」對人民群眾的血腥鎮壓，神州大地又一次陷入了令人窒息的沉默。這時，父親再一次地杜門謝客，並決定開始著手撰寫回憶錄。他表示：「原先以為可以等到『文化大革命』結束後再從容地做這件事，現在看來這日子將遙遙無期，我恐怕等不到那一天了，所以必須抓緊時間把我這一生所經歷的都寫出來，給後人留下一份歷史的見證！」這之後，他就緊張地投入了這項十分艱鉅的工作。

也就是在這時，父親看到了一份毛主席與政治局委員的談話記錄。毛主席說：「人生七十古來稀，我八十多了，人老總想後事。中國有句古話叫『蓋棺論定』。我雖未蓋棺也快了，總可以論定吧！我一生幹了兩件事，一是與蔣介石鬥了那麼幾十年，把他趕到那麼幾個海島上去了，抗戰八年，把日本人請回老家去了。對這件事持異議的人不多，只有那麼幾個人，在我耳邊嘰嘰喳喳，無非是要我及早收回那幾個海島罷了。另一件事你們都知道，就是發動了『文化大革命』。這件事擁護的人不多，反對的人不少。這兩件事沒有完，這筆遺產得交給下一代。怎麼交？和平交不成就動盪中交，搞不好就得血雨腥風了。你們怎麼辦，只有天知道。」父親看後半晌無語，過後顯得心情沉重地說：「這份材料不像是假的，遣詞用字都有毛主席的風格，也符合毛主席的思想邏輯。不過話語中的憂患情緒是毛主席少有的，這篇談話倒像是一篇遺囑。他要堅持文化大革命，可又看到他能依靠的只是江青這樣的人，所以只好說『只有天知道』了！」

三個月後，毛主席逝世了！又過了一個月，「四人幫」就被送上了歷史的審判台，中國大地上沒有刮起「血雨腥風」便和平地結束了一個動亂的時代，歷史翻開了新的一頁。

第九節　一生追求的最大榮耀

粉碎「四人幫」，大地回春，耄耋之年的父親也重新煥發出青春，除了撰寫回憶錄外，還以極大的精力投入了文藝界「撥亂反正」的工作。他最關注的是文聯和作協的盡快恢復和重新運作，以及為文藝界二十年來的冤假錯案進行平反昭雪。他在給林默涵的一封信中提出：「使所有的老作家、老藝術家、老藝人不漏掉一個，都能參加（第四次文代會）。這些同志中間，由於錯案、冤案、假案的桎梏，有的已經沉默了二十多年了！」（《茅盾全集》38 卷 331頁）

1979 年 10 月底，第四次文代會終於勝利地舉行了，會議進行中，有一位來自廣西的老作家林煥平多次來看望父親。一次在交談中他忽然問父親，為什麼至今不提出解決自己的黨籍問題？因為他知道父親是早期的共產黨員。父親沒有回答。後來林又問我們，我們說：「父親從來不提這件事，我們也不便問。」

　　1980 年秋，我們在一次與父親的閒談中，說到文化大革命的後遺症之一，就是黨的威信在青年人中間降低了，不少青年看到的都是共產黨的陰暗面──「四人幫」的猖獗和極左思潮的流毒，他們對參加共產黨不感興趣，沒有了 50 年代那種對黨的熱情了。父親聽了感慨地說：「我們那輩人，爲了追求共產主義的理想，是不惜犧牲一切的。『四人幫』現象只是中國共產黨歷史長河中短暫的一小股逆流，現在的年輕人見到逆流就不相信浩瀚大江的奔騰，這是政治上的一種幼稚的表現。」見父親動了眞情，我便乘機說道：「前些日子林煥平曾問我們：爲何茅公一直不解決黨籍問題。」父親說：「他也問過我，我沒有回答，不過」，他加重語氣道：「現在我倒要認眞考慮這個問題了！」顯然，這是一件一直埋藏在他心裡的大事。

　　據我所知，父親自 1928 年脫黨之後，曾有四次與恢復黨籍擦肩而過。

　　第一次是 1928 年 10 月，父親避難日本不久，那時中共中央給中共東京市委的一封信中提到了父親的黨籍問題：「沈雁冰過去是一同志，但已脫離黨的生活一年餘，如他現在仍表現的好，要求恢復黨的生活時，你們斟酌情況，經過重新介紹的手續，允其恢復黨籍。」然而，中央的這封信抵達東京時，中共東京市委的同志已分別離開了日本，自然也就無人去處理這個問題了。這信的原件底稿現存於中央檔案館。

在魯藝，茅盾爲文學系「客串」講課，題目《中國市民文學概論》。
這就是茅盾在魯藝講課的情景。

　　第二次是 1931 年 5 月初，瞿秋白在我們家中避難的時候。4 月底，父親和母親去看望瞿秋白夫婦，父親還帶上了《子夜》的部分草稿，想聽聽瞿秋白的意見。晚飯時秋白接到中央機關被破壞要他馬上轉移的緊急通知，但倉促間轉移到何處去呢？父親認為不妨到我們家，那裡很隱蔽，也無人知。於是瞿秋白夫婦當晚就來到我們家，並住了十多天。就在這十多天裡，父親向瞿秋白提出了恢復黨籍的問題。瞿表示他已離開中央，無法直接做出答覆，但一定會把這事轉請黨中央考慮和決定。大約一個月後，瞿秋白告訴父親：「中央一直沒有答覆你的請求，看來他們是不想答覆。我以為，以你目前的情形，參加不參加組織差別不大。魯迅不是也沒有參加共產黨嗎，可他的影響和作用又有哪個黨員作家比得上的。我看你也可以學魯迅那樣，做一個非黨布爾什維克，照樣能為中國的革命盡力。」事情就這樣擱下了。

　　第三次是 1940 年 9 月，那時父親正在延安魯藝講學。8 月間，與父親同從新疆脫險來到延安的張仲實，興沖沖地告訴父親說，他的組織生活已經恢復了，催父親也盡早提出和解決這問題。可是還沒有等父親考慮好提出的方式，有一天張聞天拿著周恩來從重慶發來的一封電報到魯藝來找父親。電報的大意是希望父親去重慶擔任文化工作委員會的常務委員，以加強國統區文化戰線的力量，他認為父親在國統區工作，影響和作用會更大些。父親沉思片刻後立時就表示同意，並就此提出請中央研究一下他的黨籍問題。張聞天當即表示回去提請書記處研究之後馬上給以答覆。過不幾天，張聞天就來對父親說，書記處已認真研究了父親的請求，認為父親目前留在黨外，對今後的工作，對人民的事業更為有利，希望他能理解。父親對此就沒有再說什麼。

　　第四次是在 1959 年春節期間。張琴秋嬸嬸和楊之華來看望父母親，交談中，她們鄭重地向父親提出：「雁冰哥，你的黨籍問題已拖延了三十年，也該解決了。最近許多高級知識份子像郭沫若、李四光、錢學森等都紛紛入黨了，你何不也趁此時機把這個問題解決了？」父親稍事沉吟後緩緩地說：「過去幾十年我都在黨的領導下工作，現在又何必非要這個形式不可呢？」送去客人之後，父親對坐在沙發裡看書的兒媳陳小曼說：「張部長她們來勸我入黨，我沒有答應，在共產黨打天下的時候我不是黨員，但一直是以一個共產主義者的標準來要求自己的；現在共產黨得了天下，我不想再來分享共產黨的榮譽了。」

以上四次要求恢復黨籍，兩次是父親主動提出的，兩次是黨組織或朋友提出的，但都擦肩而過沒有成爲事實。現在在父親的暮年又第五次提出了這個問題，並且表示要認眞地加以考慮。半年之後，1981年3月14日，父親在北京醫院的病床上對我說：「你還記得去年夏天和你說過的那件事嗎？我想現在可以把它提到議事日程上來了。」我一下就明白父親指的是已考慮了半年的黨籍問題。父親想坐起來親自給黨中央寫信，可是他的手已不聽指揮，寫出來的字已無法辨認。不得已改爲口述，由我筆錄。於是父親緩慢地一字一頓地口述了給黨中央的一封信：

> 耀邦同志暨中共中央：
>
> 　　親愛的同志們，我自知病將不起，在這最後的時刻，我的心向著你們。爲了共產主義的理想我追求和奮鬥了一生，我請求中央在我死後，以黨員的標準嚴格審查我一生的所作所爲，功過是非。如蒙追認爲光榮的中國共產黨黨員，這將是我一生的最大榮耀。(《茅盾全集》38卷416頁)

然後，在我的筆錄下面，父親用顫抖的手簽下了三個字：沈雁冰。我

1981年3月31日，中共中央迅速作了決定：根據沈雁冰(茅盾)同志的請求和他一生的表現，決定恢復他的中國共產黨黨籍，黨齡從1921年算起。這是登在4月1日《人民日報》上的黨中央的決定。

又在後面填上了日期：1981 年 3 月 14 日。

1981 年 3 月 27 日 5 時 55 分，父親離開我們走了，永遠地走了！3 月 31 日，中共中央做出決定，恢復父親中國共產黨的黨籍。決定全文如下：

> 我國偉大的革命作家沈雁冰（茅盾）同志，青年時代就接受馬克思主義，1921 年就在上海先後參加共產主義小組和中國共產黨，是黨的最早的一批黨員之一。1928 年以後，他同黨雖失去了組織上的關係，仍然一直在黨的領導下從事革命的文化工作，爲中國人民的解放和社會主義建設事業奮鬥一生，在中國現代文學運動中作出了卓越貢獻。他臨終以前懇切地向黨提出，要求在他逝世後追認他爲光榮的中國共產黨黨員。中央根據沈雁冰同志的請求和他一生的表現，決定恢復他的中國共產黨黨籍，黨齡從 1921 年算起。（《人民日報》1981 年 4 月 1 日）

第二章　父親的文學追求

第一節　初闖文壇

　　1916 年夏，父親經表叔祖盧鑒泉的介紹，進入上海商務印書館。這一偶然的機遇，卻為父親涉足文壇，並在其中馳騁數十年，奠定了第一塊基石。我們曾多次想到，如果沒有商務印書館總經理張元濟的慧眼識英才，如果沒有商務編譯所那種寬鬆的學術研究環境和那藏書極豐的商務涵芬樓圖書館，僅憑父親那種超常的勤奮，也能成為一個別一門類的專家，但肯定不會是文學家，更不可能成為中國現代文學和中國革命文學的奠基者之一。

一、從翻譯起步

　　進入商務後，父親最初顯示他才華的是熟練的英語和紮實的古文根底，所以進英文部不久就被調到了國文部，很快又和翻譯工作打上了交道，且一發而不可收。他的第一部譯著是用駢體文移譯的通俗讀物《衣‧食‧住》，接著便轉向了文學，翻譯的第一篇文學作品是威爾斯的科幻小說《三百年後孵化之卵》。當時的譯文用的還是文言，到「五四」以後才用白話，記得他的第一篇白話譯作是契訶夫的短篇小說《在家裡》。

　　由於直接閱讀英文原著，使父親得以廣泛接觸國外的文藝思潮和豐富的值得移譯的作品，包括各流派各名家的小說、劇本、詩歌、散文以及文學論文等等。他也主張和採取「拿來主義」，不論何種形式、何種題材或何種流派的作品，他兼收並蓄。在短短四年間，他翻譯了短篇小說 41 篇，劇本 24 個，散文 8 篇，詩歌 29 首，以及文藝論文 16 篇，約 80 餘萬字。此外，還通過連

續刊於《小說月報》上的「海外文壇消息」編譯了介紹外國文藝的動態和新趨向的國外文壇消息 200 餘條。內容廣泛、豐富和譯文流暢的大量譯作的不斷面世，使沈雁冰這個名字逐漸在文化圈內為人所熟知。

父親之所以熱衷於翻譯，不妨聽聽他當時是怎樣說的：「翻譯的重要實不亞於創作。西洋人研究文學技術所得的成績，我相信，我們很可以，或者一定要採用。採用別人的方法——技巧——和徒事仿效不同。我們用了別人的方法，加上自己的想像情緒……，結果可得自己的好的創作。在這意義上看來，翻譯就像是『手段』，由這手段可以達到我們的目的——自己的新文學。」(《茅盾全集》18 卷 149 頁) 父親在晚年撰寫的回憶錄中對那段時期的埋頭翻譯，也有過這樣的說明：「這樣地熱心於 19 世紀歐洲各派文藝思潮，在今天看來，似不可理解。但在當時，大家有這樣的想法：既要借鑒於西洋，就必須窮本溯源，不能嘗一臠而輒止。我從前治中國文學，就曾窮本溯源一番過來，現在既把線裝書束之高閣了，轉而借鑒於歐洲，自當從希臘、羅馬開始，橫貫 19 世紀，直到世紀末。那時，20 世紀才過了二十年，歐洲最新的文藝思潮還傳不到中國，因而也給我一個機會對 19 世紀以前的歐洲文學作一番系統的研究。……我認為如此才能取精用宏，吸取他人的精萃化為自己的血肉；這樣才能創造劃時代的新文學。」(《茅盾全集》34 卷 150 頁)

1918 年 2 月，茅盾與孔德沚結婚。這是茅盾孩提時由祖父定下的婚事，女方沒有文化。但茅盾不願讓母親為難，也不願傷害女方，同意了這門婚事。婚後，孔德沚在婆婆的教導下，努力學習文化，又在丈夫的影響下，參加了革命工作。在以後漫長的五十年共同的鬥爭生活中，孔德沚不僅是茅盾生活中最忠誠的伴侶，也是茅盾事業上最得力的助手。這張照片是茅盾婚後在上海所攝。

為了求得譯文的完美，父親還對翻譯方法和翻譯理論作過一番研究。他主張直譯，不贊成意譯和死譯；對於直譯，他又主張重「神韻」，不能為留「形貌」而失「神韻」。因為「文學的功用在感人，……而感人的力量恐怕還是寓

於『神韻』的多而寄在『形貌』的少。」他又認為「『形貌』和『神韻』卻又是相反而相成的；構成『形貌』的要素是『單字』『句調』兩大端，這兩者同時也造成了該篇的『神韻』。一篇文章如有簡短的句調和音調單純的字，則其神韻大都是古樸；句調長而挺，單字的音調也簡短而響亮的，則其神韻大都屬於雄壯；……譯者如欲不失原作的神韻，究竟也可以從『單字』與『句調』上想法。如果『單字』的翻譯完全不走原作的樣子，再加之『句調』能和原作相近，得其精神，那麼，……『神韻』已自在其中了。」（《茅盾全集》18卷87、88頁）

　　父親對原著的涉獵和選擇雖然廣泛：既有古典主義、自然主義的作品，也有浪漫主義、象徵主義的作品，但是總的趨向是不贊成唯美的、抽象的、純藝術的文學，而贊成面向人生面向現實的現實主義文學，主張文學要有「理想做個骨子」。所以他的譯作中大量的是現實主義作家的作品，如契訶夫、托爾斯泰、斯特林堡、莫泊桑、高爾基、巴比塞、比昂遜等，以及弱小民族作家的作品，如猶太民族的潘萊士，匈牙利的拉茲古等。在他和郭沫若的一次關於翻譯問題的討論中，曾闡明自己的觀點道：「我們翻譯一種作品除主觀的強烈愛好心而外，是否還有一個『適合一般人需要』，『足救時弊』等等觀念做動機？」，「我覺得翻譯家若果深惡自身所居的社會的腐敗，人心的死寂，而想藉外國文學作品來抗議，來刺激將死的人心，也是極應該而有益的事。」（《茅盾全集》18卷248、249頁）

　　父親在1920年就參加了上海共產主義小組，所以他的政治觀是前進的，而他的文學觀則滯後於他的政治觀，還停留在「為人生的藝術」上，這一差別也反映在他的翻譯工作中。不過，在當時的文藝界，提倡「為人生的藝術」仍不失為「空谷足音」，它為開創中國現實主義文學豎起了一面大旗。父親正是高舉這面旗幟的重要領頭人之一。

二、青年文藝評論家

　　從文學翻譯開始，父親走過了先翻譯文學評論，後撰寫外國文學評論，再後撰寫中國文學評論這樣一條道路，終於成為20年代的著名文藝評論家。他最早的兩篇文學評論是《蕭伯納》和《托爾斯泰與今日之俄羅斯》。前者介紹蕭氏的主要劇作，評論其與易卜生作品的異同，又論述了他作品的藝術特點和所追求的理想主義：均貧富，徹底破壞舊的倫理道德，把希望寄託於未來。而這些理想之實現則需要有「超人」出現，為此，父親還翻譯了蕭伯納

的劇本《人與超人》中的一節。後一篇除對俄國文學作了史的概括外，還全面介紹了托爾斯泰的經歷，文學成就，藝術觀，哲學思想，以及對俄國社會乃至俄國革命的影響。這兩篇文學評論都寫於 1919 年上半年，即「五四」運動前後，從中已能看出父親從事文藝評論的起點：怎樣的政治傾向性和藝術觀點。

父親的外國文學評論，集中寫於 1925 年以前，其中評介某一著名作家的專文約有 50 餘篇，更多的是附於譯文前後的作者簡介，約有 100 多篇。此外，還有

1923 年寫《讀〈吶喊〉》時的茅盾。

系統地簡介世界各國或某一國家的文學或文學家的文章，如《現代世界文學者略傳》、《近代俄國文學家三十人合傳》、《近代戲劇家傳》、《新猶太文學概觀》、《現代捷克文學概略》等等，以及介紹文學常識的《文藝小詞典》。這些外國文學評論總共有 80 萬字光景。至於外國文學評論的專著，如《西洋文學通論》、《希臘文學 ABC》、《世界文學名著講話》等 6 種，大都寫於 20 年代後期和 30 年代前期，都是在積累了大量素材之後的成果。

父親撰寫中國文學評論，稍遲於外國文學評論，從數量上看，在 20 年代前期要少於外國文學評論，但文章中提出的問題和所討論的內容以及它們所產生的影響則深遠得多。父親最早的一篇中國文學評論寫於 1920 年 1 月，題目爲《現在文學家的責任是什麼？》這篇論文最早提出了他當時已形成的一些文藝觀點，如「文學是爲表現人生而作的。文學家所欲表現的人生，決不是一人一家的人生，乃是一社會一民族的人生」，「一種新思想發生，一定先靠文學家做先鋒隊，借文學的描寫手段和批評手段去『發聾振聵』」，「文學家應當有傳播新思潮的志願，有表現正確的人生觀在著作中的手段」，要「使文學成爲社會化，掃除貴族文學的面目，放出平民文學的精神」，文學「不是供貴族階級賞玩的，是『血』和『淚』寫成的，不是『濃情』和『艷意』做成

的，是人類中少不得的文章，不是茶餘酒後消遣的東西！」(《茅盾全集》18 卷 8～11 頁)

這些觀點基本上表達了父親在接觸馬克思主義文藝思想以前的文藝觀點，即主張「為人生的藝術」，提倡「平民文學」和「血與淚」的文學，指出新文學與新思潮的依存關係，以及強調文學的「功利」作用。在 1925 年前，它們是貫穿了父親的中國文學評論中的基調。這一類的文章，包括論文、作品評論、雜談及書信等，共 90 多篇，約 30 餘萬字，絕大部分發表在父親主編的《小說月報》和文學研究會的會刊《文學旬刊》上。其中具代表性的有《為新文學研究者進一解》、《評四、五、六月的創作》、《自然主義與中國現代小說》、《〈創造〉給我的印象》、《讀〈吶喊〉》、《什麼是文學》等，這些文章或介紹「新浪漫主義」，或駁斥鴛鴦蝴蝶派，或與「創造社」論戰，或盛讚魯迅的作品，而《評四、五、六月的創作》則開創了一種新的作品評論形式，很受讀者注意和歡迎。

父親從譯介和研究外國文學起步，最終進入了中國現代文學評論這塊未經開墾的處女地，並在其中辛勤地耕耘了一生。在父親的全部著作中，文學評論的篇幅幾近一半，在作家茅盾未出現之前，人們知曉的只有文學評論家沈雁冰，足見文學評論在父親文學生涯中的地位。父親所以「樂此不疲」，除了個人的因素及「五四」前後中國新思潮萌發的大環境，也還有一個不容忽視的機遇問題，那就是他偶然被邀請參加了在北京成立的「文學研究會」，且成為發起人之一；他又被偶然選中為革新《小說月報》的帶頭人。正如他在晚年所說，那是「適逢其會」，起了個「清道夫」的作用。

三、編輯界的闖將

在 20 年代的上海文壇，父親還以青年編輯家而聞名，並且是個「多面手」。自 1917～1927 年這十年間，父親主編或參加編輯的報刊雜誌有 9 種之多，而且還有兩個主編的位置與父親擦肩而過。對於這種情形，父親的解釋是「適逢其會」，換句通俗的上海話就是「額角頭高」。為何父親有此機遇呢？顯然有人看中了他的「高」。

1917 年秋，商務印書館編譯所任《學生雜誌》主編的朱元善看中了父親，認為父親的英文、國文水平都不錯，能譯、能寫、能編，是個全才。便向所長高夢旦提出，把父親從國文部調出幫他編《學生雜誌》。但國文部的孫毓修不肯放，商議的結果是把父親「平分」，半天在國文部編《中國寓言》，半天

去編《學生雜誌》。從此，父親就與編輯工作結了緣。

《學生雜誌》的發行面雖然不廣，但對父親卻有不平凡的意義，他的好幾個「第一」都產生在這個刊物，如第一篇翻譯小說《三百年前孵化之卵》、第一篇論文《學生與社會》，第一篇人物評傳《履人傳》、第一篇話劇中英對照的《求幸福》、第一篇外國作家評論《蕭伯納》、第一篇科普讀物《探『極』的潛艇》等等，以及第一次懂得了何為編輯工作。可以說，《學生雜誌》是父親學習辦雜誌和初試各種文體的練兵場。

1919 年夏，受「五四」新思潮的影響，父親和澤民叔叔會同家鄉的一些朋友，在烏鎮發起組織了一個以反對封建，宣揚民主，提倡科學、改革社會為宗旨的社團「新鄉人社」，並出版了社刊《新鄉人》，由父親任主編，並在上面寫了不少文章。這是父親第一次參與政治性的結社活動和編輯活動。《新鄉人》後改名為《新桐鄉》，到 1923 年就停刊了。

也在 1919 年夏，父親開始向商務印書館以外的報刊雜誌投稿。投稿最多的是張東蓀主編的《時事新報》副刊《學燈》和《解放與改造》半月刊。這兩個刊物在當時的上海以標榜宣傳社會主義而聞名。父親在半年內連續在這兩個刊物上發表了 24 篇文章，這就引起了張東蓀的注意，並由此與父親成了朋友。他還有意把父親拉進《時事新報》社工作。1920 年下半年，張因事暫離上海，就請父親代理了兩三個星期的《時事新報》主筆，代理期間父親也在《時事新報》上寫了一些短文。不過父親終究沒有被拉進報社工作，這兩三週的代理主編可視為父親對編大型報紙的一次實習。

父親在 20 年代最重要的文學活動就是主編並革新《小說月報》。《小說月報》原是一個專門刊登鴛鴦蝴蝶派「奇情艷情」小說的封建文化的頑固堡壘。最初，《小說月報》的主編王蓴農找孫毓修和朱元善商量，要求把父親借去「照顧」一下《小說月報》，

1921 年春茅盾主編《小說月報》時攝於家中書房內。

讓他負責編輯《小說月報》新闢的一個欄目──「小說新潮」。這個欄目的特點是一律用白話文（《小說月報》原來全用文言文），專登翻譯的西洋小說和劇本。這就是《小說月報》的半革新，它意味著在已經創辦了十年之久的封建頑固派的堡壘上打開了一個缺口，這缺口的擴大則最終導致了《小說月報》的全面革新。

如果說王蒓農挑選父親來編「小說新潮」欄，還有其必然性的話，那麼父親肩起全面革新《小說月報》的重任，則純屬偶然了。因爲當時商務印書館的總經理張元濟曾千里迢迢跑到北京去尋找革新《小說月報》的合適人選，然而在北京的鄭振鐸卻告訴張元濟，在他管轄的商務印書館內部就有最合適的人選──沈雁冰。原來張元濟雖常在報刊上見到署名雁冰的文章，卻不知這雁冰便是自己編譯所內的沈德鴻。

父親接編《小說月報》後，學習和借鑒了西歐文學刊物辦刊的形式和內容，對刊物進行了大刀闊斧的改革，除宣告文稿全部用白話文外，還封存了原有的鴛鴦蝴蝶派的全部稿件，一律不再刊用。他撰寫了《〈小說月報〉改革宣言》，刊於革新後的第十二卷第一期上，提出今後刊物將包括評論、研究、翻譯、創作、特載、雜載等門類，其中特載係指有創見的新說，雜載則包括

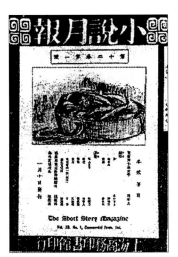
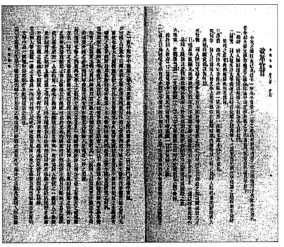

1920 年 11 月，二十四歲的茅盾接任《小說月報》主編，決心徹底革新《小說月報》。茅盾在 1920 年 12 月出版的《小說月報》上，寫了五則「特別啓事」，宣告從十二卷第一期起，《小說月報》將「面目一新，精神不同」，願本著「介紹西洋之新文學，輸進新文學應有之常識」的素志，「勉爲新文學前途盡一分之天職」。並公布了革新後《小說月報》的撰稿人名單：周作人、葉紹鈞、耿濟之、許地山、郭紹虞、冰心、鄭振鐸、盧隱、孫伏園、王統照、沈雁冰等。

文藝小品、傳記、書評和海外文壇消息，並提出將以創作和譯著作爲刊物的重心。

「宣言」在闡明辦刊方針時，還提出了如下的新思想：

> 革新文學非徒事模仿西洋而已，實將創造中國之新文藝。
>
> 一國之文藝爲一國國民性之反映，亦惟能表見國民性之文藝能有眞價值，能在世界的文學中佔一席地。
>
> 就國內文學界情形言之，則寫實主義之眞精神與寫實主義之眞傑作實未嘗有其一二，故⋯⋯寫實主義在今日尚有切實介紹之必要。
>
> 不論如何相反之主義咸有研究之必要。故對於爲藝術的藝術與爲人生的藝術，兩無所袒。必將忠實介紹，以爲研究之材料。
>
> 批評主義在文藝上有極大之威權；能左右一時代之文藝思想。⋯⋯我國素無所謂批評主義，⋯⋯同人不敏，將先介紹西洋之批評主義以爲之導。然同人固皆極尊重自由的創造精神者也，雖力願提倡批評主義，而不願爲主義之奴隸，⋯⋯而稍殺自由創造之精神。
>
> 中國舊有文學不僅在過去時代有相當之地位而已，即對於將來亦有幾分之貢獻，⋯⋯故甚願發表治舊文學者研究所得之見，俾得與國人相討論。（《茅盾全集》18 卷 56、57 頁）

以上的這些見解，在當時的雜誌界乃開創風氣之作，亦爲後來的雜誌人所競相借鑒和仿效，尤其其中關於「百花齊放」、「百家爭鳴」、「洋爲中用」、「推陳出新」，以及「創造中國自己的新文學」這些觀點。

《小說月報》的革新大獲成功，得到廣大讀者尤其是青年讀者的歡迎，因而銷量直線上升；但也被封建保守勢力視爲邪教異說和眼中釘。父親在接編《小說月報》時，館方曾作過不干涉雜誌的編輯方針的承諾。但兩年後商務的保守派在社會上封建頑固勢力的壓力下，企圖改變先前作的承諾，於是父親離開了《小說月報》。但父親手訂的辦刊方針及有關的規章制度等，在其後的十年中都沒有改變，保持了原有的風格和面貌。

1921 年春，鄭振鐸從北京來到上海，擔任《時事新報》副刊《學燈》的編輯。他與父親商量在《時事新報》上增設一個副刊《文學旬刊》，作爲文學

研究會的正式會刊。那時，《小說月報》對外雖說是文學研究會的代會刊，但受制甚多，有些文藝上的見解也不便在上面暢所欲言，不能眞正發揮會刊的作用。而《文學旬刊》就不存在這樣的問題。這份會刊雖說是父親和鄭振鐸共同主編，實際上是由鄭振鐸負主要責任，因爲父親那時正忙於《小說月報》的革新。

在《文學旬刊》上父親寫的多是短文，尤其以雜談、通信爲多，但也有若干篇分量較重的參與論戰的長文。其中有三次較重大的論爭，第一次的論爭對象是「禮拜六」派，第二次是學衡派，第三次是創造社。還有一些雖不是直接參加論爭，卻是有針對性地闡述了自己的文藝觀點，如《「大轉變時期」何時來呢？》、《論無產階級藝術》、《文學者的新使命》、《讀〈倪煥之〉》等。

《文學旬刊》後改稱《文學週報》，並獨立發行，直到 1929 年夏才停刊，它的篇幅雖不多，卻影響深遠。父親在 1925 年前參與了該刊的編輯工作，其後逐漸退出，但仍是積極的撰稿者。在《文學旬刊》上父親先後發表的文章達 130 餘篇，其中多數是如前所列的文藝論文和文藝雜談，也有翻譯的小說、詩歌和文藝評論。父親的《〈楚辭〉與中國神話》等一系列神話研究文章，就發表在《文學旬刊》上。此外，父親最早的抒情散文如《一個青年的信札》、《暴風雨》、《疲倦》、《嚴霜下的夢》等等，也都是在《文學旬刊》上發表的。

1922 年將後，父親參與政治活動日益頻繁起來，編輯工作也自然而然向政治傾斜。1924 年 3 月，經邵力子邀請，父親去編了四個月的《民國日報》副刊《社會寫眞》（後改名《杭育》）。在這一段日子裡，他幾乎每天要寫一篇抨擊劣政、針砭時弊的雜文，它們短則二三百字，長則四五百字，四個月共寫了 127 篇。這幾個月的「磨煉」，使父親增長了對周遭事物敏銳的洞察力、思辨力和「出口成章」的本領，逐漸掌握了雜文這樣的一種戰鬥武器。

1925 年「五卅」運動時，商務編譯所一些思想進步的同人，聯合創辦了一份《公理日報》，父親是倡導者和編輯之一。爲什麼起名叫《公理日報》是因爲當時上海各大報面對英日帝國主義對愛國工人、學生、平民的屠殺，都不敢說話，不敢進行揭露和抨擊，也就是都缺乏「公理」。創辦這張報紙就是爲了與這些大報作針鋒相對的鬥爭。父親在這報上發表了幾篇如《注意段政府的外交政策》之類的政論。但不久這份報紙就因經濟困難而停辦了。

1926 年 1 月，茅盾在廣州參加國民黨第二次代表大會時留影。

　　1926 年初，父親作為國民黨第二次代表大會的代表到了廣州，大會結束後，被留在國民黨中央宣傳部任秘書工作，當時毛澤東任宣傳部的代理部長，還兼編著宣傳部的一個刊物《政治週報》，見父親去了，就把《政治週報》推給了父親。父親只編了一個多月，為《週報》寫了三篇批判國家主義的文章。3 月 9 日爆發了中山艦事件後，父親就離開廣州，回到了上海。

　　1927 年大革命時期，父親在武漢主編《漢口民國日報》的經歷，是他的編輯生涯中特別驚心動魄，值得大書一筆的。當時武漢處在中國革命漩渦的

中心。《漢口民國日報》又處在武漢這一大漩渦的中心。父親到報社時正是蔣介石發動「四一二」反革命政變之後，當時兩湖農民運動的高漲，土豪劣紳的瘋狂反撲，國民黨左派的動搖，陳獨秀右傾投降路線的形成等等令人眼花繚亂的社會動態，使得報紙上充滿了尖銳、血腥、動盪的消息。父親在瞿秋白和董必武的幫助和支持下，運用自己的政治智慧，掌握了報紙的正確航向，抵制了陳獨秀的干涉，終於闖過了重重關口。在不到三個月的時間裡連續為報紙撰寫了 37 篇社論和編後記，如《袁世凱與蔣介石》、《撲滅本省各屬的白色恐怖》、《討蔣與團結革命勢力》等等，堅決捍衛了黨的正確路線。這三個月的辦報經歷，對父親來說有其特殊的意義：這是一張政治性的大報，不同於一般的文學期刊；當時它面對的是尖銳複雜、瞬息萬變的政治鬥爭，需要編者有銳利的目光、堅定的立場，能迅速做出決斷，而不像對待文學論爭那樣可以從容不迫。雖然父親後來再沒有編過這樣的政治性的大報，但這次短暫的經歷對他編輯生涯的影響是無法抹掉的。

父親的編輯工作另有一個特點，就是他主編刊物（《漢口民國日報》除外）都是唱的「獨角戲」，整個編輯部只有他一個主編再加上一個登記收發稿件的助手。它的好處是節省人力，工作效率高，避免無謂的爭論和公文旅行，缺點是主編太辛苦。

四、多面手

父親在進入商務印書館編譯所，並在國文部孫毓修手下工作之後，孫曾先後交給他兩個任務：編纂中國寓言和編寫童話。父親很高興，因為藉此可以系統地再讀一遍先秦諸子、兩漢經史子部。他認為中國尚無真正意義上的完整的寓言集，如能將這些古籍中的寓言加以編纂，並加注解。則是於己於人都很有益的工作。《中國寓言》原擬分為初編、二編、三編，但父親花了半年時間只編了初編，便因故中斷了。

從古籍中選編專集並加以注釋，這種鑽研學問的方法引起了父親的興趣，20 年代後期，他又選編注釋了《節選〈莊子〉》、《〈淮南子〉選注》和《〈楚辭〉選讀》三冊古籍。（直到晚年，他對此仍舊興趣盎然，為了幫助孫女學習古文，他認真地編選注釋了幾冊適合兒童閱讀的古詩文讀本）。

編寫童話是從 1918 年秋天開始陸陸續續進行的，共編寫了《大槐國》、《鼠擇婿》、《書呆子》等 27 篇，分編為 17 冊，收入商務印書館出版的《童

話第一集》中。它們大致可分爲三類，一類是根據我國古代的傳說故事注入新意改編的；一類是根據外國的寓言、童話改編的，其中有的結合了中國的民間故事；第三類則是父親自己編寫的。這些童話大都對兒童如何處事、做人，陶冶性情，開拓知識等方面作一些啓蒙，將新鮮的空氣引進少年兒童的生活。

從編寫童話到關注兒童文學，也是父親文學生涯中一個重要的方面。他曾創作了好幾篇兒童題材的小說，如《少年印刷工》、《大鼻子的故事》、《兒子開會去了》等。至於有關兒童文學的論著就更多了，如《論兒童讀物》、《孩子們要求新鮮》、《給他們什麼》等等，他還寫過一篇專論兒童文學的長文《六〇年少年兒童文學漫淡》。直到晚年他仍十分關注兒童文學創作的發展，認爲「中國兒童文學是大有希望的！」

父親初闖文壇的另一個收穫是神話研究。他是在「借鑒西洋必須窮本溯源」的原則下開始神話研究的。他在晚年所作《神話研究·序》中曾寫道：

> 二十二三歲時，爲要從頭研究歐洲文學的發展，故而研究希臘的兩大史詩；又因兩大史詩實即希臘神話之藝術化，故而又研究希臘神話。彼時我以爲希臘地處南歐，則地處北歐之斯堪的納維亞各民族亦必有其神話。當時搜羅可能買到之英文書籍，果然有介紹北歐神話者。繼而又查大英百科全書之神話條，知世界各地半開化民族亦有其神話，但與希臘神話、北歐神話比較，則不啻小巫之與大巫。……我又想，五千年文明古國之中華民族不可能沒有神話，《山海經》殆即中國之神話。因而我又研究中國神話。凡此種種研究結果，或以短文形式隨時發表，或以書本形式出版。(《茅盾全集》28卷 432 頁)

其中以短文形式發表的，即集中刊於 1925 年初《兒童世界》上的介紹希臘神話和北歐神話的 16 則小故事，以及 1928 年發表於《文學週報》上的介紹和研究世界各民族神話的十多篇文章。研究的專著則有《希臘神話》、《神話雜論》、《中國神話研究 ABC》、《北歐神話 ABC》等數種。

進入 30 年代以後，父親的神話研究沒有再繼續下去，不過他對中國神話研究所做的工作可以說是一位開闢草萊者。中華民族有五千年文明史，可是中國卻沒有像希臘、羅馬、北歐那樣的系統完整的神話傳說。「中國的神話不但一向沒有集成專書，並且散見於古書的，亦復非常零碎，所以我們若想整

理出一部中國神括來，是極難的。」
（《茅盾全集》28 卷 4 頁）父親在瀏覽了
世界各民族的神話之後，決心走出第
一步：搶救瀕臨湮沒的中國神話。他
從古書堆中搜集零碎龐雜的神話材
料，再加以梳理和研究。其成果就是
10 多萬字的《中國神話研究》和《中
國神話研究 ABC》。父親認爲：神話
是一種流行於上古時代的民間故事，
是各民族的原始信仰與生活狀況的反
映，所敘述的是超乎人類能力的神們
的行事。所以，研究中國神話，就首
先要區分何者爲中華民族遠古時代原
始信仰的神話，何者爲後代方士迎合
當時求神仙的君主的意志而造的讕
言，或者是好奇的文人所編的神仙故
事，何者是外來的神話流入中國留下

1924 年 2 月，茅盾和三歲女兒在商務
印書館涵芬樓前的花園裡。

的痕跡。只有經過這樣嚴格的分辨，才能梳理出真正的中國神話，而不至於
讓變質的神話和冒牌的神話魚目混珠。

　　父親初闖文壇前後約有十年，這是豐富多彩的十年。在這十年中間，父
親涉足了文藝領域的諸多部門：翻譯、評論、古籍注釋、神話研究、童話編
寫、介紹科普知識，編各種刊物，寫散文和雜文……惟獨沒有寫小說。有朋
友問父親：「您翻譯了那麼多小說，爲什麼自己不寫一部？」父親笑笑回答：
「我還沒有這個能力呀！」這不是父親的謙詞而是他對小說創作一貫的嚴
謹態度。父親深知文學創作並非只是作者個人感情的宣泄，不是高興時的遊
戲或失意時的消遣，也不是看了一部《紅樓夢》便能提起筆來寫的，而需要
有豐富的生活積累，有駕馭藝術技巧的能力，以及有一個能科學地分析事物
的頭腦。所以他寧願厚積而薄發。那十年的生活積累曾使父親產生過強烈的
創作衝動。作於 1933 年的《幾句舊話》中他曾回憶 1926 年的一件往事：「我
又打算忙裡偷閒來試寫小說了。這是因爲有幾個女性的思想意識引起了我的
注意。那時正是『大革命』的前夜。」「記得八月裡的一天晚上，我開過了

會，打算回家；那時外面大雨，……和我同路的，就是我注意中的女性之一。……我們一路走，我忽然感到『文思沟湧』，要是可能，我想我那時在大雨下也會捉筆寫起來罷？這晚回家後我就計劃了那小說的第一次大綱。」（《茅盾全集》19 卷 439 頁）然而那次創作衝動沒有結果，因爲不久父親就投入了大革命的洪流，直到一年以後父親從武漢回到上海，才眞正開始了小說創作。

從此，中國少了一位職業革命家，卻湧現了一位現實主義的革命作家。

第二節　文學研究會主將

文學研究會成立於 1921 年 1 月 4 日，發起人有周作人、鄭振鐸、蔣百里、葉聖陶、許地山、王統照、沈雁冰等十二人，除了父親在上海，葉聖陶在蘇州，其餘十人都在北京。爲什麼千里外的父親會成爲研究會的發起人之一？前面曾略有述及，這裡再稍多說幾句。1920 年 10 月間，商務印書館總經理張元濟決定趁《小說月報》主編王蒓農提請辭職的機會，徹底革新《小說月報》，並藉機推動整個商務印書館的革新，以適應「五四」後的時代潮流。爲此他偕同編譯所所長高夢旦到北京求教於胡適等當時的新派名人。著名的軍事家和文學家蔣百里那時正與鄭振鐸等人醞釀成立一個文學團體和創辦一份文學期刊，經他介紹鄭振鐸與張元濟見了面。談話中鄭振鐸提出由商務來出版他們擬議中的這個新刊物。張元濟表示商務已有了六個雜誌，不願再辦新的。但因《小說月報》正打算徹底革新，張便提出這個新刊可附於《小說月報》，鄭亦未同意。張又提出請鄭振鐸去上海主編《小說月報》。鄭表示不能去上海，就說，你們商務內部就有最合適的人選，何必捨近求遠？張問是誰。鄭答：就是編譯所的沈雁冰。原來張元濟只知編譯所有個沈德鴻，卻不知沈德鴻就是經常在報刊上寫文章的沈雁冰。鄭振鐸與父親從未見過面，也未通過信，卻與父親神交已久。他是通過上海各報刊上刊登的署名「雁冰」的文章，知道有一位筆名雁冰的志同道合的文學伙伴，並且打聽到他在商務印書館編譯所工作，姓沈。

11 月下旬，高夢旦正式向父親提出讓他接編《小說月報》並對其進行全面革新，同時也接受了父親提出的不干涉雜誌的編輯方針，不用「禮拜六派」的稿子等要求。「禮拜六派」是鴛鴦蝴蝶派的變種，當時是封建文學的代表。

不過高夢旦提出《小說月報》的革新要從第十二卷開始，因此必須在 1921 年
1 月份出版。也就是說，要做到如期出版，就必須在四十天內發稿完畢，於是，
父親立即向上海及外地的熟人發約稿信，自己也連夜寫稿、譯稿。父親估計，
論文和譯稿問題不大，只是上海的熟人中從事創作的不多，所以創作稿只能
寄希望於外地來稿了。就在這時，突然收到鄭振鐸的來信，大意說他是王統
照的朋友，父親給王的約稿信他和他的朋友都看到了，大家都表示願意提供
稿件。信中還說到他們正想組織一個文學團體，名為「文學研究會」，發起人
有周作人等，希望父親也能參加。這封信真正是「雪中送炭」，給了父親極大
的喜悅，他立刻覆信表示感謝，並同意參加「文學研究會」。這樣，父親就成
為「文學研究會」十二個發起人中惟一的上海成員。

　　一個星期以後，便陸續收到鄭振鐸寄來的稿件，都是「文學研究會」成
員寫的，有葉聖陶、許地山、冰心、鄭振鐸、王統照的創作，周作人的論文
和耿濟之、孫伏園的譯文等。鄭振鐸在信中還建議，「文學研究會」應該有自
己的會刊，在目前條件尚未成熟之時，可
否讓《小說月報》起個暫代會刊的作用，
在雜誌上有意識地宣傳「文學研究會」的
主張。父親欣然同意，便在《小說月報》
革新後的第一期上，刊登了「文學研究會」
的宣言和簡章，並在「本刊特別啓事」中
宣布：從第十二卷起《小說月報》將「更
改體例，文學研究會諸先生允擔任撰著」，
同時列出了包括自己在內的十六位撰稿人
名單。

　　「文學研究會」成立後，雖發布了宣
言和章程，實際上卻是個鬆散的組織，會
員往往各行其是，政治、藝術傾向也不完
全一致。但他們都是當時文壇的中堅，其
文學活動又共同體現出「為人生的藝術」
的傾向，《小說月報》便成為發表和宣傳這
種文藝觀點的主要陣地。「文學研究會」的
總會設在北京，但並無辦事機構，一切事

1920 年初，陳獨秀從北京來到上
海，邀集陳望道、李漢俊、李達、茅盾
商討《新青年》遷滬出版等事宜。改版
後《新青年》以介紹馬克思主義理論和
宣傳蘇聯為重點。同年 5 月，八卷一號
出版。茅盾成為《新青年》的基本撰稿
人。這是 1920 年初的茅盾。

務全由鄭振鐸一人處理；倒是上海的分會因有《小說月報》作依託，無形中成為「文學研究會」的另一中心。1922 年初鄭振鐸也來上海工作之後，就與父親創辦了「文學研究會」的正式會刊《文學旬刊》，這樣，「文學研究會」的重心便完全移到了上海。父親與鄭振鐸也因他們的文學活動以及所辦刊物產生的凝聚力而成為「文學研究會」實際上的核心。在 20 年代，「文學研究會」之所以能成為代表「五四」精神、提倡現實主義文學的最具影響文學團體，除了廣大會員在文藝理論上的建樹和創作上取得的豐碩成果外，也有父親和鄭振鐸的一份辛勞。因此，父親被人們譽為「文學研究會最具權威性的代表人物」。

依託《小說月報》和《文學旬刊》這兩塊輿論陣地，「文學研究會」在中國新文學的開創時期，在理論建設戰線上進行了三場戰鬥，倡導和堅持了以現實主義為實質的為人生的藝術觀。

第一場戰鬥是對封建文學，即對「禮拜六派」的批判。「禮拜六派」以他們創辦的刊物《禮拜六》得名，他們多半以文言文寫作，內容則大抵為迎合小市民趣味的主要以才子佳人哀怨等為題材的小說，當時擁有極廣泛的讀者群，且得到封建文化勢力的庇護。《小說月報》原是他們長期盤踞的陣地，自然為革新後的《小說月報》所不容。他們的被逐，自然也就遭到封建文學代表們的極度不滿和接連不斷的圍攻和謾罵。在攻擊了一年之後，父親在《小說月報》上發表了《自然主義與中國現代小說》以及其他一些文章，對「禮拜六派」從理論上和創作上作了總的清算。文章區分了新舊兩派文學質的不同，指出舊文學「把文學看做消遣品，看做遊戲之事，看做載道之器，或竟看做牟利的商品」；新文學則「以為文學是表現人生的，疏通人與人間的情感，擴大人們的同情心的。」（《茅盾全集》18 卷 233 頁）認為「禮拜六派」雖然披上一件「新潮」的外衣，但他們的愛情小說、家庭小說的中心思想，仍舊是封建思想的「書中自有黃金屋，書中自有顏如玉」的各種形式的翻版而已，他們也用過白話文，也做描寫無產階級窮困的小說，而其結果，反成了訕笑譏刺無產階級的粗陋與可厭了。文章還批評「禮拜六派」的小說不知道客觀的觀察，只知主觀的向壁虛構，滿紙是虛偽做作的氣味；還不懂得小說重在描寫，卻用「記帳式」的敘述法來做小說。文章的結論是：「禮拜六派」今天對小市民仍有廣泛影響，非先鏟除這股黑暗勢力不可！父親用以「鏟除」的藥方，就是提倡自然主義——寫實主義。自然主義的最大特點和優點

是實地觀察生活，客觀地描寫生活，是求「眞」，把忠實地反映人生列爲文學的第一義，這正是封建文學所缺少的。父親也承認，自然主義不足之處是只把社會的醜惡描寫給人看，徒使人悲觀失望，但認爲在中國要「鏟除」封建文學，最有效的手段還是藉助自然主義帶來的兩件法寶——實地觀察和客觀描寫。

父親的這篇文章，引得「禮拜六派」暴跳如雷，他們在理論上無能爲力，便採用另一種手段，通過商務印書館內部的保守派對商務當局施壓，揚言要與商務對簿公堂。新上任的編譯所所長王雲五和他們沆瀣一氣，不願得罪「禮拜六派」，就要父親寫篇文章道歉。父親斷然拒絕。他們又偷偷對《小說月報》發排的稿子實行檢查。父親發覺後，向王雲五提出嚴正抗議，指出這是違約的行爲，因爲商務當局曾經承諾絕不干涉雜誌的編輯方針。並宣告，如館方不制止這種行爲，自己就辭職，還要以公開信的形式將這件事的始末公諸於世，喚起全國輿論的注意。結果王雲五讓步了，請求父親編完第十三卷再辭職，《小說月報》則由鄭振鐸接編，以示雜誌的宗旨不變。

第二場戰鬥是與「學衡派」的鬥爭。「學衡派」是由南京東南大學的幾名教授——胡先驌、梅光迪、吳宓出版的《學衡雜誌》而得名。這三位教授都是留學生，所以不同於一般復古派，而是穿洋服說洋話的復古派。他們標榜「國粹」，卻又鍍上一層西洋的金裝，說什麼「凡夙昔尊崇孔孟之道者，必肆力於柏拉圖、亞里士多德之哲理」，「凡讀西洋之名賢傑作者，則日見國粹之可愛。」其實他們既對中國的新文化兩眼漆黑，對西歐文化也一竅不通。魯迅曾一針見血地指出：「學衡派」自己還沒有弄通古文，卻自謂肩捍衛古文的重任來教訓新文學者，這是不知羞恥。「學衡派」的主要論點是：反對文學進化論，白話文不能代替文言，言文不能合一，主張模仿古人等。《學衡雜誌》創刊於1922年初，他們與當時軍政界和文化界的反動復古勢力聯合起來向新文化運動進攻，至1924年達到了高峰。這種局面的形成，也與新文化界內部有些人對白話文不再熱心有關，譬如早年提倡白話文的胡適等人，那時卻埋頭在故紙堆中做他們的「整理國故」的夢。

「文學研究會」的同人堅決投入了與「學衡派」的鬥爭。鄭振鐸寫了好幾篇批駁文章。當時，《文學旬刊》和《民國日報》副刊《覺悟》，成爲上海新文藝界反擊新復古派的大本營。父親在這次鬥爭中約寫了八九篇文章。中國的舊復古派都是老夫子，在「五四」新文化運動的打擊下已經噤若寒蟬；

而新復古派卻是留洋生，他們的特點是「中西合璧」，喜歡賣弄洋「典故」來論證其復古理論，所以頗能迷惑一些涉世尚淺的年輕人。父親的文章就著重揭穿他們的這層「洋」皮，揭露他們實際上對西歐文學的無知。梅光迪在《學衡雜誌》的第一、二期上發表了一篇反對文學進化論的長文，其立論的外國根據是英國的一位文學評論家韓士立曾說過：「文學進化論為流俗之錯誤」，他便據此責備國人不該「迷信」文學進化論。其實這個韓士立已經死了一百年，在這一百年間，西歐文學評論界早就否定了韓的觀點。而且西歐文學進化論的真正發展

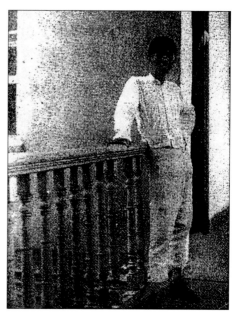

1921 年夏，茅盾在上海商務印書館編譯所辦公樓內。

還在韓士立死了以後。所以父親在《評梅光迪之所評》一文中指「以一人之嗜好，抹煞普天下之真理」。但這種伎倆只能騙騙幼稚的中小學生。

父親的另一篇文章《文學界的反動運動》則針對胡先驌的反對白話文提倡文言文提出了批評。胡先驌也是用洋「典故」來嚇唬中國人，說希臘古文學之所以偉大就在於用的是文言（古希臘文），又說：「詩家必不盡用白話，徵諸中外皆然」，「歐西文言，何嘗合一？」其實這只能證明他對西洋文學史的無知。父親在文章中說：「學衡派」都是留洋生，「他們自己也研究西洋文學」，難道「他們忘記了自己所欽仰的英美文學大家原來都是用白話做文章的。他們只覺得中國人拋棄了極美而有悠久歷史的文言不用，反用那鄙俗的白話，是可氣可惱，或者竟是極笨。可是他們竟忘記了自己所欽仰的西洋民族，……當初有一班人也為了要用白話做文章，攬上了許多麻煩」。（《茅盾全集》18 卷 437 頁）至於他們崇敬的有過光榮歷史的希臘的文言，現在正和我們一樣也在為白話讓路，被白話所替代。歷史證明，現代人用現代語做文章，和民主主義一樣，是歷史發展的必然，是不可抗拒的。

「學衡派」的吳宓在反對白話文的合唱中把矛頭指向了新文學的寫實主義。他在一篇叫做《寫實小說之流弊》的文章中，把「禮拜六派」小說、黑

幕小說和俄國的寫實派短篇小說相提並論，都歸入「吾國今日最盛行」的寫實小說之內。吳宓這個說法是有意要把我國新興的寫實主義小說掃進黑幕小說和「禮拜六派」小說的糞坑中呢，還是真的看不懂這兩類小說的根本不同？父親指出：「寫實派的第一義是把人生看得非常嚴肅，第二義是對於作品裡的描寫非常認真，第三義是不受宗教上倫理上哲學上任何訓條的拘束。敢問吳君：《禮拜六》……等等定期刊物所登的小說是否有一篇合乎這三個要義？非但不合，並且是相反的呢？」「也許吳宓君……是因為竭力反對西洋寫實派，定要多找出些『流弊』的憑證，所以便把似是而非的『禮拜六派』小說也拉扯上去罷？」「至於俄國的寫實小說是不是『劣作』？世界的文學批評家也有定論。」（《茅盾全集》18 卷 303、304 頁）吳宓論寫實小說的「流弊」有「死抄實境」和「以不健全之人生觀示人」兩條。這也是無的放矢。俄國的寫實派大師果戈里、托爾斯泰、屠格涅夫等，「他們的作品都含有廣大的愛，高潔的自己犧牲的精神；安得謂為『不健全的人生觀』？」（同上 305 頁）至於寫實派作家的「實地觀察」與「死抄實境」根本是兩碼事，中國提倡寫實主義的人亦未曾主張過定要取實事做小說的材料。

「文學研究會」與「學衡派」的論爭，不久就偃旗息鼓了，因為所有逆潮流而動者，都是長久不了的。

第三場戰鬥是與「創造社」的論爭。這次論爭的原因，主要是雙方對文學與社會的關係有不同的看法，換言之，所爭論的是：作品是作家主觀思想意念的表現呢，還是社會生活的反映？創作是無目的無功利的，還是要為人生為社會服務？「文學研究會」和「創造社」本是在同一戰線上的戰友，應當互相支持、扶助和互相容忍；然而「創造社」在「文學研究會」與「禮拜六派」鬥爭時卻作壁上觀，顯然，在他們看來，圍剿「禮拜六派」是文藝上功利主義的一種表現，所以不屑去做，免得變成了淺薄的藝術家。可是出人意料的是他們突然挑起了論爭，說「文學研究會」「黨同伐異」、「壓制天才」，是些「假批評家」等等。這一論爭持續了三年。

挑起論爭的是郭沫若和郁達夫的兩篇文章。郭沫若在他的《海外歸鴻》一文中說：「我國的批評家……也太無聊，黨同伐異的劣等精神，和卑陋的政客者流不相上下，是自家人的做作譯品，或出版物，總是極力捧場，簡直視文藝批評為廣告用具；團體外的作品或與他們偏頗的先入之見不相契合的作品，便一概加以冷遇而不理。他們愛以死板的主義規範活體的人心，甚麼自

然主義啦，甚麼人道主義啦，要拿一種主義來整齊天下的作家，簡直可以說是狂妄了。」（《創造季刊》創刊號，1922.5.1）郁達夫的文章《文藝私見》則說：「文藝是天才的創造物」，而「天才的作品……以常人的眼光來看，終究是不能理解的」，只有「大批評家」才能看出其好處。然而中國「現在那些在新聞雜誌上主持文藝的」卻是些「假批評家」，他們是「伏在（天才這顆）明珠上面的木斗」，只有把他們送「到清水糞坑裡去和蛆蟲爭食物去」，「那些被他們壓下的天才」，才能「從地獄裡升到子午白羊宮裡去。」（同上）

　　父親和鄭振鐸讀了這兩篇文章後大為驚訝，不明白「創造社」何以要對他們無端攻擊。一年來「文學研究會」提倡為人生的藝術，反對鴛鴦蝴蝶派，反對復古派，介紹外國寫實主義文學，這都有何過錯？《小說月報》和《文學旬刊》也未曾「壓制」過創造社的來稿，為何落得個「黨同伐異」、「壓制天才」的罪名？於是父親寫了第一篇答辯文章《〈創造〉給我的印象》。文章中對《創造季刊》創刊號上的若干作品談了自己的「印象」，盡可能公正地指出它們的長處和不足，但在文章的結尾，父親真摯地作出了反詰。他說：「中國現在青黃未發，真如郁君達夫所說，大家說『介紹』說『創造』，本也有兩三年了，成績卻很少。……我們只能存著『短中取長』的意思，不能認真講，若一認真，只好什麼都不講了。創造社諸君的著作恐怕也不能竟說可與世界不朽的作品比肩罷。所以我覺得現在與其多批評別人，不如自己多努力，而想當然的猜想別人是『黨同伐異的劣等精神，和卑陋的政客者流不相上下』，更可不必。真的藝術家的心胸，無有不廣大的呀。我極表同情於創造社諸君，所以更望他們努力！更望把天才兩字寫出在紙上，不要掛在嘴上。」（《茅盾全集》18 卷 205 頁）

　　這篇文章，尤其是它的結尾部分，顯然冒犯了「創造社」一些人的自尊心。三個月後，郭沫若寫了《論國內的評壇及我對於創作上的態度》一文，較詳細地提出了與「為人生的藝術」相對立的「創造社」的文藝理論。文章開頭指責：「我覺得有一種極不好的習氣充溢著。批評家每每藏在一個匿名之下，談幾句籠統活脫的俏皮話來罵人。」這裡的「匿名」是指父親用於《〈創造〉給我的印象》的署名「損」（其實父親用這筆名在當時的文藝界是誰都知道的）。接著郭文中又談到他的藝術觀：「對於藝術上的見解，終覺不當是反射的，應當是創造的。……就譬如蜜蜂採取無數的花汁釀成蜂蜜一樣。所以鍛煉客觀性的結果，也還是歸於培養主觀性，真正的藝術品當然是

由於純粹的主觀產出。」（《時事新報‧學燈》1922.8.4）在其他文章中郭沫若也表示過類似的觀點，例如在 1923 年 5 月寫的《文藝之社會使命》中說：「藝術本身無所謂目的」，「文藝也如春日之花草，乃藝術家內心之智慧的表現。……都是他們天才的自然流露：如一陣春風吹過池面所生的微波，是無所謂目的。」在說到藝術上的功利主義時又說：「假使創作家純以功利主義為前提從事創作，上之想藉文藝為宣傳的利器，下之想藉文藝為餬口的飯碗，這個我敢斷定一句，都是文藝的墮落，隔離文藝的精神太遠了。」「這種功利主義的動機說，從前我也曾懷抱過來；有時在詩歌之中藉披件社會主義的皮毛，漫作驢鳴犬吠」，「但是我在此處如實地告白：我是完全懺悔了。」又說：「我這種主張或者有人會說我是甚麼藝術派的藝術家的，說

1923 年 7 月，茅盾當選為中國共產黨上海地方兼區執行委員會正式委員，並先後擔任了宣傳委員、國民運動委員、秘書兼會計等職務，直到 1924 年 3 月。這是擔任中國共產黨上海地方兼區執行委員會委員時的茅盾。

我盡他說，我更是不承認藝術中會劃分出甚麼人生派與藝術派的人。這些空漠的術語，都是些無聊的批評家……虛構出來的東西。」（《民國日報‧文學》1925.5.18）

　　什麼是文藝上的功利主義？父親在晚年曾作過注解：「文藝上的功利主義是創造社諸公的用語，翻譯為我們現在通行的用語，就是：『文藝作品應當是社會生活的反映，創作是要為人生為社會服務的』。而反對文藝上的功利主義翻譯為我們通用的話，就是：「文藝作品應當是作家主觀思想意識的表現，創作是無目的無功利的。」（《茅盾全集》34 卷 232、233 頁）

　　與「創造社」的論爭還表現在父親與郭沫若關於如何介紹歐洲文學的討論上。其起因是《小說月報》的一位讀者提出：現在可以翻譯《浮士德》、《神曲》等經典名著，不同意認為這樣做是不經濟的。父親的答覆認為：翻譯這些名著不是現在切要之事，「因為個人研究固能惟真理是求，而介紹給群眾，則應該審度時勢，分個緩急。」也就是這個觀點引起了郭沫若的反駁。他在《論文學的研究與介紹》一文中說：「如果翻譯家對於自己要譯的作品能湧起創作的精神，有精深的研究和正確的理解」，「視該作品的表現和內涵，不啻

若自己出，乃從而爲迫不得已的移譯」，那麼，「他所產生出來的譯品，當然能生莫大的效果，當然會引起一般讀者的興味。……這種翻譯家的譯品，無論在什麼時代都是切要的，無論對於何項讀者都是經濟的，爲什麼說到別人要翻譯《神曲》、《哈孟雷德》、《浮士德》等書，便能預斷其不經濟，不切要，並且會盲了甚麼目呢？」(《時事新報‧學燈》1922.7.27)

三天以後，父親在《介紹外國文學作品的目的》一文中作了答辯：

> 郭君這段議論，解釋主觀一面的翻譯動機，誠爲詳盡，但是我們再細細一想，就要問翻譯的動機是否還有客觀的一面？換句話說，我們翻譯一件作品除主觀的強烈愛好心而外，是否還有一個「適合一般人需要」，「足救時弊」等等觀念做動機？……對於文學的使命的解釋，各人可有各人的自由意見；……我是傾向人生派的。我覺得文學作品除能給人欣賞而外，至少還須含有永存的人性，和對於理想世界的憧憬。……創作者若非是全然和他的社會隔離的，若果也有社會的同情的，他的創作自然而然不能不對於社會的腐敗抗議。……翻譯家若果深惡自身所居的社會的腐敗，人心的死寂，而想藉外國文學作品來抗議，來刺激將死的人心，也是極應該而有益的事。……有些作家，尤其是空想的詩人，……對擾攘的人事得失，視爲蠻觸之爭，曾不值他的一顧。這種精神，我當然也很欽佩。但如果大部分的其餘的人，對於擾攘的人事得失感著切身的痛苦，要求文學來做詛咒反抗的工具，我想誰也沒有勇氣去非笑他們。……現在我們這樣的社會裡，最大的急務是改造人們使他們像個人。社會裡充滿了不像人樣的人，醒著而住在裡面的作家卻寧願裝作不見，夢想他理想中的幻美，這是我所不能了解的。(《茅盾全集》18 卷 248～250 頁)

在這篇文章中，父親把「文學研究會」的爲人生的藝術觀，說得十分透徹。

與「創造社」論爭的另一內容是關於翻譯的錯譯、誤譯問題，這個爭論最無學術價值，問題卻最瑣碎，佔的時間也最長，且夾雜不少意氣和成見。所以這裡就不多講了，只講講爭論的結束。1924 年 7 月，郭沫若因《文學週報》(原《文學旬刊》)登載了梁俊青對他翻譯的《少年維特之煩惱》譯文的批評，給《文學週報》編輯部寫了一封長信，指責編輯部是「借刀殺人」等

等。父親與鄭振鐸商量後，決定由父親以編者的名義作了答覆。回信中說：
「『只尋別人錯頭，忘記自己過失』，這是我們所見近年來學術界的一種現
象。凡把裝自己過失的袋兒掛在腦後的人們，每每對於同一事件，作兩樣的
看法：譬如說雜誌上收用稿件，他們自己報上刊登青年作家的作品是『提攜
青年作家』，然而別人報上刊登青年作品卻便是『以青年倖進之心爲鉤釣讀者
之餌』了；又如互相批評，在他們自己寫人的時候，寫人便是『防禦戰』，是
極正當的行爲，然而別人若一回寫，可就成了『大逆不道』了。……當我們
想起這種現象時，每不禁聯想到近二年來《創造季刊》和《創造週報》的言
論。」文章最後說：「本刊同人與筆墨周旋，素限於學理範圍以內；凡涉於事
實方面的，同人皆不願置辯。……郭君及成君（指成仿吾）等如以學理相
質，我們自當執筆周旋，但若仍舊羌無佐證謾罵快意，我們敬謝不敏，不再
回答。」（《茅盾全集》18 卷 449 頁）

　　由於「文學研究會」掛出了「免戰牌」，與「創造社」的論戰就結束了。
那時已是「五卅」運動的前夜，不論父親還是「創造社」的主將們，都面
臨著文藝思想的一次飛躍。郭沫若自從 1922 年對自己作出第一次否定後（即
對自己曾有功利主義動機的否定），到 1924 年就開始了對自己否定之否定的
過程，終於在「五卅」運動後，在《文藝家的覺悟》一文中提出了「革命文
學」的口號，並解釋道：「這種文藝在形式上是現實主義的，在內容上是社會
主義的。」

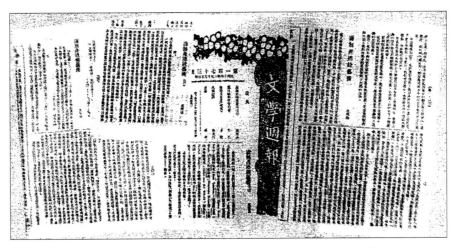

1925 年「五卅」運動前夕，茅盾寫了長篇論文《論無產階級藝術》。這是連載在
《文學週報》第 172、173、175、196 各期上的《論無產階級藝術》一文。

　　父親則是從 1924 年起，開始對自己的文藝思想進行反思和清理，陸續寫出了一批文章，如《大轉變時期何時來呢？》、《讀代英的八股》、《人物的研究》等，試圖以馬克思主義的藝術觀來充實和修正「爲人生的藝術觀」，其後在「五卅」前夕寫出了長篇論文《論無產階級藝術》。這篇論文標誌了父親的藝術觀從革命的民主主義向馬克思主義轉變的完成。這個轉變較之父親馬克思主義世界觀的確立滯後了五年。

第三節　描繪歷史畫卷

　　在父親六十四年的文學生涯中，最輝煌的時期是從 1927 年 8 月創作第一部長篇小說《蝕》，到 1948 年底完成最後一篇短篇小說《春天》並進入解放區止，在這二十年中父親共創作了 7 部長篇，1 個劇本，6 個中篇和 54 篇短篇。其中他爲長篇小說的創作投入了更多的心血而且也更爲世人所稱道。1981 年 4 月 11 日，胡耀邦同志代表黨中央在父親的追悼會上所致悼詞中說：

> 　　沈雁冰同志是在國內外享有崇高聲望的革命作家，……在漫長的六十餘年中，他始終不懈地以滿腔熱情歌頌人民、歌頌革命，鞭撻舊中國黑暗勢力，創作了《子夜》、《蝕》、《虹》、《春蠶》、《林家舖子》、《霜葉紅似二月花》、《清明前後》等大量傑出的文學作品。這些作品刻畫了中國民主革命的艱苦歷程，繪製了規模宏大的歷史畫卷，爲我國文學寶庫創造了珍貴的財富，提高了現實主義文學創作水平，在文學史上留下了不可磨滅的功績。

　　父親的小說創作，尤其是長篇小說，有個突出的特點，這就是以宏偉的畫面、細緻的筆觸，對中國新民主主義革命各個歷史時期的社會變革、人心動蕩作生動的描繪，而且與時代緊密結合，同步前進，迅速反映出剛發生的社會動蕩和政治經濟大事件。譬如大革命剛剛結束，描寫大革命的三部曲《蝕》便問世了；30 年代初世界經濟危機的背景下，集中在十里洋場上海的種種錯綜複雜的社會矛盾，立即在《子夜》中得到了深刻的反映；《霜葉紅似二月花》是描繪「五四」運動前夕中國民主主義革命中一些先驅者的故事；《虹》向我們展示了「五四」至「五卅」期間中國進步青年奔向革命的艱苦跋涉；而《腐蝕》則及時描寫和揭露了抗戰中期國民黨特務統治的內幕和投降逆流，等等。也就是說，父親的創作都是以反映時代的主旋律爲己任，是完全自覺的，因

爲他相信，藝術脫離了當前的社會、現實
的政治，就毫無意義可言。父親創作上的
這個特點，也爲外國的同行們所賞識，法
國的《大拉魯斯百科全書》中的「茅盾」
條目這樣寫道：「眾所公認他是第一位將革
命記錄下來的文學家，發表過許多的論
文、史學著作、劇本、短篇小說和長篇小
說，……這些著作細緻地描繪了自封建王
朝結束以來中國生活與經濟的變遷。」德
國作家沃爾夫岡說：「茅盾文學創作的一個
根本的、可以構成他的風格的特點，是對
於當前事件的描寫與評析，這些事件甚至
還沒有在報告文學中失去價值。以《子夜》
來說，在他所描寫的 1930 年 5、6 月間事
件發生的時間和 1931 年 10 月開始寫作小
說之間，只有一年多的光景。」在他創作
的「一系列作品中……茅盾試圖描寫出
1911 年辛亥革命以後的中國社會面
貌，……亦即 20 年代、30 年代、40 年代
中國革命的簡潔畫面。茅盾作爲中國現代
小說開拓者的榮譽，應該歸功於這些作
品。」（《茅盾研究在國外》95、201 頁）

1927 年底，太陽社成立，創造社
也重新開始了活動。他們提倡「革命
文學」，介紹馬克思主義理論。但他
們偏激的思想使他們排斥一切「舊」
作家，並且對魯迅展開了錯誤的「批
判」和圍攻。茅盾的三部曲發表後，
他們又對茅盾提出了批評。那時茅盾
已離開上海，東渡日本。這是茅盾抵
達東京後的留影。

　　下面試就作品發表的先後，對父親的七部長篇小說和一個劇本，作一歷
史的回顧。

　　《幻滅》《動搖》《追求》即《蝕》三部曲，是父親的處女作，寫於 1927
年大革命失敗之後，署名「茅盾」。小說一發表就引起了轟動，因爲如此鮮活
地把剛剛發生在中國的大革命的風貌，正面地形象地展現在文學作品中，在
中國文學史上是空前的，事後證明也是絕後的！小說中描寫的人物——一群
小資產階級知識份子，在大革命中的精神狀態：追求、動搖、幻滅、再追求，
正是當時眾多經過大革命的洗禮的年輕人的心態。小說的藝術特色，顯示作

者已經掌握了在一幅廣闊的背景上刻畫出眾多人物和複雜情節的能力和技巧，這一點在《動搖》中尤為突出；也顯示了作者已能卓越地運用西方的心理描寫手法。因此，《蝕》三部曲的問世，使父親在一夜間成為著名的小說家，只是「茅盾」究竟為何許人，卻成為當時文藝界互相探究的話題。

《蝕》三部曲中《幻滅》和《追求》的主角都是女性，《動搖》中的女角也佔很大的分量。這些女性都是知識份子，如學生、教員，或者知識家庭中的少奶奶、大小姐。她們開始是革命的被運動者，後來則轉而成為運動者。她們憑著一股熱情，一個幻想，或者一種浪漫主義的追求參加了革命，所以這些新女性都是很脆弱的革命者。在父親的筆下，她們分為兩種類型：一種是具有東方女性特徵的，如《幻滅》中的靜女士，《動搖》中的方太太，《追求》中的王詩陶，她們嫻靜、內秀、多愁、善感等，她們接受不了革命大動蕩派生的各種逆流而從革命漩渦中游離出來。另一種是受西方影響甚深的開放型的女性，如《幻滅》中的慧女士、《動搖》中的孫舞陽、《追求》中的章秋柳，她們潑辣、開朗、果斷、性解放，她們有強烈的革命參與意識，但這種熱情是小資產階級的狂熱性，所以一旦革命進入低潮，她們的搖擺性、幻滅感也遠高於前一類的女性。父親通過對這兩類時代女性的典型塑造，提出了現代青年追求怎樣的人生道路的問題，同時也從這個側面切入，展現了大革命前、中、後三期的時代風貌。

三部曲中值得多說幾句的是《動搖》。《動搖》是藉武漢附近一個小縣城裡發生的故事，反映大革命時期革命與反革命尖銳複雜的鬥爭。小說塑造了兩個男性典型，一個是妥協投降派的代表，在反革命面前軟弱、退讓最終沒落的方羅蘭；一個是反革命土豪劣紳的代表，在革命高潮時偽裝進步、煽動極左行為，在革命退潮時即露出真相，凶殘屠殺革命黨的胡國光。可以說，小說反映的正是當時武漢動蕩的政治形勢的一個縮影。所以，《動搖》所描繪的大革命風雲，較諸《幻滅》和《追求》具有更直觀和震撼人心的效果。英國的《東方文學大辭典》「茅盾」條目中，對《動搖》有這樣的介紹：「三部曲《蝕》，它描繪了革命時期知識份子的命運。特別是第二部分，故事發生在一個小縣城裡，展現了革命的背叛和失敗。在這部作品裡，茅盾已經掌握了在一幅寬廣的油畫布上刻畫出複雜眾多的題材的技巧，並且運用了他處理題材的才能，使讀者能通過主人公的眼睛看出他們的行動。」（《茅盾研究在國外》99頁）

在《蝕》三部曲的基調中，灰暗的成分濃重而亮麗的成分不多，這是大

革命的失敗對父親精神上的打擊在作品中的反映。父親在《從牯嶺到東京》
一文中對此曾有過深刻的反省：承認對革命悲觀過、幻滅過，但又宣稱自己
從未動搖過。他只是忠實地寫出了在大革命中所看到的一切，而不願在自己
尚未認清革命的新方向之前，空喊什麼「革命的出路在這裡」。《幻滅》最初
的署名是「矛盾」，對此父親曾回憶道：

> 爲什麼我取「矛盾」二字爲筆名？好像是隨手拈來，然而也不
> 盡然。「五四」後，我接觸的人和事一天一天多而且複雜，同時也逐
> 漸理解到那時漸成爲流行語的「矛盾」一詞的實際；一九二七年上
> 半年我在武漢又經歷了較前更深更廣的生活，不但看到了更多的革
> 命與反革命的矛盾，也看到了革命陣營內部的矛盾，尤其清楚地認
> 識到小資產階級知識份子在這大變動時代的矛盾，而且，自然也不
> 會不看到我自己生活上、思想中也有很大的矛盾。但是，那時候，
> 我又看到有不少人們思想上實有矛盾，甚至言行也有矛盾，卻又
> 總自以爲自己沒有矛盾，常常侃侃而談，教訓別人——我對這樣的
> 人就不大能夠理解，也有點覺得這也是「掩耳盜鈴」之一種表現。
> 大概是帶點諷刺別人也嘲笑自己的文人積習罷，於是我取了「矛
> 盾」二字作爲筆名。但後來還是戴了草頭出現，那是我所料不到
> 的。（《茅盾全集》1 卷 425 頁）

「矛」字戴草頭，是葉聖陶的主張，他當時是《小說月報》的主編，他
說，百家姓中沒有「矛」姓，容易引起國民黨的注意，追查起來不好交代。
於是父親便成了茅盾，並且一直用到最後，成爲父親最主要的一個筆名。

《虹》是父親的第二部長篇小說，寫於 1929 年。這是一部描繪「五四」
至「五卅」這六年中，一個年輕的知識女性如何衝出封建家庭，闖入社會，又
如何成長爲革命者的故事，反映了「五卅」運動前中國社會的動蕩和風雲變
幻。以主人公梅女士的經歷在當時的革命女性中有相當的代表性，她執著、勇
敢、浪漫，是父親塑造的女性系列形象中比較獨特也比較「健康」的一個。
她戰勝了自我，終於沿著革命的道路堅定地走了下去。小說的前半部是梅女
士在四川的經歷，是父親聽來的故事，具體的模特兒是父親在大革命時期認
識的一個女青年——胡蘭畦。但人物的塑造，父親是忠實地遵照塑造典型人物
的規則：從眾多同類的女性中綜合其共有特徵，再創造出一個獨立的「她」
來，父親曾對我們說過：梅女士是他塑造的女性形象中比較成功的一個。

長篇小說《虹》寫於 1929 年 4 月至 7 月。小說圍繞著女性知識份子梅行素在「五四」新思潮影響下，經過曲折的道路而成長起來的經歷，反映了從「五四」到「五卅」這一時期中國社會生活的巨大變化，描繪了這一歷史「壯劇」的某些偉大的場景。這是《虹》的初版本和《虹》的部分手稿。

《虹》是一部未完成的長篇，原來計劃還有小說的下部《霞》，寫梅女士參加了大革命，最終成為一個徹底的革命者。可是「八月中因移居擱筆，爾後人事倥傯，遂不能復續。……或者屋後山上再現虹之彩影時，將續成此稿。」（《茅盾全集》2 卷 271 頁）深感遺憾的是，彩虹再未出現。

《子夜》是父親的代表作，醞釀和構思於 1931 年冬，成書在 1932 年底。小說描寫的是 1930 年世界經濟危機波及中國時中國社會的眾生相：有新的軍閥混戰，外國資本的瘋狂入侵，官僚買辦資本的橫行，民族工商業為生存而掙扎，農村破產和農民暴動，工人運動的興起和勞資糾紛，以及小資產階級知識份子的失落和迷惘。其主線是兩大資本集團的鬥爭，一方是中國的民族資產階級，他們想振興中國民族工業，反對外國資本操縱中國經濟的命脈；一方為中國新興的官僚買辦資產階級，他們與國民黨政府有密切的關係，是外國資本在中國的代理人。鬥爭的結果是民族資產階級的徹底失敗：或破產、或妥協、或投降。這是先天不足、患有軟骨病的中國民族資產階級在強大的帝國主義、官僚買辦資本的壓迫下命定的結局。他們幻想走西歐資本主義發展的道路只能是一個夢。小說的副線，重要的有工人的多次罷工鬥爭和工賊的破壞，知識份子群的感情糾葛，以及農村的動亂。

關於農村，父親曾說過：「我最初野心很大，打算寫一部都市和農村的『交響曲』，但寫了一個頭，便感覺自己的能力不夠，農村素材的搜集和掌握也有困難。結果把原計劃縮小了一半，只寫都市不寫農村。只有已經寫就的描寫農民暴動的第四章保留了下來。那些當時已經掌握的農村素材，則分別寫成了《小巫》、《林家舖子》、《春蠶》等

1927～1937

短篇小說。」其中《林家舖子》和《春蠶》成為父親短篇小說的代表作。

父親起意創作《子夜》有一個過程。1930 年夏他從日本回到上海後，因眼疾、胃病、神經衰弱一併發作，又因對當時「左聯」的一些活動，如飛行集會、撒傳單等不贊成，就藉機在家休息。閒來無事，就常到表叔祖盧鑒泉的公館串門。盧鑒泉當時是大銀行家，客廳裡的常客很多是工商界的人物，父親在與他們閒談中，了解到許多當時中國經濟的真實情況，如在外國資本的衝擊下，經濟不振，市場蕭條，工廠倒閉，工人罷工，以及交易所裡的投機，官商勾結的內幕，等等。其中最令人吃驚的故事是：用三十萬大洋買通軍閥混亂的一方退兵三十里，造成公債票暴漲，從而謀取暴利！這些資料的積累，使父親萌發了寫一部以中國資產階級命運為題材的長篇小說的想法，為這他還通過親友介紹，到絲廠、火柴廠、交易所等場所進行實地參觀和調查。也在這時候，關於中國社會性質的論戰也引起了父親的注意，即中國的未來是由無產階級領導走社會主義的道路，還是由資產階級領導走資本主義發展的道路。父親認為他所了解到的中國政治經濟狀況，正好證明了後一種觀點是錯誤的，走資本主義的道路是不可能的，從而明確了創作《子夜》的意圖，即用形象的表現來回答這樣一個嚴肅的政治問題。《子夜》的命題就是說：這是發生在午夜最黑暗時刻的故事，但黎明的曙光即將來臨。

《子夜》的創作得到了瞿秋白的鼓勵和幫助。1930 年 4 月底，瞿秋白因黨的地下組織遭到破壞，臨時到我們家避難約兩個星期。那時《子夜》詳細的大綱已經寫出，而且已寫好前幾章。瞿秋白仔細地閱讀了這些「半成品」後，便與父親促膝長談了好幾次，提出許多寶貴的意見。他看了農村暴動的

第四章，又聽父親說準備壓縮掉農村部分而只寫都市部分，便表示不同意。認為應該全面地反映中國社會的實際，而農村現在正在推進蘇維埃運動，這是中國希望之所在。又說第四章就寫得很生動，說明父親能夠駕馭農村題材。於是他向父親詳細地介紹了江西以及其他省份的蘇維埃運動以及工農紅軍的鬥爭。

瞿秋白看了《子夜》的大綱之後，對其中兩個資本家集團的鬥爭提出了兩點重要的意見：原大綱中關於工人罷工，有一次是趙伯韜為了打擊吳蓀甫而在工人中煽動起來的。瞿秋白指出，工人運動是由黨領導的，雖然資本家的走狗黃色工會也能在工人中挑撥離間、興風作浪，但他們只能欺騙一小部分工人，大規模的罷工鬥爭只能是共產黨領導和發動的。不能為了表現資本家之間鬥爭的複雜性而忽視了這個原則問題。大綱中還講到吳蓀甫在遭受重大挫折後，最後與趙伯韜在廬山握手言和，還互相交換了情人。父親的意思是民族資產階級最終向官僚買辦資產階級徹底投降了，同流合污了。瞿秋白認為這樣表現民族資產階級不妥，因為中國的民族資本家與買辦資本家不同，他們還是反帝的，愛國的，大革命時期我們就和他們聯合過，後來他們動搖了，背叛了革命，但他們仍舊是我們的爭取對象。他們剝削工人階級，我們要與他們鬥爭，他們反抗帝國主義及其走狗的壓迫，我們又應該支援他們，客觀上，他們是我們的間接同盟軍，所以不能把他們推到敵人那邊去。大綱中的這種寫法一定要改過來，要給民族資產階級留一條出路。

瞿秋白不僅在大的原則問題上提出了中肯的意見，也十分注意小說中細節描寫的真實。譬如他建議吳蓀甫的座車應換成「雪鐵龍」牌的，因為這種轎車更高級，適合吳的身份。又說大資本家在絕望而又暴怒時，往往想毀壞一些東西乃至獸性發作等等。父親十分重視瞿的這些意見，大綱上作了認真的改動，對已完成的各章也作了一些修改。如後來寫到吳蓀甫公債投機失敗，在瀕臨破產的絕望心情下，強暴了偶然進房的女佣王媽這個情節，就來自瞿秋白的那次啟發。但關於充實農村部分，反映農村破產、農民暴動和工農紅軍活動的內容，父親仍未按瞿的意見寫，因為他覺得僅僅根據一些耳食的材料是寫不好的，而當時又不可能實地去體驗這種生活，與其寫成概念化的東西，不如不寫。於是更堅定了只寫都市部分的決心。

其實，即使只寫都市部分，父親也面臨一個如何宏觀地調控好錯綜紛紜的故事線索，以及細密地描繪和塑造各種不同類型、不同性格的人物的難

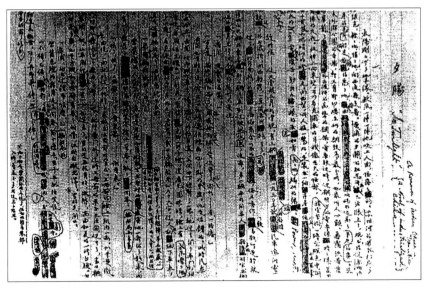

《子夜》手稿。《夕陽》為《子夜》的原書名。

題。不過父親解決了這個難題，做出了一份完美的答卷。《子夜》中的人物有八九十個，涉及社會的各個階層，工農兵學商、三教九流都在書中佔了一席地，其中具有典型性的有吳蓀甫、趙伯韜、杜竹齋、屠維岳等，還有吳蓀甫周圍眾多的中小資本家，以及軍火買辦、政客、空談的大學教授，失意軍人、頹廢詩人、大土豪、沒落地主、進步青年、小家碧玉、墮落女人、經紀人、交際花、貴婦人、共產黨員、先進工人、工賊、流氓，等等。他們之間的相互交迭和矛盾衝突，構成了色彩斑駁的情節和博大恢宏的場面。

用一個嚴整的結構把這些紛紜複雜的社會現象和眾多人物貫串融合起來，使之成為渾然一體的藝術品，這正是《子夜》成功之處。它開創了中國現代長篇小說描繪宏偉的歷史畫面的先河。《子夜》出版後，三個月即銷售四版，無論右傾或者左傾的刊物，都表示出一致的讚賞和驚嘆，即使作為「左聯」對立面的「第三種人」韓侍桁，在向《子夜》潑了一盆污水之後，也不得不承認：「在『五四』後的全部的新文藝界中，它也是有著最重要的地位」。在讚揚的文字中，有的說《子夜》是作者「深刻的認識了現在社會的一切，看準了現在社會致命的地方，而投擲出來的一個千鈞的炸彈。」有的說，「舊小說《紅樓夢》、《水滸》的藝術手腕也不過如此。」其中最使父親佩服的是「學衡派」吳宓的文章，雖然他只從《子夜》的藝術技巧上予以評說，卻能處處體會到作者的匠心。

《子夜》不僅在中國享有崇高的聲譽，而且在世界文學界也有廣泛的影響，被譽爲「中國新文學中第一部史詩型的優秀作品」。（《蘇聯大百科全書》「茅盾」條目）「是迄今爲止沒有喪失它的意義和影響的第一部傑出的中國現代小說。」（德，沃爾夫岡）「是中國文學中現實主義傾向的頂峰。」（捷克，普實克）「是中國現代文學發展道路上的里程碑。」（朝鮮文版《子夜》前言）等等。正是《子夜》，奠定了父親在世界文壇上的地位。

1937 年 7 月 7 日抗戰爆發後，我們全家到了香港。在香港，父親著手創作又一部長篇小說《你往哪裡跑？》（後改名爲《第一階段的故事》），這部長篇是倉促寫就的，父親認爲是他長篇中最不成功的一部。那時他正在編《文藝陣地》，又兼編《立報》的副刊《言林》，這個長篇就在《言林》上連載，因爲這樣便於《言林》每天版面的調節。父親寫長篇小說，一般都要先寫出詳細的大綱，經過反覆的推敲思考，再根據大綱正式動筆，因此他的手稿一般都很乾淨，一氣呵成，很少塗改。但《你往哪裡跑？》是急就章，沒有時間寫大綱，只能略作構思，每天寫三四百字，以應付第二天《言林》版面的需要，這是小說並不成功的原因之一。

這部小說是寫「八一三」滬戰爆發後，上海愛國的民族資本家和愛國青年與他們的對立面：一小撮「和戰皆主」的投機分子與乘機大發國難財的政治家和反動資本家，圍繞對上海抗戰的態度展開的一場衝突，一方面弘揚了抗戰初期舉國上下的同仇敵愾，另一方面揭露了當時陰暗角落中狐鼠們的蠢動。小說寫作時，上海淪陷剛半年。爲使小說適於逐日連載，又能向香港讀者顯示一個上海抗戰的眞實面貌，在結構上採取了按事件的進程來演繹故事的寫法，而沒有以人物爲主來展開故事，結果是事件的描寫完整了，人物性格的典型性卻差了。這是小說不成功的又一個原因。

小說原計劃是以一半篇幅寫上海戰爭，武漢會戰則佔另一半，可是剛寫完上海淪陷，《立報》就停刊了，父親帶領全家離港遠赴新疆，所以小說的最初題名爲《何去何從》，這是有深刻寓意的，它向抗戰初期的愛國青年提出了一個問題，即在抗戰的洪流中你準備選擇哪一條路？是奔赴革命聖地延安，還是別的路。小說的結尾要寫到不少熱血青年選擇了到陝北去。這個《何去何從》的標題由於含意太露骨，當小說在《言林》上刊載時，被父親的朋友——《立報》主編薩空了改成了《你往哪裡跑？》現在小說只完了前半部，《何去何從》成了

無頭案，《你往哪裡跑？》也不易使人理解，因而當出版單行本時，父親便把書名改成爲《第一階段的故事》，表示這是發生在抗戰初期的一個故事。

1941 年 1 月 7 日，發生了震驚中外的皖南事變。當時盛傳這次事變是蓄謀已久的，是近幾個月來日、汪、蔣秘密交易的結果，是蔣介石從消極抗日、積極反共轉向對日妥協、聯合「剿」共的第一步。父親從新疆脫險後，攜全家到了延安，半年後又應周恩來之召，於 1940 年底與母親抵達重慶。不久皖南事變爆發，父親又遵照周恩來的指示，和母親於 2 月下旬先後離開了重慶，取道桂林再次來到香港，任務是「開闢第二戰線」。當時先後抵港的有鄒韜奮、夏衍、范長江等一批文化人。文化人開闢「第二戰線」的方法，主要就是辦刊物。夏衍、范長江創辦了《華商報》，鄒韜奮恢復了《大眾生活》週刊，父親則出版了一份小型的文藝半月刊《筆談》。

爲了支援鄒韜奮辦《大眾生活》，父親答應寫一個長篇給《大眾生活》連載，這就是長篇小說《腐蝕》。因爲已有過在《言林》上連載小說的經驗，而《大眾生活》又是週刊，不像《言林》那樣天天要登一段，所以對父親來說還是比較從容的。那時候人們議論最多的就是皖南事變後中國政局的動向，以及抗日戰爭的前途。揭露蔣介石的反共投降陰謀便成爲香港進步人士的共同使命。《腐蝕》就是在這樣的氣氛中開始創作的。

《腐蝕》的時代背景就是皖南事變前後，目的則在於暴露國民黨在抗戰中的倒行逆施。用什麼故事來展開呢？經過一番思索後，父親想到了人人痛恨的特務組織，這個組織的凶狠、奸險、殘忍，對革命青年的殘害，對進步民主運動的血腥鎮壓，以及他們內部的荒淫無恥，爾虞我詐等等，是很可以編出動人的故事來。而且國民黨與敵僞的勾結，正是由特務組織在做秘密的聯絡工作，這次發生在皖南的「千古奇冤」，特務組織是雙手沾滿了革命志士的鮮血的。香港的讀者一般較愛看武俠、驚險小說，揭露特務們的凶殘和特務機關內幕的故事，可能對他們有一定的吸引力。

前面說過，父親寫長篇小說，總要事前寫個提綱，列個人物表之類。可是鄒韜奮在向父親組稿時提出必須在一週內開始交稿，因此如要寫提綱等等就無論如何來不及了。於是父親想出了採用日記體，因爲那樣做不需要嚴謹的結構，容易應付邊寫邊發表的要求。但日記體必須用第一人稱，這就不得不在小說中大量使用內心獨白、心理描寫的手法，從而成爲《腐蝕》的一個

獨特的為人稱道的亮麗之點。

此外，父親又決定選擇一個女性來作日記的主人公。因為在特務組織內部，女性無論在精神或肉體上所遭受的折磨和痛苦都遠甚於男性；而女子的感情一般又較男子豐富，便於在日記中作細膩的心理描寫。他進而想到，這個女特務（趙惠明）正是《第一階段的故事》中所描寫的那種青年：抗戰爆發，憑著一股愛國熱情投身救亡運動。但她走錯了路，被國民黨的特務機構以戰地服務團等的偽裝招募了去，經訓練後強迫當了特務，從此愈陷愈深。但她是個因被騙而陷入罪惡深淵良知並未完全泯滅和不甘沉淪的青年人。這樣的故事是會吸引讀者的。為了增加小說的「神秘」感，父親還在日記前面加了個小序，稱這本日記是作者在重慶的一個防空洞中撿到的（由此曾引來不少天真的讀者的關心，來信詢問日記主人的下落）。

《腐蝕》在《大眾生活》上連載後，反響十分強烈。這樣一本政治氣息極濃的小說能在香港（以及南洋一帶）的讀者中得到如此普遍的關注，是始料不及的。光未然後來在給父親的一封信曾介紹《腐蝕》在南洋引起的反響：「當時許多地方舉行討論會，討論書中那位女主人公的出路問題，如同過去人們討論『娜拉』的出路問題的狂熱情形一樣。」許多讀者給雜誌編輯部來信，希望小說給日記的女主人一條自新之路，韜奮也向父親提出同樣的要求。於是父親只得把趙惠明的日記繼續寫下去，在原計劃結束的地方再增加了一段故事：趙惠明幫助一個剛剛陷入特務陷阱的女大學生逃出了火坑，自己也決心走向一條新生之路。但是能否成功，不得而知，因為日記到此已經結束。

1942 年 12 月 13 日，茅盾夫婦在中統特務的「護送」下來到了重慶，開始了在特務監視下的三年霧都生活。茅盾利用文化工作委員會常務委員的合法身分，繼續積極地參加各種社會活動和文學活動，以後又積極投身於 1944 年秋蓬勃興起的民主運動。這是 1943 年的茅盾。

《腐蝕》剛剛連載完，上海就出版了單行本。但接著太平洋戰爭爆發，上海與大後方的交通斷絕，直到日本投降後，《腐蝕》才出現於重慶書市，隨即有了兩種截然不同的反應。進步輿論的評論指出：「這是一部用血淚寫成的特務反動分子罪行的記錄」，「是當前政治有力的諍言」，「是勝利後一本最受歡迎的書」；國民黨

反動派的反應是緊急下了密令，到各書店查禁。各解放區則紛紛翻印，向廣大群眾推薦，成為父親國內版本最多的一部長篇小說。有意思的是，解放後的輿論界對《腐蝕》的看法有了分歧，佔主導的意見是：不該給趙惠明這樣一個滿手血污的特務以自新之路，因此「這是一本對特務抱同情的書」。1954年出版社重新排印這本書時，父親寫了一個後記，表明了自己的看法，並且決定「不作任何修改」。

《霜葉紅似二月花》寫於抗戰中期的 1942 年。當時有兩個客觀因素促使父親創作這部小說：其一，皖南事變後他在香港寫了不少揭露國民黨投降陰謀和倒行逆施的文章和小說，被國民黨視為眼中釘。香港脫險來到桂林後，便決定「韜光養晦」，暫時不寫過於刺激國民黨的現實題材的作品，而改寫「歷史」題材，即背景為「五四」前夕的這部小說。其二，1940 年初祖母在家鄉烏鎮病逝時，父親正在新疆，未能奔喪盡孝，這成為深埋父親心底歉疚。祖母是位偉大的母親，也是中國民主革命發軔期中少見的開明女性，父親認為，如能把祖母形象化地展現在小說中，這將是對祖母最好的紀念。於是他在《霜葉紅似二月花》中塑造了一位精明能幹有頭腦有魄力的女主人公張婉卿，這張婉卿便是父親筆下祖母的化身。其時距祖母去世已有兩年了。

其實，創作一部反映「五四」前夕社會動蕩的長篇小說，父親在抗戰前就開始醞釀了，而且書名也已想好並定為《先驅者》。但抗戰爆發打斷了他的計劃。現在在桂林終於續上了這個夢，只不過書中女主角有了新的含義。

小說描繪的是「五四」前夕發生在江南一個縣城中的故事，一群富家出身的青年知識份子受維新思潮的影響，嚮往資產階級的自由、平等、博愛，同情被壓迫者，希望國富民強。他們介入了當地新生的資產階級與封建勢力之間的鬥爭，最終卻因那兩種勢力的互相妥協而被棄於一旁，不得不退出了這漩渦，他們憧憬的未來世界也成了泡影。時代的局限使他們中間未能湧現真正的革命者，但他們的鬥爭精神，無愧為中國民主主義革命的先行者。小說沒有寫完，只寫了上部便因故中斷了。小說中的人物最終的結局如何，是否全是「霜葉」，或者有昇華為真正的革命者的，也成了疑團，只能讓讀者去遐想和猜測了。

在父親的長篇小說中，這部小說有其獨特的藝術魅力，就是它充分地吸取了我國古典文學名著特別是《紅樓夢》的藝術表現手法，這也是父親在小

說創作中運用民族形式的一次成功的嘗試。小說創造的典型，如張婉卿和錢良材，也成為父親塑造的人物畫廊中極為醒目的兩位。在日本，《霜葉紅似二月花》被譽為：「以中國新民主主義革命的起點『五四』運動時期的中國農村為舞台的未完成的宏大的敘事詩式的長篇」。（《大日本百科事典》茅盾條目）而在父親的心目中，這是他十分鍾愛的一部著作，也是他晚年時，在好幾部未完成的長篇小說中，為什麼單單選擇《霜葉紅似二月花》來進行續寫的原因。

1945 年 5 月，德國法西斯無條件投降，蘇聯紅軍開始揮師向東；美軍在太平洋上攻克沖繩群島後，已將矛頭指向日本本土。國際形勢一片大好。然而在中國的國民黨統治區，卻加緊了特務統治，扼殺民主，經濟凋敝，民不聊生。那時重慶爆出了一樁轟動山城的黃金舞弊大醜聞，結果是大魚紛紛漏網，只抓了幾隻蝦米向公眾交代。父親敏銳地感到，這是一個揭露國民黨政治經濟腐敗透頂的大好題材，決定把它寫成小說。後來又考慮，小說要有讀者，而當前普通老百姓整天為生計奔波，哪有時間讀小說？話劇是與觀眾直接見面的，能立即起到撼動人心的作用。於是決定將它寫成話劇，雖然他從未寫過話劇，也決心一試。劇情的主線是通過黃金舞弊案揭示民族工業在官僚資本擠壓下的垂死掙扎，並發出「政治不民主，經濟沒有出路」的呼聲。劇本的名字就叫《清明前後》，因為黃金舞弊案正發生在清明節前夕。

為了寫好劇本，父親多次就教於話劇大師曹禺和吳祖光，他們提了不少寶貴的意見，曹禺還向父親傳授了寫劇本的「訣竅」。劇本很快寫出來了，卻沒有導演敢接手排練，因為劇本過於小說化，缺乏戲劇效果，同時也怕遭國民黨禁演。這時正好趙丹出現了。他與徐韜、王為一、朱今明等在新疆坐了五年冤獄，剛剛被解救出來回到重慶，正在組建一個劇團。他讀了劇本後決定排演，作為他們劇團開張之劇。父親對他說了旁人不敢排演的原因，要他慎重。趙丹說：「我們新疆歸來的朋友一致認為，支持沈先生是義不容辭的事，何況《清明前後》是個有深刻現實意義和政治內容的劇本，排演這樣的戲正是我們的責任。」他表示只有一個要求，就是希望父親允許他有權對劇本作必要的改動，加強一些戲劇效果。父親欣然同意，因為這正是求之不得的好事。

《清明前後》的公演轟動了山城，場場爆滿，創下了連續演出四個星期的記錄。有好幾家工廠的老板看了演出，大受感動，便慷慨解囊，包了場，招待本廠的職工。有的工廠離劇場太遠，便向劇團借了腳本自己排練演出。

那時正值毛主席到重慶談判，國民黨囿於形勢，不敢公然禁演。待毛主席回延安了，就有了當局要禁演《清明前後》的傳聞，但未見他們實行，只是在內部發一密電：「查此類書刊發行例應禁止，惟出版檢查制度業經廢止，對該劇本出版不易限制，因特電達，倘遇該劇上演及劇本流行市上時，布即密飭部屬暗中設法制止，免流傳布毒為荷。」

茅盾在重慶寓所寫作。

　　《清明前後》的公演，在重慶進步文藝界引起了一場關於政治標準和藝術標準的爭論。一種意見認為：現實主義的藝術不必強調所謂政治傾向，只要作者的主觀精神緊緊地擁抱客觀事物就可以。另一種意見認為：有著強烈政治傾向的現實主義作品，是代表了千千萬萬人的呼聲，只要能吸引和感動群眾，為群眾所歡迎，作品的藝術性就在其中。後來，周恩來在一次與父親的談話中說：「我看，凡是文藝作品都既要講政治標準又要講藝術標準，只是兩者的關係要擺正確，我以為應該把政治標準放在第一位。」

　　《鍛煉》是父親最後一部長篇小說，是一部企圖反映抗日戰爭全貌的規模宏大，長達五卷的小說，於 1948 年開始動筆，可惜，也是一部未完成的作品。起意寫這樣一部小說，還是在 1942 年蟄居桂林的時候，那時他就開始有意識地積累素材。1943 年到了重慶後，為了應付張道藩，曾將其中部分材料寫成了中篇小說《走上崗位》。但那時創作的禁忌太多，寫成的部分自己就不滿意，所以匆匆就結束了。1948 年到香港後，有了比較自由的環境，於是又燃起了創作的欲望。正好《文匯報》要父親寫一部連載的長篇，於是《鍛煉》的寫作就此開始。當時決定撇開《走上崗位》另起爐灶，只保留了其中的幾個人物和遷廠的故事。

　　由於任務急，父親只寫了一個簡單的大綱，勾勒了整部書的輪廓，又為書中的若干人物立了小傳。五卷中的人物大致相同，但稍有增添。第一卷即《鍛煉》，寫上海戰爭至大軍西撤，包含工廠內遷，以及抗戰初期民主力量與

反動派壓迫的鬥爭。在這一卷中主要人物都露了面。第二卷，寫保衛大武漢至皖南事變，擬題爲《敵乎？友乎？》這一卷的背景爲上海、武漢、重慶、延安、蘭州、西安等地，包含武漢撤退，汪精衛投敵，工業遷川後的暫時繁榮，重慶大轟炸，民主與反民主的鬥爭，國民黨反動氣焰漸熾，國共摩擦加劇，妥協投降陰謀蠢蠢欲動。第三卷，寫皖南事變後至太平洋戰爭爆發，湘桂戰爭，包含國際風雲對中國的影響，工業破產，物價高漲，貪污賄賂盛行，軍事腐敗之暴露，特務橫行，社會風氣敗壞等等。主要背景爲桂林、重慶、昆明、延安等地。第四卷，寫湘桂戰爭後至日本投降，包含經濟恐慌加深，民主運動高漲，蔣汪日勾結反共，進攻陝甘寧邊區之嘗試等等。第五卷，爲抗戰勝利後至聞一多、李公樸被暗殺，這一卷是八年抗戰的餘波，從此掀開了歷史新的一頁。

八年抗戰如同一個大磨盤、一個大染缸，人人都要在其中經歷碾壓和浸染。第一卷中出現的主要人物無一例外，全都經歷了八年的磨難，各自走上了不同的人生之路。以第一卷中那群生氣勃勃的青年知識分子爲例，真正能出污泥而不染的只佔少數，其餘的，或在磨盤的碾壓下喪失了銳氣，以明哲保身求得良心的安寧，或是成爲唯唯諾諾的小公務員，或蛻變爲惟利是圖的商人，更有的被迫墮落成特務。這五卷連貫的小說，就是要通過對這些人物和他們的經歷的細緻刻畫，把抗戰八年中的重大政治、經濟事件，民主與反民主的鬥爭，特務活動與反特務鬥爭等等，進行全面的描繪，以展現中國人民在這八年中經歷的動蕩、變革、災難和希望。

這五卷小說，預計 150 萬字，大約三年能完成。可是，剛寫完第一卷（《鍛煉》），形勢就發生了巨大變化，解放戰爭已進入了戰略決戰階段，東北全部解放，平津已被包圍。爲了參加新政治協商會議，父親與滯留香港的一大批民主人士一同經海路進入東北解放區，因此不得不中止了原擬的寫作計劃。父親當時既未料到全國解放會來得那麼快，也未料到解放後會當了文化部長，忙得沒有時間可以提筆創作，更未料到解放後的文藝政策，會把文藝的工農兵方向推向極端，以致再寫抗戰時期那些資產階級、小資產階級知識份子的故事，將被視爲不合潮流，不被接受。

三十年來，《鍛煉》一直未出單行本，直到粉碎了「四人幫」，結束了文化大革命之後，才於 1979 年在北京第一次出版。那時，父親已是耄耋之年，再無精力來完成這部企圖反映抗日戰爭全貌的小說了。

第四節　現實主義的倡導者和捍衛者（上）

　　《子夜》剛剛問世，瞿秋白就指出：「這是中國第一部寫實主義的成功的長篇小說。」馮雪峰稍後又斷言：「《子夜》……是把魯迅先生……開闢的中國現代的戰鬥的文學道路，現實主義的創作道路，接引到普洛革命文學上的『里程碑』之一。」從此，父親是「現實主義大師」的稱謂便爲廣大讀者所認同。

　　父親的文學之路，實際上就是一條倡導和捍衛現實主義之路。他以自己的作品來宏揚現實主義，同時又用文學評論來堅持現實主義。父親投身於文學事業的最初目的是要創造中國的新文學，一種眞實地表現大多數人生活的，能使大多數人在生活中看到希望的文學。他稱之爲「爲人生的藝術」。

　　這條道路並不平坦，父親是摸索著前進的。他從外國文學中吸取營養，最初提倡自然主義──寫實主義，不久以新浪漫主義來否定了自然主義，「五卅」前夕又用現實主義替代了新浪漫主義。但這些變化都未越出現實主義的軌道，而是對現實主義追求的深化和成熟。父親對現實主義認識的深化表現在：

　　第一，作家必須深入生活，忠實地反映生活，反對脫離生活，向壁虛構的作品。但是，忠實地反映生活不應該讓讀者只看到生活的陰暗面，從而對生活消極悲觀，像自然主義那樣，而應該在揭露這種陰暗面的同時，給讀者以生活的希望。但這希望不是空幻的、浪漫的，如浪漫主義所爲，而是植根於生活的底層的，是生活前進的必然。

　　第二，文學是有功利性、目的性的，作家只要眞誠地深入生活而又有良知的話，就不能不對社會中的種種腐敗現象提出抗議。那些對於廣大人民的疾苦充耳不聞，只顧躲在象牙塔中創作以身邊瑣事、個人恩怨爲題材的作品，卻美其名曰「藝術家內心智慧的自然流露」，這樣的以自我

茅盾的弟弟沈澤民在哥哥的影響下，也積極探求變革中國的道路。1919 年他加入了少年中國學會，1920 年 7 月他和同學張聞天東渡日本，在東京帝國大學半工半讀。這是行前茅盾和他們的合影（右沈澤民，中張聞天）。1921 年 1 月沈澤民從日本回國，4 月，經茅盾介紹參加了上海共產主義小組。

為中心的作家，終將為社會所淘汰。

第三，作家必須有個「理想做個骨子」，進步的作家更應確立馬克思主義的世界觀並且有一副能唯物辯證地觀察生活、認識生活的眼光。只有這樣，才能在紛紜複雜的生活中認清事物的本質和發展趨勢，從而正確地反映生活。

第四，作家要熟練地掌握藝術的手段，因為一部作品的成功，除了其他因素，還取決於能否藝術地形象地表現生活，否則作品只能是教條式的蒼白的東西，不成其為藝術品。

1927 年大革命以前，父親對現實主義的倡導，還限於理論上的探索，他在三條戰線上進行鬥爭：反對鴛鴦蝴蝶派遊戲人生的藝術，反對新復古派的理論，與「創造社」論爭藝術追求的是什麼？大革命失敗之後，他開始以自己的創作實踐來宏揚和捍衛現實主義。他在《從牯嶺到東京》一文中坦言：「我愛左拉，我亦愛托爾斯泰。我曾經熱心地……鼓吹過左拉的自然主義，可是到我自己來試作小說的時候，我卻更近於托爾斯泰了。」（《茅盾全集》19 卷 176 頁）事實正是這樣，從處女作長篇小說《蝕》三部曲和《虹》開始，以及爾後的一系列短篇小說，如《創造》、《一個女性》、《色盲》……，直至 30 年代初的《子夜》、《林家舖子》、《春蠶》等等，都是父親在實踐現實主義的創作方法，並日趨熟練和成功。英國的《東方文學大辭典》「茅盾」條目中說：「茅盾的作品標誌著中國文學中現實主義傾向的頂峰。」

然而父親捍衛現實主義，並不僅僅依賴於創作，他始終沒有放下理論批評的武器。自從《蝕》三部曲在《小說月報》上發表之後，父親就被逼投入了一場新的論爭。這場論爭與 20 年代的論爭不同，它主要來自「左」的方面的詰難。大革命失敗後，一批從前線回到城市的文化人成立了「太陽社」並恢復了「創造社」的活動。他們舉起革命文學的大旗，開始攻擊一切不合他們脾胃的文學家，其中就有魯迅，他們罵魯迅是「紹興師爺」、「封建餘孽」等等。《蝕》三部曲發表後，他們又把矛頭指向父親，說他是投降資產階級的「小資產階級代言者」。父親先後在《歡迎太陽》和《從牯嶺到東京》中作了答辯，並對他們偏激的文藝觀提出了批評。

父親說，《蝕》是真實地反映了當時一部分革命的小資產階級知識份子的心態，小說所以沒有抹上亮麗的色彩，是因為作者還認不清楚革命的下一步路將怎樣走，但是作者自信對革命的理想從未動搖過，只是看不慣那些只會

向窗玻璃盲撞的革命者。針對他們排斥一切「舊作家」，惟有描寫無產階級生活的文學才是革命文學的觀點，父親指出：文藝是多方面的，正像社會生活是多方面的一樣，不能說只有工農群眾的生活才是現代社會的生活，如果這樣，我們的革命文學將進入一條極單調仄狹的路；應該承認，非工農群眾對於革命的感應，也是革命文學的題材。

後來，在短篇小說集《野薔薇》的「前言」中，父親又作了進一步的闡述：在「這混濁的社會裡也有些大勇者，真正的革命者，但更多的是這些不很勇敢，不很徹悟的人物；在我看來，寫一個無可疵議的人物給大家做榜樣，自然很好，但如果寫一些『平凡』者的悲觀的或暗澹的結局，使大家猛省，也不是無意義的。」（《茅盾全集》9 卷 523 頁）針對「太陽社」、「創造社」的作家們創作的「革命文學」，父親指出：革命文學必須是革命的文學而不是革命的標語口號。那些普羅文學作品中的英雄人物其實是穿著工農外衣的小資產階級知識份子，他們的思想情緒與真正的工農群眾是格格不入的，那些作品中那種歐化的句法也是工農群眾聽不懂接受不了的。因為這些作家本身就是小資產階級知識份子，他們之中誰也沒有長期在工農中生活過。這種只憑革命熱情想像出來的描寫無產階級鬥爭生活的作品，只能是蒼白的，概念化公式化的東西，它們的生命力是不會長久的。

父親還進一步指出：有了一定生活經驗的作家並不一定能寫出好的作品來，這裡還有一個藝術加工的過程，以便把生活的「實感」藝術地形象地表現出來。父親勸告那些年輕的革命文學作者：「我並不是輕蔑具有實感的由革命浪潮中湧出來的新作家，我是希望他們先把自己的實感來細細咀嚼，從那裡邊榨出些精英、靈魂，然後轉變為文藝作品。」（《茅盾全集》19 卷 164 頁）關於文藝技巧，父親告誡他們：不要太歐化，不要多用新術語，不要太多的象徵色彩，不要從正面說教似的宣傳新思想。要吸取前輩作家的寶貴遺產以及中國民間文學的精

在日本客居時期（1928.7～1930.4）是茅盾創作和學術研究的豐收期，在短短的二十一個月中，他創作了一部長篇小說，七部短篇小說和十二篇散文，以及編著了神話研究和外國文學研究的專著九種。這是 1929 年的茅盾。

華，創新不能離開中國的現實，更不能單憑想像。而這些正是當時的「革命文學」作家的通病。

然而父親的答辯和勸誡，對於當時「太陽社」和「創造社」的朋友們，只是耳邊風。他們仍舊以革命的標語口號，臉譜化的人物，公式化的情節來創作他們的「現實主義」作品；同時還展開了對父親的圍攻，給他戴上一頂小資產階級代言人的帽子。1925 年 5 月，父親寫了這樣一段話：

> 知道信賴著將來的人，是有福的，是應該被讚美的。但是，慎勿以「歷史的必然」當作自身幸福的預約券，而又將這預約券無限止地發賣。沒有真正的認識而徒藉預約券作為嗎啡針的「社會的活力」是沙上的樓閣，結果也許只得了必然的失敗。把未來的光明粉飾在現實的黑暗上，這樣的辦法，人們稱之為勇敢；然而掩藏了現實的黑暗，只想以將來的光明為掀動的手段，又算是什麼呀！真的勇者是敢於凝視現實的，是從現實的醜惡中體認出將來的必然，是並沒把它當作預約券而後始信賴。真的有效的工作是要使人們透過現實的醜惡而自己去認識人類偉大的將來，從而發生信賴。(《茅盾全集》9 卷 522、523 頁）

父親的這段話，我以為是他與「創造社」、「太陽社」的那場持續一年之久的論爭的結束語，也是他的一次內心獨白，一次為捍衛現實主義而對極左思潮的批判。

到了 30 年代初，這股「左」的文藝思潮已經衰落，雖然還有人繼續在按照他們的公式在創作，但已經有了一個諢號，叫「革命＋戀愛」。那時候，父親已經參加了「左聯」的領導工作，並在瞿秋白的支持下，寫了三篇回顧性和總結性的文章：《「五四」運動的檢討》、《關於「創作」》、《中國蘇維埃革命與普羅文學之建設》。前兩篇是父親對「五四」以來現實主義文學發展的一個回顧，後一篇則是對未來現實主義文學的一些設想。文章對 1928 年興起的普羅文學，指出其最致命的弱點，即沒有充實的生活和對社會現象全面的認識，缺乏感動讀者的藝術手腕。文章說：若要進步，產生真正的普羅文學，就「要奮然一腳踢開我們所有過去的號稱普羅列塔利亞文學的作品以及那些淺薄疏漏的分析，單調薄弱的題材，以及閉門造車的描寫。」(《茅盾全集》19 卷 306頁)「將來的偉大作品之產生不能不根據三個條件：正確的觀念，充實的生活，和純熟的技術；然而最最主要的還是充實的生活。只有從生活中把握到的正

確觀念才是真正的『正確』，也只有從生活中體認出來的技術才是活的技術。」（《茅盾全集》19 卷 280 頁）並於普羅文學的這些公式，父親在《〈法律外的航線〉讀後感》中，還有過如下形象的描寫：

> 我們這文壇上，前幾年盛行著一種「公式」。結構一定是先有些被壓迫的民眾在窮苦憤怒中找不到出路，然後飛將軍似的來了一位「革命者」一位全知全能的「理想的」先鋒，熱刺刺地宣傳起來，組織起來，而於是「羊群中間有了牧人」，於是「行動」開始，那些民眾無例外地全體革命化。人物一定是屬於兩個界限分明的對抗的階級，沒有中間層，也沒有「階級的叛徒」；人物的性格也是一正一反兩個「模子」，劃一整齊到就像上帝用黃土造成的「人」。故事的發展一定就是標語口號的一呼一應，人物的對話也就像群眾大會裡的演說那樣緊張而熱烈，條理分明。（《茅盾全集》19 卷 346、347 頁）

這真是一幅對「革命文學」公式的生動的畫像。父親在七十年前畫的這幅像，現在看來卻十分眼熟，原來它與文化大革命中「四人幫」提倡的「三突出」何其相似！只是 30 年代的公式，還顯得幼稚，而到了「四人幫」手裡，就變得更其「先進」和「成熟」了。

對「革命＋戀愛」的批判，使得在 30 年代湧現的青年作家大都走上了現實主義和革命現實主義的創作道路，從而表現在文學創作上，現實主義得到了光大和繁榮。然而在文藝評論上，那種以運用「革命」詞藻為特色的教條式的評論仍屢見不鮮。這從父親的小說發表後引起的爭論中可以見到。這些評論的特點是脫離生活的實際，僅將書本中學來的教條當做標尺，來衡量所有的作品。父親認這種做法的根源，在於這些評論家只想指導作家，卻不願自己也去深入生活，理解作者的用心。可惜這股「流毒」在 30 年代未能肅清，而到 50 年代以後卻更得到了「發揚光大」！

在 30 年代，左翼文藝界在批判了「革命文學」的偏向之後，現實主義

1937～1945

文學便成爲文壇的主流，奔騰向前。這期間，也有從右的方面來的干擾：如歪曲現實，爲國民黨唱頌歌的「民族主義文學」；標榜不左不右，不問政治，拒絕思想的指引，只願爲「藝術」獻身，而實際上粉飾現實，爲統治者抬轎子的「第三種人」；以及宣揚出世思想、士大夫情趣的「性靈」文學，後者則正與當時蔣介石提倡的以封建道德「四維」「八德」爲中心的「新生活運動」相呼應。這些文藝上的逆流，在以魯迅爲主帥的左翼文藝界的迎頭痛擊下，很快便成了過街的老鼠。父親也寫了多篇參與「討伐」的文章，這裡就不細說了。

抗戰爆發後，進步文藝工作者大多從沿海地區撤向內地各城鎮以至邊遠山區，這樣便在全國掀起了抗日救亡的高潮。可是文藝界在堅持現實主義傳統的問題上，出現了因擔心損害統一戰線而不敢暴露抗戰中陰暗面的傾向，於是在一段時間內呈現了表面上轟轟烈烈，實際上空空洞洞的現象。父親當時在香港主編《文藝陣地》，他認爲，抗戰文藝毫不例外也要堅持現實主義，不僅要反映抗戰的現實，還要透過當前的現實指出未來的眞際。他說：

> 抗戰的現實是光明與黑暗的交錯，——一方面有血淋淋的英勇的鬥爭，同時另一方面又有荒淫無恥，自私卑劣。……因此，文藝作品不能只是反映了半面的「現實」。……抗戰是從根把中國民族翻個身，新生的優點，——新時代的芽苗是到處在滋生著，作家們還沒有寫出來，委實是遺憾。然而中國民族這一個翻身裡，新生的劣點也在到處簇長，相對著新的人民領導者等等，我們也看見了新的人民欺騙者，新的「抗戰官」，新的「發國難財」的主戰派，新的「賣狗皮膏藥」的宣傳家，……新的荒淫無恥，卑劣自私，而且這一切新的把民族命運開玩笑的傢伙，比新的搶救民族的人物，滋生得更快更多呢！這是痛心的「現實」，然而唯有把這痛心的「現實」全面地反映出來，然後「爭取」最後勝利一語才有正確深切的認識，然後負有此任務的文藝才能成爲行動的力量。……號召了作家們寫新的光明，緊接著必須號召作家們同時也寫新的黑暗，這才能夠使得作家們深思，而且向現實中去發掘。（《茅盾全集》21卷433、434頁）

當時，父親在《文藝陣地》上編發了兩篇作品，它們隨即在文藝界引起了熱烈的反響，這就是張天翼的《華威先生》和姚雪垠的《差半車麥秸》。前

者正是一篇暴露抗戰陰暗面的小說，作者以其特有的幽默筆調描寫了一個抗戰中出現的新人物——想包辦救亡運動的國民黨的「抗戰官」。這篇小說的成功，使華威先生成爲抗戰爆發後文藝作品中出現的第一個典型人物。後者則是一篇寫抗戰中光明面的小說，描寫了中國落後農村中的一個落後農民，如何在抗戰烈火中成長爲中國大地的主人。作者向人們提供了一個典型環境中的典型人物，雖只寫了一個普通農民的覺醒，卻有著撼人心魄的魅力，使人們看到了抗戰必勝的源泉所在。父親認爲，這兩篇作品的出現，標誌了抗戰文藝堅持現實主義傳統的勝利。

　　在《文藝陣地》的撰稿人中，父親特別欣賞一位年輕的文藝評論家——李南桌。這是一個剛出校門的二十多歲的青年，然而卻有著淵博的知識，更善於應用所學的理論來衡量、剖析現實中的矛盾。所以他寫的論文沒有「洋八股」氣，卻處處透出新穎獨到的見解。他在《文藝陣地》上發表的第一篇論文《廣現實主義》便提出了一個大膽的命題：應該從最廣闊的含義上來理解現實主義。他說：「只要是一個眞實的作者，廣義的說來，他必定是一個現實主義者，不管他自己或別人願意不願意。因爲眞實的作家跳不出現實去。古典主義、浪漫主義，兩者實是相反相成的，就像孔子說的一句話：『從心所欲不逾矩』兩者相應於現實，最後是一個整個的東西。」

　　李南桌的這個觀點，對父親是一個啓發：即可以把現實主義不單單理解爲是一種創作方法，也可以從更廣闊的範圍來解釋它，譬如從人生觀的角度，從作家對現實的態度……。李南桌的寫作生涯只有短短的六個多月，就因病突然去世了。父親在沉痛的心情下寫的悼念文中說：「我認識李先生不久，但他的好學深思，他的堅實而明辨的文藝論文，已爲我深深欽敬；突然聽到噩耗，我不僅爲友誼而悲，我且爲中國文藝界深痛失此一前程萬里的人才！」（《茅盾全集》21 卷 531 頁）

　　武漢和廣州失守後，抗戰進入了相持階段。這一階段的特點是，在軍事上，國民黨軍和日軍互不相犯，日軍全力在敵後根據地「掃蕩」八路軍和新四軍，國民黨則不斷挑起與共產黨的武裝摩擦，到 1941 年初終於爆發了襲擊新四軍的皖南事變。在政治上，國民黨推行法西斯特務統治，扼殺民主和自由。文藝工作者不僅沒有寫作的自由，人身自由也難以得到保障。抗戰初期一度轟轟烈烈的「文章下鄉」、「文章入伍」已經偃旗息鼓，下鄉入伍的進步藝術家不得不紛紛回到了大城市。

嚴重的政治壓迫和思想統治，使作家們堅持現實主義的傳統遇到了極大的挑戰。現實主義的文學要求發揚科學精神，「反對獨斷與武斷，反對偏見與成見，反對誇張局部而抹煞或歪曲全體，反對只許頌揚，不許批評，反對掩耳盜鈴的虛偽粉飾，反對那只看見今天不看見明天的近視眼，反對無所用心的冷觀態度。」同時，也要求發揚民主精神，「面向民眾，為民眾，做民眾的先生，同時又做民眾的學生，認識民眾的力量，表現民眾的要求。」（《茅盾全集》23 卷 97 頁）但在當時的政治條件下，實踐這些要求幾乎成為不可能。「戰爭給作家以題材，但作家搔首躊躇，有無處落筆之苦；社會渴望作家拿出些切切實實反映了人民要求的作品，但作家惟有報以無可奈何的苦笑。」（同上106 頁）於是，絕大部分進步的作家被逼採取了迂迴鬥爭的道路：與其不痛不癢地反映最小限度的現實，不如把筆觸轉向歷史題材，借古諷今；既然不讓暴露最有典型意義的罪惡和現實，就改寫小城市中的風波，鄉村土劣，知識份子的苦悶，以及淪陷區的故事；或者乾脆越過國門，專事世界古典名著的介紹。

作家們的這種「轉變」，父親是充分理解和同情的，稱之為在抗戰最黑暗的年代中的「苦鬥」。其實他自己那時的創作，除了在香港寫的長篇《腐蝕》和抗戰勝利前夕在重慶寫的劇本《清明前後》，其餘的也都或多或少地採取了上述迂迴戰的辦法。

但是，當時卻有一種觀點對這些作家提出了指責，說他們是「生活隨遇而安了，熱情衰落了，因而對待生活的是被動的精神，從事創作的是冷淡的職業的心境」，並給這些作家的作品戴上一頂「客觀主義」的帽子。這種觀點的創造者便是胡風。他進而提出作家要強調個人意志的作用，要發揚「主觀戰鬥精神」，並認為發揚「主觀戰鬥精神」並與客觀真理融合，這就是現實主義。

父親認為胡風對廣大進步作家精神狀態作這樣的估計是偏激的，不妥當的，結論也是錯誤的。如此強調作家的個人意志的作用，發揚「主觀戰鬥精神」，也並非通向現實主義之道。關於「主觀戰鬥精神」的說法，當時並未引起人們較多的注意，直到抗戰勝利前夕，由於舒蕪發表了《論主觀》一文，才使這個觀點重新為人們所注意並引起了一場爭論。因為胡風說，舒蕪這篇文章提出了「一個使中華民族求新生的鬥爭會受到影響的問題」。父親沒有寫文章參與這場論爭，只在 1945 年底重慶進步文藝界在周恩來的指示下，召開

了幾次座談會，對胡風的文藝思想和《論主觀》進行批評時，在會上發了言，表明了自己的觀點和態度。

　　新中國成立後，在第一次文代會上，父親代表國統區的文藝界作了一個關於國統區十年來革命文藝鬥爭的總結性發言，其中談到了「主觀戰鬥精神」，指出這種強調「生命力」的思想傾向，實際上是小資產階級受不住長期的黑暗與苦難生活而產生的急躁的追求心理的表現，這種傾向表現於文藝理論上，形成一種小資產階級的革命文藝理論。他們崇拜個人主義的自發性鬥爭，不把集體主義的自覺的鬥爭看做是歷史的原動力。他們想依靠抽象的原始的生命力與個人自發性的突擊來反抗現實，這在實際上正是游離於群眾生活以外的小資產階級的幻想。關於抗戰末期發生在重慶的這場論爭，其實質，就是一場捍衛現實主義光榮傳統的鬥爭。

　　在國民黨嚴酷的文化統治下，在抗戰的大後方流行的是粉飾現實、頌揚「德政」的奉命文學，戴著抗日面具的色情文學，以及製造頹廢、麻痺心靈的低級趣味的東西。在這種頹風的影響下，也有作家思想產生了傾斜，開始熱衷於個人身邊瑣事的描寫而淡忘了作家的責任，或者打起追求藝術完滿的旗號而疏遠了政治。父親曾在多篇文章中抨擊了這股文藝上的反動逆流，並告誡作家們，要努力以自己的作品把那些沉湎於低級趣味讀物中的讀者爭取過來。在反動統治的壓迫下，現實主義仍舊有寬闊的道路，任何社會現象都可以作為寫作的題材，工農生活、小市民生活、知識份子生活，乃至資產階級生活都可以寫。凡是熟悉的生活，即使是平凡的日常生活，只要我們站在人民大眾的立場，用批判的眼光去寫，就能寫出有意義的作品來。至於作家個人的身邊瑣事，感情的自怨自艾，即使加以精心的藝術打造，如果遠離了一般人的生活，就不值得去寫。「寫你所熟悉的生活」是對的，但這個熟悉的生活必須與大眾的生活有關係，是值得寫的，譬如生疥瘡的痛苦是「熟悉」的生活，可

茅盾在祝壽茶會上致答詞。

是這樣的東西寫出來有什麼意義呢？

父親自從踏入文壇到 1945 年重慶文藝界慶賀他五十誕辰，已經在文壇闖蕩了三十年。在三十年中，父親涉獵了文藝領域的各個門類，最後落實到了創作。而所有這些活動都貫串著一條倡導、宏揚和捍衛現實主義的紅線，這也正是父親一生追求的文學之路。在他為五十壽辰寫的文章《回顧》中說道：「路不平坦，我們這輩人本來誰也不曾走過平坦的路，不過，摸索而碰壁，跌倒了又爬起，迂迴而再進，這裡各人有各人不同的經驗；我也有我的，可只是平凡的一種。」（《茅盾全集》23 卷 170 頁）這段話，可視為父親對自己前半生的總結。

第五節　現實主義的倡導者和捍衛者（下）

1949 年 10 月新中國誕生，父親擔任了第一任文化部長和作家協會主席，肩起了領導全國文化工作的擔子。在新的形勢下，社會主義現實主義也成為文藝界惟一遵遁的創作方法。然而使父親料想不到的是，現實主義發展的道路在社會主義制度下也不平坦，而且使父親常陷於兩難的境地。

最早遇到的問題是如何理解「寫工農兵」這個口號。

記得 1949 年初，在瀋陽的鐵路賓館父親和李德全曾有過一席談話。那時父親與一大批民主人士剛從香港來到東北解放區，準備去北京參加新政治協商會議。李德全問道：「茅公，現在共產黨提倡寫工農兵，而您是主張寫自己熟悉的生活，這是不是有矛盾？」父親略一沉思後，便作了一個較長的回答：「作家必須寫自己熟悉的東西與提倡寫工農兵沒有予盾。工農兵是人民的主體，當然要寫，你不熟悉工農兵，就應該深入到工農兵中間去熟悉他們，然後再提筆來寫。如果你不熟悉卻要去硬寫，這是不會有好結果的，那樣，不如先去寫你熟悉的生活。我們國統區來的作家都面臨一個怎樣去熟悉工農兵的問題。其實，除了寫工農兵，其他各式人等也是可以寫的，而且也應該寫，譬如知識份子、商人、資本家、地主……只要是你熟悉的，都可以寫，問題的關鍵在於你是站在什麼立場上，用什麼觀點去寫。我以為，作家只要有了先進的世界觀，有了科學地觀察事物的方法，寫什麼都可以。當然，擺在首位的應當是工農兵。」

這個觀點，父親在到北京後寫的《關於目前文藝寫作的幾個問題》一文中也作了闡述。基於這樣的認識，他對那些雖然不寫工農兵但卻是比較成功

的作品，就大都採取鼓勵的態度。譬如部隊的青年作家白刃寫的以敵後遊擊隊中一群知識份子的思想轉變爲題材的長篇小說《戰鬥到明天》，父親就很欣賞，並爲它寫了「序」，序中說：「讀了《戰鬥到明天》我很受感動。這部小說對於知識份子，是有一定的教育意義的。」「自『五四』以來，以知識份子作主角的文藝作品，爲數最多，可是，像這部小說那樣描寫抗日戰爭時期敵後遊擊戰爭環境中的知識份子，卻實在很少；我覺得這樣一種題材，實在也是我們的整個知識份子改造的歷史中頗爲重要的一頁，因而是值得歡迎的。」（《茅盾全集》24 卷 175、177 頁）

　　出人意料的是，小說在出版後卻遭到了嚴厲的批判，說它鼓吹小資產階級的「反動性」，把資產階級和小資產階級的思想放在了領導工人階級思想的地位，等等。這架勢令人不禁想起了 20 年代末「創造社」、「太陽社」對父親的攻擊。這時，《人民日報》把幾封讀者批評《戰鬥到明天》的來信轉給了父親。對這種極左觀點的信件父親原可以不予置理，但當他聽說作者因受此打擊而對寫作心灰意冷時，便決定給報社寫一回信，除了違心地檢查自己寫「序」時態度不夠嚴肅外，仍舊肯定了小說的題材和主題是有意義的，值得寫的，希望作者鼓起勇氣來把小說修改好。在這裡，父親堅持了自己的觀點，即可以寫以小資產階級爲主角的題材。

　　不過，這件事也使父親服下了一清醒劑，他發現，這種把「寫工農兵」的口號推向極端，變成了只能寫工農兵，排斥一切非工農兵題材，以及將文藝批評變爲粗暴的扣政治帽子的傾向，已形成了一股潮流，而這股潮流又打著貫徹毛澤東文藝理論的旗號。作爲文化工作的領導者，堅決執行黨的文藝政策是父親的職責所在，對於毛主席的文藝理論和文藝政策，包括寫工農兵，他也是由衷地擁護的。這就使他陷入了一個兩難的境地，他不能一方面號召作家們去寫工農兵，另一方面又鼓動作家們去寫非工農兵。而這在父親自身也形成了同樣的困惑：解放前那兩部未完成的長篇——《鍛煉》和《霜葉紅似二月花》，原曾打算在新中國的安定環境中把它們完成的，現在卻成了難題，作爲作協的主席不帶頭去寫工農兵，卻去續寫資產階級、小資產階級的故事，這無論如何說不過去。結果，便只能是忍痛放棄了續寫這兩部小說的計劃。

　　但在如何理解「寫工農兵」的問題上，父親從未改變過自己的觀點。1959年他在一篇漫談創作問題的文章中就重申：「我們日常生活中的典型，有正面

茅盾在第一次全國文代會小組會上發言。

的典型，也有反面的典型，還可能有一種中間狀態的典型。……典型人物卻不一定是英雄人物。混淆了這兩者，把要求於英雄人物者要求於典型人物，於是責備作者歪曲了英雄人物，這樣的事不是沒有的。」（《茅盾全集》25 卷 457、458 頁）警如當時對楊沫《青春之歌》的討論中，就有文章指責作者是站在小資產階級立場上，作小資產階級情調的自我表現。父親著文爲楊沫辯護，認爲《青春之歌》是一部有一定教育意義的優秀作品，林道靜這個人物的形象是眞實的，是有典型性的。林道靜是一個地主家庭出身的小資產階級知識份子，曾經有濃厚小資產階級思想意識，小說描寫了這樣一個青年女子在當時的歷史條件下，所經歷的思想改造的過程——亦即從反抗封建家庭走到中國共產黨所領導的革命運動的過程。對於這樣一個「富於反抗精神，追求眞理的女性，一個自覺、自願堅決地進行自我改造、終於獻身革命的女性」，作者對她「應不應該抱同情乃至愛護的態度呢？我以爲是應該的」。「武斷地判定作者對林道靜的同情和愛護便是作者自己的小資產階級立場的流露，那是十分不公平的！」（《茅盾全集》25 卷 440 頁）

1962 年夏作協在大連召開了農村題材創作會議，即大連會議，在會上父親進一步闡述了中間狀態的人物不但應該寫而且也有典型意義的觀點。他說，一部作品不能只寫兩頭，即作爲學習榜樣的英雄人物和作爲批判對象的落後分子，也應該寫廣大的處於中間狀態的人物，寫他們的矛盾和變化。要作爲典型來寫，也可以是小說的主角。因爲先進的與落後的畢竟只佔少數，

寫廣大中間人物的覺醒，同樣有教育意義。這個觀點，後來在「文革」前夕曾遭嚴厲的批判，即所謂「中間人物論」。可是代父親受過的卻是作協書記邵荃麟，因為在大連會議上他也贊成這個觀點，對此，父親深感歉疚和不安。

　　父親面臨的第二個棘手問題，便是作品的政治性和藝術性的關係問題。對這個問題父親過去曾多次論及，他的基本觀點是：作品的政治性和藝術性是一個事物的兩面，有如手心和手背，缺少任何一面就不成其為藝術品，所以忽視哪一面都是錯誤的。政治性和藝術性的完滿結合，是所有的作家追求的目標。然而真要做到並不容易，有些人窮一生的追求也未必能達到。因此他認為當二者不能兼得時，就應該把政治性放在第一位。眾所周知，政治上反動而藝術性愈高的作品，其毒性愈大；反之，政治上進步而藝術性很差的作品，至多也只是一篇政治報告，一朵不香的花。父親認為，惟有堅持社會主義現實主義，才是使作品的政治性和藝術達到完美結合的最好途徑。

　　建國後，為貫徹毛主席制定的文藝為工農兵服務、文藝為政治服務的方針，文藝界有「趕任務」的說法。父親基於上述對政治性和藝術性關係的認識，身為文化部長和作協主席，也多次講到「趕任務」的必要，這就是為了配合政治任務，作家有必要趕寫出即使自己也認為並不成熟的作品，因為這是為人民服務，是一種光榮，作家不應以此為苦。然而「趕任務」的作品確有致命的弱點，即作品的藝術性差，故事公式化，人物臉譜化，缺少吸引和打動讀者的力量。對於這個既要支持「趕任務」，又要避免作品流於公式化、概念化的兩難的矛盾，父親開出的藥方是：多寫短小精幹的東西，如曲藝、速寫、活報劇、詩歌、報告文學等，但要注意人物性格的刻畫。

　　「趕任務」是造成建國後文藝創作普遍重視政治性、忽視藝術性的一個原因，但其主要影響卻是源於不斷的政治運動，包括文藝界種種的批判活動。從批判《武訓傳》開始，十七年來可說是接連不斷。而所有的批判都是政治性的，很少涉及文藝作品的藝術性，即使涉

茅盾在寫作。

及，也是作為政治靶子來打的。這就營造成一種氣氛：作家們在創作時把如何避免犯政治性「錯誤」放在了首位，放鬆甚至不敢去追求作品的藝術性。

那時，在文藝評論界冒出了一批喜歡揮舞棍子的評論家，其代表是張××，他們那種極「左」的粗暴的評論，直接影響了作家們的創作方向和報刊編輯們的選稿標準。面對這種嚴峻的現實，父親及時地提出了批評，他說：

> 有些批評家對於作家常常缺乏一種愛護的熱情、幫助的態度，缺乏一種合作的態度，而採取一種粗暴的打擊的態度。這種粗暴態度，表現在批評家沒有用客觀的科學的態度來研究分析他的批評對象，而只憑一味主觀的印象匆忙地作了判斷；表現在批評家對於作品所表現的社會生活缺乏深入的全面的知識，而只以一些革命文藝理論的原則作為教條、作為公式，來硬套他的批評對象；表現在批評家沒有耐心研究整個作品的各方面，而只斷章取義地抓住作品中突出的缺點，就下了不公平的、不能使人信服的論斷。……主觀主義教條式的批評，……它不但不能解決問題，並且還使得作家們全跟著它也按著一定的公式去寫作，其結果，促成了作品的公式化、概念化傾向的發展。

> 也還應該指出，……這樣的批評不是鼓舞作家的創造熱情，而是阻礙了這個熱情。有些缺乏自信的作家，常常因為害怕批評而不敢動筆了。（《茅盾全集》24 卷 282、283 頁）

這種批評方法不是社會主義現實主義的批評方法。

其次，父親還從理論上來分析和糾正作品中相當普遍的公式化、概念化的現象。指出：

> 概念化和公式化都是主觀主義思想的產物，它們是一對雙生的兄弟。這種創作方法是違反現實主義的根本原則的，……它不是從客觀的現實出發，而是從作者主觀的概念出發，它把複雜而豐富的現實生活簡單化為幾個概念所構成的公式，其結構是所謂落後、對比、轉變三段法，人物形象則有一定的幾張「臉譜」，不論所寫的是工廠，或是農村，不論主題是增加生產，或是爭取婚姻自由，都可套用這樣的公式。這樣的作品當然就不可能有真實性和具體性，當然也不會被群眾所喜歡。這樣作品之所以產生，根本的原因是作家

脫離了人民群眾的生活，用閉戶造車的方法去寫作。

> ……現實主義的真實性，主要是通過人物性格的創造而表
> 現。……所以典型環境中的典型性格是現實主義創作方法的根本問
> 題。但是我們有些作家往往把這個根本問題忽略了，他們往往從生
> 活中間抓住一些表面現象，抓住一大堆還沒有經過頭腦消化的材
> 料，來不及等到人物在自己腦中醞釀成熟，就性急地預先為自己規
> 定了主題，然後按照需要去尋求人物，或者按照一種公式去填寫人
> 物。這樣的人物……當然就不可能有明朗的個性和血肉的感情，也
> 就不會產生藝術的感染力量。（《茅盾全集》24 卷 265～267 頁）

為配合這些文章，父親還寫了一批評論藝術修養和藝術技巧問題的文章，如《關於文藝修養》、《欣賞與創作》、《關於人物描寫問題》、《關於藝術技巧》等等，從正面闡述如何加強作品的藝術性，避免公式化和概念化。他指出：藝術技巧「是形象思維的構成部分而不是作家在構思成熟以後外加上去的手術」，「技巧問題不能同作者的人生觀的深度和他的生活經驗的廣度割裂開來求得解決」，因此作家「塑捏現實（虛構故事）、創造人物的本領……不可能是游離自在的，而是從屬於他的挖掘現實的本領。作家在現實生活中挖掘得愈深，他所創造的人物以及人物所活動的環境也就愈富於典型性，而也就是這典型性給予作品以強烈的藝術感染力。」（《茅盾全集》24 卷 405、406、408 頁）

此外，父親通過閱讀大量的作品，從沙礫中發現閃光的金沙，即政治性和藝術性結合得比較完美的作品，這些作品往往會由於教條式的文藝評論的影響而不被注意以至被埋沒（如茹志鵑《百合花》等一大批年輕作家的優秀作品）。或則為那些受到不公正批評的作品仗義執言，使之最終得到了公眾的認可和讚賞，如楊沫的《青春之歌》。

與那些教條式的粗暴的文藝評論不同，父親的這些評論注意作品的政治性藝術性的結合，尤其注重對作品藝術成就的分析，細緻地闡明作者如何運用藝術的手段，層層展現作品所要表現的主題，既肯定其優點，也指出其不足。這些評論深受作家們的歡迎，因為在那棍棒亂舞的年代，父親是惟一執著地談論作品的藝術性的評論家。

在建國後的十七年中，毛澤東對他的文藝理論有兩個重大的補充，一是1956 年提出的「百花齊放，百家爭鳴」的方針，一是 1958 年倡導的「革命的

現實主義與革命的浪漫主義相結合」的創作方法。

對於前者，父親是歡欣鼓舞、堅決擁護，認為這將使文藝思想衝破種種束縛而得到充分的解放。在這之後不久，他就在第一屆全國人民代表大會第三次會議上作了一個題為：《當前文學藝術工作中的關鍵性問題》的發言，專就「雙百」方針問題作了全面深刻的闡述。他認為毛主席提出的「雙百方針」「是促進文藝創作和理論批評的繁榮和發展的極端重要的指示」。發言中說：

> 文學藝術工作中的主要問題是質量問題。……質量問題的關鍵何在呢？觀眾和讀者的普遍責備是兩句話：乾巴巴，千篇一律。乾巴巴的病源在於概念化；千篇一律的病源在於公式化，在於題材的狹窄。造成這兩種毛病的原因不止一端，但總的說來，由於未能貫徹「百花齊放」，由於缺乏「百家爭鳴」！

> 反映社會重大事件，現在是，而且將來也應當是文藝作家們努力的主要方面！但這，不等於說，我們就排斥了其他的題材。只要不是有毒的，對於人民事業發生危害作用的，重大社會事件以外的生活現實，都可以作為文藝的題材。……自古以來，人民所創造的文藝就不是單調、生硬，而是包羅萬象，多姿多彩的。

> 只要是「花」，就要讓它放，鼓勵它放。品種和風格，應當是愈多愈好。我們認為，按照「百家爭鳴」的方針，就應當容許文藝上有不同的派別，而且通過自由討論、互相競爭，來考驗它們的存在的價值。我們相信社會主義現實主義的創作方法最善於從真實地反映現實中間指出社會發展的規律，因而是最進步的創作方法；……然而我們同時也堅決主張作家們在選擇他的創作方法這一個問題上，應當有完全的自由。……社會主義現實主義文藝的勝利，應當依靠更多更好的作品來取得，而不應該依靠其他的人為的方法。

在談到對於作家和作品的評價時，他說：

> 完全應當採取自由討論的方式，既不應強求一致，也不必匆促地作出結論。不具體分析作品的內容，而用簡單、粗暴的方式，庸俗社會學的觀點，來進行文藝批評，……這種文藝批評常常以引經據典的方式來掩蓋它的空疏和粗暴，又常常以戴帽子的方法來加強它的不公允、不合理的論點。這種文藝批評的清規戒律是非常多的。

這種文藝批評所帶來的不好影響是多種多樣的，而最主要的則是妨害了作家們（特別是青年作家）的自由活潑的創造力，不敢追求新的形式和風格。（《茅盾全集》24 卷 453、455、456 頁）

「雙百」方針的提出，使父親的思想大大地得到解放，在闡述如何貫徹「雙百方針」的同時，他還著文批評了對此表示異議的左傾的教條主義，也批評了藉口文藝的特殊性，利用「鳴放」，從右的方面來懷疑工農兵方向，懷疑文藝堅持思想性的必要性等等歪曲「雙百方針」的觀點。

可惜，「雙百」方針從提出的那一天起，就一直未能得到認真的貫徹，1957年「反右」開始，政治運動便接連不斷，束縛「雙百」方針貫徹的各種清規戒律自然也就無法清除。在這樣的環境下，父親的思想解放，也就不得不採取謹慎的態度，以便與中央保持一致。他的有些觀點雖已寫成手稿，也未公開發表，如 1957 年的一篇筆記中他這樣寫道：「對人民無害，不是反人民的東西，都可以存在，──為人民服務的範圍不能看得太小。為政治服務──配合政治，教育意義等等，有直接，有間接，不能要求藝術的每一作品都直接配合」。「教育意義有多方面，政治的教育意義，此外，還有培養優美感情的教育意義，使人得到美麗享愛的教育意義，如荷花舞。」這個觀點顯然是父親對自己在 50 年代初強調的作家要「趕任務」的觀點作了修正，但終於沒有拿出來發表。

不過，「雙百」方針畢竟是文藝民主的依據，藉助這股「東風」，父親從 1958 年開始，對每年發表在全國刊物上的小說創作，進行有目的的梳理和評論，以宏揚和捍衛社會主義現實主義的創作方法。如文藝評論《談最近的短篇小說》、《短篇小說的豐收和創作上的幾個問題》、《一九六○年短篇小說漫評》、《讀書偶記》和《關於歷史和歷史劇》，從歷史的高度來探討現實主義在文藝的發展規律中所處的地位和作用。

毛澤東提出以「革命的現實主義與革命的浪漫主義相結合」（簡稱「雙革」）來替代「社會主義現實主義」，父親從一開始就持不同的看法。他認為社會主義現實主義已經包含了革命的浪漫主義，其基礎應是現實主義，沒有必要再提出新口號，而且把浪漫主義放到首位。他還認為這個口號的提出與大躍進的政治氛圍有關係。然而，作為文化部長，他不能發表相反的意見，只得滯後「表態」，一方面在原則上表示支持「雙革」，另一方面針對當時一哄而起的讚揚聲，又提出不能濫用「雙革」和不應隨意擴大「雙革」的範

圍，把歷史上所有偉大作家的作品都說成是「雙革」結合的範例。他認爲，能創作出「雙革」作品的作家，首先必須具有馬克思主義的世界觀和方法論；並指出迄今爲止，除了毛主席的詩詞，還沒有一部眞正意義上的「雙革」作品。在大躍進中一窩蜂興起的所謂的「兩結合」作品，其實是把浮誇、空想誤作革命浪漫主義，如「人有多大膽，地有多大產」之類的詩歌，《十三陵暢想曲》這樣的戲劇、電影，這些只是頭腦發熱的產品，與革命浪漫主義毫無關係。所以，眞正的「雙革」作品，僅僅是個理想，還有待我們今後的努力。

1957～1965

　　《夜讀偶記》是父親探討現實主義與文藝發展規律的一篇長達 7 萬字的論文，寫於 1958 年初。在上一年，蘇聯文壇上關於現實主義和反現實主義的討論也在我國文藝界引起了反響，在「雙百」方針的鼓舞下，作家們暢所欲言，發表了各種意見。這些意見中有的堅持社會主義現實主義，也有的對「社會主義」這頂帽子表示質疑，認爲它將影響現實主義的發展，主張向外國借鑒，尋求新的表現方法。這種觀點的實質是認爲無產階級的黨性原則束縛了「創作自由」。《夜讀偶記》更是父親爲參加這次討論而寫的，但它不僅僅是回答討論中提出的問題，而且是父親對自己長期思考的一個問題的總結，這就是文藝思潮的發展規律。在以往，講起文藝思潮的發展，便是歐洲學者的觀點，即依著古典主義──浪漫主義──現實主義──新浪漫主義（現代派）這個順序發展，而現實主義則產生於文藝復興時代甚至更後。

　　父親在 20 年代也是信奉這種觀點的。但是，這種「規律」僅限於西歐的文藝，對於世界其他的民族，尤其對於有五千年輝煌文明史的中國卻並不適合，那麼，是否還有適合所有民族的，包括中華民族的，普遍的文藝思潮發展規律呢？父親認爲應該有。硬用西歐的模式來套中國這樣的文化古國是不

妥當的。

父親的思考從文藝為什麼服務開始，他剛跨入文壇提出的口號就是「為人生的藝術」，這是一個現實主義的口號，即要求作家直面人生，忠實地反映現實。抗日抗戰勝利後，在爭取民主自由的高潮中，父親曾連續幾次在講演中闡述「人民文藝」的觀點，他說：在原始公社只有一種「文藝」，即人民的文藝，但進到了階級社會，就分化為兩種文藝，一種是「奴隸」的文藝，另一種是「奴才」的文藝。奴隸的文藝也就是被壓迫者的文藝；人民大眾的文藝。

在《夜讀偶記》中，父親充分地展開和發展了這個觀點，把人民的文藝與現實主義結合起來，而把一切反人民的「奴才文藝」稱之為反現實主義文藝，並認為現實主義與反現實主義的鬥爭是階級社會中文藝思潮發展的規律。在這裡，父親把現實主義看成是自古就有的，它是人民文藝的一種與生俱來的特性。所以，如果現實主義可以分為廣義的和狹義的，那麼這裡提出的現實主義就是廣義的現實主義，它不僅僅是個創作方法，而且是作家對現實世界的態度。

在《夜讀偶記》中討論的中心問題就是現實主義的特質是什麼？它是怎樣產生和發展的？父親說：「在階級社會的初期，階級鬥爭就反映在社會中的被剝削階級所創造的文藝作品中；……這種文藝就其內容來說是人民性的、真實性的，就其形式來說是群眾性的（為人民大眾所喜見樂聞的）。這就產生了現實主義的創作方法。」「而且人民所創造的現實主義文學在一定時期內又影響了統治階級的一部分文人。……這就是封建文化的一些值得寶貴的東西。……必須指出：受了人民的現實主義文學影響的統治階級文人，其作品的現實主義的深度，決定於他對於當時的社會現實的態度。」「和被剝削階級的現實主義文藝站在相反地位的，是剝削階級為了鞏固自己的剝削地位、剝削制度而製作的文藝；這些文藝歌頌剝削階級的恩德，宣揚剝削階級的神武，把剝削制度描寫成宿命的不可變革的永恆的制度。這就形成了各種各樣的反現實主義的創作方法，其特徵，就內容而言，是虛偽、粉飾、歪曲現實，對被剝削者起麻醉和欺騙的作用，對剝削者自己則滿足了娛樂的要求，就形式而言，是強調形式的完整，……追求雕琢，崇拜綺麗，乃至刻意造作一種怪誕的使人看不懂的所謂內在美。」這種「反現實主義的文學，曾經屢次以『正宗』的面目出現在各個歷史時期。……另外，還有一種反現實主義的文學，

也曾經在各個歷史時期出現，不過不一定居於『正宗』的地位。這就是遊仙詩而後的所謂山林隱逸一派的作品。它們是逃避現實的。這兩類的反現實主義文學，前者通常出現於封建皇朝的強盛時期（初唐盛唐是例外），後者通常出現於封建統治削弱、政治黑暗、社會變亂的時期。」「但是，這並不等於說，階級社會內一切的文學作品和文學作家都可以這樣簡單地劃分為若非現實主義的，就必然是反現實主義的

1962年8月，茅盾出席了中國作家協會在大連召開的農村題材短篇小說創作座談會。後來在「文化大革命」中，這個會議被誣為「大連黑會」，會議主持者邵荃麟遭到了殘酷迫害，茅盾也因所謂散布「中間人物論」而遭攻擊。這是茅盾那年夏季在家中寫作。

了。……作家的世界觀的複雜性常常要同樣複雜地表現在他的創作方法上，……因此，在文學史上就出現了既非現實主義但也不是反現實主義的作家和文學作品，也就是說，出現了既非現實主義但也不反現實主義的創作方法。例如浪漫主義，……這些非現實主義的作家和作品，有進步的，也有反動的；有在當時起了進步作用的，而在時代環境變換以後就失卻了或減弱了它們的進步意義的。如果把它們簡單化，想用一個一成不變的公式來處理，那就陷入了教條主義的泥坑。」

父親又指出：「所謂反現實主義，不能理解為一種創作方法，而應當理解為各種各樣、程度不同的反人民和反現實的各不相同的若干創作方法。它們有一共同點是脫離現實，逃避現實，歪曲現實，模糊了人們對於現實的認識；因此，在政治上說來，它們實在起了剝削階級的幫閒的作用。」而「現實主義文學總是充滿了樂觀主義精神，富於不屈不撓的求生意志。」它「反映了人民對於真理和正義必然最後勝利的堅定信心。」（《茅盾全集》25卷146、147、155、156、160頁）這是和反現實主義的文學根本不同的一點。

為了論證以上的觀點，父親用了大量篇幅對中外文藝發展的歷史作了深入探究。在中國，從《詩經》、「漢賦」、《史記》、「樂府」、曹氏的「建安風骨」、「駢體」、韓愈的「古文運動」、白居易的「新樂府」、「臺閣體」，一直到明朝的前後七子，闡述了現實主義在與反現實主義鬥爭中發展的軌跡。在外國，

則從西歐十七世紀以來古典主義、浪漫主義、現實主義以及現代派的發展與
嬗變，闡述了現實主義從文藝復興時期經過啓蒙現實主義、批判現實主義，
直到社會主義現實主義的久長的發展歷史，以及各個階段的現實主義的共同
點和各自的特殊點。共同點，就是「忠實地反映自然現象、社會現象以及人
的內心世界」，換句話說，就是描寫典型環境中的典型人物。不過，這樣的人
物塑造的方法，「不是一下子就完成的，在現實主義的長期發展過程中，它是
一步一步地相因相成的。」這就是各個歷史階段的現實主義文學共同點之外
的各自的特殊點。文章還詳細地論述了世界觀與創作方法的關係，並對兩者
關係間的全部複雜性作了精闢的論證，這裡就不贅述了。

　　《關於歷史和歷史劇》是父親在建國後撰寫的論文中最長的一篇，達 8
萬餘字。1960 年前後，在貫徹「古爲今用」方針的號召下，文藝界掀起了一
股創作歷史劇的高潮。自古以來，寫歷史劇或創作歷史題材的作品，都不是
爲歷史而寫歷史，而是爲了「今用」，即「借古喻今」或「借古諷今」。歷史
學家研究歷史，也有「以史爲鑒」的目的，即「吸取歷史的教訓」。所以，歷史
劇的創作必然與當時的政治有關。40 年代初期，在重慶就有過一次創作歷史
劇的高潮，如郭沫若創作的《屈原》、《虎符》等，那是在國民黨的森嚴文網
下，通過歷史劇對其反動腐朽統治的尖銳抨擊，並且取得了政治上、藝術上
的巨大成功。60 年代初興起的歷史劇高潮，同樣有政治的背景。當時創作的
歷史劇，集中在兩個題材上；海瑞的故事和臥薪嘗膽的故事。這反映了經過
大躍進、浮誇風等等的折騰，人民迫切希望有敢說眞話的幹部，也希望能以
「臥薪嘗膽」的精神儘早從大躍進和自然災難造成的困境中擺脫出來。

　　《關於歷史和歷史劇》便是父親看了當時幾十種臥薪嘗膽題材的劇本後
的一個「總評」。也是一篇詳細闡述在創作歷史題材作品時，如何貫徹現實主
義創作方法的論文。文章中，父親以大量的篇幅，論證了創作歷史劇必須詳
細佔有歷史材料並考證其眞僞的重要性，以便盡可能地接近歷史的眞實面
貌。他反對那種任意編造和塗抹歷史的做法。但他又指出，歷史和歷史劇不
同，歷史不允許篡改、歪曲和編造，歷史劇卻允許並且應該在歷史眞實的框架
中進行大膽的藝術虛構和創造，做到「歷史的眞實與藝術的虛構的統一」。他
指出，歷史劇的藝術虛構可以有眞人假事、假人眞事乃至假人假事，只要這些
人和事「是那個特定的歷史條件下所可能產生的人和事」，這些人物「也應當

是符合於這個歷史人物的性格發展的邏輯而不是強加於他的思想與行動」。也就是說，虛構應以不損害作品的歷史真實性為原則。因此他又強調「主要的人和事應該是歷史上實有的而非虛構的」，但在實有的基礎上又允許有藝術的虛構。能做到符合上述原則，即是「歷史的真實與藝術的虛構的統一」。

在這篇論文中，父親沒有介入當時具體的論爭，而是以紮實的史料研究和作品研究，進行具體分析和理論概括。他認為當時眾多的以「臥薪嘗膽」為題材的劇本，其通病是「反歷史主義」，如把藝術虛構等同於改寫歷史，有意美化古人或醜化古人，以及為了「配合」現實政治，在劇中硬塞進「大煉鋼鐵」、「勞武結合」、甚至「三反運動」等等內容，以及讓古人大說今人的話，讓勾踐走群眾路線等等違背歷史唯物主義的做法。

關於歷史的真實與藝術的虛構相結合，父親在評論田漢的歷史劇《關漢卿》的一篇文章中作過具體的說明，他說：「關漢卿除了給我們留下了那些著名的劇本外，有關他本人身世的資料十分稀少，我們對關漢卿的了解，完全是根據他創作的劇本。所以田漢創作《關漢卿》，除了從劇本中認識的那個關漢卿，其他內容都只有虛構，劇中演繹的故事幾乎都是假人假事。但《關漢卿》卻是歷史的真實與藝術的虛構相結合的完滿的典範，因為《關漢卿》中的真人假事和假人假事完全是那個特定時代的歷史條件下所可能產生的人和事，它給予觀眾的是真實的歷史的和藝術的享受。」

《關於歷史和歷史劇》是父親長期思考和研究的一個問題的總結，這個問題就是如何在歷史題材的創作中運用和貫徹現實主義的原則。這也是建國後父親倡導和捍衛現實主義傳統的另一個重要的側面。

第六節　辛勤的園丁

在父親的文學生涯下，有一件貫徹始終的工作，這就是堅持撰寫文學評論。父親的文學評論，涉及的面積廣，其中很重要的一部分，就是「園丁」工作。這個「園丁」工作，大致分為兩類，一類是為枝盛葉茂的大樹剪枝、培土的「作家論」，另一類是為小樹幼苗澆水、施肥的「作品評論」。作家論有《魯迅論》、《冰心論》、《落華生論》、《徐志摩論》等等，都寫於二三十年代。這些「作家論」已經有學者多次論及，這裡就不再贅述。這一節著重介紹父親為發現、提攜、鼓勵青年作家所做的工作——撰寫了大量的作品評論。這些評論既有專就某篇小說寫的專論，也有對幾個作家作品的綜合評論。這

些評論橫跨了三代作家，有 30 年代的沙汀、艾蕪、臧克家、陳沂、王西彥等，有 40 年代的碧野、于逢、嚴文井、郁茹等，也有五六十年代的馬烽、楊沫、王汶石、敖德斯爾、茹志鵑、王願堅等。

在 40 年代中期，吳組緗曾在一篇文章中講到父親的「園丁」工作，他說：「先生所培植的現實主義文學，早就大大的繁茂起來了。看吧，現在各地風起雲湧的文藝刊物，哪種不是現實主義的面目？……於是乎我又想到，文協的眾多朋友們，無論所謂『老作家』，或是『新作家』，他們優秀作品的刊登和推薦，沒有經過先生之手的，恐怕還是佔少數罷？直到現在，他還是一方面努力自己的創作與翻譯，一方面熱切地關注著創作方面的收穫，從他的談話裡，我知道那些隨時出刊的作品，很少他沒有仔細讀過的；而且，以一種似饑若渴的心情，甚至有點寬縱與溺愛地選拔著新人們的作品。」（《爲中國現實主義文學祝賀》1945 年 6 月 24 日重慶《新華日報》）

下面，打算從另一個角度，即從被評論者的感受，來審視父親這位「園丁」勞作的成果。

沙汀：

「在我將近五十年的文學道路當中，他（茅公）對我的引導、指點和鼓勵，將永遠銘記在心！是他，在我一九三二年十月剛剛出版第一部短篇小說《法律外的航線》是時候，就……發表評論文章，充分肯定了我的成績，及其稍稍露頭的個人創作風格，並且熱情而中肯地指出了我的缺點：……存在公式化概念化的傾向。……接著他就明確指出，作家應該從紛紜的社會現象實地體驗出革命意義，不能先立一個革命主題，然後去『創造』故事情節。」「是他，曾經啓發我，作家要寫自己所熟悉的生活。因此……轉而將我的眼光投向四川，寫我比較熟悉的川西北偏遠城鎮。……這樣，不但寫起來順暢，還逐漸形成了自己的一點創作個性。」「是他，幫助我掌握寫作的新形式。……他鼓勵我寫中篇，並對作品的結構和藝術處理作了不少指教。……兩年以後，我動手按照他的建議，……寫一部自傳體的中篇。這個中篇

1935 年的茅盾。

也是以我比較熟悉的四川中小地主家庭的生活爲題材的。……在四十年代，我已能鼓起勇氣進行創作長篇小說的嘗試。」（《沉痛的悼念》1981 年 4 月 3 日《光明日報》）

臧克家：

「我曾經說過，以自己的心血哺育了大眾的人，他是永遠不老的。……茅盾先生就是這少數人中的佼佼的一個。……我就是不但被茅盾先生哺育而且被鼓勵一個，我的一本詩──《烙印》，四處亂碰，碰不開出版家的門，只好作爲賠錢貨自費印它了，懷著恐懼和希望給茅盾先生寄去了一本。並沒有隔太久，就在《文學》上看到他給這本小書寫下的批評，我的興奮和感激是無法說的。他不但幫助讀者認識這顆無名的小星，也讓我重新認識它和認識自己。這是一個決定的力量，使我決心把自己的一生貢獻給詩，而這點自知之明，是茅盾先生的智慧之光啓示給我的。」（《這樣一個人》1945 年 6 月 24 日成都《中央日報》）

陳沂：

「我接觸茅盾是在一九三六年的冬天，那時我剛來上海不久，因爲生活關係，我向……《中流》半月刊投稿，不想接連被採用了好幾篇，其中特別是寫我家鄉貴州和國民黨南京監獄的事，引起了他的注意。他通過《中流》編輯部轉告我，希望我寄兩篇小說給他。作爲一個文學初學的無名小輩，受到這位大作家的青睞，我心裡十分感動，當即整理了一篇反映國民黨別動隊在我出生的地方──遵義新舟鎮胡作非爲情景的一篇小說──《別動隊下鄉》寄給他。很快就接到他的回信，說已給我轉到《文學》雜誌。得到此信，我眞是高興得不得了。可是事隔不久，他來信告訴我，《文學》的主編王先生說，我的文章文理欠通，不打算用，退給了他。他並不同意王先生的意見，又給我轉到另外一個……大雜誌。他以爲這個大雜誌一定會用的，不料還是未用，但理由倒不是文理欠通，而是小說寫了國民黨的別動隊。他們告訴茅公說，過些天他們可能要和國民黨在一個桌子上辦公（統一戰線），不好再登寫國民黨的事。茅公只好把文章退還給我，沒有說一句多餘的話。從這件事，我感到茅盾同志的爲人，更增加了我對他的尊敬。」（《一代文章萬代傳》1981 年 4 月 3 日《文匯報》）

王西彥：

「三十年代……我住在故都北平，一面在一所私立大學裡上學，一面在

一間會館的小屋子裡學習寫作……我所憑藉的，除了一股初生之犢不怕虎的傻勁兒，只是少年時期在浙東家鄉農村的有限的見聞，以及從課外讀物上獲得的有限的文學知識。……到了一九三六年，……我在上海的刊物上發表了幾個短篇小說。……就在這時候，我接到了一封意外的來信。……拆開信，先看了看結尾寫信人的名字。霎時間，我簡直不敢相信自己的眼睛：沈雁冰！沈雁冰！不就是大名鼎鼎的茅盾嗎？是茅盾寫來的！……寫信人說，他讀了我那四篇習作，從《文學》編輯部抄來通訊地址，要把他的意見告訴我。接著，就對那四個幼稚的短篇小說作了分析比較，指出作者應該發表哪種寫法，不應該採取哪種寫法。我記得很清楚，他所認為不應該採取的，是《愛的教育》裡有些自己頗為得意的近乎油滑取巧的地方。信並不太長，但言簡意賅，既發人深思，又給人鼓舞。……

在人的一生中，青少年時代遭遇到的有些事情，儘管對局外人來說也許是無足輕重的，但對他卻能產生影響終身的作用。」在我青年時代的伙伴中，「我可能是在文學道路上的一個踽踽獨行者。……憑著一種執拗的意志，一種連自己也不易說清楚的責任感，不避風雨，忍受孤寂，勉力堅持了幾十年，至今還沒有放下手中這支缺乏光彩的筆。回想起來，三十年代茅盾同志那封熱情的信，應該是一個重要因素。收到那信的當天晚上，我就給那位肯對陌生青年傾注這樣深切關心的前輩寫了一封長信。內容雖已淡忘，但記得我寫的其實是一個向關懷者同時也是向自己表示決心的誓言。」(《高大的拱橋》1981年5月《上海文學》)

李喬：

「我小時，從教科書裡就認識茅盾同志。那時，他的筆名叫沈雁冰。……我家裡很窮，讀不起書，十一二歲時到箇舊當礦工，……我多少有一點礦工生活，我沒有讀過小說作品，就想學寫小說。……於是，我就以個舊礦工生活為題材，學寫了一部長篇小說《走廠》。那時，由於在黑暗中摸索求教的心急迫，我就冒昧地寫了一信寄給遠在萬里外的茅盾同志，想請他看看這部習作。出乎我的意外，茅盾同志很快地便給我這個陌生人回信：『你不怕麻煩，儘管寄來！』這幾個字給我無限鼓舞，等不得寫完，連一次修改也沒有，我竟將稿子寄給了茅盾同志。茅盾同志在他繁忙的創作生活中和社會活動中，擠出時間看完了我那些潦草的字，很快地又回我一信：『統觀你這部作品，平順有餘，波俏不足。惟書中故事人物甚為可愛，極希望能出版。已介紹給天

馬書店編爲文學叢書。不知你對出版有何意見？』這部不像樣的習作，茅盾同志竟給我以這樣的鼓勵，並向我伸出了提攜的手，使我感動得不知如何是好！千百年來我們彝族只有口頭文學，沒有書面文學。如果我這部不像樣的東西能算得上文學，那麼，茅盾同志對彝族文學的發展是第一個給了我無私的幫助。」（《感激與悲痛》1981 年 3 月《大地》）

1938 年的茅盾。

草明：

「茅盾先生還有一種往往被人忽視的護花使者和誨人不倦的高貴精神。當他發現文學的新幼芽時，就熱心介紹幼苗的作品給大刊物去發表。……至於指出幼芽作品中的不足之處的就更多了。他對年輕作者眞是有求必應，熱情地幫助與扶持啊！回首往事，我曾多次拿作品去求教於茅盾先生，他無不直言相告，使我受益良多。1933 年，我到上海後寫的第一篇作品《傾跌》，茅盾先生看中了，並把它介紹給美國記者伊羅生。他在後記上寫道：『草明女士年紀很輕，可是她的作風已經很成熟，……但她和歐陽行的作風相近。……』以後我寫作品時注意寫作應有自己的風格，不要和人雷同。1934 年，我又寫了一篇《沒有了牙齒的》請先生指點。他看了之後指出我的作品中語言歐化味道多了些，中國人的作品應該有中國的語言與風格。但他還是把它介紹到《文學》上去發表了。他這又給我敲了一次警鐘，以後注意語言的問題。」

「抗日戰爭初期，我離開上海，回廣州工作……這時候，茅盾先生也到廣州來了。……我曾不失時機，趁便把兩篇短篇小說請先生指點指點。他打開了稿子，看後，驚奇地說：『你現在克服了歐化語句的問題，說出人民的鮮活的語言了。你怎麼改變得這樣快呀？』我答道：『我現在成天和群眾在一起，語言都受他們的影響，所以不自覺地就講他們所熟悉的話了。』茅盾先生沉穩地不斷地點頭，說道：『作家應該到人民中去，這樣不僅語言鮮活，作品的生活內容也翔實多了。』我衷心感謝先生對我的創作有如畫龍點睛似地提醒了我，並使我的下半生都生活在工人群眾中。」（《誨人不倦的導師》1995 年 4 月 1 日《茅盾和我》）

碧野：

「回想四十多年前，那時抗戰剛剛爆發，我還年輕。在北上軍車的奔馳中，我反覆捧讀茅盾同志寄給我的第一封信，字跡挺拔俊秀，情意真摯深沉。車輪在飛轉，風在呼嘯，我的心和信箋一起在跳動。我手捧的不是信，而是灼熱心靈的一團火，而是照亮生活道路的一片陽光。當時，茅盾同志在主編《文藝陣地》，先後發表了我的《滹沱河夜戰》和他推薦的我的報告文學集《北方的原野》的書評。他給我以信心和力量，熱情地扶植我在文學創作的道路上邁步。……從那以後，在漫長的、艱苦的創作道路上，我一貫保持著茅盾同志教給我的寫作的勤奮和生活的毅力。……茅盾同志是我的文學創作的引路人，在他的精神感召下，我忠誠地一直走著坎坷不平的艱苦的創作道路。」

（《心香一瓣，遙祭我師！》1981 年 4 月 11 日《長江日報》）

郁茹：

「許多人都以為沈先生（這是我們過去對他的尊稱）是我的同鄉，又為我的小說《遙遠的愛》作過序，而且我還在他首創和主編的《文藝陣地》社做過一段時間的工作，應該是關係很密切的了。但是，當時的《文藝陣地》連個社址也沒有。而非常年輕非常幼稚的我，只是用非常虔誠的熱情守著一個信箱和一個《文藝陣地》的大印，每隔一兩日就去取出信件和來稿，……退一些我都認為不行的稿，覆一些來信。也常常把沈先生和其他同志對稿件的意見抄工整寄給作者。偶然有機會見到沈先生時，我也只會紅著臉朝他笑笑就躲在一邊。但我總是非常認真地聆聽和閱讀他對一些稿件的意見，事後又對照稿件細細咀嚼他的每一句話，努力去領會他的教誨。……我從不敢把自己想學習寫作的願望透露給他們知道，只是悄悄地從旁去偷取我所需要的養料，來澆灌內心深處那個創作的願望之花。……直到有一次，……因為國民黨特務的監視，我已經不可能再為《文藝陣地》工作了，……我忽然鼓起全部勇氣，告訴以群同志說我想學習寫作。」

「我就是這樣開始寫作的。我實在不懂得寫小說，我的小說是從半中央寫起的，寫好了後半部，我就悄悄地……把稿子放在（以群同志的）書桌上就溜走了。……誰知才過了兩天，以群同志就來找我了，他說沈先生看了我的稿子非常高興，要他立刻放在《文藝陣地》上發表，還叫他轉囑我一定要把前半部趕寫出來，送給他老人家看。那幾天我根本沒睡過覺，簡直像個上足了汽的火車頭那樣去趕寫小說的前半部，我交出這部分稿子，……可是

一點也不相信我的小說眞會發表。誰知不久就看到校樣，更使我萬分欣喜的是，沈先生親自爲我取了郁茹這個筆名，又替我給小說定名爲《遙遠的愛》。以群同志還告訴我小說的全部準備出單行本，沈先生正在親自爲這本書寫序言。」

從 1946 年夏季開始，蔣介石撕毀了停戰協定，在全國各地挑起內戰，同時對國統區的和平民主運動展開了血腥鎮壓。在這期間，茅盾寫了大量雜文，如《十五天後能和平嗎？》、《美國對華政策》、《下關暴行與人民最後的希望》等，譴責國民黨的倒行逆施和揭露美國的帝國主義眞面目。這是茅盾在寫作。

「《遙遠的愛》出版時，我已經……到了西北。我收到書後只是一遍又一遍地讀著沈先生的序言，細細尋思他對這個稿子所作的評論，我想，沈先生對我所描寫的人物理解得多麼透徹，對她的思想和行動解釋得多麼眞切、深刻！竟比我自己原來設計的更加清晰、更加積極、更加具體，把我又領進一個更加深遠的思想境界中去了。」（《悼念我的第一位老師──茅盾》1981 年 4 月 5 日《羊城晚報》）

王汶石：

「遠在小學、中學時代，我就開始接受茅盾導師的影響了。……在我們學生自治會所屬的『文學小組』裡，《創作的準備》一書，則是我們重點研讀的書籍，它使我懂得刻苦認眞、踏踏實實做好準備，對從事文學創作是多麼重要。……他那從《幻滅》、《子夜》到《清明前後》的全部小說、戲劇作品，則是培育我成長的文學食糧，特別是《子夜》、《春蠶》、《林家舖子》這幾部傑出的偉大的著作。……建國以後，我以自己的不像樣的小說，進入新中國的社會主義文苑，這就有了機會得到茅盾導師的直接指教。……那時候由於『左』的思想的影響，一般評論家評論作品，多著重分析和論述其政治思想內容，不大注意作品的藝術優劣，甚至有意回避談論藝術技巧，而茅盾導師不同，他以他的文學大師的聲望和地位，不隨時尚，獨樹一幟，十分執著地把評論文章的側重點放在對作品的藝術分析上。他曾在幾次綜合評述中評論到我的幾篇短篇小說，分析其藝術上的成就或不足，每一次都使我非常激動，我總是反覆學習，以便盡可能深入地領會他對我的教導。他在全國第三次文代會上的發言中，用『峭拔』二字表達我的創作風格，對我的啓示尤深，這

是因為我的作品風格雖然還未達到他所說的那個境界，但他通過作品卻恰巧說到了我在寫作的那一時刻，自己所追求的和經過醞釀而形成的那種藝術心境，那種情緒狀態，那種意象和氣氛。他的兩個字的評述打中了我的心，一位我所十分尊敬的老一輩藝術大師如此了解我，也使我更了解自己，堅定了我的信念，進而影響著我的追求、我的藝術。」(《哀悼茅盾導師》1981 年 6 月《延河》)

王願堅：

「茅盾同志的心，是向著革命文學事業，向著青年人的。連我自己也沒有想到，我直接受到茅公的教誨，是由一支火柴的亮光開始的。1958 年 6 月的一個傍晚，我正在收拾行裝，準備去十三陵水庫參加勞動，接到了這個月的《人民文學》。打開一看，刊物上發表了茅公的文章《讀最近的短篇小說》。在這篇闡發短篇小說創作技巧的文章裡，竟然用了相當多的文字分析了我的短篇小說《七根火柴》。使我驚奇的是，文章分析得那麼仔細，連我在構思時曾經打算用第一人稱的寫法，後來又把『我』改成了另一個人物這樣一點最初的意念都看出來了，指出來了。他對那樣一篇不滿二千字的小說，竟用了四五百字去談論它，而且給了那麼熱情的稱道和鼓勵。我被深深地感動了。藉著這親切的激勵，我這支火柴繼續燃燒起來。」

「我終於有了向茅公表示我感念之情的機會了。1961 年的初春，在作家協會的茶座裡，我們幾個年輕人正在談天，茅盾同志和葉聖陶同志走到我的桌邊來了，……親切地向我招呼。我剛想說句什麼，茅公卻說話了：『你寫得好，寫得比我們好！』我頓時愣住了。他大概看出了我的惶惑，又補了一句，『比我們像你們這個年紀時寫得好。』我完全被這番話驚住了，……只見茅公走了兩步，又返回到我身邊，輕聲說道：『多讀點兒書。』這一夜，我流著淚，反覆地思索著這幾句話。我知道，這話不會對我一個人說的，在這洋溢著暖人的深情的話裡，我又看到了那顆博大而又溫暖的心。」(《他，灌漑著……》1981

茅盾在家中接見敎德斯爾夫婦。

年 4 月 9 日《中國青年報》）

敖德斯爾：

「1961 年夏天，我正在鄂爾多斯高原，……接到斯琴高娃同志的一封信，傳達了茅盾同志對我的短篇小說《歡樂的除夕》的評價，……過了兩個月我才在旗裡看到了先生的原文。當時，我只不過是無數文學愛好者中的一個，像草原上的一棵草，而且是『少中之少』的少數民族青年作者。我初學寫作的幾篇作品，……根本沒人知道。我萬萬沒想到這位身兼多職，工作繁忙……的文學巨匠還能抽空看我的作品，而且給了如此高的評價。這對我是個多麼大的鼓舞，又是多麼大的動力啊！……就像是馱著重負行走在沙漠上的駱駝忽然見到了泉水一樣，感到又香又甜。……1962 年春天，茅盾同志……要看內蒙作家的作品，我把剛剛出版的中短篇小說集《遙遠的戈壁》寄給先生，……沒想到他老人家竟然很快親筆寫了熱情洋溢的回信，鼓勵我要更勇敢地投入新中國多民族的文學隊伍的行列。後來，他又在百忙中抽時間仔細閱讀了我和瑪拉沁夫的小說集，都寫了長達萬字以上的長篇評論。當我讀到他寫在一本舊英文雜誌的背面上的十分工整而秀勁的毛筆字跡時，先生那認真嚴肅的工作態度和關懷我們少數民族青年作者的深情和期望，深深地打動了我的心。」（《關懷》1981 年 5 月《民族團結》）

趙燕翼：

「60 年代開始，我有一篇小小的童話作品──《五個女兒》，在上海《少年文藝》上發表了。當茅盾先生檢閱 1960 年全國少年兒童文學讀物時，看到了這篇童話。並在《六〇年少年兒童文學漫談》一文中，就其藝術技巧，給予熱情讚賞。他寫道：『六〇年最倒楣的，是童話，……《五個女兒》卻是難得的佳作。主題倒並不新鮮，五個女兒遭到後父的歧視，以至謀害，然而因禍得福。特點在於故事的結構和文字的生動、鮮艷、音節鏗鏘。通篇應用重迭句法或前後一樣的重迭句子，這些句子像詩一樣押了韻。所有這一切的表現方法使得這篇作品別具風格。我不知道這篇作品是否以民間故事作為藍本而加了工的，如果是這樣，作者的技巧也是值得讚揚的。』

「我沒有探詢過和我同代的一些青年作家，當讀到茅盾先生為他們的作品所寫的長篇評論文章時的心情怎樣，就我自己來說，雖然得到先生勉勵的，僅僅是三言兩語，但這對於增強我從事文學創作的信心方面，卻起到了巨大的鼓舞作用。……茅盾先生從精神上給予我的鼓勵，肯定是促使我奮發前進

的一個重要因素。」(《學而不厭，誨人不倦》1981 年 4 月 9 日《甘肅日報》)

茹志鵑：

「沈老！茅公！先生！聽一聽啊！聽聽我這笨人說遲了的話。幾次見面，我都想說，又因為無法說清您對我的教誨，鼓勵，在我的創作上，人生道路上所起的巨大作用。巨大兩字在這裡是太一般了，應該是轉折的，奠基性的。人們只知道，先生您扶植了一朵百合，有了您，才有這朵無色無香的花。但是人們不知道……在我心裡已埋了二十三年的話。」

「寫作《百合花》的時候，我只不過是人海中的一個年輕的分子，一個酷愛文學，而正向文學這條路上探頭探腦的一個小卒。在《百合花》裡，我雖傾注了年輕的熱誠，但是稿子寫好以後，寄出去就被退了回來，說是調子比較低沉，不能鼓舞人們前進。我又寄出去，又退了回來，……1958 年 3 月，作品終於在陝西的《延河》月刊上發表了，我是感激的，但是並不那麼高興。它的遭遇，使我已認定了它是一個醜小鴨，像我過去寫過的那些東西一樣，像是隨潮水湧上灘來的一粒沙子，一會兒，它也將隨著潮水退去，落到誰也不知道的地方去。而且，1958 年的 2 月，也正是我攜帶了幼女去南京，去我丈夫的身邊，使他在開除出軍，開除出黨，戴上右派帽子這陣狂風暴雨中，身邊有個親人。……從此以後，我的身份是右派家屬。生活、創作，都面臨喪失信心的深淵。『我怎麼辦？我怎麼辦呢？』」

「安排得多麼巧妙的史實啊！」「不久，1958 年的 6 月，先生的《談最近的短篇小說》在《人民文學》上發表了，同時也轉載了《百合花》。在這個時候，又是這樣一位文學的巨匠，竟然把目光落到了一篇六千多字的小文章上。我得到的是一股什麼力量啊！……醜小鴨原來並不那麼醜，它還有可愛的地方，甚至還有它的風格。先生，這是我第一次聽到『風格』這個詞與我的作品連在一起。已蔫倒頭的百合，重新滋潤生長，一個失去信心的，疲憊的靈魂，又重新獲得了勇氣、希望。重新站立起來，而且立定了一個主意，不管今後道路會有千難萬險，我要走下去，我要挾著那小小的卷幅，走進那長長的文學行列中去。我從丈夫頭上那頂帽子的陰影下面站立起來，從『危險的邊緣』上站立了起來，我從先生二千餘字的評論上站立起來，勇氣百倍。站起來的還不僅是我一個人，還有我身邊的兒女，我明確意識到，他們的前途也繫在我的肩上。先生，您的力量支持了我的一家，一串人哪！」(《說遲了的話》1981 年 4 月 1 日《文匯報》)

最後，請允許我們再摘引孫犁的一席話，作為這一節的結束。

「我和茅盾同志並不熟悉，只聽過他的一次報告，但一直讀他的書。記得我在上初中的時候，就……讀到他主持編輯的《小說月報》。這個文學刊物，在當時最有權威，對中國新文學發展所起的作用，也少有刊物能和它相比。……它所登的，都是當時第一流的作品，選擇

1961 年春茅盾在書齋。

嚴格，都是現實主義的作品，每期還有評論文章，以及國內外文壇的消息。它的內容和版式，在很長時間，成為中國文學刊物的典型。……不久，我讀到他寫的反映北伐戰爭的三部曲，即《幻滅》、《動搖》、《追求》，使我見到了中國第一次大革命時期，知識份子的群像。」

「他的長篇《子夜》出版時，我已經在讀高中。這部作品，奠定了中國新的長篇小說的基礎。作家視野的寬廣，人物性格的鮮明，描寫手法的高超，直到今天，也很難說有誰已經超越了它。……他的短篇《春蠶》、《林家舖子》、《殘冬》，在《文學》上發表時，我就讀過了，非常愛好。……」

「他的理論文章，我也很愛讀。他有豐富的創作經驗，古今中外的知識又淵博，社會實踐閱歷很深。他對作品的評價分析，都從藝術分析入手，用字不多，能說到關鍵的地方，能說到要害，能使人心折意服。他對我的作品，也說過幾句話。那幾句話，不是批評，但有規戒的成分；不是捧場，但有鼓勵的成分，使作者樂於接受，讀者樂於引用。文藝批評，說大道理是容易的，能說到『點』上，是最難的。」

「最近一二年，我又讀了他發表的回憶錄，知道了他參加革命的全部歷程。不久以前，我還想：茅盾同志如果少參加一些實際工作，他留給我們的創作成果，會比現在更多吧。這種想法是片面的。正是他長期參加了革命的實際工作，他才能在創作上有這樣大的建樹。他的創作，都與這些革命實踐有關。實際的革命工作，是他從事革命文藝工作的堅實基礎。……」

「茅盾同志在文學創作、中國古典文學的研究、介紹外國文學作品、編輯刊物、文藝理論這幾個方面，都很有成就，很有修養，對我們這一代作家，

有極大的影響。他對中國新文學事業，功績卓著。」(《大星隕落》1981 年 5 月《新港》)

第七節　圓　夢

　　自從父親當上了文化部部長，又擔任了全國文聯副主席和作家協會主席之後，最大的苦惱就是沒有完整的時間和寧靜的心境來從事創作。雖然當初毛主席和周總理動員他出任文化部長時，周總理曾經表示：當了文化部長仍舊可以創作嘛，我可以給你批創作假嘛！但是正如推磨的驢，一旦套上了籠頭，就只能一直繞著磨盤轉了。那時候，全部的時間被日常的行政事務、三會（會議、晚會、宴會）和外事活動（迎來送往和頻繁的出國）切割得零零碎碎，只有晚上（如無「三會」）有點自己的時間，但也只能用來閱讀各種文學書刊，以便了解全國文藝界和作家們創作的動態。許多論文和雜感，便是利用上述活動的間隙寫出來的，而且不少是以講話、報告或工作總結的形式出現的。

　　創作是父親的第二生命，自從 1927 年寫出第一部小說《幻滅》之後，他的腦海裡就無時無刻不在盤旋著「創作」二字——有目的地觀察生活，積累素材，分析生活，編構故事，刻畫人物；往往手頭的創作尚未結束就已經開始了新作品的醞釀和構思。現在，突然要放棄這已經追求了一生的事業，這已經習慣了的生活，不用說是十分痛苦的。父親手頭有幾部長篇小說需待完成，一部是《霜葉紅似二月花》，只寫了上半部，一部是《鍛煉》，在香港完成了第一部，尚有四部未寫；另一部是《虹》的續編《霞》。這幾部作品，如果有充裕的時間和安定的寫作環境，夠他寫好幾年了。現在，這些計劃只得放棄。文化部長的擔子剝奪了父親續寫這些長篇的時間，而建國後文藝的工農兵方向又限制了父親續寫這些長篇的自由，因為這幾部長篇都不是工農兵題材。當然，在文化部長公務的空隙中，擠出時間寫幾千字的短篇小說也非難事。但是，文藝要面向工農兵，要寫工農兵，短篇小說正是反映工農兵生活的最便捷的形式。當時，從國統區來的作家都面臨一個熟悉工農兵的問題，父親也不例外，然而整日纏身的行政事務又使他不可能下去熟悉工農兵的生活。結果，短篇小說也不能寫，——總不能一面號召作家們寫工農兵，自己卻去創作非工農兵題材的短篇小說吧。這種困境使得父親不得不放下了視為

第二生命的創作。

　　不過，在建國後的最初十年中，父親對「創作」尚未完全死心，既然周總理答應給他批創作假，就不應該放棄這個機會，而且建國後提倡文藝要配合政治任務，與政治有關的題材又並非只限於工農兵，這就給了父親一個在「夾縫中」搞創作的希望。這希望促使他在 50 年代有過兩次創作的嘗試，可惜兩次創作都夭折了，沒有成功。

　　第一次是 1951 年底，全國的鎮壓反革命運動取得了偉大的勝利，為了宣傳這個勝利成果，公安部長羅瑞卿請父親寫一部反映鎮反運動的作品，最好是電影劇本，因為電影的宣傳效果最廣、最快、又最直接。他答應為父親提供一切方便，包括查閱重大反革命案件的全部檔案。父親最初覺得自己不熟悉這方面的生活，也沒有寫電影劇本的經驗，很感為難，但最終還是答應了。這裡既有難卻羅瑞卿盛情的一面，更有想一圓自己的創作夢的一面。自己當文化部長已經兩三年了，一直沒有機會搞創作，現在這個鎮壓反革命的題材，正好避開了這幾年困惑自己的不能深入工農兵，因而不能寫工農兵的難題，可以重新提起筆來。而況過去還寫過一本《腐蝕》，有一些這方面的積累，現在羅瑞卿又答應提供所需要的一切材料，是可以一試的。

　　當時上海鎮反的材料最豐富，父親就在 1952 年兩度去滬搜集材料，並在第二年完成了初稿。羅瑞卿讀完初稿後表示基本上滿意。可是電影導演蔡楚生、袁牧之卻認為它太小說化了，拍電影有困難，而且也太長，可以拍成上中下三集，故必須改寫和大大壓縮。那時如果能有搞電影的行家來幫助父親對原稿進行修改和壓縮，也許電影就拍成了，可是父親的聲望使人不便提出這樣的建議，他自己又從未想到可以採用這種方法，因為他的習慣是自己的作品自己來完成，結果就拖延下來，拖到後來則時過境遷，「鎮反」已成歷史，也就沒有再拍電影的必要了。

　　現在回想起來，這部電影劇本之所以能順利完成，是因為建

茅盾與蔡楚生在上海合影。

國初期父親的工作還比較單純，各種會議和外事活動也沒有後來那樣多，又有羅瑞卿部長的大力支持之故。待到 1953 年以後，父親就愈來愈深地陷於文山會海中而不能自拔了。

對於那個電影劇本，父親並不滿意，因爲它不是來源於生活的積累和創作的激情。因此他希望有一個機會，能眞正地按照自己熟悉的方法來進行創作。1955 年 1 月 6 日，他終於給周總理寫了一封信，提出可否減少他出國的任務，可否不再擔任世界和平理事會中國方面的常委，以及要求總理給他一次創作假。在信中寫道：

> 五年來，我不曾寫作。這是由於自己文思遲鈍，政策水平思想水平低，不敢妄動，但一小部分也由於事雜，不善於擠時間，並且以「事雜」來自解嘲。總理號召加強藝術實踐，文藝界同志積極響應，我則既不做研究工作，也不寫作，而我在作家協會又居於負責者的地位，既不能以身作則，而每當開會，我這個自己沒有藝術實踐的人卻又不得不鼓勵人家去實踐，精神上實在既慚愧且又痛苦。雖然自己也知道，自己能力不強，精力就衰，寫出來的未必能用，但如果寫了，總可以略略減輕內疚吧？年來工作餘暇，也常常以此爲念，亦稍稍有點計劃，陸續記下了些。如果總理以爲還值得讓我一試，我打算在最近將來請一個短時期的寫作假，先把過去陸續記下來的整理出來，寫成大綱，先拿出來請領導上審查。如果大綱可用，那時再請給假（這就需要較多的日子），以便專心寫作。（《茅盾全集》36 卷 307、308 頁）

這封信，父親婉轉地道出了自己擔任文化部長的內心痛苦。總理對這信的批語是：「擬給沈部長一個假期專心寫作。」但沒有同意卸去世界和平理事會常務委員的請求。

總理的批示使父親得到了三個月的創作假。怎樣使用這三個月？寫什麼？續寫《鍛煉》或《霜葉紅似二月花》都不合適，雖然這是他最熟悉的題材，可是爲何請假三個月卻去續寫舊作，似乎難以向人解釋。當時對資本主義工商業的社會主義改造，已經進行了兩年，父親對民族資本家還是比較熟悉的，平時也注意搜集了不少這方面的素材，所以決定創作一部反映現實的，即反映資本主義工商業社會主義改造的長篇小說，並爲此去了一次上海，搜集和補充新的材料。但一眨眼三個月的創作假就過去了，父親只寫了小說的大綱和

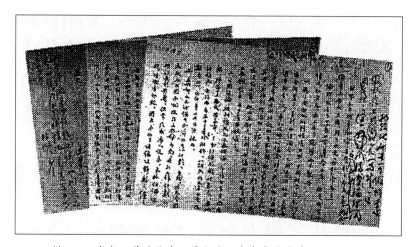

從 1952 年起，茅盾作爲世界和平理事會常務委員，頻繁出國，平均每年二二次，而在國內又有大量的行政工作和外事活動，這使茅盾深感苦惱，因爲身爲作家協會主席卻無創作的時間。1955 年 1 月 6 日，茅盾給周恩來總理寫信，請求另擇能者擔任世界和平理事會的工作，並希望給他一個創作假。周總理沒有同意他辭職，但減少了他的出國任務，並批示：「擬給沈部長一個假期專心寫作。」這是茅盾給周總理的信及總理的批示。

部分初稿，就不得不回到了繁忙的行政工作中，無法再安下心來寫作了。

這樣拖延了一年，因一件偶然的事父親終於按捺不住而發了一通牢騷。1956 年 3 月間，作協的創作委員會發來一份公函，詢問去年的寫作計劃完成情況以及今年有怎樣的寫作計劃。如果有困難可以告訴他們。父親當即回信說：

> 我現在有困難。自去年四月後，我有過大、小兩計劃，大的計劃是寫長篇，小的計劃是寫短篇及短文，兩者擬同時進行。……不料至今將一年，自己一檢查，大小計劃都未貫徹。原因不在我懶——而是臨時雜差……打亂了我的計劃……我每天伏案（或看公文，或看書，或寫作，或開會——全部伏案）在十小時以上，星期天也從不出去遊山玩水，從不逛公園，然而還是忙亂，真是天曉得！這是我的困難所在，我自己無法克服，不知你們有無辦法幫助我克服它？如能幫助，不勝感激。（同上 338 頁）

作爲上級領導而向下屬機構發牢騷，在那個年代恐怕絕無僅有，這說明父親雖已當了七年文化部長，但在心靈深處依舊是一介書生，他的滿腔苦惱無法向上訴說，就只好向下宣泄了。

　　但是牢騷解決不了實際問題，在給周總理的信中提到的，等大綱寫出後，再請長假潛心寫作的計劃，終於成了泡影。1957 年開始了「反右」鬥爭，接著是「三面紅旗」、「大躍進」，整個國家陷於狂熱中，生活緊張得透不過氣來，自然更談不上請長假創作了。在這種形勢下，父親只得向人表示：今後只好不寫小說，只寫論文了。

　　父親雖然這樣說，實際上他一刻也沒有忘懷那個已經開了頭的長篇小說，──他要圓他的創作夢。在切割得零零碎碎的時間裡，他斷斷續續地在寫著。到 1958 年秋，在一次與《中國青年報》社的同志的談話中，無意間透露了這個消息，又在報社同志的要求下，表示小說完成後，可由《中國青年報》摘登或連載。可是到了 1959 年 3 月，在報社的一再催問下，父親卻回信道：「說起來非常慚愧，我的小說稿子還是去年秋和你社一位同志說過的那種情況：擱在那裡，未曾續寫，也沒有加以修改。……何時能續寫，以了此文債，自己沒有把握，同時也十分焦灼。不過，始終老想完成這個『計劃』的。」（同上 37 卷，第 5 頁）這是父親談到這部小說的最後一封信，後來，這個「計劃」終於沒有完成，這一次的創作夢也終於破滅了。

　　這部小說的手稿父親沒有給第二個人看過，連母親也沒有，就「封存」了起來，同時封存的還有那個電影劇本。幾年以後，我們想找出這兩份手稿看看，卻遍尋不見，問到父親，他只是淡淡地說：「已經撕了，當做廢紙用了。」過了一會又補充道：「這兩部作品寫得都不成功，留著也沒用。」這使我們感到十分惋惜和難過。當我們問到父親是何時把手稿銷毀的。他說是在 1970 年間。母親是在那年的年初，1 月 29 日去世的，母親的去世對父親的精神是一大打擊，他銷毀這兩部手稿，或許與他當時的心情有關，他大概不相信自己再有機會來圓創作夢了。

　　到了「文化大革命」後期，1973 年秋，父親的名譽得到了恢復，「靠邊站」也結束了，父親終於從消沉中走了出來，心情也比較開朗了。「文革」前，父親總是忙忙碌碌，沒有時間和我們聊天。「文革」開始後，賦閒在家與世隔絕，和我們的閒談才多起來，但主要還是以讀書來排遣寂寞。1974 年，他的心情好轉後，與我們閒談的時間就更多了，遇上他感興趣的話題，更是侃侃而談。因此，我們常找些題目來引他談話，以消除他的孤獨感。

　　我們發現，父親最有興趣的話題是談創作。有一次，瑜清表叔在來信中問到《虹》的主人公梅女士是否有模特兒。父親便就這個話題和我們談了起

來，他說：「是有一個模特兒，叫胡蘭畦，是大革命時期武漢中央軍事政治學校的一名女生。不過，我與胡蘭畦並不熟悉，只見過一二面，更談不上了解，只是聽別人說起過她的經歷。她的經歷的確很曲折很動人。我以胡蘭畦為模特兒，就是借用她的經歷——主要是四川那一段經歷——

茅盾在家中讀書。

編為故事；而人物的性格，則是從我接觸過、觀察過的眾多時代女性身上綜合而成的。也可以說，胡蘭畦這個模特兒，我主要是採用了她的外殼。作為模特兒，她又是又不是。」接著又說：「我塑造的人物，從來不以某個具體對象為模特兒，而是概括了許多同類型的人物的性格特點加以綜合而成，然後再根據人物及人物的發展來編故事。編故事則有時採用某個人的某一段現成而又生動的經歷，因為有些個人的經歷，其奇妙往往是作者想像不出的。《蝕》三部曲中，我寫了幾個浪漫女性，這樣的女性在大革命時期是很多的，我接觸和了解的就不少。我概括提煉她們的共同特點塑造出我的作品中的女性群像，有人可能從她們身上看到了自己的影子，就以為自己是我小說中的模特兒。這樣的誤解真還不少哩。」

看到父親談到自己的創作時那種神情昂奮的樣子，我們萌發了一個念頭：何不動員他悄悄地「重操舊業」？也許這是一帖對他最有效的祛病健身的良藥。於是我們試探著向他建議：「爸爸，文化大革命還不知要搞到哪年哪月，與其這樣整天閒著，何不利用這時間寫點東西，先保存起來，等將來有機會再發表？」父親居然沒有反對。我便進一步說：「不能寫現實題材，萬一被泄露了，可能會有人藉此做文章。」父親接口道：「是呀，聽說艾蕪響應『作家要立新功』的號召，寫了一篇東西，結果又挨了批判。」我又說：「你有好幾部長篇沒有寫完，不如挑一部把它續完，這樣做風險既小，將來也肯定會受到讀者的歡迎。」父親聽罷略一沉思後便緩緩地說：「這倒也不錯。可是《第一階段的故事》不值得續寫了，它原來就寫得不成功。《虹》雖說還有下篇，但不續下篇也能獨立成書。只有《霜葉紅似二月花》，故事只展開了前一半，主要人物的命運也還沒有交代。還有一部《鍛煉》，是 1948 年在香港

寫的，只在報紙上連載過，還沒有出過單行本，你們恐怕都不知道還有這部小說。這也是只寫了個頭的長篇，原計劃要寫五部，才寫完第一部全國就解放了，便再也沒有時間續寫，現在要續寫恐怕工程太大了。」父親不緊不慢地說，似乎沉浸在回憶中。顯然，我們的建議重新點燃了他「圓夢」的熱情。我們連忙說：「那就續寫《霜葉紅似二月花》吧，這部書許多人都喜歡，認為它繼承了中國古典文學的傳統，而且從題材講，離當前的現實最遠，風險也最小。」父親當即表示了同意，因為他本人也比較滿意《霜葉紅似二月花》。我們提出要幫他找資料，他說不必，只需一本《霜葉紅似二月花》的單行本，他要仔細讀一讀，因為時間隔得太久了，一些細節的印象都模糊了，書的風格也需要回顧和重新把握，以便續寫時能夠銜接好。

就在這時候，父親收到了四川人藝的編劇胡錫培給他的一封信，信中說到在成都流傳著關於父親的謠言，說他裝病，閉門不出，卻偷偷地在寫一部「反黨小說」，要待身後方肯問世。父親把信念給我們聽後，縱聲笑道：「我還沒有動筆，謠言就先造出來了！這樣一來，我倒要認真對待續寫《霜葉紅似二月花》的事了，一定要把它寫好！」

其實，父親作這樣的決定尚有其更深層的感情，就是要以之作為對祖母的紀念。在父親的心目中，祖母是神聖的、偉大的，是他一生中最敬愛的人。倘若他沒有這樣一位母親，也許中國就不會有作家茅盾。祖母於 1940 年 4 月17 日清晨在家鄉烏鎮逝世，當時父親遠在千里之外，未能最後見上一面，這使父親為之悔疚無已，常常夢見她，卻沒有寫過一篇悼念的文章。這並非父親手中的筆突然遲鈍了，而是因為他覺得一篇短短的悼文遠不足以寄託自己的深沉思念，他要尋找一種更完美的方式，把祖母作為理想中的中國女性形象寫進自己的小說。祖母逝世兩年後，父親在桂林創作了《霜葉紅似二月花》，書中的一位高尚、完美、有遠見卓識的女主人公張婉卿，便是父親心目中的祖母形象。遺憾的是書只寫了一半就被打斷了，三十年來一直沒有機會再續寫，成為壓在父親心上的一塊沉重的石頭，現在他決定在「文革」這種惡劣的環境中悄悄地續寫這部小說，就是為了最終完成自己的心願——讓祖母在自己的小說中永世長存。

從此以後，父親一有空就坐到母親生前的臥室中靠窗的那張小小的一頭沉桌子前，這兒成了他的工作檯。父親先畫出一張地圖給我們看。這是一幅縣城的平面圖，《霜葉紅似二月花》的故事大部分發生在那裡，圖上畫出了書

中幾個重要人物的宅第，以及縣署、警察局、善堂、輪船公司、城隍廟等等，還有街道、城牆，通往錢家莊的河道和城外的桑林、稻田等。父親說：「有了這張圖，書中的一些細節描寫就有了依據，不至於產生矛盾了。」父親創作長篇小說有一個習慣，就是先寫出詳細的大綱，由於寫大綱時對許多重要的情節乃至一些細節都已經反覆推敲過，所以寫時就胸有成竹，一氣呵成，很少塗改（現在保存下來的幾百頁《子夜》的原稿，字跡工整娟秀，往往連續十多頁沒有一處塗改，這樣乾淨整潔的手稿，實屬彌足珍貴）。如今父親續寫《霜葉紅似二月花》，仍採取先寫大綱的方式：先寫出提要，把續篇的故事大致理出個脈絡，再列出人物表，注明他們之間的關係和矛盾，然後再回過頭來正式寫大綱。也許是擱筆多年的緣故，這次他寫大綱，有時好像掌握不住節奏，遇到文思洶湧時，某些段落越寫越細，簡直與初稿差不多；而另一些也很重要的情節，卻只是簡短地交代個過程，幾筆略過。

統觀全部續篇的大綱，1927 年大革命失敗前的章節，描寫得相當周密完整，有的段落十分細膩；大革命失敗後故事的發展，卻尚未寫出大綱，只有部分提要。在大綱中，父親著重刻畫了正面人物，如張婉卿、錢良材，還有一位新出場的女主角張今覺。這位張女士後來成為錢良材的終身伴侶，在續篇中大展風采。對於反面人物，大綱中著墨較少，顯然尚未顧及對他們作精雕細刻，僅僅留下了不少可以展開他們活動的線索，如在北伐軍入城前後的活動，以及「四一二」事變後他們對革命力量的反撲等等。

這次續寫，約佔了父親 1974 年半年的時間，遺憾的是他還是沒能把它完成，又被別的一些事干擾了。先是前後忙亂了好幾個月的搬家，後又從外地來了親戚長住等等，但他始終惦記著這件事，堅信總有一天能完成它。因為這是他在圓一個夢，一個積累多年的感情夢和創作夢。

《霜葉紅似二月花》的續篇最終沒有完成，因為又有一個更加迫切的「夢」等待著父親去「圓」。這就是撰寫回憶錄──把他一生在文藝戰線上的經歷忠實地、原原本本地記錄下來，以便在「四人幫」信筆篡改或偽造歷史的情況下，為中國的現代文學史保存一塊淨土，留待後人研究歷史的參考。

最早向我們建議應該動員父親寫回憶錄的，是一位資深老編輯，他認為：「在目前的政治環境下，與其搞創作不如寫回憶錄。茅公的一生豐富多彩，是中國現代文學的一面鏡子，能真實地記載這段歷史的只有茅公自己，而茅公年事已高，再不著手搶救這項工程，將成為永久的遺憾，也是我國現

代文學史不可彌補的損失！」我們婉轉地向父親轉達了這位同志的好意，父親略一沉吟後說：「回憶錄是要寫的，還要仔細地寫，但目前條件還不成熟。因為要仔細寫，光憑記憶是不夠的，還需要查閱當時出版的各種書報雜誌加以印證。現在圖書館裡的歷史資料都封存了，無法查閱。目前的形勢看來有好轉，毛主席批評了「四人幫」，鄧小平正在大抓整頓，照此發展下去，也許用不了多久文化大革命就會結束，那時圖書館開放了，就有寫回憶錄的環境和條件了。所以我想再等一

在這萬馬齊喑的日子裡，茅盾決定撰寫回憶錄。茅盾堅信「四人幫」的倒行逆施不可能持久，但他已八十高齡，自知來日無多。他決心用自己的親身經歷，為人們留下一份歷史的見證，來匡正被「四人幫」顛倒的歷史。從 1976 年 3 月起，他憑記憶口述，由親人錄音和記錄，然後保存起來，準備身後發表。這工作一直進行到 1977 年 2 月，那時「四人幫」已被粉碎。這些是當時的錄音帶和記錄稿。

等，看一看。」當時我們都很同意父親對形勢的估計，可是沒過多久，就覺得這個估計太樂觀了，1975 年底，「四人幫」重新得勢，緊接著周總理逝世，鄧小平第二次被打倒，神州大地的上空再次烏雲密布。1976 年 3 月中旬的一天，父親把我們叫到身邊說：「現在，我打算開始寫回憶錄了！」我們不解其意，因為當時更不具備寫回憶錄的客觀條件。父親解釋道：「按目前的政治局面，『文化大革命』不知還要拖到何年何月，去年看到的希望又渺茫了，我怕是等不到『四人幫』這伙人下台的那一天了。所以我決定現在就把回憶錄寫出來，即使是不完整的，也好留下一個歷史的見證。你們把它保存好，等到將來再公之於世。」看到我們還有些遲疑，他接著說：「你們不是有台錄音機嗎？這次我想採取口授錄音的辦法，我想好一段，錄一段，然後你們再根據錄音整理成文字。」聽父親這麼說，我們都十分贊成：「這個辦法好，比你自己寫省力得多。為保險起見，錄音可以和筆記同時進行，一面錄音，一面由小曼和小鋼（我們的長女）作記錄，這樣就有三份材料，可以相互參照」，父親表示贊同。

　　1976 年 3 月 24 日，我們開始了第一次錄音。父親的口述是這樣開始的：「大概是 1919 年下半年，陳獨秀從北京來到上海……。」父親打算從他早年

鮮為人知的政治鬥爭生活開始敘述，第一次至第四次錄音便是從 1919 年父親結識陳獨秀開始，說到 1927 年大革命失敗。父親的這些經歷，對我來說已很新鮮，小曼和小鋼更是聞所未聞，我們都聽得十分興奮。父親一般在午休後下午三時左右開始錄音，每次約 2 小時，晚上和上午則躺在床上構思，為下一次錄音打腹稿。整個四月份，他幾乎天天口授錄音，像一台開足馬力的機器，僅用了十天時間就講完了 30 年代，又用了十天時間講完抗日戰爭，再用兩天時間講完解放戰爭。父親說：「回憶錄就寫到新中國建立，解放以後的不寫了，因為解放後的事大家都熟悉，資料也容易找到。接著他又回頭講他的童年，他的學生時代，然後又分三次補講了 20 年代的文學活動，因為我們提醒他，20 年代詳細介紹了自己的政治活動，對文學活動方面的介紹卻太少了。

　　正當我們全家圍繞著父親忙於他的回憶錄時，天安門前人民英雄紀念碑下發生了人民自發悼念周總理的活動，並且很快掀起了人民群眾反對「四人幫」的怒潮。4 月 4 日是清明節，4 月 1 日父親在結束了當天的錄音後說：「休息三天，你們也好去天安門廣場看看，去現場觀摩一下，回來告訴我。」4 月 6 日，新聞廣播中播出了天安門廣場發生了「反革命事件」的消息，父親就對我們說：「下午繼續『寫』回憶錄！」從此再沒有停頓過，直到 4 月底全部口授完畢。

　　口授錄音結束後，我們就著手依據錄音和兩份記錄把草稿整理出來，請父親修改審定。不料我們的整理工作剛完成一半，唐山發生了大地震，我們臨時搬到了西城南沙溝，接著是毛主席逝世和「四人幫」倒台，全國形勢大變，我們再沒有顧上繼續整理那份錄音。1977 年秋，父親看了我們整理出來的那部分文字稿，很不滿意，認為只敘述了經歷，只有骨頭，沒有血肉，更沒有文采。他說：「看來還得自己動筆，光動口不行。錄音作為保存資料是可以的，用來搞創作則不行，它無法表現作家的風格。」於是他決定在錄音的基礎上把回憶錄重新寫過，而且從童年寫起。

　　那時已不必悄悄地寫了，也可以到圖書館找資料了。小曼從北京圖書館借來一些 20 年代的雜誌，如《小說月報》、《婦女雜誌》、《文學旬刊》等，父親從中發現了不少署名「雁冰」、「玄珠」、「郎損」等他自己已經忘卻的文章，不禁大為興奮，這些文章大大開啟了他的記憶閘門。

　　但父親寫回憶錄的事，我們還是「保密」，沒有向外透露過。

1978 年春節前夕，父親去北京醫院看病，和胡喬木不期而遇。喬木同志高興地說：「太巧了，茅公，我正有一件事要給您寫信呢，現在就當面談罷。」說著把父親請到休息室裡。原來中央最近有個決定，要組織力量從現在還健在的老同志那裡「搶救遺產」──撰寫革命回憶錄。喬

耄耋之年的茅盾仍挑燈伏案寫作。

木說：「這件事本來早該做了，可是「四人幫」浪費了我們十年時間，又使得許多老同志過早地離開了人世，所以現在這項工作更有其緊迫性。這是具有深遠歷史意義的大工程！中央討論時，陳雲同志特別提到您，說建黨初期的歷史，除了您，恐怕已沒有幾個人知道了。他希望您能把這段歷史寫出來，要我給您寫信，提出這個請求。現在我就當面向您轉達陳雲同志的意見。」

「我可以試試。」父親痛快地答道，「不過年代隔得太久了，有些事情怕不真了。」喬木說：「我們可以提供資料，幫助您回憶。有些時間、地點、人名，資料上的記載比較準確。其實您可以寫的不只是這段歷史，您還可以把您六十年的文學生涯寫出來，寫一部文學回憶錄，這也許是更重要的。」

大約在三個月間，人民文學出版社社長韋君宜來拜訪父親，說根據中央「搶救遺產」的指示，出版社決定創辦一個定名為《新文學史料》的刊物，專門刊載作家們的回憶錄、傳記、掌故、考證等等，希望父親為這刊物題寫刊頭和寫回憶文章。父親沉吟片刻答道：「刊頭我可以寫，回憶文章也可以寫，……這樣罷，我給你們這個新刊物寫個長篇連載的回憶錄如何？」韋君宜頓時喜出望外。

父親既然答應將回憶錄交給《新文學史料》連載，就必須全身心投入這項工作。於是決定暫停正在撰寫的童年部分，改為從進入商務印書館編譯所寫起，他說：「童年是要寫的，但人的一生主要在於他的事業，還是從我邁入社會寫起更有意義。」從那時起，選寫回憶錄就成為父親晚年最重要的，也是投入精力最多的工作。

為了廣泛搜集資料以彌補記憶之不足或舛誤，父親給我們開列了一份解放前出版的書刊名單，要我們去搜集。因為父親以往寫的文章，收入集子的

僅佔四分之一光景，大量的都散見於縱貫三十年的各種報刊中。我們到北京圖書館、歷史博物館等處借到了一些過去的雜誌；又在琉璃廠的中國書店幸運地買到了一套十二厚冊的《文學》合訂本和 1919 年的《學生雜誌》。但這些還遠遠不能滿足父親的需要。舊時的報刊、書籍絕大部分出版於上海，北京不易覓得，於是決定由我去上海進行搜集。上海圖書館的資料比較齊全，上海書店的幾個舊書庫藏書也十分豐富，搜尋的結果，不僅找到了許多解放前出版的父親的著作和他主編的雜誌，還發現了不少父親舊作的稀有版本，如最早的文言譯著《衣、食、住》等等。總之，收穫是大大的。

上海之行，使父親需要的資料基本上收集齊全，在父親的寫作過程中它們都被翻閱過，重要的如《小說月報》、《文學》則翻閱了不止一遍。由於年代久遠和當時印刷技術的落後，這些資料中不少的字跡已不清楚，經複印後就更加模糊，這樣，對於左目已失明，右目僅有零點三視力的老人來說，困難就不言而喻了。可是父親仍孜孜不倦地耐心翻閱和研究著。在兩年半的時間內，他翻閱了五百餘萬字的資料，寫出了四十萬字的回憶錄。

父親晚年身體衰弱，心肌缺血、缺氧，不能多走動，動輒氣喘，寫作便不再到臥室外的工作室，而就近坐在他床邊當窗的三屜桌前。他習慣於躺在床上看資料，那些資料就放在床頭的一張條几上。不看資料的時候就躺著構思、打腹稿，想好一段，便起身坐到三屜桌前把它寫下來。由於他伏案稍久就會引起氣喘，所以每次寫作不能超過兩小時，一般上午 9 時至 11 寫作兩小

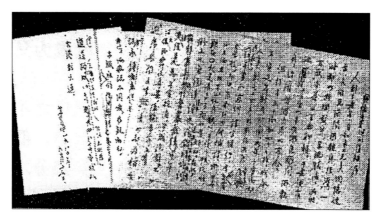

這是《我走過的道路》序的手稿，寫於 1980 年秋。兩份手稿相隔的時間雖然只有兩年，但從後一手稿字跡的變化，可以想到作者寫作的艱辛。那時茅盾的身體已日漸衰弱，雖然思維仍舊敏捷，但稍一走動就氣喘不已，一天只能寫作二三小時。

時，精神好時下午再加兩小時。但從 1979 年夏季開始，他僅在上午寫作了，下午的時間則用來看資料。他多次自怨自艾道：「老了，不中用了。」我們曾計算過，父親平均每天能寫八九百字，這八九百字是他在與衰老的頑強拼搏中寫下來的。許多朋友勸他在外地療養，譬如到廣東從化，那裡可以洗溫泉浴，他動心過，但一思量又說：「不行，寫回憶錄不能停，而且這一大堆資料隨時需要查閱，總不能把它們都帶去吧？還是等我寫完後再說罷。」

父親在寫回憶錄的全過程中，自始至終遵循「務求真實」的原則。即便是一個人名，一個地名，或一件史實稍有模糊，都要不厭其煩地向有關的當事人或經過那時代的人幫同核實。有時為了一個問題，數次寫信請教。正如他在回憶錄的序言中所說：「所記事物，務求真實。言語對答，或偶添藻飾，但切不因華失真。凡有書刊可查核者，必求得而心安。凡有友朋可諮詢者，亦必虛心求教。他人之回憶可供參考者，亦多方搜求，務求無有遺珠。已發表之稿，或有誤記者，承讀者來信指出，將據以改正。其有兩說不同者，存疑而已。」（《茅盾全集》34 卷 1、2 頁）

撰寫回憶錄是父親晚年全身心投入的工作。在他住進醫院的最後的日子裡，他最牽掛的就是回憶錄。清醒時，凡有朋友來探望，他談得最多的話題便是回憶錄。昏迷時，他常會摸索著上衣口袋，喃喃地說：「鋼筆，鋼筆呢？」有時則反覆數著二三四和五六七八九這幾個數字。這是父親的寫作計劃：4 月份出院，5、6、7、8、9 月份突擊完成回憶錄，徹底完成！父親這時大概已有了一些不祥預感，他迫切希望再給他五個月的時間來進行一生中最後的衝刺！

然而父親終於沒能親自完成回憶錄，只寫到 1934 年，也就是僅完成了一半。但他的準備工作卻遠遠超出了 30 年代，譬如向趙丹詢問 1939 年新疆的事，向廖沫沙核實 1942 年香港脫險的經過，向趙清閣了解抗戰勝利後的西湖之遊等。正是父親的這些準備工作，還有他在 1976 年的錄音和他搜集來的許多資料，給了我們勇氣，使我們決心大膽地拿起我們的拙筆把父親的回憶錄續寫完成，了卻父親生前未能實現的心願。「圓」了他的創作夢，也為中國現代文學史留下了一份彌足珍貴的資料。

第三章　父親的親情

第一節　一位偉大的母親

　　據說世界上著名的科學家和文學家，不少人都有一位有教養的、品德高尚的、偉大的母親。因爲母親往往是孩子的第一位啓蒙老師，也是人生之路的導師。一位天才的造就，除了他自身的天分和勤奮外，還受他所處的時代、人文環境以及家庭的影響。父親的成長也沒有離開這個規律。

　　祖母姓陳，名愛珠，出身於名醫世家。外曾祖母患有神經亢奮型的腦病，祖母不得不從小寄養在她的姨母家。她的姨父是位秀才。姨父姨母膝下無子女，對她非常鍾愛，待之如親生。她的姨父教會她讀、寫、算；姨母教會她縫紉、烹調等封建社會家庭主婦必備的技能。祖母讀過四書五經、《唐詩三百首》、《古文觀止》、《列女傳》、《幼學瓊林》等書，而且能解釋。她的姨父對親自培育的這個聰明伶利的姑娘，頗爲自豪，常常不無得意地對人誇耀說：「朝廷如開女科，我這姨甥女準能考取秀才！」

　　外曾祖母身體一直不好，祖母十四歲時就離開她的姨父母家，回自己家伺候生病的母親，照看四歲的弟弟，代母親管理和操持家務。父親的外祖父是蜚聲江浙的名醫，外地常有人來請他出診。由於烏鎮地處水鄉，以船隻爲交通工具，出診往往需三四天時間，因而不得不自備一條船。有了船就得有船工，便雇了一對夫婦爲船工，他們還帶著一個孩子。當地的習俗，在本地出診，醫生乘坐轎子，爲此又雇了兩名轎伕。船工、轎伕的伙食都要由雇主供給。父親的外祖父醫術高超，慕名而來拜師求教的門下弟子有四五人。因

此這一大家子每天吃飯就有十幾口，還得保
證大家吃得滿意。

祖母當時雖還只是個年未及笄的小姑
娘，卻能把這樣一個大家庭管理得井然有
序，陳府這位小姐的心靈手巧，辦事幹練，
且知書識禮，又善治家，遂口碑載道。鎮上
的富戶、紳縉紛紛託人來說媒。父親的外祖
父擇婿甚嚴，經過幾番斟酌，最後選中了東
柵觀前街沈家的少爺，較祖母年長三歲的沈
永錫。

祖父雖然幼習八股文，年十六即中秀
才，但他卻討厭八股文，對數學則十分愛好。

茅盾的母親陳愛珠（1875～1940）

當時上海圖書集成公司出版的《古今圖書集
成》是一部類書，祖父從中找到學數學的書，便由淺入深地自學起來。他用
竹片自製了一副十分精緻的算籌，祖母將它一直保存著，直到她棄世。

祖父祖母是在1894年即中日甲午戰爭那一年結婚的。戰爭中，以慈禧太
后為首的清政府投降派，喪權辱國割地求和，全國人民為之憤慨萬分，由
是變法圖強的呼聲震動全國，也波及到水鄉烏鎮。祖父成了維新派，推崇科
學救國。他決定違拗他的祖父要他中舉入仕途的意願，而去向他的岳父學
習中醫。他還認為，祖母讀了許多古書雖然不錯，但不實用，建議祖母讀
《史鑒節要》，這實際上是一部簡要的中國通史；接著又建議她去讀《瀛環誌
略》，這是一個關於世界各國歷史地理的書。在祖父的引導下，祖母也逐漸
成為一個具有維新思想的婦女，成為當時相當罕見的出自封建家庭的一位新
女性。

父親五歲時，祖母認為該讓他上學了。祖父不願父親進曾祖父執教的家
塾，嫌他的教材太保守，就讓祖母來教父親，先讀上海澄衷學堂編的《字課
圖識》，後又要祖母從《正蒙必讀》裡抄下《天文歌略》和《地理歌略》來教
父親。以後祖父又讓祖母找《史鑒節要》以淺近的文言文試編了一本歷史課
本，從三皇五帝開始，編一節教一節，直教到父親進入烏鎮的第一所初級小
學──立志小學。

父親十歲時，祖父去世了，終年僅三十四歲。這個打擊對祖母太大了，

才三十一歲便失去了相處僅十年、最能信
賴、最可依靠的親人，今後這漫長的生活之
路將如何走？將如何在這個大家庭裡生存下
去，如何把兩個孩子撫養成人？在祖父去世
的屋子裡，祖母為他布置了一個小靈堂，供
了一對花瓶，並在祖父的畫像兩側恭楷寫了
一副對聯：

> 幼誦孔孟之言，長學聲光化電，
> 憂國憂家，斯人斯疾，奈何長才未展，
> 死不瞑目；良人亦即良師，十年互勉
> 互勵，電碎春紅，百身莫贖，從今誓
> 守遺言，管教雙雛。

茅盾的父親沈永錫（1872～1905）

　　祖父臨終的遺言是要父親和叔叔學聲光
化電，長大後走實業救國之路。

　　遵照祖父的遺囑，祖母全心全意地管教父親和叔叔，對父親這個長子尤
其嚴格，經常以這樣的意思告誡他：「你爸爸走得早，丟下我們孤兒寡母，現
在你是一家之長了，又是長房長孫，一定要做出個樣子來，為你弟弟作個榜
樣，也為沈家長房爭口氣。」她對父親管教雖嚴，但從不責打。只有一次祖
母輕信了父親一個同學的誣告，說父親把他的手腕打得流了血，一向妒忌祖
母能幹的二祖姑母又在一旁說風涼話，祖母一怒之下，就拿著大戒尺要打父
親。父親見祖母真動怒了，心裡一怕，就逃出了家門，在街上遊蕩，不敢回
家。後來學校的沈聽蕉老師把父親帶回了家，對祖母說：「大嫂，你冤枉德鴻
了，我親眼看見是那學生自己摔跤把手跌破的，他卻惡人先告狀。德鴻見
你發怒，逃走也是對的，大嫂知書明理，豈不聞『孝子事親，小杖則受，大
杖則走』嗎？」

　　老師告辭後，祖母就領父親上了樓，關上門，便把父親摟在懷裡痛哭起
來說：「要是你父親還在，也就不用我這樣管你了。」父親也哭著說自己不該
逃走，要打你就打罷。祖母撫著父親的頭說：「傻孩子，媽媽怎捨得打你，沈
老師剛才不是說你逃得對嗎，『孝子事親，小杖則受，大杖則走』。父母都是
疼孩子的，有時在盛怒之下會對孩子動大杖，如果孩子不逃走，打傷了，豈
不使父母更痛心麼？所以你逃得很對，是個孝子！」在那以後，祖母再沒有

打過父親。

在烏鎮，那時的沈家是個大家庭，人多嘴雜。祖母一個寡婦帶著兩個孩子，又果斷能幹，知書達禮，不大像當時一般的婦道人家，因而自然地成為被議論和忌妒的對象。祖母頂著各種閒言碎語，堅決要把兩個孩子培育成才。她和祖父結婚時，從娘家帶過來五百兩銀子的嫁妝，後來外曾祖母又給了祖母一千兩。其中五百兩作為祖父治病、買書，以及補貼父親和叔叔上學的花費，餘下的一千兩全部存入錢莊，不再動用，留待將來兩個兒子念大學和結婚之用。祖父在沈家分家時，作為長房長孫，曾分得一千兩銀子，但卻一文未見，全由曾祖父拿去補貼紙店的虧空了。所以祖父去世後，祖母撫養孩子的費用完全是娘家帶來的。父親上植材小學時，祖母為了使他能有個清靜的讀書環境，寧願每月出四塊大洋，讓他在校內寄宿。對此，二祖姑母雖有意見也無可奈何，因為錢是祖母自己的。這類生活中的磕磕碰碰，在父親的童年是家常便飯。

父親十二歲那年，小學即將畢業，祖母正在思忖他畢業後的去從——考哪所中學。沒有文化的曾祖母在二祖姑母的挑唆下，卻提出父親該到自己家的紙店當學徒，不必繼續讀書了。這主張顯然是對著祖母來的。對二祖姑母這樣的干擾，祖母原可不予置理，但曾祖父母作出了決定，做兒媳的就不便抗拒了。祖母在無奈中想到了去求助於祖父生前的好友盧鑒泉表兄。盧鑒泉剛巧主持了一次「童生會考」，見到過父親的試卷，便說：「讓德鴻去當學徒，那是把袍料改成馬褂了！」一面翻出一份卷子道：「這是德鴻上週參加童生會考的卷子，題目叫《試論富國強兵之道》，他考得非常好，文末以『大丈夫當以天下為己任』作結尾。我對它作的批語是：『十二歲小兒，能作此語，莫謂祖國無人也』。嫂嫂放心，我把他這份試卷給伯父伯母去看看，他們一定會改變主意，讓德鴻繼續去上學的。」

果然，曾祖父母同意了盧鑒泉的意見，在父親小學畢業後，允許他進中學繼續讀書。

父親先後讀過三所中學，湖州中學、嘉興中學和杭州安定中學。對於父親這樣頻繁地換學校，只要理由正當，祖母就從不加阻攔。譬如父親離開嘉興中學是被學校除名的，原因是那一年適逢辛亥革命爆發，在進步教師的帶動下，校內革命民主氣氛大盛，師生忙著剪辮子和議論國事。可是辛亥革命成功後，進步教師大都離校參加革命去了，新來的學監卻是個保守頑固分子。

他禁止學生在自修時間談天、看閒書和互相往來，對不服的學生則動輒記過，父親也曾受此待遇。

為抗議這種專制，父親給學監送去一隻死老鼠，並且抄了《莊子·秋水》中的幾句：「南方有鳥，其名為鵷鶵，子知之乎？夫鵷鶵，發於南海，而飛於北海；非梧桐不止，非練實不食，非醴泉不飲。於是鴟得腐鼠，鵷鶵過之，仰而視之曰：『嚇！今子欲以子之梁國而嚇我邪？』」於是寒假回家不久，就接到了學校的除名通知。祖母始則十分生氣，以為父親在學校幹了什麼壞事，當知道了事情的原委後，就不再生氣，反而誇獎父親有正義感，有骨氣，並積極設法使他轉學到杭州的私立安定中學。

1913 年夏，父親從安定中學畢業。祖母結婚時，外曾祖母給她的一千兩銀子當時存在鎮上的錢莊裡，這時連本帶息已近七千元。祖母把它一分為二，父親和叔叔各半，她估計這三千五百元，除了將來父親結婚的花費，大概還夠再念三年大學。正好這時她得知北京大學在上海招考預科一年級新生，便決定讓父親前往報考，雖說北京遠在天邊。當時鎮上極少有人

1913 年 8 月，茅盾考上北京大學預科第一類，決心攻讀文科。這是十七歲的茅盾在考取北大預科後的留影。在預科三年中，茅盾最大的收穫是通過閱讀英文原著，大大提高了英文水平，為日後的外國文學研究，打下了良好的語言基礎。至於中文課程，茅盾主要依靠自學，除了讀經史子集，也看自己喜歡的「閒書」、「雜書」，還利用三個寒假把二十四史泛讀了一遍。1916 年 7 月，茅盾從北大預科畢業，結束了十五年的學生生活，開始走上社會。

把子弟送出鎮外求學的，更別說到北京了，而祖母一個寡婦卻能力排眾議，堅決把兒子送往北京上學，在當時真是驚世駭俗之舉。

父親去北京大學進的是預科第一類，學的是文科。這是祖母經過反覆思考和內心鬥爭之後作出的抉擇，她決定違背一次祖父的遺願，不再堅持父親學理工科。因為她發現父親的興趣和愛好在文學，學理工科並不相宜。她不能扼殺兒子的愛好，阻礙兒子的前程。況且她還有我叔叔，他倒是個學理工科的好材料，在學校中數理化的成績經常名列前茅。果然，叔叔如祖母預期的那樣，中學畢業後就以優異的成績考取了創辦不久的南京河海工程專門學校。

1916 年暑假，父親從北京大學預科畢業，經盧鑒泉表叔祖介紹，進入上海商務印書館工作。同年底父親回家探親時，在一次閒談中祖母問他有沒有女朋友，是否願意娶一個不識字的老婆？原來在父親孩提時，曾祖父曾為他與鎮上孔家訂了一門娃娃親，如今那姑娘已長大，卻是一個文盲。祖母說：「從前我料想你出了學校後，不過當個小學教員，至多中學教員，一個不識字的老婆還相配；現在進了商務印書館這樣有名的文化機關，不過半年就受重視，今後想來還要做許多事，這樣，一個不識字的老婆就不相稱了。所以要問你，你如果一定不要，我只好託媒人去退親，不過對方肯定不允，說不定還要打官司，那就麻煩了。這使我很為難。」當時祖母處在一個封建大家庭中。周圍也是封建的大環境，自由戀愛還不被接愛，祖母能衝破世俗觀念，為兒子的幸福和前途著想，不因循守舊，大膽提出這樣的問題，實在令人欽佩。祖母作出這樣的選擇，還要經過一番違背祖父心願的鬥爭。祖父當年所以同意曾祖父與孔家訂下的這門娃娃親，是為了了卻對孔家的一份歉疚。祖父在與祖母訂親之前，曾與孔家一位小姐訂過親，但一查八字，女方有剋夫之凶，沈家就退了婚。那位小姐從此鬱鬱寡歡，不久竟去世了。祖父是不信八字迷信的，他總覺得那位小姐之死他有責任。現在孔家小女要與自己的兒子訂親，也許冥冥之中要由孩子們來償還父輩欠下的債。祖父和祖母商量之後，決定向未來的親家提出兩個條件：一是要讓女孩讀書識字，二是不要纏足。但是，孔家雖然有錢，卻十分封建守舊，對祖父提出的要求只當做笑話，未予理睬。現在祖母為了兒子的幸福，決定再一次違背祖父的心願，這又需要多麼大的勇氣啊！幸而父親當時一心撲在事業上，根本沒有考慮婚姻問題，當祖母鄭重提出這個問題之時，父親固然不願讓祖母為難，而從男女平等的角度考慮，也不想讓女方受委屈，便向祖母表示願意維持前訂的婚約，認為不識字可以由他來教。父親作出這樣的決定，顯然和他後來寫的大量有關婦女問題的文章，鼓吹婦女解放的思想是一致的。

1918 年春節後，父母親舉行了婚禮。一個月後，父親仍回上海工作去了。家中只有祖母和母親二人，家務事不多，祖母便教母親識字，每天上下午各一小時。但母親覺得一人學習不易專心，想去上學。祖母便託人聯繫，讓她進了石門灣的振華女校（小學）插班二年級。一年半後外祖母病了，需母親回去照料，待外祖母病故，母親已輟學四個月，便不願再回校了。於是仍在家中自學，上午由祖母教文言文，下午寫作文，由祖母修改。不久母親

在別人的影響下，提出要去湖州湖郡女塾上學。父親認為那是一所教會辦的貴族化的學校，各項費用昂貴，使家庭負擔太重。因此寫信請祖母勸阻。祖母回信說，母親年輕心活，又生性固執，不易說服，不如讓她去試試。果然不足一個學期，母親就回來了。原來那學校洋氣十足，而且只讀英語，她連字母都不認識，只有知難而退了。

祖母考慮，可能母親一人在家覺得寂寞，就勸父親早日帶她去上海安家。1921 年春，祖母和母親同時搬到了上海。母親進了愛國女校學習，整日不在家，祖母便擔起了照管家務的責任。

1918 年茅盾母親和孔德沚攝於烏鎮家中。

那時，父親在共產黨內擔任中央聯絡員的工作，經常有外地黨組織以沈雁冰轉鍾英小姐收的方式寄信件給中央。信都寄到商務印書館編譯所，有時編譯所也有人把信送到家裡。祖母見到這種信件，甚覺奇怪。那時陳獨秀住在租界環龍路，離父親住的閘北區很遠，父親每週要去陳獨秀的家裡參加支部會，往往從晚上 8 時開到 11 時。開完會回到家，多半已是深夜 12 時甚或凌晨 1 時。父親考慮如果不把真實情況告訴祖母和母親，可能會引起她們的疑心，便如實告訴了她們：他已加入共產黨，每週必須去參加一次支部會，鍾英就是中央的諧音。並且簡單地向祖母介紹了共產黨的宗旨，鬥爭的目的和共產主義理想等等。祖母聽了不僅沒有反對，反而說：「何不到我們家來開會呢？」從此她開始注意起有關共產黨的一切消息，還向父親借了共產主義 ABC 之類的小冊子來閱讀。

這時，再有半年就可以從南京河海工程學校畢業的叔叔，突然提出不想再學理工了，要改學政治，他認為在中國政治沒有變革之前，學理工是沒有用的。他向祖母提出要退學，並準備去日本留學。父親當然不同意，擔心祖母承受不了這樣的意外。因為祖母的願望是要叔叔學好水利工程，了卻祖父

的遺願，而這個遺願父親已經無法實現。可是，想不到的是，祖母竟然答應了叔叔的請求。她笑著嘆口氣道：「你們父親的遺囑要你們學理工科，如今倒好，一個學了文學，一個學了四年工程，文憑快到手了，又不肯學了。現在這世界變化太大，你們父親又何曾料到？我如今同意了你們兩個自己的選擇，你們父親死而有知，大概不會怪我的。中國當前最要緊的是改變這個社會，你們走的路是對的，我不攔你們。你們父親假如不死，說不定也會走這條路的。」祖母又給了叔叔一千元錢，說：「這原是留著準備你結婚用的，現在你沒有定親，將來結婚料想一定是新式的，花不了多少錢，所以不如現在就把錢給了你，你在日本也好應個急，也了卻我的一樁心事。」

父親和叔叔在祖母充滿愛心的嚴格教導下，從少年時代起就能正確地選擇人生道路，後來又都學有專長，相繼參加了革命。祖母不僅充分理解和信任兒子們的選擇，並且能從兒輩那裡汲取新的思想和信念，進而支持他們的理想和事業。她目睹兒子們經歷了種種艱險，從沒有半點阻攔，相反還有意識地悄悄給以幫助。

更令人敬仰的是，她還堅強地承受了白髮人送黑髮人的悲痛。1933年11月叔叔在鄂豫皖蘇區不幸犧牲，年僅三十三歲！祖母偶然從小報上得知這一消息，多次暗自痛哭，然而當著父母親的面，卻抑制住內心的悲痛說：「像澤民那樣的死是值得的，他總算做了一點對國家有益的事。只可惜死得太早了一點。」祖母身邊還一直珍藏著一包叔叔和嬸嬸往來的書信，這是1931年他們去鄂豫皖蘇區前交給祖母保存的。叔叔犧牲後，這包書信便成為祖母對叔叔思念的寄託，每年霉雨季節後，都要拿出來小心地晾曬一番。

祖母出生於19世紀後半葉，生活在20世紀上半葉的鄉鎮裡，卻有著非同尋常的遠見卓識，她關心國家大事，關心時局的發展，在那個時代中，這樣的女性是十分罕見的。在舅舅孔另境的一篇文章《一位作家的母親——記沈老太太》中有這樣的記載：

　　……她一個人孤獨地關在一間房裡。我因為覺得她太寂寞，就經常的去探望她，她也彷彿特別希望我去看看她，每次我去的時候，她顯得很興奮的樣子，和我談著許多政治問題。這一點，說起來彷彿不容易使人相信，以六十五歲的高齡，而且是一位鄉鎮中長大的女性，居然會有興趣於政治問題。現在我要報告給讀者，這位老太太不但對於政治問題感覺得興趣而已，而且她老人家的政治觀

點還是非常前進的……。

　　她平日每日必讀報紙，而且看得非常仔細，以我的所見，十年如一日，像這次避難來滬，一個人租了一間房子以後，第一樁事情就是訂閱一份日報。我每次去看她，總見她正捧著一份報紙，戴著她的老花鏡勉力地在看。一見我走進她的房間，連忙放下報紙和我談起時事問題來了，從國內談到國外，有感想也有議論，甚至還評論到報紙的態度。有時碰到實在不能理解的問題，她會留著等我去時提出來討論，往往她的見解十分正確，使我暗暗佩服不置。她的這種熱心於時事問題，正可見她的思想之不凡。她每次和我見面的時候，幾乎很少談到人事雜碎，差不多一直和我討論政治或社會的問題。她這次來滬以後，問我要書看，我給了她二本《西行漫記》和一本《中國的新生》，她看了非常高興，她認爲《西行漫記》是她從來所讀的書本中最有意義有興趣的一本書，她說從這本書中曉得了許多以前所不知道的事情。她大概看得很仔細，後來向我提問了許多我已經不能記憶的瑣事，看完後又把這本書要她的幾位堂侄去看，她說一個青年不看這種書實在是很可惜的事情。（《茅盾專集》第一卷上冊35、37、38頁）

盛世才是新疆的「土皇帝」，他利用「進步」外衣作僞裝，同時實行嚴密的特務統治，使許多不明眞相的人受到蒙蔽。1939年10月杜重遠被軟禁，各民族文化促進會的會長陸續被捕，茅盾的處境日益險惡。1940年4月17日茅盾的母親在家鄉逝世，茅盾趁機向盛世才請假奔喪，終於在5月初全家離開了新疆。這是茅盾母親陳愛珠的遺像，享年六十五歲。

　　舅舅這篇文章是記祖母在抗戰中的生活。那時祖母孤身一人往返於烏鎮和上海兩地輪流居住，而父母親和我們則在萬里外的新疆。祖母是自願留在上海的，她認定抗戰將是長期的，生活將是顛沛流離、到處奔波，她覺得和我們在一起只能拖累和影響父親的工作，所以堅決留在了上海。她在孤島上關心政治，關心戰爭的變化，這都寄託著一個希望：法西斯早點垮台，抗日戰爭早點勝利，那時她就能與兒孫們團聚了！

　　然而祖母沒有等到這一天，1940年初她在家鄉烏鎮去世了。聽到這個噩耗，父母親都痛

不欲生，因為祖母這一生只見她為兒孫作奉獻，無私的奉獻；而父親和母親一心要報答她的恩惠，卻未能如願以償，這是多麼大的憾事！30 年代，祖母為了減少父親的開支，也為了鍛煉母親管家的能力，執意要獨自搬回烏鎮，僅在每年冬季到上海小住兩個月。為了使祖母在家鄉能住得舒適些，父親特地在老宅的後院修建了三間東洋式的平房，好讓祖母安度晚年。但即使這一點點回報，祖母也沒能充分享受。而當她彌留之際，身邊竟沒有一個親人。每念及此，父親就有難以言盡的刻骨之痛。

祖母逝世兩年後，父親在桂林以長篇小說《霜葉紅似二月花》的創作，來寄託對祖母的哀思。書中的女主人公張婉卿便是祖母形象的活生生的再現。可惜小說只寫了上半部就因故停下了。三十年後，在「文革」中，父親又重新提筆續寫這部小說，結果竟同樣因故中止，未能成為完璧。這真是令人深感惋惜的一大憾事。記得父親開始續寫時曾對我們說：「婉卿辦事果斷、精明幹練，能獨立主持家務，對僕役調動自如，又關心家庭以外的大事等等，這個人物我是從你們奶奶身上得到的靈感。……」從續稿中可以明顯看出父親對婉卿這一形象的深刻關注和濃筆重彩地描繪，它反映了父親在晚年對祖母深深的思念。

1970 年 1 月末母親去世後，父親曾大病一場，病愈後，一度頗為消沉。這一年的 4 月 17 日是祖母的三十週年忌辰，父親悄悄地寫了一首悼念祖母的《七律》，寫後就把它收藏在書篋中，從未示人。這是父親三十年來所寫的第一篇懷念祖母的文字，也是他「文革」以來的第一篇「創作」。詩如下：

> 鄉黨群稱女丈夫，含辛茹苦撫雙雛。
> 力排眾議遵遺囑，敢犯家規走險途。
> 午夜短檠憂國是，秋風落葉哭黃壚。
> 平生意氣多自許，不教兒曹作陋儒。

（《茅盾全集》10 卷 437 頁）

這是一首既是悼念，又是明志的詩。這詩的含義豐富而深遠，感情真摯動人，也真切地反映了父親當時的心境。

第二節　風雨同舟的伴侶

在中國現代文學史上，名人的婚姻故事可謂多矣，然而像父母親那樣從封建包辦的「娃娃親」開始，風雨同舟五十載，直到白髮人送走白髮人，確

實尚不多見。

　　父母親的婚姻，雖非指腹爲婚，卻也是一次偶然的結果。當他們四五歲時，曾祖父沈恩培和曾外祖父孔繁林，抱著各自的孫兒女逛街，在一家熟人開的店舖裡偶遇，閒談中經人點撥，就定下了這門「娃娃親」。有維新思想的祖父當時沒有拒絕，因爲孔的女兒曾因有「尅夫」命而未能嫁給祖父，且因此悒悒而終，祖父一直十分內疚，就有意以這門親事來作彌補。祖母不同意，認爲孩子太小，無法預測他們長大後能否相處。祖父則認爲，正因爲年紀小，定親後可由我們做主，要對方不給孩子纏足和讓她讀書識字等等。祖母只得同意。

　　那時，母親已被纏足，女方卻未守諾言，繼續給她纏足。幸得母親的大姨見她纏足後總是哭哭啼啼，便在夜間偷偷給她「解放」了。如此幾次之後，被外祖母發覺了，二人還爲此爭了起來。大姨說男家都不讓纏，你又何苦，這才使母親終於免除了纏足之苦，但腳背骨已受損，與天足有別，成了「解放腳」。至於讀書識字一節，在只信奉「女子無才便是德」的封建意識濃烈的孔府，僅被視作笑話，根本不當做一回事，雖經祖父母多次向他們提及，都無濟於事。因此，當父母親結婚時，母親只認識一個「孔」字和一到十的數目字。

　　對母親來說，嫁到沈家是她的一次再生！在她面前展現了一條全新的道路，光明的道路，最終又證明是一條幸福的道路。在母親看來，使她再生的是她的丈夫和她的婆婆，她們不嫌棄她這個沒有文化的「鄉下人」。祖母把她當做親生女兒，把著手教她讀書、識字，教她縫紉、做菜、管家、算帳。後來，母親成爲出名的善於治家的主婦，那些本領都是當初祖母手把手教出來的。父親則引導母親走上了革命之路，開拓了她的視野，磨煉了她的才幹，把她從一個蒙昧的鄉下姑娘變成一個自覺的有頭腦的先進分子。

　　在父親眼裡，他首先感觸到的，不是母親的愚昧和沒有文化，而是她性格的可愛。從新婚之夜到三朝回門的幾天中，母親的幾次慟哭，與外祖母的爭吵，以及在她弟弟眼裡的威望，使父親發現，她是個有羞恥心、有上進心，剛毅、不甘落人後的姑娘。在以後半個月的生活中，又發現她還有聰明、機靈、果斷、自尊這些優點。父親認爲，這些性格特點遠比文化程度的高低重要。因爲性格的形成不是一日之功，要改變也難，而文化是可以學習和提高的，尤其對於一個有羞恥心和上進心的人，更不是難事。母親也有性格上的

弱點，就是由固執產生的過分自信，甚至自以為是。在她的一生中受這個弱點的影響，吃虧不少。

所以，父親和母親的結合，開始並無愛情，卻有尊敬和好感。尤其母親更有一種再生的恩情感在。他們的愛情是在共同的生活中，逐漸滋生、茁長和成熟的。

父親對於這場包辦婚姻採取了容忍和改造的態度。他認為封建婚姻的受害者主要是女方，簡單的離婚雖能使男方獲得了自由，但女方卻因此墮入了漫長的黑暗中。所以，以拯救人類為目的革命者，應該首先去拯救這些婦女，培養她們成為一個獨立的人，然後再由他們雙方以平等的

1921 年春茅盾與孔德沚在上海寓所。

地位來商討今後的感情生活。父親相信，經過這樣的感情磨煉，他們十有八九不會分手。這件事成功的關鍵是，男方必須真心誠意地幫助女方獲得獨立的人格，而不是把她丟在公婆身邊，自己一走了之。

母親對這場包辦婚姻則採取完全接受的態度，她甚至認為沒有這場包辦婚姻，也就沒有孔德沚這個人，沒有她的人生。因為孔德沚這個名字就是丈夫和婆婆替她取的，她真正人生是丈夫和婆婆給她創造的。

如果說，祖母的一生是為了撫育兩個孩子並為實現祖父的臨終遺願而努力，儘管最終違背了遺言，卻養育和造就了兩位中華民族的精英。那麼母親的一生則是為報答「再生」之恩而奮鬥，她把一切放在對父親事業的支持上，對父親生活的照顧上，以及對兩個孩子的撫育上，使父親得以專心從事文學創作，沒有後顧之憂。

1930 年以前，母親的生活還屬於「培養獨立人格」的階段。她刻苦學習，經過短短的四年，便從一個文盲提高到相當於初中的文化和程度。她參加了革命活動，成為早期的共產黨員之一，在實際工作中接受了鍛煉，展現了自己的才幹。那時候，父親和母親也由相敬轉為相愛，成為一對名副其實的恩愛夫妻，而且有了兩個孩子。「五卅」運動中，她和父親並肩參加了工人學生的示威遊行，其後又同赴武漢經歷了大革命的洗禮。

　　大革命失敗後，父親失去了與黨組織的聯繫，開始了他的創作生涯。1928年夏，在國民黨通緝下被迫流亡日本，直到1930年4月初才回國。母親則一直留在上海，在黨組織的領導下繼續從事黨的地下工作。

　　就在父親亡命日本那兩年裡，在父親和母親的感情生活中，發生了一段並不愉快的小插曲。1929年初冬，母親從葉聖陶那裡得知父親在日本與一個姓秦的女人同居了！那時葉聖陶是《小說月報》主編，住在我們隔壁，他的夫人何墨林是母親的好友。父親的稿費收入也由葉聖陶分作兩份，小份寄往日本，大份交給母親。這消息是他從剛自日本回國的楊賢江那裡聽來的。葉聖陶認為應該讓母親知道。他問母親：「雁冰來信中提到這件事嗎？」母親回答：「沒有，一點影子也沒有，只是最近來信比剛去日本時少了些。」葉說：「那就好。」母親不明其意。葉聖陶分析道：「雁冰沒把這件事告訴你，說明他並不打算走那條路。你們婚姻的經歷不簡單，是經過了風風雨雨的恩愛夫妻，還有一雙寶貝兒女，這是大家都知道的，雁冰怎能忍心破壞這樣一個家庭？何況雁冰是出名的孝子，他是不會忤逆伯母的，伯母也一定不會同意他走這條路的。你不要著急，要耐心等待。伯母那裡你是否要告訴她？」「不，絕不能告訴婆婆，她會著急的，會傷心的，會生氣的。」

　　母親又去徵求鄭振鐸的意見。鄭振鐸同意葉聖陶的分析，他說：「我也從秦女士的朋友那裡聽到了這個消息，不過我不相信雁冰會做出這種事來。」又說，「我調查過那位女士的經歷，她也參加過大革命，是一個雁冰小說中描寫的慧女士那樣的浪漫女性。」

　　這件事當然令母親十分傷心，不過她也相信葉聖陶和鄭振鐸這兩位老朋友的分析。在大革命時期，青年男女之間那種「杯水主義」的愛情，她聽得多也見得多了，父親對這種行為也是卑視的，現在父親自己也陷進了這個泥坑，卻是母親無法正視而感到傷心的。

　　後來據了解，父親和那位秦女士過去曾見過面，這次去日本在輪船上相逢，便慢慢熟悉了。秦過去有過兩次不成功的婚姻，還丟下了三個孩子，現在是單身一人。父親經

茅盾與孔德沚，1928年春於上海。

歷了大革命的失敗，思想陷於苦悶和消沉，文學創作剛剛起步，又遭到「創造社」和「太陽社」圍攻和抨擊，來到日本後孤獨的生活，使得心身兩方面都需要得到慰藉。這時一個浪漫女性突然向他發起了攻擊，結果就發生了他感情生活中的這段插曲，事後證明這是並不愉快的插曲。父親清楚地看到自己與秦女士在性格上、處世觀念上存在的差異，她是一個只顧自己不顧家的浪漫女性，而且脾氣暴躁，而父親需要的是一個溫馨和睦的家和一個賢慧的妻子，是他在隔著海的中國已經擁有的家和妻子。因此，不論從感情上還是從理智上，父親都清醒地意識到不可能與秦女士長處，更不用說其他的了。

1930 年 3 月間，父親與秦女士決定回國，母親覺得不能再隱瞞祖母了。祖母聽到這消息，先是不相信，隨即大為生氣，厲聲道：「德鴻要是帶那個女人回來，就不要進這個家門！」又說：「這個家是我們千辛萬苦築起來的，你就像我親生女兒一樣，怎麼可以打散！」母親也很不安，便再次去請教葉聖陶和鄭振鐸。他們都建議母親要大度、寬厚，不要爭吵，要繼續關心和照顧父親。他們認為既然父親一直向她隻字不提，就說明他已知道這事做錯了，要母親只當沒有發生過這件事一樣。

父親回上海後，暫住在楊賢江家，不久就與秦女士分手搬回了家中。

事後，祖母對父親說：「你是因為蔣介石下了通緝令才躲到日本去的，現在通緝令雖未撤銷，你也不必再去國外了，只要保守好秘密，躲在租界裡也一樣安全。今後你就定下心來，踏踏實實寫你的小說。現在這所房子已不安全，不能再住，要立刻搬家，找一處別人不知道的地方。」於是母親立即行動起來，一星期後，我們就搬進了滬西一座新建的小樓內。剛住了一個月，祖母嫌這座房子的租金太貴，提出要另搬一處便宜點的。祖母說：「現在德鴻沒有固定收入，全靠他寫文章稿費生活，所以一定要節儉，量入為出。我已經想好，等找到新房後，我就回烏鎮去，這個家就完全交給德沚，我就不管了。」父親和母親自然不贊成，但拗不過祖母，只好同意了。

這之後，祖母和母親認真談了一次話，祖母說：「自從你生下兩個孩子後，就一直忙著革命，忙著工作，這個家你就沒有管過。但是做女人一定要學會管家，管好家，不能只顧自己工作，而把家庭丟在一邊。現在德鴻回來了，今後恐怕主要是躲在家中寫小說，那就更需要你在事業上支持他，在生活上照顧好他。我決定回烏鎮的一個原因，就是為了讓你回到家中，一心一意把

家管好，這是對德鴻的最大支持。你明白我的意思嗎？」母親接受了祖母的意見，第二天就向黨組織寫了報告，提出不再擔負黨分配的工作，今後將以相夫教子爲自己的工作。

那時，母親已經是一個相當有經驗的地下工作者，做出過一些成績，而且人緣也好，善於團結人。有一次，母親在一所黨辦的女子職業學校任教務長，這學校白天上正課，晚上辦女工夜校。學校辦在一個弄堂裡，弄堂口有一爿小煙紙店。有一天晚上母親去學校，在弄堂口被小店主人喚住，告訴母親警察已經包圍了學校，正在抓人，使母親躲過了一次軍警的搜捕。這也說明母親與群眾關係的密切。所以當她提出不再幹黨的工作時，立即受到了黨小組的批評。父親也不同意她這樣做，認爲母親的犧牲太大了。但這些都沒有改變她的決定，她覺得爲父親創造一個安定的生活環境和潛心創作的條件，使他在工作時沒有後顧之憂，是再重要不過的事情。即使犧牲了自己的政治前途也是值得的。

三十年後，新中國誕生了，父親被委任爲文化部長。母親向周總理提出要求，希望也給她分配一個工作，並說了二十年前爲了照顧父親而自行脫黨的錯誤。周總理說：「孔大姐，你那個決心下得對，中國能有茅盾這樣的大作家，你孔大姐功不可沒呀！現在我分配給你一個工作，還是那句話：繼續努力照顧好沈部長！」

從 1930 年 7 月起，母親就完全成了個家庭主婦，把祖母教她的那些治家的本領全部施展了出來，不久，在親朋好友中她那管家的本領就人人皆知，經她「培訓」出來的女傭，也成了「搶手貨」。父親在她打造出來的這片安寧的天地裡寫出了《子夜》，也治愈了困擾他多年的胃病和眼疾，神經衰弱症也有了好轉。而且在父親的文學事業中，母親也做了一些力所能及的工作，如爲父親謄抄稿件等。三十萬字的《子夜》手稿所以能夠完美整潔地保存下來，就因爲當年母親另抄了一份副本之故。

1933 年 11 月叔叔在鄂豫皖蘇區犧牲了，噩耗傳來，母親淚似泉湧。在得知叔叔去世時嬸嬸不在身邊，隨主力部隊去了平漢路西時，就叫道：「這怎麼可以呢！爲什麼她不留在身邊照顧澤民？」這件事給了母親很深的刺激，她記起了祖母曾對她說過的話：做妻子的不能只顧自己工作而把丈夫丟在一邊不顧。後來，在抗日戰爭的動亂歲月中，不論發生何種變故，母親都要想方設法伴隨在父親左右，以盡其「保鏢」的責任。

1937年抗戰爆發。父親考慮到上海不可能久守，打算盡早舉家遷往內地。最初決定全家都走，但祖母擔心那樣將會拖累父親，願意自己留在上海或去烏鎮。父親又提出由母親陪伴祖母留在上海，他帶兩個孩子去內地。這方案立即遭到祖母和母親的一致反對，因爲她們都不放心父親的身體，更不放心由他獨自帶領兩個孩子在內地生活。最後還是決定祖母一人留下。於是母親忙爲祖母長住上海和烏鎮作準備，將必需的生活用品連同父親的一些珍貴的書籍一起運往烏鎮，並在上海和烏鎮選定了照顧祖母的人，並分別作了安排。

1938年10月，茅盾全家攝於九龍太子道寓所。

1939年初，我們全家從香港經昆明來到了蘭州，準備飛往新疆。當時有朋友聽說那邊的情況複雜，勸我們不要貿然前往，即使去也要將家眷暫留蘭州，以便有個退路。父親和母親商量，母親堅決主張禍福與共，說：「我們都去，即便出了什麼事，也有個商量。」於是全家都去了新疆。

新疆一年的經歷，總算有驚無險，之後我們全家平安到了延安。我和姐姐分別進了陝北公學和女子大學。父親和母親則住在魯藝的窰洞裡，父親除了講課，還籌劃著去華北前線看看。可是未及半年，周恩來自重慶來電要父親去重慶工作。這時張聞天和琴秋嬸嬸都建議母親留在延安，和孩子們在一起。母親堅決不同意，說：「孩子已經長大了，又有組織照管，我放心。我放心不下的是雁冰，他體弱多病，身邊沒有人照顧是不行的！」於是，母親隨同父親一起到了重慶。皖南事變後，組織上又安排父親去香港，同時建議母親回延安，母親自然還是沒有同意。父親也不願與母親分開，對來勸說的同志道：「我們倆比翼雙飛慣了，還是一起行動罷。」

母親這次的堅持真是不錯，因爲他們抵香港尚不到一年，就遇到了太平洋戰爭的爆發，接著是香港淪陷，他們在東江遊擊隊的保護下在敵佔區長途跋涉，最後僅拎了隻小藤箱來到了桂林。這段經歷，如果父親身邊沒有母親

這位「保鑣」，遇到的困難不知將要多出多少。難怪鄒韜奮聽說在首批經東江遊擊區脫險的文化人中母親是惟一的隨行家屬時，豎起大拇指向母親讚道：「沈師母，你眞勇敢！」

香港戰爭初起，地下黨組織把父母親和另外六七位文化人轉移到一所跳舞廳裡暫住。大家推舉母親任伙頭軍，可是「巧婦難爲無米之炊」，商店又都關了門。母親就冒險回原來的家中去搬運她在戰爭剛爆發時搶購囤積的食品。結果被二房東扣住了，非讓她把屋裡所有的書一起搬走才放人。幸虧葉以群趕到幫她把書運走，母親才得以雇挑夫把食品搬走。爲了避開二房東派人跟蹤，母親先把東西挑到一戶人家，待遣走挑夫之後，再另雇挑夫運回跳舞廳，從而保障了戰爭期間父親和其他朋友沒有挨餓，立了第一功。

在東江遊擊隊的保護下，父親和母親在遊擊區和敵佔區逗留和長途跋涉了近兩個月。在最初的一個星期，父親由於過度緊張和勞累，加之食量大增，形成了嚴重的便秘，吃瀉藥、喝菜油都無效。捱到第七天，肚子已漲得像個石鼓，不思飲食，十分痛苦。遊擊隊的衛生員說，乾結的糞便太大太硬，只有先將其搗碎，才能排出。於是母親擔當起了做這不衛生的「手術」，硬是用手指一點一點地把堅如石子的糞便摳了出來，才把父親從痛苦中解救了出來。經此「手術」，父親的腸胃功能大有改善，再未出麻煩。這是母親立的又一功，由「保鑣」升級爲「護士」，讓父親一直銘記在心。

母親的身體比父親強壯，但一雙解放腳在崎嶇的山路上行軍其困難可想而知，可是在整個行軍途中，她始終緊跟在父親身邊。每天走到宿營處，只要條件允許，她總要爲父親準備一盆熱水燙腳，挑破腳上的水泡，讓父親睡個好覺，恢復體力。有一天，天已傍黑，離宿營地還有一段路，要過一條小河。橋是石板鋪的，有兩尺寬，過橋時母親緊跟在父親身後，不停地叮囑父親小心。可是自己卻一不留神從橋上掉了下去。父親只聽得撲通一聲，急回頭，已不見母親影子，急得父親大喊：「不好了！德沚掉下河裡去了！」又蹲在橋中央對著下面大喊：「德沚，德沚，你在哪裡？！」這時，同行者都慌了，打手電往下照，但見黑洞洞的照不到底，只聽見水流聲。正慌亂中，橋下卻傳來了母親的聲音：「我在這裡呢，還沒有死哩！」於是同行的遊擊隊戰士從岸邊向河底爬下去。橋離河面約有二丈，因正值枯水期，水不深，主要是淤泥，有一二尺深。十分幸運，母親正好跌在近岸的水草和淤泥中間，沒有傷著筋骨。等到戰士們把母親救上岸來，已成了個泥人。父親急著要派人到前

面村子去雇一頂轎子來，母親倒掉了鞋裡的泥水，站起來拍拍手道：「不用轎子，我們快上路罷，到了前面村子我才能換衣服呀！」這次險情，讓同行的人對母親大為欽佩，父親則送給母親又一個頭銜：「福將」，說與母親這位「福將」同行，便能逢凶化吉。

兩個月的脫險歷程，最後一段從惠陽到桂林，只有父親和母親兩人同行。於是全部行李只得靠自己扛了。好在行李不多，母親把一個暖水瓶交父親負責，另外的一隻小藤籃和一個包袱就由母親背著和拎著。包袱裡是一條俄國毛毯，全靠它，父親度過了將十個寒夜。父親覺得太不平衡，有時就搶著拎那包袱，最後達成協議，一人拎半天。

到達桂林後，他們在朋友讓出的一間小屋裡安下身來。房間很小，只能放一張雙人床和一張方桌。母親把光線好的半張桌子讓給父親，供他在上面寫作，另半張桌子放油鹽醬醋等瓶瓶罐罐，歸母親管。燒飯則在門外的走廊裡。那時，父親的錢袋將罄，母親更注意精打細算了。由於她買來的菜總比同樓朋友們的那些女佣買來的便宜，還引來了這些女佣的不滿，在背後竊竊私議。後來父親的稿費收入漸漸多了，但母親節儉的習慣依然不改。

1943 年，父母親回到重慶後，母親節儉持家的名聲愈傳愈廣。曾有朋友勸母親雇個女佣，免得自己整天勞累。母親回答：「我們這個倆口之家的最大優點是互相熟悉、互相體貼和互相幫助，配合得十分融洽，我們已經習慣了，多一個人反會增加許多不便。」

1945 年 6 月間，有重慶文化界為慶祝父親的五十壽辰而舉行的盛大集會上，一群女賓把母親擁到主席台上，讓她坐在父親的身邊。母親謙讓道：「今天是雁冰過生日，不是我過生日。」女賓笑道：「茅公是壽星，孔大姐便是壽婆，當然要坐上席。況且大家都知道你們從來都是夫唱婦隨，形影不離的。沒有孔大姐的悉心照料，茅公這位壽星也不會這麼健康！孔大姐可是我們文藝界公認的最佳後勤部長。」

父親和母親這種「形影不離」的特點，連外國駐華使館也知悉。抗戰勝利後，他們為擴大文化交流，邀請了中國的一些著名作家去參觀訪問或講學，如郭沫若去了蘇聯，曹禺、老舍去了美國，他們都是單身一人去的。惟獨蘇聯大使館邀請父親訪問蘇聯，卻是請的夫妻二人，因為父親接受訪蘇的惟一條件便是與母親同行。

建國後，父親被任命為文化部長，家裡生活有了很大的變化。母親雖經

周總理「分配」，爲繼續任父親的
「後勤部長」，而且也作到了盡心
盡職，但她的內心深處常覺得不
如從前顛沛流離的生活那麼舒
心。這主要來自兩個方面，一是
不習慣也不善於當部長夫人，二
是在政治運動中總要爲父親擔驚
受怕，卻又無能爲力。

茅盾夫婦 1956 年 8 月在青島。

父親就任部長以後，國家給
派來了秘書、警衛員、司機、公
務員、廚師……一大堆人，這是爲照顧父親生活和工作的需要。但這樣一來，
母親的「職權範圍」卻大爲縮小了，只能管父親的衣著一項。不久母親辭退
了廚師，追回了「食」的管轄權，並爲此另雇了一個女佣，但每天還是親自
上菜市買菜，又親自下廚掌勺。凡女佣買回來的東西，都要問清價錢重行過
秤。女佣大都受不了這種嚴格的管理，幹不幾天就走了，只有幾個年齡比較
大的女佣因爲摸透了母親的脾氣，又有耐性，所以幹的時間比較長。由於頻
繁地調換女佣，有時便會連續幾個月沒有找到合適的女佣。那時，父親就幫
著母親看管蜂窩煤爐，煮牛奶和打掃自己臥室的衛生等等。父親曾多次勸母
親對女佣放鬆一點，免得這樣辛苦自己。但母親很難聽得進這種意見，她已
經習慣了那種生活方式。

母親原先根本不擔心父親會在某一次政治運動中遇上什麼麻煩。但是在
一次次的政治運動中看到好些熟悉的朋友竟都被鬥成了壞人，於是對父親也
擔心起來。而這種擔心又愈來愈甚，因爲萬一萬到這種事情，她這個「保鏢」
是完全無能爲力的。她心裡擔驚受怕，卻又不能讓父親察覺。

1957 年「反右」時，母親的這種擔心終於第一次得到了應驗。爲響應幫
助黨整風的號召，父親在統戰部召開的一次會議上，對黨內的某些不良作風
提了一些善意的批評，結果得到了內部警告。母親憂心忡忡地對我說：「我總
勸你爸爸說話要謹愼、要小心，到頭來仍舊闖了禍。幸虧沒有戴帽子。」她
堅決主張父親辭去文化部長，認爲父親是個書生，只會寫文章，不會做官。
解放初期她曾打算把家安在西湖邊，讓父親專心在那裡寫小說。現在看來也
行不通了。

然而，政治大風暴終於降臨到神州大地，也降臨到了父親的身上。毛主席關於文藝工作的兩個批示，隨後批判「中間人物論」，批判電影《林家舖子》，無不把矛頭指向父親。母親從此日夜提心吊膽，過去那種剛毅和自信消失了，變得謹小慎微起來。她曾寄希望於周總理對父親的保護，也幻想造反派忘記了父親這隻「死老虎」。但是該來的還是來了，1969 年 10 月，父親被剝奪了政治權利，「靠邊站」了。母親又天天擔心造反派會突然衝進門來揪鬥父親。她對我們說：你們爸爸那麼單薄的身子骨怎麼吃得消揪鬥？！一天都吃不消的！」就是

在八寶山骨灰堂前茅盾捧著夫人的骨灰匣。五年後，茅盾在骨灰堂取回夫人的骨灰匣在放臥室內，以便朝夕相處。

在這樣緊張和沉重的精神壓力下，很快地母親被壓垮了，父親「靠邊站」還不到兩個月，她就病倒了，而且眼看著病情日趨沉重。原先是母親照顧父親的。如今則反過來由父親照料母親了。在病中她曾喃喃自語道：「總理交給的任務是完不成了，沒有力氣去完成了！現在一切都倒過來了，誰又能想得到啊！」

母親的一生，由祖母、父親培育、再造而成長，又為報答他們的恩情和厚愛而碌碌一生。她和父親的愛情是罕見的，也是幸福的；她的「再生」也是成功的，可敬的。她的去世，使父親陷於深沉的痛苦中，也令我們深感難過。但可以說，她已完成了自己的追求，也完成了自己的「任務」，儘管她是帶著困惑和遺憾離開這個世界的。

母親是 1970 年 1 月 29 日凌晨去世的，在母親的遺體前父親曾痛哭失聲，他在骨灰盒裡放進一張宣紙，上面用毛筆寫著：

亡妻孔德沚之骨灰

生：一八九七年九月浙江桐鄉縣烏鎮

歿：一九七○年一月二十九日凌晨二時四十七分於北京

沈雁冰謹記

第三節　手足情深

父親只有一個弟弟，就是沈澤民。澤民叔叔年僅三十三歲就犧牲了。這是短暫的一生，然而是光輝的一生！

叔叔孩提時得過一場大病，險些不治，所以自幼羸弱。祖母疼愛叔叔，便經常叮囑父親：作爲長兄，要愛護弟弟和處處做好榜樣。父親努力這樣做了，叔叔也尊父親爲自己的榜樣。倆人在校的成績、品行都名列前茅，而且先後考上了大學。在當時的烏鎮，兄弟倆都往外地讀大學的，可說是絕無僅有。

可以說，在「五四」運動以前，叔叔的一切活動都以父親「馬首是瞻」，他的數理化學得好，父親要他努

1919 年冬茅盾和沈澤民攝於家鄉烏鎮。

力去實現祖父的遺願，他就報考了南京的河海工程專門學校，並被錄取。這是當時新創辦的有名的工程專科學校。父親進了商務印書館，不久便開始翻譯東西，叔叔也跟著學翻譯，他的英文水平不低。當時（1918 年）兄弟倆就用文言文合譯了一部科普小說《兩月中之建築譚》。由於工程方面的知識叔叔勝於父親，因此這小說主要是叔叔翻譯的，父親只是校訂和潤色譯文。後來父親開始弄文學了，叔叔也跟著喜歡起文學來，除了翻譯文學作品，還寫詩和小說。他是處女作《呆子》，是一篇不足三千字的小說，發表在他們倆在家鄉創辦的刊物《新鄉人》上。

「五四」運動以後，叔叔開始走自己的路了，雖然他仍繼續尊重父親和向父親學習，但卻不再「言聽計從」。「五四」運動對已在商務印書館工作的父親衝擊不大，除了聽過一次北京來的學生的演講，沒有參加什麼實際活動。叔叔則不同，他是在校的大學生，直接參加了南京各院校的罷課活動，並且是其中的積極分子。同年底，他又與同學張聞天一起參加了李大釗發起組織的「少年中國學會」，爲南京分會的中堅，負責會刊《少年中國》的校勘

和出版工作。

應該說，「五四」後兄弟倆同時走上了參與政治活動的道路，不同的是，父親在 1920 年初結識了陳獨秀，不久就參加了上海共產主義小組，而叔叔還求索於共產主義的外圍。

叔叔對父親第一次也是惟一的一次「反叛」，是他決定從河海工程專門學校退學，去日本半工半讀。在這之前，父親已察覺叔叔雖然學的是理工，志趣卻在政治和文學。對此，他們曾有過幾次交談，父親也同意並支持叔叔對政治和文學的興趣與愛好，但祖父的遺願是要他們兄弟倆都學理工，這也是祖母向祖父承諾了的。如今父親已改了行，「理工」一途就只有寄託在叔叔身上了。何況叔叔只要再堅持半年，就能拿到畢業文憑，他理應這樣，否則將使祖母多麼失望和傷心。可是叔叔不接受父親的勸告，他第一次違背了兄長的意願。

在僵持不下中，祖母「表態」了，她說，叔叔為此事已和她糾纏多次，現在她也想通了；既然他對河海工程已沒有興趣，勉強讀下去也沒有意思，就讓他退學，去日本半工半讀好了。叔叔去日本的理由是：日文的社會科學書籍比英文的多，去日本後可以較快地掌握日文，也就能更好地研究社會主義。祖母又說：「半工半讀，恐怕分心，我已經給了阿二一千大洋。這原是留著準備他結婚用的，看來他將來結婚也是新式的，不用花多少錢，此刻把錢給了他，也了卻我的一樁心事。」又說：「世界變化太快，你們父親何曾料到。我如今這樣做，你們父親死而有知，大概不會怪我的。」既然祖母已經同意，父親也不再堅持己見了。從此，叔叔與科學興國完全脫離了關係。

後來才知道，叔叔堅持退學，原來還是河海工程專門學校校長許肇南的意見。因為叔叔他們參加「五四」學生運動，又組建「少年中國學會」的南京分會，活動頻繁，成為學校的學生領袖之一，這就引起了督軍署的注意，勒令學校開除叔叔等幾個學生領袖，否則就予逮捕。為了保護他們，校長就通知他們以退學的方式從速離開學校，免遭督軍署的毒手。當時叔叔怕祖母和父親擔心，就把這些情形隱瞞了下來。

叔叔在日本學了半年日文就回來了，父親讓他加入了「文學研究會」，不久又介紹他參加了上海共產主義小組。此後，叔叔就完全特立獨行了，父親只保留了對弟弟的關懷。從 1921 年春至 1925 年秋的五年多時間裡，叔叔充分展現了他多方面的才能。在黨的工作方面，為開展南京地區的黨團建設工

作，他被派往南京建業大學任教；又擔任了中共上海兼區執行委員會的執行委員，從事工人運動；第一次國共合作後任國民黨上海執行部宣傳部秘書；還一度擔任上海《民國日報》副刊《覺悟》（這是一個受共產黨影響的著名副刊）的編輯，寫了大量的政論文，並先後在黨創辦的平民女校和上海大學兼課。「五卅」運動前後，他深入工廠從事工運工作；還協助瞿秋白編《熱血日報》，在一個月內連續為它寫了9篇短評，抨擊帝國主義對中國民眾的屠殺，揭穿他們的謠言，並與瞿秋白成了至交。

在父親的影響下，叔叔也熱心關注婦女問題，先後撰寫了《中國青年婦女底煩悶》、《對於廢娼運動說幾句話》等論文15篇。在熱衷於政治的同時，他也並未捨棄他的文學愛好，他的文學活動幾乎也與父親相仿，主要是寫文學評論和翻譯外國文學作品。他寫的文學評論涉及面相當廣，有《文學者底人格》、《文言白話之爭底根本問題及其美醜》、《讀冰心底作品誌感》、《我們需要怎樣的文藝》、《文學與革命文學》，以及《王爾德評傳》、《克魯泡特金的俄國文學論》等等，共30餘篇。其中《我們需要怎樣的文藝》和《文學與革命文學》是最早與鄧中夏、惲代英等共同提出「革命文學」這個口號並加以論述的兩篇論文。

至於叔叔翻譯的文學作品就更多了，既有高爾基、莫泊桑、福樓拜等名家的作品，也有大量弱小民族的文學作品，在這五年中，共翻譯了中短篇小說、劇本和散文30多篇，詩歌16首。可以說，這五年叔叔是在政治、文學方面雙豐收的五年。

「五卅」運動後，叔叔結婚了，嬸嬸是母親的小學同學張琴秋。母親是結婚後才上學的，同班同學都比她小得多，只有張琴秋才稍小於母親，也因而結成了好友。母親搬到上海後，嬸嬸來上海時就住在我們家，這樣就和叔叔相識了。1923年叔叔在南京建業大學任教時，正好嬸嬸在南京美術學校學習，兩人交往漸多，在叔叔的誘導下嬸嬸閱讀進步書刊並逐漸認識了革命道理，後來叔叔又介紹她到上海大學學習。在那裡，她結識

茅盾弟弟沈澤民與弟媳張琴秋，1925年冬於上海。

了向警予和楊之華等。1924 年嬸嬸參加了共產黨，翌年和叔叔舉行了婚禮。同年他們先後離開上海赴莫斯科學習，從此與父親斷了音訊。

父親後來聽說，叔叔先是在中山大學學習，後又考入紅色教授學院，從此一心地專注於馬克思主義經典著作的研究，似不再過問文學。然而他在莫斯科讀到了父親的處女作《幻滅》後，卻給父親寫來一封長信，對小說作了精闢的分析和評價，也提出了十分中肯的意見，對父親當時的精神狀態也作了分析並提了建議。父親認為這封信是所有評論《幻滅》的文章中最深刻的一篇，就為它加了個標題《關於〈幻滅〉》，發表在《文學週報》上，以叔叔來信所署的假名「羅美」為筆名。這封信使父親知道叔叔還是關心和喜愛文學的，而且目光清澈而銳敏，只是因為更熱衷於政治而二者難以得兼，這就正像瞿秋白一樣。

1930 年春，叔叔夫婦倆先後從蘇聯回到了上海，把生於莫斯科的女兒瑪婭留在了蘇聯。叔叔因為隨身帶著共產國際給中國共產黨的重要信件，所以是繞道法國回上海的。由於旅途用的假名李明揚恰與國民黨的某一師長相同，到上海住進事先約定的旅館後，就有一些不相干的軍人來訪。叔叔恐為此暴露身份，便立即搬出了這旅館，就此與黨的地下交通斷了聯繫。幸而一個月後在一工廠門口與楊之華巧遇，才與黨中央取得了聯繫。叔叔找到了組織，也由此找到了父親，他立刻回家來看望祖母和父母親。大家見他消瘦多了，而且知道因為在蘇聯學習十分緊張，勞累過度，他得了肺病，目前尚未痊癒。他幼時得的那場大病的後果現在顯露出來了。祖母十分焦慮，可是叔叔回國是為了參加黨的重要會議，自然沒法住下來治病，只待了半天就匆匆離開了。後來嬸嬸也回到上海，與叔叔回來看望了我們，但僅此一次就沒有再來了。祖母和母親又是擔憂又是埋怨，父親只好安慰她們：澤民和琴秋都有要事在身，他們是身不由己，只要一有空，他們一定還會來看我們的。

叔叔這次回國是參加反對立三路線和糾正六屆三中全會調和主義錯誤的鬥爭，他在黨內刊物《布爾什維克》上發表了《中國革命的當前任務與反對李立三路線》、《三中全會的錯誤與國際路線》等文章。父親看不到這些文章，他沒有去關心當時的黨內鬥爭。後來叔叔和嬸嬸再次來看望祖母時，已是六屆四中全會之後，叔叔已當選為中央委員，並任中央宣傳部部長。那時他又撰寫了《第三時期的中國經濟》和《關於「金貴銀賤」與無產階級運動的幾

個問題》等文章，顯然又把注意力轉到了當時世界經濟危機引發的各種問題上。這些文章也是刊登在黨內刊物上的，父親還是沒有看到，不過從不多的接觸中，父親已經明白，叔叔已徹底成為職業的政治活動家了。不久，叔叔和嬸嬸又一次來看望祖母和父母親，在交談中，父親隱約地得知王明從蘇聯回國後，指責叔叔也犯了調和主義的錯誤。

1931 年 3 月的一天，叔叔和嬸嬸西裝革履、濃妝艷抹地來向祖母和父母親告別。叔叔說自己已不當宣傳部長了，明天他們就要動身去鄂豫皖蘇區工作。情況來得如此突然，祖母似受了重重一擊，立時就落下淚來，因為叔叔從日本回來後的三五年中，成天東奔西走，連好好說幾句話的時間也沒有，更不用說定下心來陪她過上幾天。現在帶著病從蘇聯回來也就只見過三四次面，連病也沒來得及治，就又要走了，而且還是去那天天在打仗的蘇區！這怎能讓她不傷心不擔心呢？

叔叔見到祖母傷心，自然也很難過，便勸慰祖母放心，說他們會注意身體和安全的。「我們有好多朋友都在那邊工作，他們不是都很安全嗎？只要您自己多保重，不用惦記我們。」

從那以後，就再沒有得到過叔叔和嬸嬸的消息，只在報上看到鄂豫皖蘇區的紅四方面軍向西突圍到川陝邊界去了，且損失慘重云云。

1932 年 12 月中旬的一天傍晚，魯迅著他家的女傭送來一紙便條，上面寫道：「有一熟人從那邊來，欲見兄一面，弟已代約明日下午二時於白俄咖啡館會晤。」這咖啡館離父親和魯迅當時的居處大陸新村很近，又很幽靜，中國人光顧的不多。次日父親準時到達，見魯迅已在等候。

來客是成仿吾。父親雖曾與他打過不少筆墨官司，卻從未見過面。稍作寒暄後，成仿吾就說，他剛從鄂豫皖蘇區來，要告訴父親一個不幸的消息，沈澤民同志已在蘇區病故了！父親極為震驚，脫口道：「不可能，這不可能！」成仿吾說：「那邊的環境太艱苦了，他的工作擔子又重，身體原來就單薄，這次因為肺病復發，又加上得了嚴重的瘧疾，在缺醫少藥又無營養的條件下，就支持不住了。」父親又問：「是哪一天？葬在哪裡？琴秋呢？」成仿吾答：「11 月 20 日，我離開蘇區的前一天去世的，大概是就地埋葬了。張琴秋同志不在身邊，她隨紅軍主力去路西了。」

空氣似乎凝滯了，大家都默不作聲，父親沉浸在雜亂的回憶中。成仿吾告辭後，魯迅問到叔叔的年齡，「虛歲三十三。」魯迅緩緩地嘆息道：「啊，

太年輕了！」

　　叔叔去世的不幸消息，父親第二天才告訴母親，同時叮囑她不能讓祖母知道。母親聽罷，就淚如雨下，「假的，假的，謠言！」她叫道，突然又問：「琴秋呢？」當聽說嬸嬸那時已隨大部隊走了，不在鄂豫皖時，她又嚷道：「這怎麼可以呢！她爲什麼不留在澤民身邊？」父親向她解釋這總是革命工作的需要。母親根本聽不進：「難道留在鄂豫皖就不算革命工作的需要？」

　　對於祖母，父親決定將這不幸永遠對她保密，待將來革命功後再告訴她。萬一祖母等不到這一天，那就讓她以爲叔叔一直還在中國的某地幹革命罷。

1933 年 11 月 20 日，茅盾的胞弟沈澤民在鄂豫皖蘇區病逝，終年三十三歲。圖爲1930 年的沈澤民。

　　幾個月後，有一天祖母忽然問父親：「阿二怎樣了，有消息嗎？」父親只得謊說聽人講他身體還不錯。祖母說：「你不要再瞞我了。」一面從椅墊下拿出一張國民黨辦的小報，上面有一則消息說沈澤民已在鄂豫皖蘇區死了，他哥哥最近在某大佛寺裡請和尚念經超渡亡靈。父親只得據實相告，並說請和尚念經那是小報造謠。祖母神情十分平和地說：「你放心，我會想通的，就好比阿二三歲那年那一場大病沒有躲過去，走了，到如今不是正好有三十年了？這三十年阿二也總算爲國家做了點事情。我會想得開的。」

　　當著父親的面，祖母沒有流露一點傷感的樣子，但後來母親悄悄告訴父親，聽孩子們說，他們曾好幾次看到祖母偷偷地獨自在房裡流淚。

　　後來，父親才知道叔叔去鄂豫皖蘇區後的經歷及病逝的經過。叔叔和嬸嬸 1931 年 5 月才抵達蘇區，叔叔任中共鄂豫皖蘇區中央分局委員，配合張國燾工作，後又任蘇區省委書記。嬸嬸則到紅四方面軍政治部工作。叔叔任職期間，他周圍工作的老同志曾對他作過這樣的評價：澤民同志是個好同志，工作認眞負責，理論水平高，艱苦樸素，沒有知識份子的架子，但還缺乏實際鬥爭的經驗。

1932 年夏，蔣介石發動了對蘇區的第四次「圍剿」，張國燾帶領紅四方面軍的主力，放棄了蘇區，向平漢路以西轉移。叔叔曾對張國燾的右傾逃跑進行過堅決的鬥爭，後來終於自己率領了部分紅軍和地方部隊留在蘇區堅持鬥爭。嬸嬸則隨大部隊去了路西。就在那時，叔叔的肺病復發，不少同志勸他隨主力部隊到外線去，但他表示自己是省委書記，工作崗位就在蘇區，堅決不去。後來叔叔與徐海東、吳煥先等同志共同經過了艱苦萬狀的鬥爭，到第二年的上半年又重建了紅第二十五軍，把紅軍發展到萬餘人，並使蘇區也得到了一定程度的恢復。

然而在同年夏季，蔣介石又發動了第五次「圍剿」，在十多萬大軍壓境之下，剛剛重建的紅軍不得不化整為零，分散作戰，而且又與中央失去了聯繫。就在這時，叔叔染上了嚴重的瘧疾，在頻繁的戰鬥中果腹尚且不易，更談不上醫治了。11 月初，叔叔吐血不止，仍堅持將一年來堅持蘇區鬥爭的經驗親自向黨中央作了書面的總結報告，並在報告中提出了今後紅軍作戰的方針。報告剛寫完便與世長辭了。報告用藥水抄寫在一件襯衫上，由當時任蘇區宣傳部長的成仿吾穿在身上來到上海找黨中央。

解放後，湖北省紅安縣為犧牲於該縣的革命烈士建造烈士陵園時，曾函請父親為叔叔寫一篇碑文。父親在碑文中寫道：

> ……沈澤民同志畢生矢忠於無產階級革命事業，在所有艱險的
> 情況下，都是對黨忠心耿耿，堅持不渝地進行革命鬥爭，艱苦奮鬥，
> 忘我地工作，其高貴的共產主義品德恆葆青春，其無產階級革命精
> 神永垂不朽！

父親對我們說過：「對中國共產黨內，有一大批堪稱天才的民族精英，他們都在青年時代就為革命捐軀了，我所熟知的便有瞿秋白、惲代英、鄧中夏、蕭楚女等，你們的叔叔沈澤民就是其中的一個！」

第四節　對兒輩的歉疚

祖父祖母只有父親和叔叔兩個孩子，祖父過早地走了，祖母曾在祖父的靈前莊重地立下了誓言，要管教好兩個孩子。父親也只有兩個孩子，沈霞和沈霜（韋韜），他們卻沒有父輩幸運，雖然父親也愛他們，疼他們，但實在沒有時間和精力來管教他們，他們就成了「放羊」式的自生自長的孩子。父親對此一直感到內疚，甚至成為沉重的包袱。他覺得自己給予孩子們的太少

了，等到他能給予補償時，孩子們都已長大成人，而姐姐沈霞又過早地離開了人世。

一、一顆未出膛的子彈

1921 年 4 月，姐姐誕生於父親在上海的第一處寓所——鴻興坊。這個白胖可愛的小姑娘的來臨，打破了三個大人世界的寂靜，給那個小家庭帶來了歡樂。父親給姐姐起名沈霞，乳名亞男。

姐姐聰明、乖巧、早慧，她的童年，還有小她兩歲的弟弟，是在祖母的撫育和管教下度過的。她很少見到父親，她晚上睡覺的時候，父親還沒回家，等她醒來時，父親又已經出門了。有時父親白天在家，也是一個人關在屋子裡寫東西，孩子們鬧得凶了，影響他寫作了，就會在屋裡用雞毛撣敲桌子，所以姐弟倆都怕父親。當姐姐上小學三年級、我上一年級時，不知怎的父親不往外跑了，幾乎天天呆在家裡寫文章。從那時起，父親才有時間和我們說說笑笑；但對我們在學校的學習情況卻還是不聞不問，只是鼓勵我們多看書，到書架上找自己喜歡的書來看。大約姐姐在十歲的時候吧，有一天，她嚷嚷著要和父親比賽讀《紅樓夢》，看誰讀得快。父親認為她年紀還小，看不懂，可姐姐纏著他不放，於是父親便同意一試。不料姐姐不但讀得快，而且對內容的理解大致也還可以，這使父親十分驚異。

隨著年齡的增長，姐姐的學習成績始終名列前茅，尤其在作文方面表現得更為突出。在她的作文裡，總有老師畫的許多圈兒，上高中一年級時，老師給她的作文寫了許多評語，如「形式了無瑕疵。實質亦深中肯綮。許稱佳作。」「說理敘事，都能頭頭是道，令人見到學有根底。」在《馬路上一瞥》這篇作文後的評語是：「寫來如繪，文中有畫，閱者亦幾疑置身其中矣。」父親對姐姐這樣的成績表示很欣慰。母親對父親說：「可能亞男遺傳有你的文學天賦。」

姐姐的成績大多來自於自學，她的學習是開放式的，而且極有主見。從上中學起，她就自己選擇學校，中學四年換了四個學校。小學畢業後她選中了立達學園，這是當年上海的一所著名的私立中學，以功課深，校風嚴聞名，校址在郊區江灣，學生全部住宿。姐姐的選擇使父親很滿意。姐姐是以高分考進去的，然而學了兩年，姐姐就提出要轉學，理由是學校裡的生活和學習太刻板，沒有自由。父親尊重姐姐的選擇，同意她轉入大同大學附中，這也

是滬上比較有名的學校。姐姐在那裡念完初中
又決定轉學。這次是受同學的慫恿，去了一所
女子學校——培明女中。可是只讀了半年，姐
姐又轉學了，這次是嫌周圍的同學成天嘰嘰喳
喳只關心身邊瑣事，缺少進取精神，於是又轉
入男女同校的大夏大學的高中部。在那裡她才
眞正感到了學生生活的樂趣。

　　姐姐和同班的、高年級的七八個同學結成
了一個小團體，依年齡的大小互稱姐妹兄弟，
以研讀文學作品，議論國家大事和集體遊樂爲
活動內容。他們都有進步的追求和愛國的熱
忱。姐姐在我們這個革命家庭中，自幼即潛移
默化地埋下了革命思想的種子，它們在這塊滋
潤的土地上生根發芽了。那時姐姐剛滿 15 週
歲，但政治上的成熟卻已遠過於她的年齡。老

1945 年 8 月 20 日，茅盾的
愛女沈霞在延安因醫療事故不幸
逝世。消息傳來，使茅盾夫婦陷
入極度的悲痛之中。沈霞是茅盾
惟一的女兒，也是他們最鍾愛的
孩子。這是沈霞的遺照。

師在她的作文本中作過這樣的一些評語：「錦心繡口，咳吐成珠，是有目共賞
之文。」「理直氣壯，大有怒髮衝冠之勢，民氣如此，何患強深。」姐姐思想
上的早熟，父親和母親都十分欣慰。有一次母親對父親說：「你整天忙忙碌碌，
從來不管孩子的學習，怎麼亞男也像你一樣政治上開竅得這麼早呀，莫非眞
是遺傳因子在起作用？」父親笑道：「人算不如天算，唯物主義者有時也算不
過天命呀。」

　　姐姐在大夏大學高中部的那個同學小團體，一直維持到 1937 年「八・一
三」滬戰爆發。戰事一起，團員便星散了，只維持著單個的通信聯繫。他們
中間的二哥「鼎鑫」，是姐姐所崇拜者，戰爭開始，他便投筆從戎了，並且僅
僅半年這個年僅 19 歲的青年就戰死在沙場上。姐姐得到噩耗後痛哭了一夜，
還含淚寫下了一首悼詩。詩如下：

　　　　悼我們英勇的二哥——鼎鑫

　　　　沒有比這更令我悲痛的事了，
　　　　當這意外的消息傳到時，
　　　　說是：鼎鑫我們的二哥陣亡了！
　　　　雖說有志者馬革裹屍，

爲國效勞

可是你還這麼年輕哩！

而且——

失了最好的你，

餘下的我們這群無用者將如何呢？！

在以前你是老師般的教導與期望我們，

只是頑皮的我卻老惹你生氣，

曾說：「看你呀什麼時候才能嚴肅堅強！」

如今，我已在戰爭中堅強嚴肅起來了，

正想找個機會表現出來——

好叫我們的二哥高興高興，

不料——

今日啊！

卻說是已陣亡了！

去了，去了，好的都去了，

也許你在九泉下還念著我們吧？！

那我可以大聲告訴你：

放心罷！至少我已堅強了！

我們要堅決的拾起你丟下的來福槍，

繼續你未完成的責務！

放心吧——

在九泉下，

救亡的火炬在我們的手中將永遠的燃燒著！

　　姐姐在學校展露的才華，使父親第一次認真地考慮對姐姐的培養。1936年底，他開始盤算讓姐姐進哪一所大學。他不希望姐姐在上海上大學，想把她送到外地的名校去，首先考慮的是北平。他認爲，把孩子送到一個陌生的環境中去鍛煉，是最好的培養方法，而姐姐已完全有自立的能力。說到底，父親的方法依然是「放羊」。但這對姐姐是有好處的，她的堅毅、有主見、果斷、早熟和獨立的人格，都是「放羊」方式培育的成果。

　　戰爭的爆發，使父親送姐姐去北方上學的打算落了空，父母親帶著我們開始了戰時的流浪生活。最初的一年半，姐姐在長沙和香港先後讀完了高

中，隨後我們全家去了新疆。新疆沒
有大學，惟一的高等學府新疆學院只
收男生。新疆險惡的政治環境，也使
父親決定把姐姐「封閉」起來，讓她
與世隔絕，並請了一位俄羅斯族女教
師教姐姐專心學俄語。姐姐在中學時
的英語成績就很好，已能依靠字典讀
一些淺近的英語讀物，現在學俄語就
觸類旁通，進步很快，深得老師的誇
獎。

上海淪陷前，茅盾舉家遷往內地。這是
茅盾一家（妻孔德沚，女沈霞，子沈霜）1938
年2月途經廣州時，在中山紀念堂所攝。

　　1940年6月，我們全家來到了延
安。姐姐進了女子大學，系統地學習
馬列主義理論，並很快參加了共產
黨。三個月結業後，可轉入軍委辦的
俄語專訓班學習。同學中像姐姐這樣俄語英語都有一定基礎的很少，所以姐
姐被編入高級班，且是班上的高材生。

　　1940年下半年，父親和母親離開延安去了國統區，奔波於重慶、香港、
桂林等地。當夜深人靜時，他們最思念的就是遠在「天邊」的小兒女。父親
曾在一首詩中傾吐了這種思想：「……桓桓彼多士，引領向北國。雙雙小兒
女，馳書訴契闊。夢晤如生平，歡笑復嗚咽。感此倍愴神，但祝健且碩。中
夜起徘徊，寒螿何淒切！」（《茅盾全集》10卷381頁）姐姐經常馳書問候父母
親，我手懶，信寫得少，往往在姐姐的敦促下才寫一封。因此，收到姐姐的
信是父母親最大的期盼和慰藉。而姐姐略帶嬌憨的信又充分流露出對父母親
的深切的關懷，如「你們老了，身體要加倍注意才是。媽媽心臟一向不好，
重勞動最好不要做，找個佣人也是必要的。」「爸爸講得很對，我現在就是這
樣做。無論如何要把自己造成一個健全的、又有能力工作的人，而不是跛子。」
「爸爸胖了，這倒是令我們高興的，爸爸不是從來都是瘦的嗎？現在怎麼會
胖的？我有點想不通，因為照理說近年來只有更辛苦。媽呢？胖瘦？我希望
她結實些，不要再虛胖，到重慶逃警報也不方便。甲狀腺現在是否完全好了？
念念。」「《劫後拾遺》我們已經讀到。我自己覺得遺憾的是這裡面竟沒有談
到我所最關心的學生與文化人的情況，在這中間我也找不出什麼你們在那時

究竟是怎樣的一點影子來。」這
些已經是對父親的作品提意見
了。

茅盾之女沈霞和女婿蕭逸，1945 年春攝於延安。

1944 年秋姐姐在延安和蕭
逸結婚了，蕭逸是上海樂器廠的
工人，抗戰剛開始就來到延安，
成為魯迅藝術學院文學系的第一
期學員。後被調去學俄語，和姐
姐相識、相戀，而結婚。1944 年
10 月 5 日姐姐在給父母親的信中寫道：「告訴你們一件事，就是我和蕭逸已登
記結婚，……原來準備見到你們時再說的，但現在由於我們都想安心學習，
為避免許多麻煩，……決定就這麼辦了。」

姐姐談戀愛，父親是知道的，而且也相信她的選擇，當知道蕭逸的身體
不好，還託人從重慶帶了藥去。至於結婚沒有事先通知，父母親本來就了解
姐姐特立獨行的性格，並沒有一絲責怪。然而姐姐這樣的性格，終於為她自
己帶來了沉重的災難！

1945 年 8 月 20 日，日本投降剛剛一個星期，姐姐就在人工流產的事故中
不幸突然去世了！日本投降後，延安的幹部紛紛被派往新開闢的地區工作，
東北被蘇聯紅軍解放後，更需要大批精通俄語的幹部，這正是姐姐大展身手
的機會。可是，她已懷孕了。看到同志們紛紛興高采烈地離去，姐姐自然萬
分焦急和煩惱，在未徵求父母親意見的情形下便倉促地決定作人流手術。不
幸的是做手術的醫生魯某人玩忽職守，竟使用沒有消毒的手術刀，致使病人
感染，轉成急性腹膜炎，事故發生後，既不查找原因，更沒有及時搶救。就
這樣，竟將這充滿了青春活力和對未來懷著美好憧憬的年輕的生命，斷送在
「手術台」上。

當時姐姐才二十四歲！

父親是偶然得到姐姐死亡的消息的。9 月間的一天，父親在重慶文協的宿
舍裡與葉以群談話，遇到了剛從延安來到重慶的版畫家劉峴。父親在回憶錄
中有這樣的一段敘述：

　　　　我自然向他打聽延安文藝界的情形。他也侃侃而談，並說，他
　　還認識我的孩子。忽然他謂嘆道：「只是沈霞同志犧牲得太可惜

了！」我大吃一驚，忙問：「你說什麼？！」他見我的神色不對，便不知所措了，訥訥地問：「沈先生，您還不知道？」「我不知道，我是第一次聽說，你快說，究竟出了什麼事。」我頓時從床上坐了起來。劉峴好像做錯了什麼似的，想開口又不敢開口，眼睛覷著葉以群。我的心猛地緊縮了，難道這是真的？怎麼可能呢！前幾天還收到了她的信啊！我感到一陣憋悶，喘不過氣來。這時以群說話了：「這是真的，沈霞同志犧牲了，恩來同志叮囑我們暫時不要告訴您，怕你們過分傷心，弄壞了身體。前一陣您正好又在趕寫《清明前後》……」「怎麼會死的？出了什麼事？」劉峴說：「據說因為人工流產，手術不慎，出了事故。詳細情形我也不清楚。」我胸中的瘀積化成淚水從眼眶溢了出來。我的亞男呀！你怎麼就這樣死去了，莫名其妙地死去了！死於人工流產！這不是太不值得了嗎？！你在不久前的信中還說：「爸，媽，我很高興，敵人投降了，我們勝利了，等得十分心焦的見面日子等到了，我們一定不久就可以見面。」可見你是熱愛生活的，你的生命力十分旺盛，你的人生道路剛剛開始呀！……回到唐家沱，我真的像得了一場大病，昏沉沉地躺在床上，心中一直翻騰著這件事。我只有兩個孩子，而亞男更使我疼愛。她聰明、刻苦、懂事、有志氣，比阿桑成熟得多。（他們的）婚禮十分簡樸，簡樸到使我和德沚心疼。……對著清冷的月光，他們結合了，沒有一杯水酒，也沒有一響鞭炮。她只活了二十四個春秋啊！她還沒有嘗到人生的歡樂，就這樣驟然離開了我們，而且死得又如此的不值得，她怎能瞑目於九泉啊！（《茅盾全集》35卷556、557、558頁）

姐姐的不幸早逝，在父親心中烙下了永遠無法熨平的傷痕，特別是想到姐姐彌留時身邊竟沒有一個親人，更感到難言的痛苦。

1946年春，父親和母親途經香港時，曾有意去看看當年姐姐愛遊玩的蝴蝶谷，但因故未能如願。8月，姐姐逝世週年時，父親在《呼

在延安清涼山上舉行的沈霞的追悼會會場。

蘭河傳·序》中，借題發揮，寫下了這樣一段文字：

> 二十多年來，我也頗經歷了一些人生的甜酸苦辣，如果有使我憤怒也不是，悲痛也不是，沉甸甸地老壓在心上，因而願意忘卻，但又不忍輕易忘卻的，莫過於太早的死和寂寞的死。為了追求真理而犧牲了童年的歡樂，為了要把自己造成一個對民族對社會有用的人而甘願苦苦地學習，可是正當學習完成的時候卻忽然死了，像一顆未出膛的槍彈，這比在戰鬥中倒下，給人以不知如何的感慨，似乎不是單純的悲痛或惋惜所可形容的。這種太早的死，曾經成為我的感情上的一種沉重的負擔，我願意忘卻，但又不能且不忍輕易忘卻，因此我這次第三回到了香港想去再看一看蝴蝶谷這意念，也是無聊的；可資懷念的地方豈止這一處，即使去了，未必就能在那邊埋葬了悲哀。（《茅盾全集》23 卷 342 頁）

文化大革命中母親去世後，父親一度精神十分消沉，常躺在床上凝望著天花板，思念著那些先他而去的親人，其中自然就有他最疼愛的女兒。

1971 年冬，小曼在父親臥室旁的客廳裡，忽聽得一陣陣抑揚頓挫的朗讀聲，忽而高昂，忽而低沉。原來父親正在朗誦姐姐中學時的作文。有一次，父親對小曼說：「亞男是非常聰明的，她的文筆很不錯，俄文又學得好，可惜死得太早了！也許是名字起壞了，『霞』雖然絢麗燦爛，但多出現在日出日落的時候，短暫而容易消散，不像『霜』，能凍結成冰。當然，這可能有點迷信，但我總覺得是我把她的名字起壞了！……」

姐夫蕭逸同樣可說是一顆未出膛的子彈，1949 年 4 月 15 日，他在太原前線戰地採訪時，被詐降的敵人擊中頭部而光榮犧牲，年僅 34 歲。

姐姐去世後，蕭逸離開延安來到張家口任《普察冀日報》記者。解放戰爭開始後，又調任新華社華北分社前線記者，隨軍轉戰華北，及時報導華北各戰場的戰況。

北平和平解放後，姐夫隨部隊進入北平，與早已想見的岳父岳母見了面，雙方都很激動。姐夫說到了自己的創作計劃，打算留下從事創作。父親為他有理想有抱負而感到欣慰，但認為他如能參加並了解解放戰爭的全過程，而後再從事創作將會更好。在父親的啟迪和鼓勵下，姐夫愉快地奔赴了太原前線。然而不久傳來了他不幸犧牲的消息。

對於姐夫的意外犧牲，父親極爲悲痛。在給姐夫的戰友張帆的信中說：「……蕭逸此番在前線犧牲，太出意外，我們的悲痛是雙重的：爲國家想，失一有爲的青年，爲他私人想，一番壯志，許多寫作計劃，都沒有實現。……蕭逸如果死後有知，一定也恨恨不已，因爲他不死在總攻時的炮火下，而死在敵人假投降的詐謀中。正如昔年小女沈霞爲魯莽之醫生所誤，同樣的死不瞑目罷？我已經多年來『學會』了把眼淚化成憤怒，但蕭逸之死卻使我幾次落淚。……」（《茅盾全集》36 卷 263 頁）

二、「放羊」長大的兒子

我（韋韜、沈霜、乳名阿桑）的童年也是在「放羊」中度過，又在「放羊」中成長。我已不記得父親對我有過耳提面命的教誨。只有一次，小學三年級時，在課堂上偷看連環圖畫，被老師發現後把書沒收了，不得不向母親要錢賠償給書攤。父親聽說後訓斥了一頓，還打了我兩下。其實父親並不禁止我看閒書（包括連環圖畫），但也不鼓勵，只是採取放任的態度。自然，他並不贊成在課堂上偷看——雖然他自己小時候也這樣做過。他認爲，小學生的自制能力較弱，應以課堂教育爲主，但也要爲孩子營造一個能讀閒書的環境，讓孩子自己選擇（也就是所謂「放羊」），而後根據孩子的興趣加以引導。這種引導，孩子是不易察覺的。記得我們家中有一間堆滿各種書籍的小屋，我小時就常「漫遊」其中，挑選和翻看有興趣的書。許多書往往看了一個頭就丟開了，能堅持看完以至看得津津有味的有《西遊記》、《水滸》和《封神榜》。《三國演義》是勉強看完的，而《紅樓夢》就排不上隊了，覺得書中男男女女的故事看得犯困，所以無法理解姐姐何以要與父親比賽讀《紅樓夢》。

現代的書籍中喜歡巴金的《滅亡》，對書中擲炸彈的革命黨人很敬佩；張恨水的《啼笑因緣》則不感興趣。父親的《子夜》也努力讀了，但看不懂，只得中途放棄，雖然知道這是父親很重要的一部著作。父親的《春蠶》卻喜歡看，覺得書中多多頭這小伙子很可愛，有義氣。對武俠小說都愛看，但父親的書房裡只有《江湖奇俠傳》等少數幾種，因愛看而家裡又不多，就只好到書攤租看這樣的連環圖畫。父親並不反對孩子看武俠小說，但要求一要看文筆好、口碑好的，二是不能著迷。

我幼時對小說以外的歷史、地理、科普乃至哲學等方面的書籍，只要寫得通俗，讀來又有趣的，就都愛翻看。記得有一本美國房龍著的《人類的故事》，這是一本故事性趣味性都很強的世界史著作，我看得入了迷。父親發現

後就又悄悄地買了一本同一作者著的關於世界
地理知識的書《我們的世界》，我同樣讀得津津
有味。父親發現兒子是個「雜家」，但興趣傾向
於科學而不是文學，這一點與女兒不同。譬如
對於數學，我在小學時，常把老師尚未講到的
課，先根據課本上的解釋做起了習題，而且一
般都未做錯。因此父親曾對母親說：「看來我爸
爸的遺願要在阿桑身上實現了。」可惜父親自
己理工「不通」，對兒子在這方面的成長幫不上
什麼忙，只能隨便找來一些有關科普知識的
書，讓兒子自己去摸索。他對兒子有志於此，有
時還能「動手」，也很讚賞。記得我七八歲時把

茅盾之子韋韜十三歲（1936
年）攝於上海。

一隻鬧鐘「大卸八塊」後無法復原，父親並未責怪，反勸阻了母親的發怒。

　　父親也關心孩子們思想、政治方面的成長，但從不空泛地講大道理。艾
思奇的《大眾哲學》再版出書後，父親買來一冊對我們說：「人人說哲學深奧
神秘，其實不然，這本《大眾哲學》就誰都能看得懂。」我拿來讀了，果然
覺得內容像講故事一樣，看得懂，也吸引人。也許是家庭環境的影響，我上
小學時就有一些「政治頭腦」，同學們遊戲時，常分成兩派「打仗」，兩派的
名稱有時就叫「國民黨」和「共產黨」。我是個孩子頭，只要一「參戰」就必
定參加「共產黨」那一派，而且和參加「共產黨」一派的同學特別要好。打
了「勝仗」回家，有時向父母親吹噓，母親怕兒子不懂事，弄出亂子來，父
親卻不以為然，認為孩子們的事怎能當真，只是叮囑我只做少說，更不要把
家裡聽到的往外亂說。

　　我十三歲那年參加了一次救國會組織的愛國遊行，使父親母親既高興又
擔心。父親還將這件事寫成一篇小說《兒子開會去了》。事情的起因和經過，
在父的回憶錄中有詳細的介紹：

　　　　《兒子開會去了》……記述了一件真實的事情。小說中的兒子
　　就是我的兒子，他那時是小學六年級的學生。學校（叫「時代小
　　學」）在曹家渡，離我們住的信義村不遠。曹家渡當時屬於滬西的工
　　業區，學生們多半是工人子弟，他們念書都比較晚，所以歲數也大
　　一些。他們念完小學一般就不再升學，因為已經到了可以去當學徒

的年齡，而且即使想升中學也嫌學費太貴，讀不起。時代小學的校長就想出了在小學裡附設一個初中班的辦法，學費從低，既能滿足一些工人子弟升學的渴望，他又能多一筆進項。至於教學質量如何，他並不重視。不過在當時的上海底層，在不起眼的私立學校中，常常埋藏著真金──播火者。時代小學的初中班只有十幾個學生，班主任姓劉，他也兼教六年級的國文，這位劉先生就是一個播火者。在他的薰陶下，七八個學生思想上得到了啟蒙，他們經常聚集在老師窄小的宿舍內，讀書，討論，或者引吭高歌。六年級的小學生一般進不了他們這個圈子，因為初中班都是十六七歲的小伙子，他們看不起六年級那些只知道玩耍的孩子。但是我的兒子卻因一次偶然事件而成了例外。我的兒子喜歡看小說，除了《七俠五義》，也看巴金的《霧》、《雨》、《電》。有一個中學生發現了，便和我的兒子聊天，漸漸地熟悉了。有一次我的兒子看見這位同學正在看一本《子夜》，就帶點驕傲地說：「這是我爸爸寫的。」那位大同學吃驚了，就追問。我這兒子又加了一句：「茅盾就是我爸爸。」第二天，這位同學把我的兒子第一次領進了劉老師的單人宿舍，劉老師拿出一本《子夜》問我兒子：「這本書是你父親寫的？」兒子點了點頭。劉老師又問：「你父親不是教書的嗎？」因為在學生登記冊上我填的職業是教員。兒子有點發慌了，但仍堅持道：「我爸爸是寫書的。」放學回家，兒子把這件事告訴了我。德沚大為著急，一邊責備兒子亂說，一邊就主張趕快換學校。我說：「不至於那麼嚴重吧，既然他們都讀《子夜》，可見是正派人。」但是我仍叮囑兒子，快去改過來，就說是弄錯了，是自己瞎說的。兒子雖有難色，第二天還是拉了那位大同學找劉老師去「更正」，但是，孩子的說謊是容易看出來的，劉老師沒有再追問。不過，從此，我的兒子也可以自由進出劉老師的宿舍了。

家庭環境對孩子們大概有著巨大的潛移默化的影響。我和德沚從來不當著孩子的面談論政治問題，可是孩子們不但知道共產黨是好的，蔣介石是壞的，而且還會唱《國際歌》！為此我們不得不警告孩子們在學校中說話要小心。女兒年長兩歲，顯得成熟多了，在學校中算個進步分子。兒子卻還懵懵懂懂，是個貪玩的孩子。不過，

自從擠進了初中生這個小圈子之後，在孩子淘裡居然也算是個懂點大道理的了。

一九三六年五月三十日，兒子和那幾個初中生在劉老師的帶領下，參加了上海文化界救國會組織的紀念「五卅」運動十一週年的示威遊行。《兒子開會去了》就是記載這件事的經過。當時德沚十分擔心，因爲自從大革命失敗以後上海還沒有過這樣規模和這樣內容的示威遊行，而國民黨很可能採取鎮壓手段。但她終於讓兒子去了，這不僅僅因爲兒子發了犟性，她對我說：「也應該讓阿桑去見見世面長長見識，雖然他還太小。」《兒子開會去了》沒有去敘述兒子參加遊行的過程，而是著重描寫了父母的心情。小說的寓意很簡單：老一代曾在「五四」運動的感召下經歷了革命的暴風雨；現在年輕的一代又在新的感召下衝向街頭了！這就是中國革命的接力賽。（《茅盾全集》35 卷 97～99 頁）

父親引導兒子向理工方面發展沒有成功，抗戰爆發打亂了一切。戰爭初期顛沛流離的生活，將一切正常的學習都衝得蕩然無存，不得不繼續對孩子「放羊」。1938 年在香港，兒子對美國的漫畫雜誌著了迷，要求父親給他訂一份。父親居然答應了，託上海的舅舅代訂了一份。後來我們全家離開香港時，我把全部漫畫雜誌包紮好，交給父親寄存在親友那裡，說：「也許將來再見到它們時，我已經長大成人了，但我仍舊希望能再翻翻它們。」這是孩子的願望，父親毫無遲疑地照辦了，也許是他想以此來補償過去對兩個孩子的童年關懷太少吧。後來在新疆，他允許兩個孩子養兩隻小狗——列那和吉地，以慰他們的寂寞，很可能也是出於同樣的心情。

1940 年春，我們全家來到了延安，原想在那裡長住，但只半年，父親便被邀赴重慶工作，母親和他偕往，把我和姐姐留在延安繼續學習。不幸的是他們此去竟成了和姐姐的永別！

為了減輕茅盾夫婦的痛苦，1945 年 10 月，茅盾之子沈霜（韋韜）從延安來到重慶。這是 1946 年 1 月沈霜回解放區之前，茅盾夫婦與兒子在重慶的合影。

　　兒子在政治上已漸趨成熟，但學習理工的願望卻從此落空。姐姐去世後，我來到重慶在父母親身邊陪伴了兩個多月。那時父親萌生了讓我繼續上大學深造的想法。但是我已有自己的主意，急於要回解放區投身革命，為開創新的世界盡一份力。父親和母親自然拗不過兒子，滿足了我的願望。

　　1948 年底東北全部解放了。在解放戰爭中我一直在東北的新聞戰線上工作，已是個小有名氣的記者。在採訪工作中，我見到不少文化人轉行到了工業戰線，於是也動了心，想轉行做經濟工作，以適應全國解放後經濟建設的需要。我向時任東北局常委兼組織部長的張聞天表達了自己的願望，張聞天同意調我去重工業部門。正在這時，父母親從香港來到了瀋陽。張聞天見到他們後，談到了我請調工作的事。誰料父親和母親幾乎是異口同異地說：「阿桑當新聞記者不是當得蠻好麼？就讓他繼續作新聞工作罷。」事後我為此對父母親有些抱怨，母親說：「你為什麼不事先給我們打個招呼？」父親則喟嘆道：「看來我們沈家這兩代人是命定不能實現我父親那個實業救國的遺願了，只好等待第三代的出世了。」

　　兒子並沒有如父親希望的那樣把新聞工作一直幹下去，全國解放後不久，我又陰差陽錯地當上了沒有扛過槍的人民解放軍，而且一當就是五十年。這也是父親始料未及的。

　　1951 年中秋節，我和陳小曼結婚了，我們是北京外國語學校俄語系的同班同學。她是半個孤兒，母親在抗戰期間被敵機轟炸遇了難，父親則在她幼年時即去國外教書、辦報，1941 年太平洋戰爭爆發後，交通阻斷，就徹底僑居國外了。她自幼在親戚家和寄宿學校中長大。見到小曼，父親和母親都很高興，覺得她還是個稚氣未脫的可愛的孩子，立時喜歡上了她。結婚時父親為我們寫了一首賀詞：

　　　　祝韋韜小曼結婚之喜。

　　　　我們為你倆祝福：開始共同的快樂的生活，建立新的美滿的家
　　　　庭；

　　　　我們為你倆祝福：在新中國的建設中，服從祖國的號召，恭恭
　　　　敬敬，誠誠懇懇，老老實實，努力做一雙有用的螺絲釘；

　　　　我們為你倆祝福：在偉大的毛澤東時代，在偉大的黨的教育
　　　　下，有無限光明燦爛的前程！

　　　　　　　　　　　　　　　　　你倆的爸爸和媽媽沈雁冰孔德沚

那時我們在南京軍事學院工作，父母親在北京，很難見面，每年只能利用春節的幾天假期去北京探望。1952年小曼懷孕了，父母親很關心她的健康，認為她太年輕，臨產前一定要她到北京，其後就在他們身邊生下了我們第一個孩子——小鋼。

1958年我調到北京郊區的高等軍事學院，小曼復員後則進了人民文學出版社外國文學編輯部，那時我們已有第二個孩子——兒子小寧。出版社與高等軍事學院相距較遠，乘公交車往返需三個小時。父母親的寓所就在出版社附近，父親認為小曼每天這樣奔波太辛苦了，如此下去會累出病來的。他知道小曼每天奔回家是牽掛兩個孩子，就和母親商量，把孫女小鋼接到城裡來，由他們來照管。小曼也可以和他們住在一起，平時下班就能見到女兒，有時回軍事學院又可見到兒子，小曼免得每日往返奔波了。我們覺得父母親想得很周到，就照這樣辦了。漸漸地，我們家的重心就移到了城裡，每週末，由我帶小寧進城團聚。

小曼在進出版社前，曾譯過一本羅馬尼亞19世紀著名作家聶格魯吉的小說選，由於畢業後一直擔任口譯，沒有譯過文學作品，譯後遲遲不敢寄出。父親得知後，便把譯文要去看看。他擠出晚上時間看完譯文，對小曼說：「我看譯文沒有問題，可以放心寄給出版社。」果然出版社接受並出版了。看到小曼缺少自信，父親便多方鼓勵她，給她講解翻譯的注意點，如何做到信、達、雅等等，並要她多讀書和拓寬知識面。

父親也關小曼的政治進步，有一次問到她的入黨問題。小曼表示她家是華僑，父親、繼母、弟弟妹妹都在國外，人家說她海外關係複雜，沒有可能入黨。父親很不以為然地說：「不就是你父親在你四歲時去了國外嗎？這與你又有多大關係，純粹是血統論！」

「三年困難」時期的1960年，小曼被下放到河北農村勞動，青黃不接時吃的是榆樹葉、野菜和磨碎的玉米芯攙上白薯粉熬的稀粥，由於極度營養不良，全身浮腫，小便失禁、肝大四指。後因勞動時扭傷腰椎，才被批准幾天假返京治療。見到小曼浮腫得變了形，父親十分心疼，但也無計可施。那時有錢也難買到吃的，食品全憑證定量供應。最後由我集中了全家的票證，買了一些桃酥，給小曼補充營養。小曼回農村後，父親常惦念著她的健康，小曼的浮腫，也使他對大躍進、浮誇風給人民帶來的災難有了更深切的認識。

1979 年夏，茅盾與兒子、兒媳、幼孫女在院內合影。

　　文化大革命開始後，許多機關或是被砸爛，或是停止了業務。人民文學出版社於 1969 年被「一鍋端」往湖北咸寧幹校搞鬥批改。那時我們的第三個孩子——小女兒丹丹剛出世不久，按當時政策，哺育嬰兒的母親可以延緩至嬰兒一週歲再去幹校。小曼據此請求軍宣隊允許她暫緩去幹校，等孩子斷了奶再去，卻遭到了拒絕。於是只好忍痛給孩子斷了奶。父親聽說後十分激動，但也無可奈何，只得一面生悶氣，一面勸慰小曼。

　　也正在那時，已重病臥床不起的母親，得知小曼必須下放後，拉著她的手含淚說道：「你這一走，恐怕我們就再也見不到了。」母親的話竟成了讖語，

小曼離京才二十多天，母親便撒手人寰了。父親急電小曼，要她回京奔喪；兩天後接到「請假未准！」的回電。父親見後惱火地吼道：「太不通人情了！」當即拿起電話向統戰部提了抗議。但抗議歸抗議，喪事卻不能拖延，於是父親和我帶著三個孩子草草地為母親舉行了沒有任何儀式的葬禮。兩天後，小曼突然回來了。原來父親給統戰部去的電話起了作用。

母親去世後父親大病了一場。幸虧小曼正好在京，便整天在醫院看護他。可是十天的假很快就過去了，小曼向軍宣隊續假未獲准。父親認為自己的燒已退了，病也好得多了，便勸她按時回幹校。小曼走後，有一位護士問父親，小曼是不是他的女兒，當父親回說她是我的兒媳時，護士道：「現在的兒媳都不侍候公公了，你這兒媳真不錯。」父親說：「其實她跟我的女兒一樣。我有過一個女兒，可惜早早地去世了，這個兒媳就是我的第二個女兒。」

文化大革命結束後，父親的社會活動又多了起來，信件也愈來愈多。父親那時已是八旬老人，身邊又沒有秘書，於是小曼下班後便幫助父親處理這些雜事。可是不久小曼又要第二次下幹校了。父親知道後大不以為然地說：「『四人幫』都倒台了，還搞這套極左的東西！」但那時正值「兩個凡是」甚囂塵上，「五七道路」是毛主席的指示，安能反對。小曼「下去」時剛剛手術不久，體質虛弱，父親很不放心，在給小曼的一封信中說：「……來信及前此來信均收悉，你身體還好，欣慰。我的確擔心你病後便到農場（父親認為幹校便是農場）勞動，怕吃不消。現在三夏已過，爾後的工作不會比前累，那就好了。」（《茅盾全集》38卷163頁）

從1978年起，父親開始以主要的精力來撰寫回憶錄。人民文學出版社社長韋君宜希望父親的回憶錄能在出版社創刊的《新文學史料》上連載，父親同意了。韋君宜喜出望外，便把小曼找去說：「茅公寫回憶錄需要有一個助手，幫他查找資料等等，本想從現代部抽一個編輯去，但茅公的浙江鄉音濃重恐怕一般人聽不懂，所以決定派你去擔當這項工作。」從此，小曼便協助父親工作了。那時全國各地的來信來稿大增，來訪者也日益頻繁，不僅有國內的，還有國外的，都需要接待和答覆，工作量很大，而父親已沒有這個精力，於是小曼便自然承擔起了這項工作，——根據父親的指示，一一處理這些雜務。時間一長，就實際上變成了父親的「秘書」。而有關協助父親寫回憶錄的事，後來就由我擔當了。

第五節　含飴弄孫

　　母親年輕時，為了參加革命活動，不願多要孩子，常說「一兒一女一枝花」，不料，姐姐年紀輕輕就死於醫療事故，給母親心靈留下永遠無法愈合的創傷。建國後她沒有參加工作，父親公務繁忙又常出國，母親不免寂寞，便盼望第三代的出世，常在我們耳邊旁敲側擊地絮聒。有一次她來信說，父親出國參加世界和平理事會去了，她一人感到失落，在院子裡晾衣時，不慎踏著青苔滑了一跤，幸好沒有骨折，她是「解放腳」，年紀大了後常易摔跤。

　　經不住母親的敦促，我們的大女兒終於在母親的殷殷期盼中誕生了。當時我們在南京工作，便寫信請父親為新生兒起名。父親很快寫來了回信說：「我想給毛毛起名邁衡。東漢時發明渾天儀的張衡，是一位傑出的科學家，又是一位傑出的文學家。除了創製世界上最早利用水力帶動的渾天儀，還發明了地動儀，在天文方面正確解釋了月蝕的成因；在文學方面，他的《兩都賦》寫得非常出色，被收進了文學集子中，他還是當時著名的畫家。他是相當全面的，在科學文化的許多領域中都有傑出的貢獻。就給小毛毛起名邁衡，是希望她將來能超過張衡。這聽起來未免狂妄，不過這是中國人起名的習慣，盼望孩子能為某種遠大目標或崇高理想而奮鬥。它凝聚了長輩的理想、希望和追求。」

　　1955 年夏，父親獲准創作假，去上海收集資料。週末我們帶上小鋼（邁衡的乳名）從南京去上海看望父母親。他們看見兩歲的孫女喜愛至極。小鋼坐在爺爺奶奶下塌的招待所門前的台階上玩耍，爺爺走過去坐下，想和她合影留念，小鋼見來了個「陌生人」抬起一條小腿正要溜跑，被我「嗯」了一聲，她既不敢逃跑，也不願回來靠近「陌生人」坐下，定格在那裡。父親特別喜歡這張照片，每次翻看就流露出慈愛的笑容，喃喃地說：「小樣子，真可愛！」

1955 年 8 月，茅盾與孫女在上海。

　　1958 年，我們從南京軍事學院調來北京，每逢週末我們便帶著孩子乘學院的班車進城看望父親母

親。那時我們的男孩也出世了，父親給他起名學衡，意爲長大要學習張衡。學衡生在南京，故乳名小寧。後來按父親的建議小曼帶小鋼搬來和他們同住，小鋼白天上幼兒園，傍晚回來。「多一個孩子，給家裡增添不少生氣，尤其你媽媽也有事幹了！」父親從心裡高興地對小曼說。

年輕時以來不管孩子的父親，對孫女卻是百依百順，似乎想把當年沒能在兒女身上傾注的愛，要在孫女身上得到彌補。父親公務纏身，又要寫作，很少有空閒時間，但晚飯後卻常常擠點時間陪孩子玩。有時小鋼纏著他問：「爺爺，鴨子怎麼走路？」父親便吃力地半蹲下兩腿，兩手在身體兩側划動著，嘴裡還「嘎嘎」地叫，一搖一擺地前進。小鋼高興地拍起小手叫道：「真好看！爺爺，再來一次。」父親便一遍遍地「表演」直到實在支持不住了，才向「鋼鋼」討饒。

作爲文化部長，父親常被請去觀賞或審查文藝節目。凡在可以帶孩子的情況下，父親總帶上小孫女同往觀賞。一次某木偶劇團將赴東歐演出，出訪前在文化部小放映廳試演，請文化部有關領導審查。因爲是兒童節目，父親自然帶著小鋼去觀看。演出中有一隻小動物遇到了森林之王——獅子的襲擊，小鋼驚叫起來，參與審查的領導們不約而同地笑起來，說：「行了！通過了！孩子看懂了！」父親也報以高興的笑聲。

三年困難時期的 1960 年，小曼被下放農村勞動一年。那年正好小鋼該上小學了，我因在郊區無法兼顧，父母親就代爲物色學校。他們到附近的幾個小學參觀後，覺得都不甚理想。那時正好中宣部創辦一所十年一貫制的實驗學校——景山學校，於是便決定讓小鋼進這個學校。

景山學校從三年級起就試點教古文。起初父親因忙於工作，從不看小鋼的作業，只是偶爾幫她包書皮作爲休息。1962 年 9 月，小鋼因眼疾手術請假一個月，出院後纏著爺爺給她補課。父親看了景山學校爲兒童編選的古詩詞，多半爲唐宋人的五、七言絕句，便在日記中寫道：「景山學校所編此詩集，有許多首詩的內容（思想情感）非九、十歲兒童（小學三年級生）所能領會。例如賈島的《松下問童子》一絕，題目的『隱者』就很難使兒童明白這是一種怎樣的人，何以要『隱』？何以這樣的實際上脫離群眾，且不勞動的人，不算壞人？類如此等的不適合於小學三年級生的詩還選了不少。」（《茅盾全集》39 卷 361 頁）於是父親便想另選一些適合兒童的古詩詞，加以注釋，以幫助小鋼學習。可是終因抽不出時間而未果。

　　小鋼從小體弱多病，動輒高燒至 39 度 40 度，這時就全家圍著她忙碌。我在遠郊，小曼又三天兩頭下鄉勞動，所以帶小鋼去醫院看病打針的往往是父親和母親。他們很擔心她生病，以至每天她放學回家，還未放下書包，爺爺奶奶就撲上去輪流摸她的額頭，如沒有發燒，他們臉上就綻出高興的笑容，父親還要誇上一句：「鋼鋼今天真乖，沒發燒！」

　　三年困難時期，物資極端匱乏，居民的糧食供應不僅定量，而且定量還在減少。憑票證供應的食品種類少，量也少，商店裡也買不到。父親的供應標準也和一般市民一樣。我們擔心老人們營養不足，可是父親卻說：「我們的營養夠了。我的飯量向來小，又不喜歡油膩，現在吃清淡些正合我意；況且我常參加宴會，葷腥是不缺的。你媽媽患糖尿病，憑醫生的證明每月有幾斤肉，小鋼和我們住在一起，可以勻著吃。我最擔心的是小寧，他才三歲，正需要營養，幼兒園一個月二兩肉是斷乎不夠的。小曼偏偏在這時候下放農村，那裡連一星肉也見不到，上次回北京治病，已經全身浮腫了！」於是他反過來琢磨著如何為我們，尤其是兩個孩子增加營養。到了 1961 年，飯店開始供

茅盾夫婦 1959 年 10 月與孫子、孫女在頤和園。

應高價飯菜了，每個星期日父親就帶上全家，加上司機，有時也有秘書，去飯店打一次牙祭。

父親喜歡孩子，可是又沒有多少時間能和孩子們在一起，因此看戲或度假時如有可能就帶著他們，雖然這種機會也不多，因為父親很少度假。他也喜歡和孩子們談天，他們往往會提出各種問題，有些問題還很稚氣，他也總是耐心地給以解答，並從中獲得無窮的樂趣。他曾跟我們談起這樣一個趣事：「有一次我帶著孩子們去看戲，碰見蓄著長鬚的沈鈞儒老先生，在回家的路上，小寧滿臉莊重地問我：『爺爺，睡覺的時候，鬍子放在被子裡面，還是被子外面？』」說到這裡，父親開懷大笑，說他倒沒研究過這個問題，只好對小寧說：「小寧，你這個問題把爺爺難倒了。」「孩子真有趣」，他又這麼說。偶爾，父親也把這些趣事記在他的日記裡。例如 1962 年 10 月 30 日的日記中寫道：

> 今日小鋼放學回來，問我：「赫魯曉夫是好人是壞人？」我說：「他做錯了許多事，自己不革命，又不讓且不許人家革命。」小鋼又問：「既如此，為什麼他還能做蘇聯人民的領袖？」此時小寧（今年五歲，尚在幼兒園）忽攪言：「他不好，但也不算太壞罷？」其實小寧不知赫魯曉夫為誰何，但他知有蘇聯，也知何謂領袖。我說：「他用不正當的方法欺騙了人民，把他的錯誤說成是正確的。」小鋼又問：「事情總會有人知道的。」我說：「但是現在大多數蘇聯人民還不知道。」此時小寧又攪言：「蘇聯是好的，為什麼他又不好？」我說：「蘇聯人民是好的，但赫魯曉夫不好。」小鋼又問：「你見過他麼？」我說：「見過。」問：「同他握手麼？」「握手。」「不同他吵架麼？」我說：「又不同他討論問題，只是外交場合應酬而已，自然不會吵架。」我很奇怪，小鋼為什麼問到赫？想來他們學校中紛紛談論赫在古巴問題上向美帝投降，小鋼聽了，所以來問。（《茅盾全集》39 卷 361、362 頁）

1966 年，「文革」開始後，父親賦閒在家，除了寫證明材料幾乎無事可做，正好孩子們也在家無學可上，他常說：「現在倒有時間和孩子們玩玩了。」

父親有一隻舊鬧鐘，又大又笨，沒有人用，一直擱置在他辦公桌的抽屜裡。這張辦公桌這時已被小寧「佔領」了。小寧發現了這隻鬧鐘，為了想看看裡面的構造和想知道它的鈴是怎麼響的，便悄悄拆開了它，但拆時容

易，重裝則裝不上了，卻又不敢說，只好又悄悄地放回原處。過了很久，父親偶然發現了，問小寧，他承認是他拆的。父親覺得很有趣，笑呵呵地對我們說：「阿桑小時候也有過一次，把鬧鐘拆了裝不上，怕挨罵，就偷偷藏到奶奶屋裡去了。真有趣，父子兩代人，隔了這麼多年，幹了同樣一件頑皮事！」

漸漸地小寧把爺爺的小書房當成了自己的「作坊」。他在一冊插圖本外國童話書裡看到一隻鳥籠，是長圓形的，和中國鳥籠不大一樣，就弄來一些鐵絲和電焊的工具，折騰了幾天，做成了一隻造型別緻的鳥籠，父親見了嘖嘖讚道：「不錯，不錯，小寧的手蠻巧嘛！掛到哪裡好呢？」祖孫二人在家裡轉了一圈。「爺爺，這裡行嗎？」小寧指著父親臥室通向母親臥室的門框。「好的，這樣爺爺奶奶都能看見了。」

澤民叔叔的女兒瑪婭在去幹校之前，常來我們家。瑪婭從小有點男孩子性格，開朗、豪爽，也喜歡幹男孩子愛幹的事，小時被人叫作「假小子」。瑪婭是無線電專業畢業的，她看見小寧喜歡擺弄手工，就主動教他裝半導體。小寧喜出望外。那時半導體在中國還處於起步狀態，一般人家使用的還都是電子管收音機，裝半導體自然還算是「先進」技術。由瑪婭指導，小寧操作，很快組裝成一個木殼的小半導體，大小相當於一個磁帶盒，安兩節 5 號電池就可發聲了，靈敏度還相當高。

完成了這個「大工程」，小寧自然很得意。我們和父親也都欣賞。父親在誇讚之餘，不免又感慨道：「唉，『文化大革命』真是浪費人才！瑪婭在蘇聯受過先進的專業教育，國家基本建設正需要這樣的技術人員，偏偏擱置不用，真是浪費人才！小寧腦子蠻靈，手也很巧，偏偏不讓上學！整整一代人被耽誤了！我真弄不通，為什麼要讓孩子們捲進政治運動！」

小鋼好靜，喜歡看書，很少外出。「文革」開始後，學校停課，家裡的小說又被紅衛兵查封了，只得翻出《世界知識手冊》來看，雖然枯燥，她也能很有興味地讀下去。看到這種情形，父親十分惋惜，對「停課鬧革命」十分不滿。他認為，對孩子來說，荒廢學業是最大的損失。為此，他為小鋼訂了一個自學計劃：讀中國歷史，學古文，復習數學，記日記，小鋼喜歡音樂，自己又加上了練手風琴。父親瀏覽了郭沫若主編的《中國史稿》和范文瀾編的《中國通史簡編》，認為郭編較淺近，讓小鋼先讀郭編再讀范編。父親還選了一些古詩文，加上注釋讓小鋼自學，不懂處就給他講解。這些古詩文注釋

「文革」開始後，學校都「停課鬧革命」了，茅盾深為青少年荒廢學業而憂慮。他主動為長孫女編選和注釋了若干古詩文，並親自講解。這是其中的兩篇講義——杜甫的《哀江頭》和蘇軾的《虢國夫人夜遊圖》的手跡。

的「課本」，父親用毛筆工整地寫在單頁紙上，再裝訂成冊。從這裡足見父親晚年對孫輩深摯的愛。這裡試選一首父親寫的杜甫詩注釋來欣賞一下。

畫鷹　　　杜甫

　　素練風霜起，蒼鷹畫作殊。㧐身思狡兔，側目似愁胡。絛鏇光堪摘，軒楹勢可呼。何當擊凡鳥，毛血灑平蕪。

　　〔注〕此詩也是杜甫少年時作，大約比《望嶽》稍晚一二年。

　　「素練」，白色的絹，古人大都在白色的絹上畫畫。「畫作殊」，畫的很突出。「殊」，突出。這開頭兩句是倒裝句，可以這樣解釋：這個蒼鷹畫的真突出，因而素絹上起來了風霜了。「風霜」，形容鷹的威武，杜甫以前，有人用「風霜激厲」形容鷹。

　　「㧐」，同「竦」字。「㧐身思狡兔」，說畫上的鷹，拳著身子，好像看見了兔子，要撲過去似的。

　　「愁胡」，從前人描寫鷹，有「深目蛾眉，狀如愁胡」之句，故杜甫用作典故。此句是說，鷹側目而視，好像「愁胡」。「愁胡」，愁國的胡人。

　　「絛」同「縧」，絲作的帶子。「鏇」，轉軸。養鷹的人，用帶子，一端縛住鷹腳，一端縛在轉軸。「摘」，解除。此句是說，畫上的鷹，像活鷹似的，會解除帶子和轉軸，飛向空中。

　　「軒楹」，長廊的柱子。養鷹的人，如果要鷹去獵小鳥或兔子，呼之即飛。此句是說畫上的鷹像活鷹一樣，呼它一下，就會飛出長廊的柱子。

　　「何當」，何時。「凡鳥」，小鳥。「毛血」，鷹擊凡鳥後，凡鳥的

毛血。「平蕪」，平曠的野地。此兩句接著上面四句來的。上面四句形容畫上之鷹跟活鷹似的就要解除練子，向空飛去，這兩句就想像它飛到天空就要擊凡鳥，在平曠的野地灑滿了毛血。

這首詩雖然題《畫鷹》，然而也有寓意。鷹，比作有擔量、敢作敢為的人；凡鳥，比作一些壞人。全詩大意是：敢作敢為的人，跟鷹一樣，眼前雖然帶著絲帶，站在架上，可是時候到了，就會解去帶子，飛到空中，抨擊那些凡鳥似的壞人。

杜甫寫《畫鷹》有寓意，父親在那個時候選《畫鷹》來教孫女，是否也有他的寓意呢？

1966 年夏，全國興起大串連，持續了約半年，學生們只須由學校開一介紹信，就可以免費乘車和住宿，享受各地紅衛兵接待站的接待。小鋼和三個鄰居家的小姑娘，都是十二三歲的初一學生，受了這股風的影響，也想趁機出去見見世面，她們認為這種場面恐怕今後再也不會有機會見到的，於是悄悄作起了準備。

11 月 16 日，小鋼向她媽媽透露了「秘密」。小曼認為她們年紀太小，未予同意，但沒能說服她。小鋼知道爺爺奶奶也肯定不會同意，因而採用了「先斬後奏」的辦法。

11 月 18 日上午 10 點半，父親打電話給小曼，說剛才接到小鋼從火車站打來的電話，她和三個小伙伴今天去上海串連，因昨晚才拿到介紹信，來不及告訴，所以這時才打電話。父親叫小曼立刻去他那裡。從聲音就能聽出他有焦急和生氣。

小曼一進門，父親就抱怨說：「小鋼去冬剛剛得過肝炎休學半年，近來雖說已經痊癒，但身體未必強健。聽說火車很擠，不用說坐，連立足之地都沒有，如果在車上或是到了上海生了病怎麼辦？我本來就反對串連，加上她還是個小姑娘，萬一碰到壞人怎麼辦？為什麼放她走？為什麼不勸阻她？」

其實頭天晚上，我們再次勸過小鋼，要她再考慮考慮。小鋼說，她們知道火車很擠，甚至還聽說，一隻腳提起就休想再放下，也知道因為擠，誰也沒法走動，所以無人賣飯，沒有水喝，也不能上廁所。但這些都使她更覺得新奇好玩，而且富有冒險色彩，更覺得這是一次不同尋常和不可多得的旅行，因此就更無法接受我們的勸阻了。

小曼敘述了事情的經過後，安慰父親說：「她們是四個人同行，北京是起

點站。她們只要能佔到一個座位，就能輪流休息了；她們還帶足了麵包，不會餓著的，而且大串連即將結束，她們到了上海也不可能再往別處去了。」並提出：「我到火車站去找找吧。」

「好的。」父親表示贊同。

晚上八點，小曼和另外三個孩子的媽媽奔到了車站，但是車站上人山人海，找了兩個小時沒有見到孩子們的身影。只得快快而返了。

那些天兩位老人不斷念叨著，不知孩子到了上海沒有？住在哪裡？生病沒有？懂不懂上海話？直到 11 月 27 日終於接到了小鋼的信，報告她和同伴們經過五十四個小時（較正常情況多出了三十個小時）後已平安到達上海。這才把我們連日來的憂慮一掃而空。父親當天就給小鋼回了一封航空信。

12 月 7 日上午收到小鋼 4 日寫的第二封信，告訴我們，她們定於 5 日下午乘三點零二分的車返京。父親估算當日下午三時左右可能到京。於是我們都興奮起來。

果然火車正點到達，我們立刻帶小鋼去父母親寓所。老遠就看見他們正站在窗前向外張望。見到小鋼，他們就高興地招起手來。

小鋼一步三級地跑上二樓。父親母親一把抱住她，仔細端詳她的臉色，覺得她精神不錯，才放心地向她發問：

「說說你在上海看到些什麼？」

「聽得懂上海話嗎？」不等小鋼回答，母親打著烏鎮官話插嘴問道。

「幾個小朋友中，就數我聽懂的多。」小鋼得意起來，「因為我從小聽你們說南方話，雖然我不說，可是我能聽，這次去上海就派上了用場，買東西，問路，都是我出面的。」

「每天在哪裡吃飯？吃些什麼？」母親提出她最關心的問題。

「上海小吃多極了，什麼生煎包子，糍飯團，雞粥，蟹殼黃，咖哩牛肉湯……真好吃，我們整天不吃飯，光吃小吃。」

「姐姐，讓你帶我去，你不幹！」小寧在一旁羨慕地說。

「我們去了復旦大學和同濟大學，校園很漂亮，建築很美。」小鋼接著講她的見聞，「還去了城隍廟，去了南京路……」

「姐姐，你看見趙大大了嗎？」小寧忽閃著調皮的眼睛問。頓時大家都大笑起來。當時小寧九歲。「文革」前，小寧看過電影《霓虹燈下的哨兵》，片中的主人公——駐守在南京路上的好八連戰士趙大大，給他留下了很深的

印象，成為孩子們心目中備受崇敬的英雄，所以他突然冒出來的這一問，把大家都惹笑了。

「文革」開始時，小寧上小學二年級，正是「七歲八歲狗都嫌」的年紀。無學可上，他就在院子裡瘋跑，養金魚，鬥蟋蟀，在沙堆上做遊戲，爬到五樓頂上放鴿子……玩得十分開心。社會上派仗愈打愈烈，我們擔心他到處瘋跑不安全，又怕他惹禍，就讓他呆在家裡。起初他很乖，還能和姐姐一起看書。看了《水滸》，他會頑皮地對正要出門的姐姐大喝一聲「那廝休走！」看了《孫悟空大鬧天宮》，他便拿一根棍學孫大聖耍金箍棒，以後又看《林海雪原》等等。

但是孩子不可能只坐在家裡看書，漸漸地他不安分了，經常鬧點小亂子。我們要小鋼管好弟弟，她很負責。小曼下班回家，常常聽見小鋼告狀：「媽媽，小寧在屋裡逗鴿子把燈泡打碎了！」「小寧把相框上的玻璃全取下來做了魚缸！」「小寧和隔壁大小子、二小子爬到五樓房頂上玩，我說危險，不許他們去，他們不理！」一天下午她慌慌張張地來到小曼辦公室，說弟弟不見了。原來那天她怕弟弟又和大小子、二小子爬到五樓房頂上玩，就把他鎖在家裡，讓他在外屋玩，自己在裡屋看書。五點鐘光景，她發覺外屋裡好久沒有動靜，就開門進去，只見飯桌移到了氣窗下面，氣窗已經打開，桌子上有張字條，上面赫然寫著「造反有理」四個大字。

顯然小寧是從氣窗爬出去跑掉的。小曼一聽急了，立刻和小鋼四處尋找，都未找到。眼看天色漸漸昏暗下來，我們開始發慌，萬一找不到怎麼辦？小曼開始自責，不該對孩子如此苛求。「也許他去爺爺奶奶家了。」小鋼忽然提醒道。我們急忙趕到父母親寓所，小寧也沒有在。大家都急壞了，母親主張立刻去報告派出所，父親則沉著地分析道「小寧還是個孩子，正是貪玩的年齡，你們把他圈在家裡，他當然要『造反』；等到他玩夠了，肚子餓了，自然會回來的。」爸爸的分析使我們稍稍安心了一點兒。可是晚飯過後，還不見小寧的影子，大家再也沉不住氣發了。那時天氣已經有點寒意，特別是夜間，萬一小寧凍病了或者被壞人拐走了呢！大家愈想愈覺得可怕。忽然小曼想起，在文化部宿舍大院裡還有幾個小寧的玩伴，不妨去這些孩子的家中找找。在那裡也未找到，不過有一個孩子說，一小時前他在禮堂前看見一個小孩一閃而過，進了禮堂，好像是小寧。我們趕忙來到禮堂，那時禮堂的地下室已經住上了外地來串連的紅衛兵，在一塊草墊上，我們看見小寧蜷縮在上面，

已經睡著了。我們驚喜地撲過去把他抱起來，激動地流下快樂的眼淚，那時我們才真正體驗到什麼叫幸福。

　　兩位老人見到小寧也是驚喜交集，母親更是心疼地摟著他。誰都沒有說一句責備的話。事後，父親開始教訓我們，他說：「遊戲、貪玩是孩子的天性，正確地引導，孩子在遊戲中能增長知識，增長智慧。你們把他禁錮起來，不許他玩，扼殺他的童心，會影響他的個性發展。現在學校也搞政治運動，孩子有一點不對，就給他們上綱上線扣帽子，使這些天真爛漫的孩子過早地喪失童心、童趣，這對兒童的健康成長不利。八九歲的孩子本來應該到學校接受正規的教育，同時也應該有一定的時間遊戲。現在學校沒有了，供孩子閱讀的圖書沒有了，供孩子看的電影也沒有了。他們不能學習，沒有娛樂，是很可憐的。有的孩子學壞了，小寧很乖，沒有幹壞事，你們卻把他禁錮起來，他能不反抗嗎？小寧是個聰明的孩子，聰明的孩子精力更旺盛，更要好好地引導，使他的精力有地方消耗。前一陣他玩蛐蛐，聽說阿桑把他的蛐蛐倒進抽水馬桶抽掉了，這很不好；又聽說阿桑把小寧心愛的玩具汽車砸爛了，還打他，這太粗暴了。對孩子只能說服，不能體罰。……」

　　父親越說越激動，終於「新帳老帳一起算」。他向來不干預我們對子女的教育，這是第一次，也是惟一的一次。「一個人的教育來自三方面」，停頓片刻之後，父親接著說：「家庭教育、學校教育和社會教育。現在由於社會動蕩，良好的學校教育和社會教育都談不上了，只剩下家庭教育。你們整天在外面忙，和孩子在一起的時間本來就不多，晚上回到家還不跟他們玩玩，跟他們一起討論討論他們感興趣的事，設身處地想想，孩子難道不苦悶嗎？對孩子不能溺愛，但也不能粗暴，更不能體罰，孩子畢竟是孩子，不能脫離實際地要求他們。」

　　這次小寧的「造反」，給了我們很大的觸動，父親的訓誨也使我們終生難忘。我們開始意識到我們對孩子太粗暴了，缺乏民主精神。

　　從這以後，父親母親讓兩個孩子白天到他們那裡，晚上再回家。文化部大院裡

茅盾與孫子小寧，1968 年於北京。

孩子不少，有的也和小鋼小寧一樣，父母白天忙，自己便跟著爺爺奶奶。其中有幾個玩伴會畫畫，畫得還很不錯，小寧也跟著他們學起畫來。孩子的精力有了正當消耗的途徑，就不會去學社會上的壞事，父親也感到放心了。

有一天，小寧抱回一隻小花貓。「爺爺，奶奶，小朋友說要對著實物寫生，畫畫才能長進。」他理直氣壯地說，其實他是為養貓找藉口，因為我們沒時間也怕麻煩，從來不養貓。小寧待貓睡著後，果真畫了一隻睡覺的貓，雖畫得稚氣，但父親很讚賞，就說：「那就把貓留下罷。」這使小寧別提有多高興了。從此，這祖孫二人就共同飼養起小花貓來：給貓找窩，訓練貓在簸箕裡排便，餵貓，給貓洗澡，等等。準備貓食則是母親的事。小寧常常丟一隻皮球引貓追逐嬉戲，父親在一旁看得饒有興味。後來，小花貓長大了，要產小貓了。父親張羅著給貓布置「產房」：找出一隻木箱，一條小被和一些棉絮，對小寧說：「花貓要坐月子了，要給它鋪得軟一點，蓋得暖一點，吃得好一點，就像人一樣，它要做媽媽了。」不久，花貓生下四隻小貓，父親又每天和小寧一起，無數遍地掀開棉絮觀賞新生的小貓。

由養貓，父親想起了 1939 年在新疆養的兩隻狗，就告訴小寧：「你爸爸和姑姑小時候也喜歡動物，他們養過兩隻狗，很好玩，我為這兩隻狗寫過一個短篇，篇名叫《列那和吉地》，就是那兩隻狗的名字。」「爺爺，你有這書嗎？」「有的。」於是祖孫倆在書房翻出了一本《茅盾選集》。小寧蜷縮在父親書房中的搖椅上入神地讀起來。忽然他抬頭問：「爺爺，《十萬個為什麼》裡說，狗是不出汗的，熱的時候伸長舌頭，就是為了散發熱量，這裡怎麼寫著『吉地在車旁跑，渾身出汗，似乎很累』？」聽他這一問，父親就接過書，看完後拍拍小寧的腦袋道：「真乖，你發現了爺爺的一大疏忽，這是個常識性的錯誤，將來再版時，一定要改過來。」一面在筆記本上記了下來。「小寧，你看書這樣仔細是個好習慣！」父親滿意地讚許說。

《十萬個為什麼》是當時還允許孩子們閱讀的叢書，小鋼和小寧都喜歡讀，而且還能「活學活用」，譬如吃菠菜的時候，他們就會說：「媽媽，菠菜不能多吃，《十萬個為什麼》裡說，菠菜含鐵，多吃會破壞鈣的吸收，時間長了會貧血！」有一次小鋼發燒，渾身滾燙，父親母親很擔心，不斷給她的額頭換敷冷毛巾。小鋼安慰他們道：「爺爺奶奶別擔心，《十萬個為什麼》上說，發燒可以殺死身體裡的細菌，偶爾發一次燒是有好處的。」父親笑道：「偶爾發一次燒是不要緊，不過你不是偶爾發燒，而是經常發燒呢！」

《十萬個爲什麼》的確給孩子們增長了不少知識，在那無書可讀的年代，這部書眞是沙漠裡的甘露。

1968 年初，中小學校終於「復課鬧革命」了，父親和我們一樣，十分高興。可是孩子們從學校帶回來的消息卻使他瞠目結舌。因爲按新規定，小寧再學半年就算小學畢業了，而他的實際學歷才小學三年級！小鋼只念完半學年的初中，卻算是畢業班的學生，暑假後就要分配工作了！那時高中尚未恢復，初中畢業生除少數進工廠，絕大部分要上山下鄉。這個消息使父親大爲不滿：「太沒有道理了，實在太沒有道理了！停課年就應該把功課補上，怎麼可以把荒廢的兩年也計算在學歷之內？而且還不負責任地把孩子推給社會！」

兩個孩子都在景山學校，這是中宣部辦的一個實驗學校。「文革」開始後，中宣部成了「閻王殿」，景山學校也順理成章地被視爲培養修正主義苗子的黑學校，所有教學實驗的措施全被否定，原有的學生也以就近上學爲由以分散。這樣一來，小寧一「畢業」就不能繼續在本校升中學，而被分配到我們住家附近的一所中學，這中學原來是所女子中學，現在臨時改成男女合校。據說在那裡將用一年的時間補學小學的課程。父親覺得，不管怎樣地「寅吃卯糧」，小寧總算有了個著落。然而小鋼卻不得不離開學校，過早地走上社會，她才十五歲呀！我們開始還寄希望於小鋼能分配到工廠，這樣在同一城市裡，我們多少還能對她有些照顧。小鋼品學兼優，爸爸是革命幹部，爺爺又未被打倒，按當時的政策是夠資格進工廠的。不料「政審」沒有通過，原因是我在軍隊院校參加了林彪對立面的那一派的群眾組織，正被扣上莫須有的「五‧一六」反革命罪名受審查。學校通知小鋼必須上山下鄉。無可奈何，我們全家就爲小鋼準備下鄉的行裝，出主意最多的是母親，無微不至地叮嚀和檢查的是父親。父親對我們說：「去工廠或者上山下鄉，其實並無本質的差別，都是讓青年離開學校之後先到艱苦的環境中去磨煉。這是有好處的。歷史上凡是有作爲的人，在青年時代都經歷過各種磨難，沒有聽說過在溫室中能培養出參天大樹的。不過小鋼還太小，書念得太少，基礎知識不夠。這樣的年齡正是在大人的關懷下求知識的年齡，這樣的文化素質還不具備走上社會的條件。雖然小鋼在同齡少年中比較成熟老成，比較有主見，但畢竟尚未成年。現在驟然要放棄學業，離開親人，獨自去闖天下，確實是太早了點。不過……」

　　父親若有所思片刻後又說：「我想中央這個政策也是權宜之計，國家不可能花錢培養了一批知識份子，卻讓他們去當一輩子工人和農民，這太浪費了。我認為讓青年學生到基層去經受鍛煉，讓他們了解中國的現實，主要應該是針對大學生。在目前的情況下，讓大學生到基層鍛煉是有好處的，給他們發熱的頭腦潑點冷水。使他們從前兩年在社會上衝衝殺殺的狂熱中清醒過來。但中學生，尤其是初中生就太小一點。不過，你們也不必為小鋼過分擔憂，中國的事瞬息萬變，三四年後又如何，誰能預料？！」

　　父親擔心小鋼想不通，後來又給她講了一些自學成才的故事，特別講到了華羅庚。他說：「不要迷信環境，環境固然重要，但也不是絕對的，最主要的是靠自己。所謂『行行出狀元』。華羅庚沒有受過正規的學校教育，很小就當了學徒，學歷不高，然而他後來卻成了著名的數學家，大學教授，文學修養也很高，文章寫得很漂亮。他的學問完全是靠自學得來的。可以說，只要有信心有毅力，善於利用時間，靠自學也能成才的。」

　　父親說話的神情雖似平淡，但我們知道他內心是痛苦的，因為他實在不忍與孫女離別，也為自己無力改變孫女的命運而感到悲哀。

　　出乎我們預料的是，學校第一批上山下鄉的同學出發時，小鋼卻沒有去成，因為體檢時意外地發現她的轉氨酶指數高出常規甚多，被允許她先治好病再下鄉。母親拍著她親手為小鋼趕製的厚棉襪說：「不知鋼鋼什麼時候用得上它？」母親萬萬沒有想到，這一天她已經見不到了！

　　父親母親喜歡孩子，非常羨慕瑜清表叔蘭玉滿堂，嘆息自己只有一兒一媳，常常流露出他們的孩子太少，晚年太寂寞。母親常向我絮叨：「你們只生兩個孩子太少了，將來會後悔的。」父親母親對小鋼小寧的愛，也使我們深信第三個孩子的誕生將會給他們帶來歡樂。經過「文革」初期的狂熱之後，我們漸漸對「文革」的種種做法產生了懷疑和厭倦，思想和行動都始逍遙起來。「反正沒事可幹，不如趁現在再要個孩子。」——我們的小女兒就是在這種特定的形勢下，來到了人間。

　　1969 年 7 月 11 日，我們的小女兒誕生了。這給兩位老人帶來了很大的快樂，他們多次不辭辛苦地來到我們所住的宿舍樓，氣喘吁吁地爬上四層來看新生兒。

　　我們請父親給孩子起名，父親說：「我給小鋼、小寧起名邁衡、學衡，是希望他們長大學科學，搞點實際的事業，不曾想到現在連上學的機會都沒有

了，更不用說學科學了！小毛毛
的名字，你們就自己起罷！……
我們沈家幾輩人夢想學科學，都
成了泡影。我的父親崇尙新學，
自學聲光化電，想爲富國強民效
力，卻不幸早逝，留下遺言要我
和弟弟澤民學科學。我從小不通
數理，弄上了文學，辜負了父親
的遺願；澤民的數理化一直是班
上最突出的，是河海工程專門學
校的高材生，卻偏偏迷上了政
治，參加了革命，又過早地犧牲

這是 1970 年冬季與孫女孫子在寓所前的小
院內合影。

了。阿桑小時候數學很好，我原打算讓他學理工，可是抗戰爆發，他去了延
安，學科學的夢想又落了空。現在這第四代學科學的願望，看來又要落空了！」
父親神情凝重，無限感慨地說了這番話。

後來我們給小女兒起名丹燕，小名丹丹，意思是：爺爺是大雁，她是小
燕，長大學爺爺。

父親後來多次十分惋惜地說：「三個孩子都不錯，都很聰明，可惜兩個大
孩子碰上了文化大革命，耽誤了學業，白白浪費了整整十年寶貴的光陰，丹
丹小，但願她能碰上好時光。」

然而丹丹出世後家裡也很不平靜，不幸和災難接踵而來；先是父親「靠
邊站」了，接著是小曼奉命撇下嗷嗷待哺的丹丹去了幹校，很快母親不幸病
故，小鋼又不得不離家去東北，我因莫須有的「五·一六」罪名被送去幹
校，小寧去學校「復課鬧革命」。白天家裡只剩下父親和丹丹。父親身邊幸虧
還有丹丹，雖然她還在襁褓中，卻能幫助父親度過痛失老伴的最悲痛的那些
日子。

隨著時間的推移，丹丹一天天長大，會坐會爬了，會走路了，咿呀學語
了，能表達意思了……這一點一滴的變化，給父親帶來無限的歡樂。在他給
友人的信中，常能看到這樣的話：「我與幼孫女（二歲半）同過春節，頗亦陶
然；幼女甚慧。」「我的小孫女今已三歲半，活潑可愛，頗解人意，常日弄孫，
亦一樂也。」「小孫女僅四歲，幸甚明慧，即照片上我所抱者也。」「幼孫女

再一個月便是五歲，很明慧，所以我也不寂寞。」

父親身體素來孱弱，明知體育鍛煉於健康有利，但他自青年時代就不好運動，年紀大了，公務繁忙，更不運動了。對醫生和親友的勸告亦不理會，反而強調自己的特殊性，找出種種理由來證明運動也不見得能長壽。母親去世後他大病了一場，也自感日益衰弱了。在醫生的再三勸說下，他終於下決心在房間裡散步，散步的路線是：臥室——起居室——工作室，再倒回去，連續十五個來回，早晚各一次。為了計算次數，還找出一副麻將牌的籌碼，每走一個來回就放一枚在窗台上。顏色鮮艷的圓形塑料籌碼，引起了五歲的丹丹的極大興趣，每天從幼兒園回來的第一句話就問：「爺爺，散步了嗎？」接著就擠在爺爺的身邊陪爺爺散步，每走一圈就搶著把籌碼放在窗台上，而且「執法」嚴格，不許少走一圈。有時父親實在累了，就對她說：「丹丹，爺爺要討饒了！」由於有小丹丹跟在身邊監督，父親的散步居然一直堅持到1974年12月初遷居後才中斷。

1973年夏，小寧高中畢業了，僅只讀了一年半的高中，因為學制忽而改為春季始業，忽而又改回秋季始業，結果二年制的高中就少學了半年；而其中又有半年是在批判所謂「右傾回潮」的氣氛中度過的，實際上認認真真學習的時間只有一年。按照當時的政策，老大去了外地，老二可以留下照顧父母，所以小寧就在家等待分配。

我們焦急地等了整整一年，終於分配方案下來了。這天小寧從學校回來說，「已經談過話了，分配到二商局扛豬肉。」我們聽得莫名其妙，追問之下，才知道今天二商局的一位幹部到學校找畢業生談了話，說二商局系統的職工一般文化水平較低，今年第一次招收高中畢業生來充實二商局的第一線，問小寧：「讓你去冷藏庫裝卸凍豬肉、啤酒、罐頭什麼的，你願意嗎？你扛得動嗎？」小寧點點頭。於是就叫他回家等通知。

小曼聽了不禁憂心忡忡，因為小寧才十六歲，比同屆同學小兩歲，還沒有完全發育，身材也比同屆同學矮小瘦弱，要去扛整扇凍豬肉如何吃得消！父親安慰小曼道：「你要達觀一點，凡事都不是一成不變的，也許經過鍛煉，小寧成長得更好，譬如身體結實了，懂得了知識的可貴，學會了思考問題，……」沉思半晌，又說：「大人要表現得高興，才不會影響孩子的情緒。孩子需要的是鼓勵。要讓他懂得『行行出狀元』的道理，不要迷信工作環境，最主要的是靠自己的奮鬥。」其實父親內心也不平靜，這一天，他在

書桌前坐了很久，好像在思考什麼，終於站了起來，自言自語地說：「學得其上，則得其中，學得其中，則得其下。」

晚飯後，小寧坐在父親書房的搖椅裡看書，父親把他叫到跟前，拿出一張紙和一支鉛筆，邊問邊計算著：「小寧，一箱啤酒多少瓶？」「一瓶啤酒多重？」「二十四瓶啤酒加在一起大約有五十斤，你扛得動嗎？」小寧點點頭。「凍豬肉大概是半隻半隻的吧？，也許也有四五十斤重，一天扛下來倒也不輕鬆呢。」父親以慈祥的又不無憂慮的目光注視著小寧說：「幹工作既要盡力，也要量力，這一點你要記牢。」

1976 年秋，茅盾與孫兒們合影。

沉吟了一會，他又接著說：「也不要以為幹這種活又髒又累沒有出息，對年輕人來說，這是一種考驗，是對意志的磨煉。俗話說：『刀在石上磨，人在苦中練。』不能吃苦的人，很難在社會上立足，更談不上幹一番事業。歷史上有成就的人沒有從溫室中培養出來的，多半在青年時代歷經磨礪，才能脫穎而出。你從小就是個小運動員，游泳、溜冰、籃球樣樣都行，不像爺爺從小不注意鍛煉身體，上中學時連雙槓都上不去，要我去扛半扇豬肉就難了。」

小寧只是凝神地聽著，沒有做聲。過了一會父親又說：「二商局不是說這次招高中生是為了充實基層嗎？我猜想讓你們去當裝卸工是先去第一線鍛煉鍛煉，否則幹這些體力活又何必招高中生呢？所以，事情不會永遠不變的。」

想不到，事情很快就變了，比父親預料的還要快。三個星期後，等到二商局發來「錄用通知」時，已經變成分配到二商局所屬的食品研究所了。送「通知」來的同志說，這次二商局招來的八名高中生，食品研究所全部留下了。雖然小寧去食品研究所還是幹些雜活，包括體力活，但我們仍感到意外

的高興。

就在小寧準備走上工作崗位時，小鋼也從部隊回來探親了，我們全家又團聚了。小鋼參軍後當上了班長。這次是奉命護送某戰士的遺屬回山東，連隊領導批准她歸隊前順道探親十天。小鋼離家四年了，還從未回家探過親。看到孫女長大了，成熟了，身體也結實了，父親十分高興，拉著她問長問短。她這次回來剛好趕上中秋節，我們闔家吃了一次難得的團圓飯，遺憾的是母親已不在了。

飯後，大家坐在電視機前閒談，屏幕上正放映是有關日本的新聞。小寧問：「爺爺，日本人也過中秋節嗎？」「不，他們過櫻花節，是在春天。櫻花樹就像我國的桃樹，在春天開花，櫻花是白色的，也有粉色的，花朵大，花期也長，有點香味。櫻花盛開的時候很好看，所以觀賞櫻花成了日本人的傳統活動。」「爺爺，你在日本看過櫻花嗎？」「去過一次，是在嵐山，實在是朋友硬拉我去的。」「在日本你還去過什麼好玩的地方？」「除了去過嵐山和奈良，沒有去過別的地方，整天在屋裡寫作。我去日本是為了避難。日本的特務很厲害，我不能多走動，免得引起他們的注意而惹麻煩。我的日語又不好，無法跟人交往。說實話，除了看書，我對什麼都興趣不大，從年輕時起就這樣，我覺得還是看書最有意思。」接著父親給孩子們講了遊嵐山和奈良的故事。

父親生性好靜，也不喜歡交際，在北京住了三十二年，除了國慶、「五一」的遊園活動作為任務去完成，或因公陪外賓觀光外，從未主動逛過公園。

丹丹自聽了爺爺遊嵐山的故事以後，就常纏著要爺爺帶她去逛公園。丹丹的童年是可憐的，不像姐姐、哥哥去過北京的各個公園，還坐過火車，乘過輪船。丹丹只去過動物園。父親認為確實應該帶她去公園玩玩，他也想趁去公園之便，順路大街上走走，近距離瞧瞧這個城市，他已經有十年只是從車窗裡觀察北京了。父親這個計劃我們不贊成，認為如今街上很亂，上街不安全。父親不以為然，說：「我走在街上不會有人認出來的。」那時父親已經結束了四年的「靠邊站」生活，重又擔任了政協副主席，因此也重新配備了警衛員。那位警衛員也不贊成父親上街，父親只好妥協了，同意只去公園。我們選擇了中山公園，因為那裡可以望見天安門。

正值秋高氣爽的季節，父親的汽車從公園後門開進內部停車場，下車後從後園沿護城河西繞向中山堂，經社稷壇，觀看了五色土，然後往南遊覽了

唐花塢、四宜軒和水榭。一路上，父親牽著丹丹一面看一面講解，興致很高。經過兒童遊樂園時，丹丹站住了不肯走，只得讓她玩一會兒，誰知她玩了一項又一項，我拉住她問：「今天是你陪爺爺來玩，還是爺爺陪你來玩？」丹丹說：「是爺爺陪我來玩。」說完又乖巧地補充一句：「也是我陪爺爺來玩。好吧，我們走吧，我要陪爺爺去玩囉。」我們在中山堂前留了影，又在公園的東南角以天安門城樓為背景，為父親拍了照。

1975年秋，小鋼復員回來了。鑒於當時政治形勢的險惡（「四人幫」掀起了第二次打倒鄧小平的逆流），父親便把小鋼留在了身邊。小鋼就利用這機會

1976年7月4日是茅盾八十誕辰，胡愈之、葉聖陶、臧克家等在京老友，原擬小聚慶賀，懷酒祝嘏，因政治形勢惡化而不得不作罷。這是7月4日那天，茅盾與兒孫們在家中小院內的合影，作為八十壽辰的紀念。

自修起中文和外語來。她從朋友那裡借到一本從國外帶回的《基礎英語》。因為朋友本人也要學，不能久借，那時北京還無處能複印，小鋼打算自己抄一份。11 月的一天，小曼正準備上班，父親要她下班時買些活頁紙回來，他要用來替小鋼抄《基礎英語》。「爸爸，這太浪費您的時間了，讓小鋼自己抄罷。」小曼頗為驚訝地說。「我反正閒著沒事。」父親淡然能道。他連續抄了好幾天，將《基礎英語》第一冊全部抄完，並裝訂成兩冊，交給了小鋼，原書就及時還給了小鋼的朋友。

1975 年秋，孫女想自學英語，苦無教材。後來從朋友處借得一冊，茅盾主動承擔了為孫女謄抄課本的工作。這是茅盾謄抄的英文課本。

父親當時根本沒有想過小鋼將來還有可能考大學，但八十高齡的爺爺用顫巍巍的手給孫女抄寫課本，這本身就是對孫女最好的鼓勵和鞭策，使我們和小鋼都深為感動。

1977 年高校恢復了招生，小鋼報考了大學並被錄取，成為「四人幫」倒台後恢復高考的第一屆大學生。父親給小鋼抄錄的這本《基礎英語》也完成了它的歷史任務，由小鋼加上了封面，仔細地珍藏起來，作為對爺爺的永久的紀念。

第四章　父親的友情

　　父親的朋友可謂多矣，但眞正成爲摯友的，大都是在他青年時代結交的，或是在他初闖文壇的奮鬥中相識相知意氣相投的。其中有的主要是戰友，有的是戰友加諍友，有的則更表現爲密友或契友。

第一節　戰友魯迅

　　父親與魯迅的友誼是在同一戰壕中兩個戰士的友情，是在面對著共同的敵人，密切配合、協同作戰中凝成的友情。這友誼延續了十六年，直到魯迅逝世。在前六年中，他們雖相識相知卻未曾謀面，他們的友誼是神交。父親知道在北平有一位同行，是開創中國新文學和寫實主義文學的大師，又是一位對舊社會、舊禮教、舊道德進行無情揭露和抨擊的鬥士，他思想的深刻和筆鋒的銳利是無與倫比的；魯迅則知道，在上海有一個年輕人在革新和主編《小說月報》，提倡爲人生的藝術，是在新文學大纛下的一員闖將。他的評論文章既注意作品的藝術成就，更關注作家對現實生活的態度，因而開創了中國文藝評論的新風。他還是文學研究會的發起人之一。

　　父親最早注意到魯迅的創作，是在 1921 年 5 月。他在一篇文章的附註中說：「中國現在小說界的大毛病，就在於沒有『寫實』的精神，……只有《新青年》上的魯迅先生的幾篇創作確是『眞』氣撲鼻。」（《茅盾全集》18 卷 96 頁）當時魯迅在《新青年》上發表的小說有《狂人日記》、《孔乙己》、《藥》等。1921 年 8 月，父親又評論道：「過去的三個月中的創作我最佩服的是魯迅的《故鄉》，……我覺得這篇《故鄉》的中心思想是悲哀那人與人中間的不了解，隔

膜。造成這不了解的原因是歷史遺傳的階級觀念。」「這是作者對於『現在』的失望，但……作者對於將來卻不曾絕望。」（同上 135、136 頁）1922 年初，《阿Q正傳》剛發表了四章，父親就寫道：「巴人先生的《阿Q正傳》雖只登到第四章，但以我看來，實是一部傑作。……阿Q這人，要在現實社會中去實指出來，是辦不到的；但是我讀這篇小說的時候，總覺得阿Q這人很是面熟，是呵，他是中國人品性的結晶呀！」（同上 160 頁）可以說，父親是魯迅小說的第一個「知音」。

20 年代，父親和魯迅就是在這種神交中度過的。在父親主編《小說月報》的兩年中，他們通過很多信，據魯迅日記記載，僅 1921 年的 9 個月中，往返信件即達 48 次，1922 年肯定更多，因為那一年魯迅的不少小說和譯文發表在《小說月報》上，可惜 1922 年的魯迅日記已遺失，無法查證了。

父親對魯迅在文學創作上的肯定和讚揚，還表現在熱情地撰寫了評論魯迅的專論。即《讀〈吶喊〉》和《魯迅論》。這兩篇論文都是在魯迅受到非議、遭到攻擊的時候寫的。在《讀〈吶喊〉》中，父親詳細分析了魯迅收在《吶喊》中的小說，指出其特點，即每一篇小說都寓有深刻的社會意義，而且在藝術形式上又有獨特的創新，使內容和形式達到了完美的結合。這是中國現實主義文學的最高成就，是不容抹煞和貶仰的。《魯迅論》則是試圖對魯迅的創作作一次歷史的全面評價，也是父親發表的第一篇作家論。當時對魯迅的貶抑者罵魯迅是資產階級「最良的代言人」，是「紹興師爺」，「封建餘孽」；父親對魯迅則「一味吹捧」，《魯迅論》便是繼《讀〈吶喊〉》之後，對魯迅的創作作進一步的評述和肯定。在文章中，除了對魯迅小說的現實主義特徵作了更深刻細緻的分析和認可以外，同時又把魯迅的小說和魯迅的雜文結合起來研究，指出魯迅雜文的重大意義。在魯迅研究領域中，將魯迅雜文提到這樣的高度，父親堪稱是第一人。他指出：「魯迅之為魯迅」，就是在他的小說和雜文中「老實不客氣剝脫我們男男女女，同時他也老實不客氣地剝脫自己。他不是一個站在雲端的『超人』，嘴角上掛著莊嚴的冷笑，來指斥世人的愚笨卑劣的；他不是這種樣的『聖哲』！他是實實地生根在我們這愚笨卑劣的人間世，忍住了悲憫的熱淚，用冷諷的微笑，一遍一遍不憚煩地向我們解釋人類是如何脆弱，世事是多麼矛盾！他決不忘記自己也分有這本性上的脆弱和潛伏的矛盾。」在「精神上，他是一個『老孩子』！他沒有主義要宣傳，也不想發起一種什麼運動，然而他的著作裡……卻充滿了反抗的

呼聲和無情的剝露。反抗一切的壓
迫，剝露一切的虛僞！」他告訴青年
們，「世上如果還有眞要活下去的人
們，就先該敢說，敢笑，敢哭，敢怒，
敢罵，敢打，在這可詛咒的地方擊退
了可詛咒的時代！」他的思想，「在他
的創作小說裡有反面的解釋，在他的
雜感和雜文裡就有正面的說明。單讀
了魯迅的創作小說，未必能夠完全明
白他的用意，必須也讀了他的雜感
集」。(《茅盾全集》19 卷 136、137、142、
145 頁)

茅盾和魯迅早在 20 年代就有深厚的友誼，30 年代，他們在「左聯」的旗幟下共同戰鬥，更結成了最親密的戰友。他們經常在一起就文壇的動向，國民黨的壓迫，文藝界的各種矛盾和論爭進行磋商，研究鬥爭的策略，互相支持，密切配合，進行協調的鬥爭。這是魯迅五十壽辰的照片，攝於 1930年 9 月 17 日。

　　如果說，20 年代父親與魯迅的友誼主要表現在共同倡導和弘揚中國的現實主義文學和對魯迅的肯定、維護和讚揚上；那麼，進入 30 年代，他們的友誼便是在國民黨的文化「圍剿」下並肩抗爭和反擊的戰鬥情誼。在這時期，父親有意識地自覺地擔當起支持和配合魯迅戰鬥的角色。

　　「左聯」成立之初，由於受「立三路線」的影響，它不像一個文藝團體而更像一個政黨，熱衷於「飛行集會」、撒傳單等與文藝無關的活動。「左聯」執委會通過的一個決議，更認爲「左聯」不是個作家的組織，不提作家的創作活動，還對作家的創作熱情扣上「作品主義」的帽子。對這樣的「指導思想」，父親和魯迅自然不會同意，於是共同採取了「怠工」的方法，自顧寫自己的文章，不理會這些規定。1930 年底，「立三路線」受到批判，「左聯」的極左表現也開始有所改變。

　　1931 年 5 月，父親擔任了「左聯」的行政書記，得以與魯迅一道對「左聯」的「左」傾綱領進行了重大修正，剔除了其中的極左內容，強調創作的重要性和反對關門主義。這個變革是在瞿秋白的支持下完成的，瞿秋白在被排擠出中央領導後，參加了「左聯」的領導工作。他們委託馮雪峰起草了一

個新的決議：《中國無產階級革命文學的新任務》。這個決議的形成，既有魯迅和瞿秋白的心血，也有父親和馮雪峰的努力。它標誌著「左聯」的一個舊階段的結束和一個新階段的開始。

父親和魯迅的友誼還表現在魯迅對父親創作《子夜》的關懷。1931年10月，父親爲了能集中精力創作《子夜》，提出辭去「左聯」行政書記的職務，馮雪峰未予同意，但魯迅則表示了支持，他說：「左翼文藝只靠發宣言是壓不倒敵人的，要靠左翼作家實實在在的寫出東西來。」魯迅一直很關心《子夜》寫作的進展情況，見面時常常詢問。《子夜》出版後，引起了強烈的反響，魯迅十分高興，在收到父親簽名的贈書後說：「這一本是要保管起來不看的，我要看再去另外買一本。」他在一篇文章中寫道：「我們在兩三年前，就看見刊物上說某詩人到西湖吟詩去了，某文豪在做五十萬字的小說了，但直到現在，除了並未預告的一部《子夜》而外，別的大作都沒有出現。」（《魯迅全集》5卷79頁）在給曹靖華的信中又說：「國內文壇除我們仍受壓迫及反對者趁勢活動外，亦無甚新局。但我們這面，……茅盾作一小說曰《子夜》（此書將來當寄上），計三十餘萬字，是他們所不能及的。」（《魯迅全集》12卷148頁）

1932年11月，當時中國的第一大報《申報》的老板史量才，決心改革副刊《自由談》，請黎烈文擔任主編。黎烈文就約請父親、魯迅、郁達夫、葉聖陶等人寫稿。《自由談》原來是「鴛鴦蝴蝶派」的巢穴，支持黎烈文進行改革，也就是從「敵人」那裡奪過一個陣地來，如同當年父親革新《小說月報》一樣。雖然《自由談》只是佔報紙版面不多的副刊，只能發表一些短文，可是《申報》的發行面遍及全國，頗具輿論影響，因此父親和魯迅決定支持黎烈文的改革。他們發表在《自由談》上的文章，主要是抨擊劣政，針砭時弊，矛頭指向國民黨的雜文。爲了協調鬥爭步伐，他們常在一起研討可作雜文的材料，及如何互相配合。

1933年1月30日，《自由談》刊登了一則告白：「爲使本刊內容更充實起見，近來約了兩位文壇老將何家乾先生和玄先生爲本刊撰稿，希望讀者不要因爲名字生疏的緣故，錯過『奇文共賞』的機會！」明眼人一看便猜到「何家乾」是魯迅的化名，「玄」這筆名則是父親在20年代常用的，自然也被人猜中。於是改版後的《自由談》也就更加引人注意了。在不到五個月的時間裡，魯迅在《自由談》上發表了34篇雜文，父親也寫了29篇，平均每週要

寫一篇多。

3 月 3 日，國民黨小報《社會新聞》刊登了《左翼文化運動的抬頭》的一則消息，說《申報》的《自由談》現在也在「左聯」手中了，魯迅與沈雁冰，現在已成了《自由談》的兩大台柱了。兩個月後，《社會新聞》又登了一篇《魯迅與沈雁冰的雄圖》，造謠說：「自從魯迅沈雁冰等以《申報・自由談》為地盤，發抒陰陽怪氣的論調後，居然又能吸引群眾，取得滿意的收穫了。在魯沈的初衷，當然這是一種有作用的嘗試，想復興他們的文化運動。現在，聽說已到組織團體的火候了。」這說明國民黨已不能忍受《自由談》對它的諷刺、揭露和鞭撻，他們要採取行動了。果然，史量才向黎烈文提出了勸告，要他加強審稿。黎烈文不得不向魯迅和父親打招呼，並在 5 月 25 日的《自由談》上登了這樣一則啓事：「這年頭，說話難，搖筆桿尤難。……編者謹掬一瓣心香，籲請海內文豪，從茲多談風月，少發牢騷，庶作者編者，兩蒙其休。……語云：識時務者為俊傑，編者敢以此為海內文豪告。區區苦衷，伏乞矜鑒！」

從此，《自由談》上「何家乾」和「玄」消失了，二人都換了筆名，文章內容也改為「多談風月」，不再直接談政治，但社會問題仍大談特談，所以「談風月」實際上成了「談風雲」。這類文章，到 1934 年 11 月史量才被暗殺為止，父親共寫了 33 篇。數量較前大為減少，一個月不到兩篇。減少的原因是父親正忙於新創刊的大型期刊《文學》。魯迅則愈寫愈多，至 1933 年底又寫了 64 篇，後來他將這些文章分別編成了兩本雜文集，前期的文章編為《偽自由書》，後期的則名《準風月談》。

《申報・自由談》的改革，吸引了許多作家也來嘗試著寫雜文，並蔚然成風，使得雜文漸漸地成為一些左翼作家用來反擊國民黨文化「圍剿」的一把鋒利的匕首。

父親和魯迅在《自由談》上並肩作戰的同時，兩人間的友誼也加深了。1933 年 4 月上旬，魯迅遷居大陸新村後，他動員父親搬去與他為鄰。父親那時正欲遷居，覺得搬去與魯迅為鄰，有事相商將方便得多，就在 4 月下旬也搬到了大陸新村。從此，有什麼事情要商量，或由魯迅遣女佣送一紙條來，或由父親走幾步就到了魯迅家。1933 年上半年父親和鄭振鐸醞釀創辦《文學》，就在魯迅家中一起商量過，魯迅支持辦這份雜誌，並允諾參加雜誌的編委會。1933 年底，國民黨加緊了文化「圍剿」，嚴屬查禁左翼作家的書刊，父

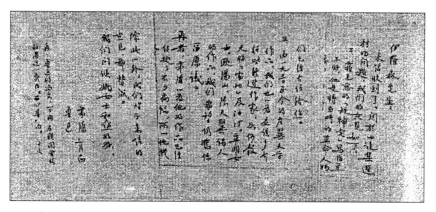

茅盾在熱心地向中國讀者介紹外國文學的同時，也熱心地將中國作家的作品，特別是新近作家的優秀作品介紹到國外去。茅盾和魯迅一起，多次幫助外國朋友編選中國的現代作家作品集。1933 年，他們爲埃德加‧斯諾編選的《活的中國》推薦了作品，提供了意見。1934 年，他們又應哈羅德‧伊薩克斯（伊羅森）之請，幫他選編了一部中國現代進步作家短篇小説集──《草鞋腳》。這是魯迅和茅盾爲擬定《草鞋腳》的選目寫給伊羅森的一封信，信由茅盾起草，魯迅簽名。

親和魯迅的大部分著作以及《文學》都在查禁之列。爲了應付國民黨的這次查禁，父親多次到魯迅寓所商討和研究應對的辦法，《文學》堅持繼續出版的方案，就與魯迅商量過。1934 年 5 月，爲了在國民黨的文化「圍剿」下開闢一條反「圍剿」的新戰線，在大陸新村魯迅又與父親共同商議和創辦了《譯文》。這是我國第一個專門譯介外國文學的雜誌。

魯迅與父親的友誼也澤及幼時的我。那時父親忙於工作，很少關心孩子的娛樂，魯迅早已把這看在眼裡。魯迅夫婦對海嬰十分鍾愛，經常陪他去看兒童影劇。因此，父親曾有過幾次收到魯迅讓女傭送來的這樣的便條：「請借阿桑一用，按時奉還。」父親明白，這是魯迅夫婦要帶海嬰去看電影了，故來「借」阿桑同去。有時魯迅看到我體弱，疑有疾病，便硬要父親帶我找須藤醫生做檢查。檢查結果尚無大病，魯迅這才放心。

父親和魯迅的友誼，還表現在與史沫特萊的共同友情上。史沫特萊當時在爲第三國際工作，她是 30 年代先後在上海創刊的兩個進步的英文刊物《中國論壇》和《中國呼聲》的後台。由於工作需要，她經常要與魯迅和父親聚首，由父親充任翻譯。史沫特萊在回憶魯迅的文章中說，她常和茅盾在街角會合，然後悄悄進入魯迅家。她還介紹美國記者伊羅森與魯迅和父親相識，希望魯迅和父親能幫伊羅森編選一本中國現代作家的短篇小説集。魯迅和父親共同擬定了篇目，並題名《草鞋腳》，魯迅寫了「序言」，父親則寫了作家

和作品的簡介。

1936 年初，紅軍長征抵達陝北又東渡黃河後，史沫特萊最早得到了消息，她建議魯迅和父親聯名給中共中央發一賀信，這便是著名的「長征賀電」。這封信魯迅寫好後告訴了父親，但父親沒有看到原文，就由史沫特萊發往陝北了。有一次史沫特萊因病住院，魯迅和父親曾結伴前往探視。史沫特萊也關心魯迅和父親的健康狀況，認為中國的革命作家普遍營養不良，對魯迅的健康她尤為擔憂。1935 年 11 月在蘇聯駐上海領事館的一次內部小型酒會上，她與宋慶齡都發現魯迅滿臉病容，便勸他去蘇聯治病和療養，她又請父親去做說服工作，但是魯迅不願意出國療養。半年後魯迅的病情加重了，史沫特萊急忙請了一位美國醫生，和父親一同來到魯迅家中為他診斷。檢查的結果是：病情嚴重，恐怕過不了年！史沫特萊的眼淚當即流了出來。後來美國醫生又為魯迅拍了一張 X 光片，從照片上看，魯迅的雙肺已基本爛空！醫生驚訝地說：「這是我所見到的第一個善於抵抗疾病的中國人！」

父親和魯迅共同與外國朋友打交道的事還不少。有一次，國際革命作家聯盟的機關刊物《國際文學》通過蕭三從莫斯科給魯迅轉來了兩份約稿信，魯迅一份，父親一份，要求他們寫一點對蘇聯第一次作家代表大會的感想，同時徵求他們對蘇聯文學的意見。父親寫了一篇五百多字的《答國際文學社問》，交給了魯迅，請他轉往蘇聯。過了幾天，魯迅拿出一頁自己親手謄寫的稿子交給父親，說：「你的原稿已經給蕭三寄去，我怕你沒有留底稿，所以給你抄了一份。」魯迅這幾句平淡的話，卻使父親激動不已，因為從這件小事，透出了魯迅對社會主義蘇聯的敬仰，對戰友的關懷，以及對工作的一絲不苟。

父親和魯迅共同處理有關「外事」的情況還有不少，就不贅述了。這裡據他晚年所撰的回憶錄，再摘一段這樣的故事：

　　大約在三六年二月中旬，我收到魯迅的一封信，上面寫道：「日本改造社的山本實彥先生打算在《改造》雜誌上介紹一些中國現代文學作品，要我幫他選一些，我已經答應了。他提出要有你的一篇，你看是挑一篇舊作給他，還是另外寫一篇新的？是舊作，選好了告訴我一聲就行了；是新作，就把原稿寄給我，也許我能把它譯成日文。」魯迅願意翻譯我的作品，我當然十分感激，連忙回信表示要趕寫一篇新的，……這篇東西就叫《水藻行》。寫成於二月二十

六日。

　　我把《水藻行》的原稿交給魯迅的時候，魯迅正生著病。他抱歉地說：「你看，我又犯了氣喘病，不過快要好了。稿子先放在我這裡罷。」……可是進入五月，病又突然加劇，一直綿延到九月才漸見好轉。大約在八月份，魯迅有一次告訴我：「山本實彥來信催問你的文章，我卻還沒有翻譯，只好把原稿寄給山上正義，請他代為譯成日文。山上正義翻譯過《阿Q正傳》，他的中文程度是不錯的。」我對於魯迅這種細緻周到認真負責的精神只有感動。（《茅盾全集》35卷101、104頁）

　　30年代的中國文壇充滿了矛盾和鬥爭，既有文化「圍剿」和反「圍剿」的敵我鬥爭，又有左翼文藝界批判「第三種人」自由主義文藝思潮的鬥爭，也有左翼陣營內部關於克服宗派主義、關門主義的鬥爭，以及由這些鬥爭引起的種種分歧、偏見、誤會等等。魯迅作為左翼文藝的統帥，自然是處在這些鬥爭的漩渦中心，迎接來自各方面的挑戰。在這些鬥爭中父親為自己確定的位置，就是密切配合魯迅戰鬥，維護魯迅的威望。

　　由於各種各樣的原因，人們在某些具體問題的看法或處理時存有分歧自屬難免。父親在維護魯迅的前提下，盡可能地多做化解矛盾、分歧和隔閡的工作。譬如在1936年左翼文藝界關於兩個口號的論爭中，父親就擔當了被某小報譏諷為「腳踏兩隻船」的角色。父親原則上贊成「國防文學」這個口號，但又認為必須補充其不明確性和糾正一些錯誤的解釋。他又支持魯迅贊同的「民族革命戰爭的大眾文學」這個口號，認為兩個口號可以並存，能起到互補的作用。在籌組中國文藝家協會時父親參與了這工作，並為它起草了宣言，又在中國文藝工作者宣言上簽了名。他還力爭兩個宣

1956年10月14日魯迅逝世二十週年前夕，魯迅新墓在上海虹口公園落成，茅盾和宋慶齡、許廣平、周揚等參加了遷葬儀式，茅盾在遷葬儀式上講話。

言都不提兩個口號之爭。父親還專門給當時在日本的支持「國防文學」口號的郭沫若寫了信，希望他在兩個口號的論爭中能與魯迅的步調一致，共同引導青年辦明鬥爭的方向，使這場左翼文藝界內部的爭論早日結束。與此同時，父親也撰文批評了論爭雙方──主要是周揚和胡風的宗派主義情緒。

在父親的一生中所撰寫的作家論和作品評論多達數百，但對同一作家寫多篇評論的則不多見，只有魯迅是例外。據不完全統計，父親撰寫的關於魯迅的評論和散文約有 40 餘篇。

父親是崇敬魯迅的，但他並不贊同神化魯迅。遠在 1948 年他在香港編《文匯報》副刊時，針對當時有些青年認為「魯迅太偉大了，年輕人『仰之彌高』，……故而除了景仰，不敢發議論」的觀點，在《編餘漫談》中表示：「這一觀念，我以為不很對。這是把魯迅當作偶像來崇拜，正是魯迅自己所反對的。」（《茅盾全集》23 卷 453 頁）可是這種對魯迅的「神化」在二十年後的文化大革命中卻在「四人幫」的鼓噪下達到了極點。「四人幫」是為了達到他們篡黨奪權的目的而不遺餘力地「神化」魯迅。所以「四人幫」被粉碎後，父親就提出：「不要搞形而上學，不要神化魯迅，要紮紮實實地、實事求是地研究魯迅。」指出在「魯迅研究中也有『兩個凡是』的問題」，「把魯迅神化了，把真正的魯迅歪曲了。魯迅最反對別人神化他。」（《茅盾全集》27 卷 360、361 頁）這是父親對魯迅真誠友情的最後一次告白。

第二節　諍友瞿秋白

父親最初知道瞿秋白，是 1922 年在北京《晨報》上讀到他寫的「餓鄉紀程」。那是十月革命勝利後關於蘇聯的最早的一篇目擊者的連載報導。後來從鄭振鐸那裡知道瞿秋白是他的好友，曾在北平共同發起並籌組「文學研究會」，但「文學研究會」正式成立時，瞿秋白作為《晨報》的記者已去了蘇聯，所以在發起人中沒有他的名字。

1923 年瞿秋白回國時，他已是中國共產黨黨員。不久他來到上海，就任上海大學的教育長兼社會學系主任。上海大學的校址當時在閘北青雲路青雲里，是個名副其實的「弄堂大學」。那時父親任該校的兼課教員，在一次教務會議上首次與瞿秋白見了面。從瞿秋白的文章，父親想像他是一位博學、健談、思想敏捷、有幽默感的白面書生，一個弄文藝的人；現在見了面，果然

人如其文：高挑身材，穿一件竹布長衫，蒼白的面頰上架著一副眼鏡。不過，他在上海大學講的課卻是社會科學和哲學，不久又發現，他對政治的關注遠超過了文學。那時父親也正熱衷於政治，兩人的志趣愛好相投，很快便成了好朋友。1924年冬瞿秋白與楊之華結婚後，搬到我們隔壁——順泰里12號，於是兩個人的友誼又擴展為兩個家庭：母親和楊之華也成了好友。楊之華引導母親參加了婦女運動和女工工作，後來又介紹母親參加了共產黨。她們的女兒獨伊和姐姐同齡，這時也成了好朋友，同上一個幼稚園，同在一起玩。瞿秋白的幽默常有驚世駭俗之舉，譬如他與楊之華的結婚便被傳為美談。楊之華與

瞿秋白與女兒獨伊（左）、沈霞（右），1925年於上海尚公幼兒園。

前夫沈劍龍意氣不投，感情不合，因而隻身來上海投身革命。後來她與瞿秋白戀愛了，向前夫提出離婚。沈劍龍回信說：這是很平常的事，我到上海來和你面談。結果，在張太雷、施存統、沈澤民、張琴秋等見證人的面前，雙方協議，在《民國日報》上同時刊登三條啓事。一為沈楊離婚啓事，二為瞿楊結婚啓事，三為瞿沈做朋友啓事。離婚啓事大意謂：我們很愉快地解除婚姻關係，但仍保留友誼關係。做朋友啓事大意謂：我們以後仍是最親密的同志和朋友。登了啓事後就舉行婚禮，參加儀式的人中間就有沈劍龍。這件事在當時的新派人中也是很新奇的。

因為父親與瞿秋白當時都是共產黨員，故又多了一層同志關係，相互間毫無芥蒂，可說是心心相印。又由於在黨內瞿秋白是上級，對馬列主義的研究和理解也勝於父親，因而當涉及政治問題，父親常會去登門請教。譬如商務印書館內黨的活動——父親是黨支部書記，瞿秋白就常常「蒞臨指導」；「五卅」運動中瞿是核心領導之一，父親則是運動的參加者和執行者。大革命時期父親在武漢主編《漢口民國日報》時，就一直接受瞿秋白的領導，那時瞿秋白是代理的黨的宣傳部長。父親與瞿秋白的友情已經達到推心置腹無話不說的地步，對於陳獨秀的家長作風和當時的右傾保守思想，他們有共同的認

識；對彭述之的投降主義言論，更是一致反對。父親認爲瞿秋白是有非凡的
政治敏銳性，他是黨內最早主張無產階級必須獨立掌握革命領導權，不能依
賴資產階級的少數黨的領導成員之一。他把毛澤東的《湖南農民運動考察報
告》印成小冊子，廣爲散發，也給了父親一本，對父親說：「潤之這本小冊子
很重要，它說明了中國革命的源泉何在。」

父親與瞿秋白的友誼，在前半段主要表現在政治上的同志情誼。瞿秋白
雖然也喜愛文學，但他全身投入的只有革命。大革命失敗後，父親對政治失
望了，看不清中國的革命今後將走怎樣的路，於是把興趣完全轉向了文學，
開始了創作。瞿秋白則一往直前，一心一意要走蘇聯成功之路——搞城市暴
動。對於瞿秋白這種不顧中國國情的盲動行爲，父親是持反對態度的，尤其
在聽到一些悲痛的消息之後——不少熟悉的朋友，在盲動主義的驅使下，莫
名其妙地被捕了，犧牲了！但當時父親無法找到瞿秋白，就只能在文章中宣
泄自己的不滿：「你不爲威武所屈的人也許會因親愛者的乖張使你失望而發
狂。」（《茅盾全集》19 卷 185 頁）

不過，父親與瞿秋白用共同的革命理想和信念凝成的友誼是牢固的，並
未中斷。1930 年夏父親從日本回國和瞿秋白夫婦再次重逢之後，他們的友情
更深化了。經歷了大革命失敗以後的風風雨雨，倆人都變得更成熟了。父
親慶幸自己終於擺脫了「從政夢」而回歸到文學。瞿秋白則省察了自己前
幾年「犬耕」的痛苦，他對父親和魯迅說：「我做個中央委員，也還可以，
但要我擔任黨的總書記這樣的領導全黨的工作，就是使犬耕田了，是力不
勝任的。」從此，父親與瞿秋白的友誼就在對文學藝術的切磋和探求中得到
了深化。

在對父親創作的批評方面瞿秋白往往是直率和毫不留情的，也從不只講
好聽的話。譬如《三人行》出版後，瞿秋白說：「子曰：三人行，必有我師焉。
可是這本《三人行》卻是無我師焉！」又如他看了《路》的原稿，認爲原稿
以中學生爲主角不妥，應改爲大學生，方符合當時的政治環境。父親採納了
他的意見，把小說中的人物改爲大學生，但又相應增加了一些愛情的描寫。
瞿看後又提出意見說，學生還是少談戀愛爲好。在《子夜》創作時，瞿秋白
自始至終給以深切的關注。《子夜》最初計劃是寫一部城市——農村交響曲，
在擬就第一個大綱並寫完前四章的草稿後，父親與瞿秋白作過幾天長談，這
次談話的結果是使父親下決心縮小原定計劃，重新擬定大綱，並對民族資本

家的描寫和他們的出路作了大的改動。

這次長談之後，瞿秋白就參加了「左聯」的領導工作，並且結識了魯迅。父親也擔任了「左聯」的行政書記。於是在瞿秋白、魯迅、父親，還有馮雪峰的共同努力下，對「左聯」的綱領作了重大的修改，糾正了「立三路線」留下的影響。瞿秋白還建議父親寫兩篇總結「五四」以來的新文學運動和1928年以來普羅文學運動的經驗教訓的文章，他對父親說：「魯迅從來不寫這一類文章，而你正好是這方面的老手，作為『左聯』的行政書記，你也有這方面的責任，應該帶個頭。」於是父親就寫了兩篇論文：《「五四」運動的檢討》和《關於「創作」》。這兩篇文章都得到了瞿秋白的首肯，也是父親的文學評論文章中較為重要的兩篇。

現在看來，兩篇文章對「五四」運動的歷史作用和「五四」新文學運動的成果，都有評價偏低的缺點。對於「五四」運動作出正確評價的是毛澤東，他指出「五四」運動揭開了中國新民主主義革命的序幕，是屬於無產階級社會主義革命的一部分。但是在30年代，人們都普遍認為「五四」運動是中國新興資產階級的革命，是先天不足的，短命的，到「五卅」運動時，它就退出了歷史舞台，讓位於新崛起的無產階級革命運動。這說明，不論父親還是瞿秋白，對中國革命性質的理解仍舊有「左」的痕跡。

父親擔任了半年「左聯」行政書記後，便提出辭職以便完成《子夜》的創作。這個要求得到了魯迅和瞿秋白的支持，瞿秋白說：「『左聯』新的綱領要求作家們拿出創作的成果來，你就來帶個頭罷。《子夜》是部大著作，我支持你把它寫好。」一年以後，《子夜》出版了，瞿秋白為它寫了兩篇評論——《子夜與國貨年》和《讀〈子夜〉》。瞿的評論保持了他的一貫作風——不留情面，長處說夠，短處揭透。他讚揚《子夜》「是中國第一部寫實主義的成功的長篇小說。」「在中國，從文學革命後，就沒有產生過表現社會的長篇小說，《子夜》可算第一部。」「應用真正的社會科學，在文藝上表現中國的社會關係和階級關係，在《子夜》不能夠不說是很大的成績。」「從『文學是時代的反映』上看來，《子夜》的確是中國文壇上新的收穫。」「一九三三年在將來的文學史上，沒有疑問的要記錄《子夜》的出版。」等等。

同時，他又說：「自然，它還有許多缺點，甚至於錯誤。」他所說的缺點和錯誤是指「意識上」的，他說：「在意識上，使讀到《子夜》的人都在對吳蓀甫表同情，而對那些……破壞吳蓀甫企業者，卻都會引起憎恨。」這裡的

「破壞者」自然也包括了罷工工人和共產黨。
又說：「《子夜》的收筆……太突然，我想假使
作者從吳蓀甫宣布『停工』上，再寫一段工人
的罷工和示威，就不但可挽回在意識上的歪
曲，同時更可增加《子夜》的影響與力量。」

　　對於瞿秋白指出的「意識上」的缺點和錯
誤，父親並不認同，相反認為瞿的觀點過於激
進。這種分歧，在父親和瞿秋白關於文藝大眾
化問題的討論中也有表露。

　　30 年代初，文藝界有過幾次對於文藝大眾
化的討論，瞿秋白寫了好幾篇文章參加討論。
其中對於大眾文藝的語言問題，他有這樣的觀
點：「五四」式的白話是非驢非馬的文字，是中
國文言文法、歐洲文法、日本文法的混合體；
號稱「白話」，實則是「新文言」，勞動大眾是
讀不出，聽不懂的。所以革命文學必須用勞動

1931 年 4 月，瞿秋白在茅盾
家中避難，他仔細閱讀了《子夜》
的大綱和已寫好的前四章，並與
茅盾促膝交談。他向茅盾介紹了
當時的工人運動和蘇區鬥爭的情
形，提出了不少中肯的修改意
見。茅盾接納了秋白的建議，修
改了部分大綱。這是 1931 年的瞿
秋白。

人民自己的語言，去創造革命的大眾文藝。對於這個觀點，父親並不同意，
便寫了一篇《問題中的大眾文藝》與瞿秋白探討。父親認為對「五四」以來
的白話文不應估價太低，在真正的現代中國話還沒有形成之前，白話文還是
惟一能為廣大人民大眾普遍接受的一種文字，文藝大眾化主要是指作家們要
努力使用大眾的語言來創作人民大眾喜聞樂見的作品，而不是指由大眾自己
來寫文藝作品。蘇聯能開展工農通信員運動，提倡工農自己寫作，是因為有
政權在無產階級手中這樣一個先決條件，而中國還沒有。在這次討論中，瞿
秋白提出了不少很好的意見，但也能看出他很受當時蘇聯的一些影響。

　　一年後，瞿秋白奉黨中央之命離開上海去了江西中央蘇區。楊之華沒有
同去，原因是她手頭的工作無人接替。其實，瞿秋白參與領導「左聯」的工
作，才真正是無人能替代的。在短短的三年中，「左聯」擺脫了左傾機會主義
的影響，在日益嚴重的白色恐怖下，開闢了無產階級革命文藝的道路，取得
了輝煌的成就，這一切都與瞿秋白的領導分不開。可是當時王明左傾路線的
黨中央看不到這些成績。

　　也是在這期間，即 1932 年，父親向瞿秋白第一次提出了恢復黨籍的請

求，幾天後瞿秋白告訴父親：黨中央一直沒有答覆。建議父親也像魯迅那樣做一個非黨的布爾什維克。

1933 年深秋的一天傍晚，瞿秋白來向父親辭行，並互期再見的日子。誰能料到這一別竟是永訣！一年後，父親得悉瞿秋白被捕並被叛徒出賣，不久，報紙上就刊登了瞿秋白高唱《國際歌》從容就義的噩耗，那一年他才36 歲！

半年以後，國民黨特務小報《社會新聞》連載了瞿秋白在獄中寫的《多餘的話》的摘錄，大家當然都不相信，魯迅冷笑道：「他們不在秋白身上造點謠，就當不成走狗了！」

然而三十多年後，在文化大革命中，瞿秋白卻因爲《多餘的話》重新被打成「叛徒」。八寶山的秋白墓也被紅衛兵砸毀了，還出版了一份《討瞿戰報》。父親曾讀過幾期這個小報，只說了兩個字：「荒唐」。在父親晚年的回憶錄中有這樣一段敘述：

> 在秋白因爲《多餘的話》而重新被打成「叛徒」之後，我又重讀了這篇自述。我看不出有什麼叛變的事實。秋白不過是在走上刑場之前，眞誠地坦率地解剖了自己，他一面高唱《國際歌》慷慨就義，一面卻向人們毫無保留地暴露了自己的弱點和內心的痛苦。他不想成爲完人，……他卻希望後人以他爲前車之鑒。他慨嘆於自己由於「歷史的誤會」而被推上了政治風雲的尖巔。……他說：他搞政治，就好比使犬耕田，力不勝任。……他這自知之明、自我解剖的話，曾使我肅然起敬。《多餘的話》中所表述的不正是他那「犬耕」的心情嗎？這不是叛徒的心情，這是一個認識到自己的「力不勝任」給中國革命帶來了重大損失的共產黨員出自內心深處的懺悔。這是一個眞正的不考慮個人得失的無私無畏的共產黨員，一個雖有弱點卻使人永遠崇敬的共產黨員！（《茅盾全集》35 卷 30 頁）

「四人幫」粉碎之後，瞿秋白的「叛徒」問題卻遲遲未得平反。1979 年5 月，父親收到素不相識的陳鐵健的一封信和一篇題爲《重評〈多餘的話〉》的文章。父親回信道：

> 我以爲您的持論極公平。秋白同志無論如何總是中國共產黨早期的領導人之一，又是早期的傳播馬列主義的重要人物之一。……我對於《多餘的話》中他自謂搞政治是「歷史的誤會」，深有體

會。……30 年代他與魯迅來往時，寫信有時署名犬耕，魯迅不解其意，問他，他說：「我搞政治，好比使犬耕田。」……我和他相識多年，……感到他是詩人氣質極為濃厚的人，對他以犬耕自喻，只能認為是冷靜的自我解剖。（《茅盾全集》38 卷 349、350 頁）

　　父親這封信引起了很大的反響，因為父親道出了別人想說而不敢說的話，還舉出了非常有力的證據。

　　不久，中共中央作出了為瞿秋白平反的決定。

第三節　摯友鄭振鐸

　　父親與鄭振鐸的友誼，可以概括為四個字：志同道合。在 20 年代和 30 年代，父親的一些重大的文學活動，都是在鄭振鐸的密切配合下進行的。不少活動也都是經鄭振鐸倡導的，但在行動時他又把父親推到前面，自己甘當副手。這樣的朋友，在人的一生中又能遇到幾個？！

　　父親與鄭振鐸相識於 1920 年。鄭振鐸是主動寫信給父親「建交」的，他邀請父親參加「文學研究會」並作為發起人之一；接著他又向張元濟和高夢旦推薦父親擔任革新《小說月報》的主編，並為《小說月報》的新刊組織稿源，使《小說月報》的革新得以順利推進。可以說，沒有鄭振鐸無私的支援和幫助，父親走上文學之路也許就不會那麼一帆風順。

　　「文學研究會」打出了「為人生的藝術」的旗幟，鄭振鐸又進一步提出了一個形象化的口號：「血與淚的文學」。在「文學研究會」的活動中，他們共同倡導「為人生的藝術」和「血與淚的文學」，介紹被壓迫民族的文學和弱小民族的文學。他們共同抨擊封建文學、鴛鴦蝴蝶派的遊戲文學。他們共同創辦了「文學研究會」的會刊《文學旬刊》，宣傳「文學研究會」的主張。他們還共同與「創造社」展開了論戰。「五卅」運動時，他們與商務編譯所的同人共同創辦了《公理日報》。1925 年商務印書館大罷工時，他們又同為罷工一方的代表。總之，在 20 年代，父親與鄭振鐸兩人的友誼和活動，可說是形影相隨，親密無間。所不同的，一個是共產黨員，一個是黨的同路人。

　　其實，假如當時鄭振鐸提出入黨的要求父親一定樂於做介紹人，但文人的自由散漫習性阻礙了鄭振鐸成為黨員。即使這樣，他對共產黨的信任和崇敬始終是堅定的。也許正是由於這種心理，使得鄭振鐸在與父親的共同戰鬥

中，一直甘於充任副手。如今人們講起「文學研究會」，總以父親爲代表人物，這主要因爲父親是以「文學研究會」的「理論家」的面目出現，寫過大量的理論文章；而鄭振鐸更突出在組織能力上，是「文學研究會」實際上的組織者。

30年代，鄭振鐸任燕京大學的教授，住在北平，然而他的文學活動主要仍在上海。父親在30年代主要的文學活動之一：創辦大型的文學期刊《文學》，就是在鄭振鐸的倡議和大力支持下辦起來的。大約在1933年春節後，鄭振鐸請回上海度假，父親和他談起現在缺少一個像《小說月報》那樣的「自己的」文學期刊。鄭振鐸就說：「我們把《小說月報》重新辦起來如何？」父親說：「雖然你的老丈人是商務的元老，但復刊《小說月報》怕也作不了主。我看還是另找一家有進步傾向的書店來出版爲好。」又說：「雜誌要辦個大型的，篇幅可以比《小說月報》增加一倍，再改個名稱，內容則以創作爲主，提倡現實主義，也重視評論和翻譯。觀點是左傾的，但作者隊伍可以廣泛。」鄭振鐸表示贊成，並且提議刊物的名稱就叫《文學》，出版的書店由他去聯繫。

不久，《文學》在鄭振鐸操辦下創刊了。至於主編一角，因父親尙在國民黨通緝之中，自然不能出任，鄭振鐸又遠在北平教書，也無法擔任，最後由鄭振鐸出了有保護色彩的傅東華，實際的編輯工作則由父親來做。由於鄭振鐸的積極奔走和全力以赴，也因爲得到當時不少進步作家熱情、積極的支持，僅僅過了大約半年的時間，即1933年7月，大型期刊《文學》便和讀者相見了。其後由於刊物內容（作品、理論文章等）的豐富充實以及作者陣容的堅實，如魯迅、郁達夫、葉聖陶、陳望道、夏丏尊等均時有作品發表，因而成爲當時影響極大的巨型文學刊物，且一直延續至抗日戰爭爆發，始被迫停刊。

鄭振鐸是個熱心腸的人，交遊廣，辦法多，能力強，且好當和事佬，所以在30年代父親凡遇到什麼棘手之事，首先想到的便是鄭振鐸，而鄭振鐸也總能盡心盡力地爲朋友兩肋插刀。如1933年末國民黨向進步文藝界發動了瘋狂的文化「圍剿」，《文學》面臨被查禁的危險時，鄭振鐸急忙從北平趕到上海，和父親共同商討如何對付國民黨查禁的辦法，最後終於想出了接連出四期專號的對策。四期專號中的一期《中國文學研究專號》有三百多頁，就是由鄭振鐸在北平編就的。實施了這一招，果然使《文學》擺脫了夭折的厄運。

參加政治協商會議第一屆全體會議的文藝界小組同志的合影。從左至右，前排：艾青、巴金、史東山、馬思聰，後排：曹靖華、胡風、徐悲鴻、鄭振鐸、田漢、茅盾。

抗日戰爭時期父親去了內地，鄭振鐸則留在上海孤島。日本投降後曾有短暫的重逢，不久又再度分開，直至全國解放後才最終在北京團聚。這時，鄭振鐸又一次當了父親的副手——文化部副部長兼文物局局長。鄭振鐸兼任文物局長，對歷經戰亂的我國文物的保護、整理、搜集和搶救，作出了巨大的貢獻，如對全國名勝古蹟保護法的擬定，從香港搶救流失海外的珍貴文物，以及對定陵的發掘等等。而在這些工作中，父親又反過來成為鄭振鐸的堅決支持者和幫手。

令人深感惋惜和遺憾的是，鄭振鐸尚未充分全面地展示他多方面的才能，便在 1958 年 10 月 18 日因飛機失事而過早地離開了人世。聽到這噩耗時，父親正在國外，當晚就提筆為這位摯友寫了一首挽詩，回國後又續寫了一首。詩前各有小序：

其一

十月十九日，余自塔什干飛回莫斯科，始聞飛機失事，鄭副部

長及其他同志十餘人遇難。是夜，余寓烏克蘭旅館之二十七樓，倚窗遙望，燈光閃爍，風雨淒迷；久不成寐，書此八句，以寄悼思。

驚聞星殞值高秋，凍雨飄風未解愁。為有直腸愛臧否，豈無白眼看沉浮。買書貪得常傾篋，下筆渾如不繫舟。天吝留年與補過，九原料應恨悠悠。

其二

回國後，十月二十八日得《詩刊》社來信，索稿悼鄭，並限為舊體。卅一日追悼會後，續得八句，並前章均以應命；非以為詩焉，蓋以為唁也。

紫光一別隔重泉，滬瀆論交四十年。風雨雞鳴求舜日，玄黃龍戰出堯天。紅先專後嘗共礪，綆短汲深愧仔肩。酹酒慰君惟一語，鋼花燦爛正無邊。（《茅盾全集》10 卷 397 頁）

第四節　密友葉聖陶

父親與葉聖陶的友誼也是從文字之交開始的。最初是在 1919 年，葉聖陶發表於《新潮》第一卷第三號上的一個短篇《這也是一個人》引起了父親的注意。當鄭振鐸邀請父親參加「文學研究會」時，父親發現葉聖陶也名列發起人中。後來在鄭振鐸推薦的支援《小說月報》革新的第一批創作稿中，又見有一篇葉聖陶作的《母》。父親讀後十分喜歡，立即將它發表在《小說月報》革新後的第一號上，並在篇末加了一則短短的附註，作三言兩語的評論。附註道：「聖陶兄這篇創作，何等地動人，那是不用我來多說，讀者自能看得出。我現在是要介紹聖陶兄的另一篇小說名為《伊和他》的（登在《新潮》），請讀者參看。從這兩篇，很可看見聖陶兄的著作中都有他的個性存在著。」（《茅盾全集》18 卷 63 頁）那時葉聖陶住在蘇州，他之成為「文學研究會」的發起人，也是由鄭振鐸在《新潮》上看到了他的幾篇小說，主動與他通信，最後把他拉進「文學研究會」的。

父親和葉聖陶初次見面是在 1921 年上半年。那時葉已從蘇州到上海中國公學教書，鄭振鐸也剛從交通部鐵路管理專科學校畢業，分配到上海西火車站當見習生。三個新朋友首次聚會，便同遊了一次半淞園，並在園內合影留

文學研究會的成員茅盾、鄭振鐸（左二）、葉紹鈞（右一）、沈澤民
（左一），於 1921 年 3 月在上海半淞園聚會。

念。當時叔叔沈澤民正好在上海擬赴日本留學，也參加了他們的聚會。不
久，葉聖陶又離滬去了杭州、北平等地教書，直至 1923 年進了商務印書館編
譯所，才把全家搬來上海定居。但他雖在商務任編輯，仍丟不開教書這老行
當，先後在景賢女校、立達學園、復旦大學等上海名校兼課。那時父親已不
編《小說月報》，而將主要精力用於寫文章、打筆墨官司和搞政治活動上。所
以二人雖同在商務工作，卻是各忙各的，生活上、工作上的交往並不多。倒
是母親和葉聖陶夫人胡墨林成了好朋友，邀她參加婦女工作，最後還介紹她
參加了共產黨。

　　20 年代，新文學創作的成果主要是短篇小說，父親作為文學評論家對短
篇小說特別關注。他評論最多的也最推崇的，自然是魯迅的小說，但對葉聖
陶的短篇小說也很注意。他認為冷靜地諦視人生，客觀地、寫實地描寫灰色
的卑瑣的人生，是葉聖陶早期作品的特點，他寫得最好的人物，多半是小鎮
裡那些醉死夢生的灰色人，是小資產階級知識份子的灰色生活。作品的最大
局限是沒有給這些灰色的人生指出一條轉化的光明之道，而誤以為「美」和
「愛」是這種轉化的條件。父親認為這正是作者思想局限的反映。這個局限，
在作者經歷了「五卅」運動和大革命風浪的激蕩之後——雖然作者並沒有衝
在第一線，終於化解了，並且寫出了被父親譽之為具有時代性的「扛鼎」之

作：長篇小說《倪煥之》。

父親認為，偉大的「五四」運動沒能產生出表現時代的長篇小說，《倪煥之》是第一部；描寫「一個富有革命的小資產階級知識份子，怎樣地受十年來時代的浪潮所激蕩，怎樣地從鄉村到都市，從埋頭教育到群眾運動，從自由主義到集團主義，這《倪煥之》也不能不說是第一部。在這兩點上，《倪煥之》是值得讚美的。」（《茅盾全集》19 卷 207 頁）這樣由衷地讚美《倪煥之》，也正因為《倪煥之》的出現，是父親正在探索和追求的能緊密地反映時代並與時代同步的現實主義文學的一個巨大的勝利。

父親的這種創作上的追求和實踐，始於 1927 年夏季。正是葉聖陶第一個欣賞和支持了父親的這個實踐。那時葉聖陶正接替鄭振鐸主編《小說月報》，父親將自己的第一部小說剛寫完一半的——《幻滅》，請住在隔鄰的葉聖陶先看看，想聽聽他的意見。誰料葉聖陶讀完後便決定立即發排。父親說還沒有寫完呢，葉則表示「不打緊」，他認為這前半部就能引起轟動，後半部可以登在下一期。父親聽罷覺得不妨一試，便隨手在原稿上寫了個筆名「矛盾」，因為一則，當時他正在被國民黨通緝中，不能用真名或大家熟悉的筆名；二則，經歷了大革命的動蕩，他覺得到處充滿了矛盾，包括自身。葉聖陶認為這個筆名太惹眼了，萬一國民黨來追查也不好應付，便在「矛」字上加了個草頭。從此，葉聖陶為父親創造的這個筆名「茅盾」，就牢牢地伴隨了父親一生，其知名度甚至超過了沈雁冰這個真名。

父親的摯友中，葉聖陶是以忠厚穩健，兢兢業業，淡泊名利而知名，只要他認準了目標，就一步一個腳印地向前走去。他以誠信二字待人，與他交朋友是一種享受，可以向他託付一切。我們是 1925 年底搬到閘北景雲里，和葉聖陶毗鄰而居的，兩家老幼都成了好友：祖母與葉聖陶的母親，母親和胡墨林，亞男、阿桑和葉家的大倌、二倌（葉至善、葉至美），彼此都親密無間，猶似一家人。那幾年，父親大部分時間不在上海，1926 年去了廣州四個月，1927 年上半年和母親同赴武漢參加大革命，1928 年 7 月開始又亡命日本兩年，所以，大約有三年時間父親把我們家整個地託付給了葉聖陶。

1929 年鄭振鐸自海外歸來，葉聖陶把《小說月報》的編輯工作交還給了鄭振鐸，自己則離開了商務印書館到開明書店任職。開明書店創辦於 1926 年，是由原在商務工作的一些人因不滿商務的守舊而另立的門戶。葉聖陶的好友，後來成為親家的夏丏尊就是這事的帶頭人，所以葉本就早想去開明

1946 年冬，茅盾與郭沫若（左一）、葉聖陶（左四）、洪深（左二）
等合影於上海。

了，只因《小說月報》的工作使他無法脫身。

應該說，葉聖陶代編《小說月報》的兩年，實在是功不可沒：父親的第一部小說是他編發的，巴金的處女作《滅亡》，丁玲的成名作《莎菲女士的日記》，也都是經他的手發表在《小說月報》上的，葉聖陶眞是名副其實的「伯樂」。

葉聖陶進開明書店之後，實際上成了開明的靈魂。開明書店當時是與商務印書館、中華書局鼎足而立的中國三大書店之一，它以獨立的中間的立場與國民黨周旋，實則傾向共產黨，從不做有損於共產黨的事。開明的這種態度和立場是與葉聖陶的影響分不開的。父親所以把自己主要的著作如《子夜》、《蝕》、《虹》、《春蠶》等等都交給開明書店出版，就是因爲對葉聖陶眞摯友情的信任。父親在開明出版的那些著作都是由葉聖陶以篆體字爲之題寫書名的。不僅如此，30 年代父親還把自己的一些個人事務委託開明代爲辦理，開明已成了父親的私人代辦處。

抗戰時期，由於父親與葉聖陶分居兩地，聯繫少了，但友情依舊。父親五十壽誕時，葉聖陶在成都文藝界的祝壽大會上講了話。父親晚年撰寫的回憶錄中曾有這樣的記載：

聖陶的講話十分激動，大聲吶喊，甚至站到了凳子上。這在聖
陶是少有的。他說：我們都在黑夜中走路，不管離天亮還有多久，
路上還有多少險阻，我們終究會走過去的。茅盾先生二十五年的工
作，就好比是舉著一盞燈籠在黑夜裡努力地走，我們祝賀他五十壽
辰，就要像他那樣也拿起一盞燈向前走。儘管現在還是黑夜，但光
明終將把黑暗照明。（《茅盾全集》35 卷 542 頁）

這就是父親的密友葉聖陶。

第五節　契友胡愈之

父親和胡愈之相識於商務印書館的東方圖書館，那時父親經常去圖書
館，每次都遇到一位比自己還瘦小的青年在那裡看書或借書，後來知道他也
在編譯所，是理化部《東方雜誌》的編輯。《東方雜誌》是個綜合性的大型期
刊，內容包括政治、經濟、科技、文學等各種方面。不久又見他參加了「文
學研究會」，才知他也愛好文學，且懂英、日、世界語三種外文，翻譯過不少
文學作品，就此日漸熟悉起來。

胡愈之也寫論文，寫文學評論，在不少方面他的觀點和父親的見解相通，
譬如他主張中國「要走向新文藝的路上去，這寫實主義的擺渡船，卻不能不
坐」。他還強調文學翻譯工作的重要，主張系統地介紹西洋文學名著和文藝思
潮，這都與父親的主張相同。「文學研究會」的會刊《文學旬刊》創刊後，胡
愈之也是編者之一，經常有文章在上面發表，宣傳藝術為人生的觀點。但總
的說來，在 20 年代他還是以翻譯為主，因為他的外文水平高，且經常閱讀各
種外文書刊，所以譯介的範圍和內容十分廣泛。

胡愈之有一個顯著的特點，就是他的譯著發表後就丟在一邊，從不結集
出版，使用的筆名也很古怪，如羅羅、說誰、蠢才等等。他只是默默地耕耘，
而不考慮摘取結出的果實，他處處為他人作嫁衣裳，從不計較個人得失。20
年代發生的種種政治風暴，如「五卅」運動，1927 年的大革命和商務印書館
大罷工，他都積極參加努力工作，但從不拋頭露面。

胡愈之在解放後為人所熟知的是著名的出版家和國際問題研究家，他擔
任的職務也是出版總署署長，很少有人知道他還是翻譯家和文學家，原因就
是他不喜歡張揚。另一原因是：大革命失敗後他轉移了方向，去法留學了兩

1949 年 11 月，茅盾（前排左一）與沈鈞儒（左四）、胡愈之（左二）、沈茲九（左五）等在北海公園九龍壁前。

年，掌握了熟練的法語，回國後進入哈瓦斯通訊社（法新社前身）編發新聞稿，從此將主要精力轉移到推動國內進步的文化新聞出版事業上。

自 30 年代起，在他的支持和幫助下創辦的進步雜誌和出版社可以說多不勝數，其中著名的出版社有鄒韜奮主持的生活書店，有抗戰初期在孤島上海出版第一部《魯迅全集》和斯諾的《西行漫記》等的復社，有在桂林創辦的文化供應社。在刊物方面，父親和鄭振鐸創辦的《文學》，以及魯迅與父親等發起的《譯文》，就是經他的多方奔走，才得以在生活書店出版的。他還是《文學》的編委之一，為《文學》寫過不少文章。由陳望道主編的小品文期刊《太白》的問世，他更是傾注了全力。總之，他在這方面所作的工作的確不勝枚舉。應該著重一提的是，胡愈之還是救國會的核心人物之一。抗戰前夕在廣大群眾中產生過巨大影響，由生活書店出版發行的《新生》、《永生》，無不傾注了他的大量心血。

胡愈之還是熱心的語言工作者，早在上一世紀的 20 年代前後，他就在中

國介紹並推廣世界語。他還是中國文字拉丁化的積極倡導者，在這方面做過不少卓有成效的工作。

因為他是個國際問題專家，又創辦了我國第一個國際時事知識的刊物《世界知識》。這刊物備受關心國際時事並對之有興趣的廣大讀者的歡迎，產生過廣泛的影響。

由於他熱愛並熟悉出版工作，因而常有出版社或報社等在方針大計、出版規劃以至出版選題等方面向他求教。他也樂於竭誠相助，因而他是個真正的實幹家。在 30 年代被朋友戲稱為「設計專家」。這不是俏皮話，而是由衷的讚美。

父親也同樣對胡愈之十分欽佩。在 30 年代，由於工作性質的不同和環境的惡劣，兩人的交往逐漸減少了，但每當父親在工作中遇到什麼困難，胡愈之就悄悄地出現了，並為父親出主意想辦法幫助渡過難關。他是父親的肝膽相照的朋友！在推進並促使進步文化出版事業的發展壯大方面，他真是不遺餘力，但他並不自辦出版社或自編刊物。30 年代初期，為了改革商務印書館出版的「老牌」雜誌《東方雜誌》，他曾擔任了該刊的短期主編，但當商務當局懾於國民黨的壓力而日趨保守時，他便毅然辭去主編一職。當他得知某個真有進步傾向的出版社或刊物的主持者確在認真地想把工作做好，做得有意義時，他一定熱心地給予幫助，代人設計，代人拉稿，甚至代人調解糾紛。他淡泊名利、任勞任怨，甘於奉獻自己的經驗和智慧，精力和時間，真正做到了樂此不疲。

後來父親知道，胡愈之是位秘密的單線聯繫的共產黨員，入黨的時間大約在 30 年代初。

抗日戰爭勝利前夕，傳說胡愈之在新加坡遇難了！父親聽到後在悲痛中接連寫了兩篇悼念文《不可補救的損失》和《悼念胡愈之兄》。半年後，始知那是誤傳，胡愈之還活得好好的，一直在東南亞從事地下的抗日工作。但那兩篇「悼念」文卻真實地反映了他們兩人間的深厚友情，和父親對他的尊敬。在《悼念胡愈之兄》中他寫道：

> ……愈之兄的噩耗，來的如此突兀，我不願信，……好多天內，我總覺得像在做夢，有點昏昏然！這一下打擊太厲害了，……這是文化界的極大損失！也是中國民族解放運動的極大損失！……他一生的為學與辦事的精神和成就，實在值得年輕的一代永誌不忘，奉

爲模範。在學問方面，他是卓越的自學成功者，英文，法文，世界語，他都是自學的，留法以前，他的著作已經不少，不過他不願意集起來出版。在辦事方面，他是名實相符埋頭苦幹者，他不喜居名，他往往把一件事辦得有了相當規模時就交給朋友，而自己再去做另一拓荒者。待人接物，他老是那樣有計劃，有組織，在朋友中間，我還沒有看見有第二人比他強的！

在戰鬥的行列中，做一個衝鋒陷陣的擲彈手並不比一個架橋樑，敷電線，畫地圖的技術人員需要更多的沉毅和勇敢。⋯⋯愈之不是一個創造轟轟烈烈故事的擲彈手，然而他確是值得驕傲的後勤人員，而且在必要時他也會上火線做擲彈手的。（《茅盾全集》12 卷223～225 頁）

⋯⋯中國文化界又喪失了一位卓越的戰士，中國民主運動喪失了一位領導者，這損失太嚴重了！（同上 218 頁）

建國後，父親和胡愈之仍保持著親密的友誼。胡任國家出版總署署長，文化部副部長，中國人民外交學會副會長，中國文字改革委員會副主任等職。由於各忙各的，交往少了，但常能在一些會議中相見，逢年過節也多有過從。胡愈之的作風品德依舊，朋友患難時總會伸出支援之手。

1979 年 4 月 10 日，茅盾與胡愈之出席了在人民大會堂台灣廳舉行的商務印書館、中華書局職工座談會。

　　文化大革命中，父親受到衝擊「靠邊站」了，與新老朋友大都斷了往來。胡愈之沒有被「打倒」，因此他還能參加某些會議和看到一些文件，聽到某些內部消息。父親「靠邊站」後，胡愈之、沈茲九夫婦和葉聖陶是老朋友中最早來探望他的幾位。1973 年 4、5 月間，胡愈之聽到有人誣陷父親是「叛徒」，擔心父親還被蒙在鼓裡，便來告訴父親。父親聽罷憤然道：「什麼人對我如此仇恨，竟要置我於死地！」胡愈之說：「看來此人還是我們的同輩人。」又安慰父親道：「這事一定是『查無實據』，所以沒有人來打擾過你。但又做不了結論，只好掛起來。這事你應該設法弄清楚，可以向上申訴。」後來這個問題澄清了，父親也不再「靠邊站」了。那時小道消息滿天飛，特別是關於「四人幫」的各種各樣的傳聞。父親聽了很激動，但不相信我們的「傳達」，只相信胡愈之的消息。果然胡愈之登門證實了這些傳聞，並且介紹了毛主席批評「四人幫」的前後經過。兩個老朋友興奮地緊握著對方的手。

　　1981 年 3 月 27 日，父親逝世了。胡愈之寫了一篇悼念文《早年同茅盾在一起的日子裡》，詳細介紹了他們二人持續了 60 年的友誼。其中寫道：「茅盾同志不幸離開我們了。他給我們留下了輝煌不朽的著作。」從「1920 年他參加在上海的馬克思主義研究小組和共產主義小組，到 1927 年的武漢大革命，茅盾同志都是作為地下黨員參加的。」但「他並沒有脫離對文學——中國古典文學和世界文學的鑽研。他對俄國文學和十月革命的研究，使他找到了一條以後始終不變的道路：文學是手段，革命才是目的。文學反映革命的實踐，而革命的勝利和失敗，又或多或少受文學的影響。」這就是「現代中國自己的文學道路，這就是共產黨領導的革命現實主義的道路。」（《人民日報》1981年 4 月 25 日）

第五章　父親的人格魅力

第一節　團結至上

　　在中國現代文學史上，父親被譽爲「五四」以後早期的兩大文學團體之一「文學研究會」的代表人物。依照中國上千年結社史的慣例，父親自然是團體利益至上者。然而父親不是。對於「文學研究會」的宗旨，父親自然是堅決的捍衛者，但是他又堅決摒棄小團體利益至上那樣的宗派主義情緒。父親曾經寫過一篇介紹「文學研究會」的文章，其中說：

　　　　文學研究會的宗旨是：反對把文學作爲消遣品，也反對把文學作爲個人發泄牢騷的工具，主張文學爲人生。……

　　　　後來，這個會的會員們「百家爭鳴」起來，向左的向左，向右的向右，這都是個人的自由，……他們既不代表團體，而團體亦不代他們負責，……故而也毋須約束他們的言論。我不記得這個會從成立後曾經有過什麼會員大會，建立過什麼負責辦事的機構。誰熱心，願意任勞任怨，賠錢賠時間，誰就可以「攬權」作事。鄭振鐸就是這樣一個人。……

　　　　那時候表面看來很熱鬧，而且有組織、有計劃，實際完全不然，所有這些活動全是自發的，是即興式的，可以說是「人自爲戰」。……

　　　　我們如果說文學研究會在成立以後就只是一塊空招牌，沒有辦

　　事機構，無組織，無紀律，事實上這團體並不存在——那也不算過
　　分。(《茅盾全集》25 卷 463～465 頁)

　　可是，這種無組織的自發的活動，卻引起了「創造社」朋友們的反感，
被指責爲「黨同伐異的劣等精神，和卑陋的政客者流不相上下」，是「壓制天
下」的「假批評家」，「要拿一種主義來整齊天下的作家，簡直可以說是狂妄
了」。「文學研究會」一直視「創造社」爲同路人，都是提倡新文學反對封建
舊文學的，雖然雙方的文學主張不同。然而現在突然遭「創造社」的攻擊和
污蔑，父親與鄭振鐸當時年輕氣盛，便起而反擊。這便是持續三年的「文學
研究會」與「創造社」的論爭。

　　父親他們在論爭中堅持只討論學術觀點的是非，不牽涉個人或團體的意
氣和成見。因此當論爭越出了學術範圍而形成帶宗派情緒的諷刺、挖苦以至
漫罵時，父親他們認爲這樣做不利於團結起來共同對敵，便掛出了「免戰牌」，
退出了論爭。又如當成仿吾抓住父親錯譯的一個哲學名詞，專門寫了一篇長
文肆意嘲笑時，父親就未作答覆。

　　父親一貫主張，學術觀點的爭論必須徹底，不搞調和折衷，不留情面；
但個人的品德與學術觀點是兩回事，不能因觀點的不同而貶損以至否定對方
的爲人。譬如張恨水是鴛鴦蝴蝶派的主將，父
親曾對他作過批評，但三四十年代張恨水在其
作品中對社會生活的眞實描繪和對民族危亡的
感知，父親是十分清楚的，曾與鄭振鐸論及，
對他作了很高的評價。父親認爲張恨水的小說
（如《啼笑姻緣》）有對社會的暴露，在寫作技
巧方面有長處，對於章回小說的改良寫法也很
可取。這就使張恨水在被視作遊戲人生的黑幕
式小說家的重壓下獲得了解放，使他深感欣
慰。又如對「學衡派」的主將吳宓，父親與他
有過學術思想的原則性爭論，但對他具有的中
國文人的正氣和學究氣也表示欽佩。在有關《子
夜》的諸多評論文章中，父親特別欣賞吳宓的
評論，認爲他的分析十分中肯，沒有條條框框，
不戴有色眼鏡和毫無私心。

茅盾擔任《小說月報》主編
共兩年。1922 年底，由於商務印
書館當局干涉其編輯方針，不讓
其抨擊鴛鴦蝴蝶派，茅盾因而憤
然辭職。鄭振鐸接任主編，繼續
貫徹了茅盾革新《小說月報》的
基本方針。圖爲 1922 年的茅盾。

　　在 30 年代，父親對左聯文藝界內部的宗派主義情緒十分擔憂，因爲這既嚇退了不少正直的進步作家，又造成了「左聯」內部的矛盾和派系鬥爭，不利於壯大進步文藝陣營和一致對敵。這種錯誤傾向，在 30 年代初期，由於魯迅、瞿秋白和父親的共同努力，有過較多的克服和改變。但到了 30 年代中期，由於黨組織遭到嚴重破壞，「左聯」失去了與黨中央的聯繫，以致宗派情緒又重新抬頭，終於在 1936 年引發了兩個口號的爭論。當中國的革命從蘇維埃運動向抗日民族統一戰線的戰略大轉變時，革命文藝運動的戰略轉變也是必然的，從而引起在理論上、政策上、策略上的不同意見也是自然的，可以理解的，這些分歧原可通過正常的討論來求得解決。然而當爭論的雙方滲入了過多的宗派情緒，問題就複雜了，兩個口號的爭論便是在這樣的氣氛中產生的。

　　這種以排斥對方爲目的的爭論只能造成左翼文藝陣營的分裂，使「親者疼，仇者快」！（鄒韜奮語）父親從一開始就反對這種各持一端的爭論，認爲「國防文學」是根據共產國際的總口號演繹來的，不應否定，但對它的解釋需要補充和完善。但爭論雙方都聽不進不同的意見。這時父親寫了一篇題爲《作家們聯合起來》的文章，希望論爭的雙方以大局爲重，以團結爲重。文章說：

　　　　在這個苦難的時代，在這個存亡危急的關頭，還有什不可解釋的怨恨能把我們的前進作家們彼此分化，甚至成爲敵體，互相仇視呢？

　　　　站在一條線上的，大家聯合起來，一同走向前去罷！

　　　　在這個苦難的時代，在這個存亡危急的關頭有什麼個人的嫌隙芥蒂可容存在呢？

　　　　放大了眼光，敞開了胸懷，堅定了意志，手牽著手，一齊向前走罷！……

　　　　抛棄了一切的偏狹與成見，放下了感情的有色眼鏡，嚴格的辨別敵與友，謹慎的施予愛和憎。……

　　　　這愛憎決非個人的愛憎，乃是由正義感出發的愛憎。……

　　　　個人間的小小嫌隙，在這大時代的壓榨之下，都應渙然冰釋。感情上的小小芥蒂，是不應該影響一個前進的作家，使他忘記友和

敵的分別的。

凡是有希望的偉大作家，都具有極廣博的胸襟，可以盡量寬容和諒解他的同道者。即使同道者們犯了大錯誤，也只應給以勸導，給以善意的批判，不應便施嚴厲的抨擊。

應該一致加以抨擊的，只有出賣民族的猶大們，和無可救藥的廢物們。⋯⋯

在這個存亡危急的關頭，即使同道者們一體聯合起來，尚且感覺到力量單薄，還哪裡經得起一下分化，乃至互相怨恨，互相抨擊呢？

讓個人間的小小嫌隙，像小露點見到朝陽一般立刻消失了罷！

（《茅盾全集》21 卷 93、94 頁）

然而父親的這篇「呼籲書」並未引起爭論雙方的重視，不久，便開始出現組織上分裂的徵兆——有了兩個文學家的組織：中國文藝家協會和中國文藝工作者協會，同時在醞釀和籌備。接著，胡風提出了另一個口號——「民族革命戰爭的大眾文學」。魯迅支持這個口號，父親則認為這個口號可以補充「國防文學」口號之不足，兩個口號可以並存，互相補充。自此，爭論對方便以兩個口號的是或非，使論爭迅速升溫。為了緩解矛盾，父親曾邀請爭論的雙方共聚一堂，平心靜氣、面對面地討論問題，藉以化解分歧。但發出了請柬後，雖有好幾位熱心的朋友到場，雙方的主角卻都未露面，父親只得遺憾地宣布散會。

這個挫折，使父親深感自己已無力阻止這分裂的趨勢，於是他便想到了馮雪峰。馮雪峰是在爭論發生後從陝北來到上海的，他的任務是在上海建立一個秘密電台，恢復長江一帶的地下黨與陝北的聯繫，以及和救國會等取得聯繫，附帶也了解和協助一下上海進步文藝界的工作。可是他一到上海卻偏聽偏信爭論一方所反映的情況，加之他對周揚原無好感，所以反而成為胡風提出「民族革命戰爭的大眾文學」這一口號的支持者。然而中央派他來是協助上海文藝界的工作，如果由於他的「協助」而使上海文藝界分裂，這個責任他擔當不起。所以當兩個口號之爭將演變為進步文藝界的分裂時，他也慌了手足。

他找父親商量，建議父親兩個文藝家協會都參加，並動員更多的作家都

這樣做，從而消除雙方的隔閡，避免分裂的危險。父親認爲他這個辦法可行，但指出問題的關鍵是當前兩個口號的對立已如水火，必須有人站出來說明兩者是可以共存的，是互補的，沒有根本的矛盾，這才能從根本上解決問題。能說這話的人而又能令人信服的只有魯迅。

馮雪峰同意父親的分析，並自告奮勇去向魯迅介紹這些情況，結果就有了馮雪峰代魯迅草擬的《答托洛斯基派的信》和《論現在我們的文學運動》，以及稍後的《答徐懋庸並關於抗日統一戰線問題》。這幾篇文章終於使兩個口號的論爭得以結束。不久，馮雪峰又聯絡文化界各方面的人士，發表了由父親和鄭振鐸共同起草的《文藝界同人爲團結禦侮與言論自由宣言》，在宣言上簽名的有文藝界各方面的代表人物 21 人，包括了論戰雙方，也包括林語堂、包天笑、夏丏尊、謝冰心，豐子愷等人，文藝界終於在抗日救亡的旗幟下聯合起來了。

父親強調團結至上，並非充當和事佬，在學術觀點上和一些原則性的問題上仍堅持自己的觀點，對宗派主義、關門主義的批評上也從不留情面。在整個這次文藝界的論爭中，父親前後寫了 15 篇文章，起草了兩個宣言，主要是呼籲團結，反對宗派情緒和兩個口號可以並存、可以互補的道理，以及對宗派主義、關門主義的言論和行爲進行了毫不含糊的批評。他批評了徐懋庸、胡風、和周揚，尤其周揚，在魯迅已提出兩個口號可以相輔之後，仍堅持「惟我獨尊」的宗派觀點。父親爲此專門寫了一篇《再說幾句》，對周揚的關門主義和宗派主義給了嚴厲的批評。父親認爲，造成進步文藝界的不團結，甚至分裂的根源就在於宗派主義，它是中國文壇的痼疾！

宗派主義有時會使父親陷於啼笑皆非的境地，有這樣一件事：

魯迅逝世後，上海文壇有點沉悶，一則主帥不在了，大家好似群龍無首；二則「左聯」解散後，新成立的文藝家協會實際上未展開工作，因而作家們的活動似乎沒有了組織；三則文藝界明朗化的宗派矛盾也使人灰

1934 年的茅盾。

心。爲此馮雪峰與父親曾有過多次交談，建議由父親出面組織一些活動，改變一下現有的局面。父親欣然接受了這個建議，便組織了一個主要由青年作家參加的「月耀會」，每週一聚餐一次，聯絡感情，互通消息。

30 年代初期，父親的老朋友，如葉聖陶、胡愈之、陳望道、夏丐尊、徐調孚等就有過一個「星期聚餐會」。每週聚會一次，輪流做東，每人每次出資一元（做東的兩元），這樣便能有一桌相當豐富的佳肴，於是這些老朋友幾乎嘗遍了上海的各餐館。在餐桌上，大家交換和討論聽來的各種消息，同時也聯絡了感情。

父親現在提出的這個「月耀會」，便是套用那個聚餐會的辦法。只不過那時的青年作家大都經濟拮据，就改由父親做固定的東道主，其他人則用「撇蘭」的方法抽頭，一般出四五角錢就可以了。

馮雪峰又與父親商量出一種叢刊（當時出叢刊可不必登記和備案，能避開國民黨的干擾），以便給青年作家多一個發表作品的園地。父親表示同意，並建議由王任叔或胡風任主編。叢刊總名《工作與學習叢刊》，每輯又有一個專名，主編最後確定爲胡風。父親認爲胡風的宗派作風固然嚴重，但他的文藝理論水平頗高，當時外國的文藝界乃至中國的自由主義文人正大肆吹捧賽珍珠的《大地》，甚至要將它提名諾貝爾文學獎。胡風在《文學》上發表的一篇評論卻指出：《大地》中的農民不是眞正的中國農民，而是被外國的有色眼鏡扭曲了的中國農民形象。這是頗有見地的。

就在那時候，上海《大晚報》的副刊《火炬》刊登了郭沫若的一篇《漫話「明星」》，文中含沙射影地攻擊父親用化名吹捧自己是中國的「文壇重心」。文章說：「蘇聯的高爾基，中國的魯迅，都先後去世了。現在就剩下著我們惟一的一個『文壇重心』──茅盾了。……這眞是『十足道地』的『東方的太陽』。我們是虔誠地仰望著我們的『太陽』時常照臨著我們，不要每每躲在夜幕和烏雲裡不肯露出面孔。」

父親見了覺得眞如一頭霧水，不明白遠在日本的郭沫若爲何要無端攻擊自己。後來注意到郭文是針對一個名「東方曦」的人所寫的一篇文章而發，又想到文章開頭稱「東方曦」爲「赫赫的太陽」，才恍然大悟，原來郭沫若認定「東方曦」是父親的化名，而「東方曦」的文章中正好有一句「中國文壇的重心是魯迅、茅盾等」，於是便認定父親在用化名自我吹捧。郭沫若能產生這種誤會，大概是「創造社」的某個人在他耳邊嚼了舌頭。與郭文同時刊出

的還有兩篇同以「東方曦」作由頭來罵父親的文章，這就可以看出這些文章的發表是經過悉心安排的，裡頭散發著濃濃的宗派氣息。

為了洗清這不白之冤，就需要弄清那個「東方曦」是何許人，於是父親就委託鄭振鐸想辦法。當晚鄭振鐸就將結果告訴了父親，那個「東方曦」原來竟是舅舅孔另境。這使父親大為惱火。因為在此之前已經有風言風語說父親利用聚餐會和出版叢刊在籠絡人心，拉幫結派，現在他們將更振振有辭地說：小舅子在為姐夫登上「文壇重心」造輿論了。

父親責問舅舅，舅舅卻訴苦道：「這太冤枉了，我寫這篇文章是為了批評當前有些刊物選稿只看作者的姓名不看文章內容的壞風氣。文中舉了兩個例子，其中順便寫了一句『中國文壇的重心是魯迅茅盾等』，根本沒有別的意思。而且那個『等』字就說明還有其他人，早知會惹出這個麻煩，我當時就該添上郭沫若的大名。」聽他這麼一說，父親嘆息道：「事已如此，就讓他們去諷刺謾罵好了，我是絕不會寫一個字來辯解和駁斥的。至於你，我建議再寫一篇文章公開說明自己的身份，然後就不要再理睬他們。我們不理睬，他們寫多了也就乏味了。這是我總結出來的對付宗派主義的最好辦法。20 年代我和鄭振鐸與『創造社』論爭，就是採用了這個辦法結束爭論的。」

後來果然又有多篇類似的諷刺或謾罵的文章，其中有阿英的一首打油詩：「昔也未明今也曦，圓圭方璧泄靈機，世間萬事皆矛盾，鬼作冰人又一奇！」所謂「東方曦」事件，整個是一齣鬧劇，雖則早已時過境遷，這裡重提一筆，為的是讓人們知道，宗派主義實在是損害團結的大敵！

在整個抗日戰爭時期，文藝界的宗派主義仍舊沒有絕跡，這個山頭、那個派別綿延不斷。對於所有種種帶有宗派色彩的活動，父親概不參加，對於所有射向他的帶宗派色彩的暗箭，也一概不予理睬。還是那個簡單的道理，在大敵當前之時，團結應高於一切。

全國解放後，這種宗派主義的殘餘也還未根絕，且一度表現得十分猖獗。父親繼續奉行這樣的原則：在學術問題上應該有充分討論的自由。但是，一旦學術辯論塗上了宗派的色彩，就無真理可言，一切將變得荒唐，而且轉化為誣蔑、攻擊，甚至整人，戴上政治帽子。這在解放後的十幾年中造成了多少悲劇！所以，父親一生蔑視宗派主義，也從不參與宗派活動。

第二節　平等待人

父親一生結交的朋友可謂多矣，上自社會名流，下至普通百姓，父親都是平等坦誠相待。他蔑視阿諛奉承、藏奸耍滑之輩，斥之爲小人。他也以此衡量他所結交的朋友。許多同志在回憶第一次見到父親的情景時，都用「平易近人」、「談笑風生」、「對人誠懇」、「不擺架子」等詞來形容。

對於有理想、有抱負、有才華，而在生活中又屬弱小者、有困難的年輕人，父親總是給以特別的關懷，這種情形貫穿於父親的一生。

頭一個進入父親視野的這樣的年輕人是顧仲起，他是在 1923 年通過給《小說月報》投稿而與父親相識的。其實父親那時也還是個青年——虛歲二十七，但在顧仲起的眼裡已是功成名就的大編輯。顧是南通的一個小學教員，由於不容於當地專制的教育界及無法忍受封建的家庭，隻身來到上海，成爲社會最低層的流浪漢。他在跑馬廳裡作過苦工，在碼頭上扛過大包，和水手打過架，在鴿籠般的小客棧裡棲過身，也在大廈的屋頂上露過宿，挨過餓。然而他卻寫出了《殘骸》等多篇小說，投給了《小說月報》。他才二十歲出頭。

在父親眼裡，顧仲起是一個敢於反抗黑暗勢力的有才華的青年流浪者，這樣的從底層湧現出來的作者，父親是第一次遇到。他具備多種優越的條件：有勞動人民的生活實踐，有反抗的精神和進步的思想，有駕馭文學的才能。尤其第一條，是當時的作者中極罕見的。發現這樣的一個人才，父親由衷地欣喜，聽說他生活困難，就提前給他支付稿酬，得知他漂泊不定沒有固定的工作，便介紹他去了廣州黃埔軍校，還給了他路費。後來他來信說即將扛槍上前線了，並許諾打完仗一定再寫篇戰爭小說。父親既擔心又高興，因爲槍子是不長眼的，但是一篇眞正由扛槍的士兵創作的小說，將是中國新的戰爭文學的第一聲。

大革命時期，父親在武漢與顧仲起重逢了，他拿出一本詩稿《紅光》請父親寫「序」。這是一本馬雅可夫斯基式的詩集，充滿了燃燒般的激情和悲憤的呼號。父親在「序」中寫道：「在大變動時代，神經緊張的人們已經不耐煩去靜聆雅奏細樂；需要大鑼大鼓，才合乎脾胃。如果我們不反對文學是時代的產物，那麼，對於《紅光》這作品也該承認它的時代價值罷？」（《茅盾全集》19 卷 113 頁）

顧仲起在大革命失敗之後就沒有了音訊，據說他經受不住革命失敗的打

擊，悲觀了，消沉了，竟以投江結束
了年輕的生命！這是令人深爲惋惜
的。

　　在 30 年代，被父親關懷過的青年
朋友很多，其中不少都有過艱辛的經
歷，父親便是他們艱辛歷程的見證
人，給他們鼓過勁，喝過彩，提過意
見，出過主意，也在他們遇到困難時
伸出過援助之手。

　　抗戰前夕，父親收到彝族青年李
喬從雲南邊陲寄來的厚厚一摞小說原
稿。當父親得知作者是雲南箇舊錫礦
上的一位礦工，這部作品是他在每天
十幾個小時勞動之後的心血結晶，便
明白這是一部十分稀罕的作品。作者

1946 年茅盾在上海寓所。

在藝術表現能力上雖尚顯稚嫩，但他對礦工生活的熟悉和理解，對彝族風土
人情細膩的描繪，以及對社會底層人物的刻畫，都有其獨到之處，是旁人所
難以企及的。父親立刻給李喬寫了回信，指出小說中生活的眞氣撲鼻，人物
可愛，只是文字技巧上平順有餘而波俏不足，並表示願爲小說的出版盡力。
可惜這部描寫礦工生活的小說稿卻因戰亂而未能及時出版，最後竟在戰亂中
遺失了！

　　父親結識年輕的新作家中，不少是通過他們給《文學》的投稿，如端木
蕻良、駱賓基等。駱賓基當時叫張璞君，他寄來了一部描寫東北抗日義勇
軍的中篇小說《邊陲線上》。題材很有意義，對東北這一特定環境的氛圍寫得
也相當動人。只是文字運用的能力尚差。父親認爲，一部小說，題材好、
內容好是主要的，不能只拘泥於文字的圓熟。因此父親便積極爲他聯繫書店
出版。

　　在與駱賓基的通信中，父親得知他剛從東北流亡到上海，沒有固定住所，
也沒有收入，每天靠啃大餅油條過日子。父親請接受這書稿的書店預付一部
分稿費給他應急。可是《邊陲線上》未及出版抗戰就爆發了，父親又資助他
去了浙東。後來他在那裡參加了新四軍。

　　抗戰爆發後，國民黨對父親長達十年的通緝令無形中撤銷了，於是素不相識的青年朋友不僅能通過報刊編輯部把他們的作品轉給父親，也能打聽到父親的地址而登門拜訪，因而新朋友就更多了。青年文藝理論家李南桌就是這樣與父親認識的。對於這些通過書信或登門求教的青年朋友，父親一律給以熱情的接待和誠懇的回答，盡可能地滿足他們提出的要求。父親是希望能在這些青年朋友中淘出金塊來。

　　爲了幫助不相識的青年文學愛好者走上文學之路，1944 年父親與葉以群創刊一種專門發表新人優秀作品的叢刊──《新綠叢輯》，由父親親自選稿並撰寫所刊作品的「序言」。《新綠叢輯》第二輯選的是《文藝陣地》一位辦事員錢玉如的處女作。這是個十分靦腆的小姑娘，講話低聲細語，見到父親就臉紅。她愛好文學，便獨自偷偷地寫小說。小說草稿被葉以群看見了，便送到了父親手裡。這部小說是從半中央寫起的，完成的只是後半部，既無標題也未署名。父親看後覺得稿中的女主人公寫得好，是個有血有肉、光艷照人的新女性，而且主題思想也好，當即決定在《文藝陣地》上發表，並給小說取名爲《遙遠的愛》，又爲作者起了個筆名──郁茹。待作者將上半部趕寫出來後，父親又決定把它編入《新綠叢輯》，並爲它寫了「序」。這部小說刊出的經過，也促使父親對《新綠叢輯》的作用更重視了。

　　抗日戰爭中後期，父親在重慶還結識了一位忘年交──高中生胡錫培。父親那時住在重慶郊區唐家沱，進城的交通工具是班輪。1943 年夏，在一次班輪上有個穿學生裝的小青年突然走到父親身邊問道：「請問，您是茅盾先生嗎？」原來他偶然見到《新華日報》的送報員給父親的訂報單上寫著沈雁冰三個字。他既然知道沈雁冰就是茅盾，可見是個文學愛好者，父親就與他攀談起來。這小青年才十六歲，頭年上的高中，是唐家沱載英中學的學生，家住重慶市內，所以每週要乘班輪來回兩次。兩人在船上聊了一個多小時，便成了熟人，還知道他叫胡錫培。之後，他就常來父親寓所請教。

　　當時胡錫培已參加了一個進步學生組織的文學團體「突兀文藝社」，社員近百人，遍布重慶十多所著名的大中學校。由於胡錫培的關係，便有不少社員來向父親請教文學問題，或送習作請父親批改或提意見。因爲他們都是進步的文學青年，父親便來者不拒；只是胡錫培較有分寸，一般都預約好時間，再帶他們來向父親請教。這些青年聽了父親有關文藝的談話後，便輾轉相告，一時間，父親的寓所竟成了這些文學青年的一個活動點。

1954 年 2 月，茅盾作爲全國人民慰問人民解放軍代表團總團副團長、華東地區代表團團長，在南京與華東地區戰鬥英雄親切交談。

1944 年，他們集資編印了一個小刊物《突兀文藝》，父親爲他們寫了刊頭和一篇短論《什麼是基本的》，並爲他們聯繫了讀書生活出版社代爲發行。參加突兀文藝社的青年中，不少人後來選擇了以文藝爲終身事業，胡錫培就是其中之一，他和父親的聯繫和友誼，一直持續到父親的晚年。

建國以後，父親在擔任文化部長的十五年中，一直面對著大量的讀者來信和來稿。這些信件中，凡屬事務性的，父親就提出要點讓秘書去答覆，或轉往有關部門；屬於文藝問題的，都由父親親自作覆。這類信件平均年近百封。其中有的是就父親的作品提出問題，要求解答；有的是詢問二三十年代文壇的鬥爭和史實的。這兩部分，尤其關於歷史部分，父親都詳細答覆。另一部分是詢問小說作法，或提出自己的寫作計劃（一般都很龐大），或要求傳授創作的訣竅。這類信件多半是文化程度較低的同志寫來的，父親細讀後便回信勸他們先努力於打好文化基礎，切忌好高騖遠等等。再有一部分是出版社、雜誌社轉來的已經編輯審閱，認爲比較好、準備利用的，要父親作最後的審定。

最後一部分是由作者直接寄來的小說稿，希望父親審閱提出意見或推薦出版。這類稿件中，有的是父親認識的作家寄來的，還就是陌生作者的作品。後者的質量一般不高，但也有少數很不錯的，如白刃的《戰鬥到明天》父親就覺得作者寫革命隊伍中的知識份子群像，很生動，相當不錯，還爲它寫了「序」。凡是這類稿件，父親都要仔細閱讀，並覆信，耐心地指出其不足

之處和提出修改意見，但決不潑冷水，對優點和長處則給以實事求是的讚譽或肯定。

給父親寫信的人，各式各樣的都有。有一位精神病患者，每隔一段時間就寄來一封長信，或侈談佛經，或肆論經史，有時還說公安人員如何追捕他等等。雖則滿紙荒唐語，但文字卻清麗流暢。秘書建議今後這一類信就不讓父親過目，也不必覆信了。父親卻說：「信我可以不看，但回信還要寫，告訴他信已收到。」秘書不解其意。父親說：「這類人是很敏感的。回他封信，對他是一種安慰，不回呢，他就更要胡思亂想了。」

對秘書，父親是尊重有餘而使用不足。父親一生養成了事必躬親的習慣，不會使用秘書，開會、出差都不帶秘書，起草文件、報告等也都自己動手。所以，秘書的工作只是處理些日常事務，如收收發發，接個電話等等，不能發揮秘書的才能。對此父親也常感內疚，因為他明白，這些同志都是文學愛好者，他們願意來當父親的秘書，是希望能學到些文學知識，提高文學修養。雖然父親也常鼓勵他們寫作，但實際上又無法給他們以滿足。所以每當他們提出想去其他工作崗位時，父親總是滿口允諾。父親不願意看到，由於自己的緣故而埋沒了這些同志的才能。

不過，如果秘書主動拿出自己的習作來請教，父親總會十分認真地對待。有一位秘書曾在一篇回憶文章中寫到這樣一件事：

> 想請茅公在創作上給予指導，是我久藏心底的一個宿願。看到他對社會來稿如此重視，終於鼓起了我向他求教的勇氣。於是，我送幾篇散文習作請他指點，幾天後，經他批改過的那幾篇東西已放在我的桌上。我欣喜地翻開一看，每頁稿紙的天頭地頭和行間，都有用紅墨水批寫的蠅頭小字。其中兩篇的後面還加附了一張寫滿了評語的稿紙。從立意、文風，到語法修辭都批點到了，甚至連個別錯字也不放過。一下子，我彷彿回到了幼年，像看見啟蒙老師批改過的作文那樣感到親切。隔不久，我又將一篇兩萬來字的小說習作《生活細節》送給他看，他竟用清麗工整的毛筆字寫滿了三張紙頭，條理分明地提出意見：有鼓勵，有批評，有分析，有建議。多麼誠懇熱情的指導！多麼耐心細緻的關懷！……正因他對後生小子的指教這樣認真不苟，此後，我再也不忍用我那塗鴉之作去耗費他的情力了。（《光明日報》1981 年 5 月 10 日）

對待身邊的服務人員，父親也充分尊重他們的工作和人格，平易親切，從不擺首長架子。父親在北京的各種活動，司機和警衛員肯定跟著去，於是安排好他們的休息、吃飯和看戲（如參加晚會），便成為父親每次外出必操之心。後來，對服務人員的安置已成為會議組織工作的內容之一，父親才不再次叮囑。有一次宋慶齡在她府邸宴請父親，這是私人宴請，於是父親又為司機和

1957 年 11 月 1 日，新華書店在北京市勞動人民文化宮舉辦「書市」，茅盾前往參觀售書，並與讀者見面。

警衛員的吃飯問題操心了。後來打電話問清楚宋副主席已經作了安排，他才放心。在「文革」中，有一次父親想出去看看市面的變化。我們勸他不要去，因為外面很亂。他不聽。後來警衛員也不同意，父親便「屈服」了，因為他尊重警衛戰士的職責。

對於服務人員偶而做錯了事，只要不是故意的，父親從不責怪。父親晚年每天要喝中藥，那時還沒有微波爐，熱中藥的方法是在一個大塘瓷杯中倒上開水，再把盛中藥的玻璃杯放進開水裡，熱五分鐘。這件事一直是父親自己動手的。有一次一個新來的小保姆想減輕父親的勞累，便主動替父親熱藥，約果慌亂中錯把中藥倒進了塘瓷杯裡。父親見到了和藹地說：「不要急，慢慢來。」一面為小保姆親自示範了一遍，一面解釋道：「這樣就不必再到廚房去熱了。」

父親尊重服務人員，但並不縱容。有一個小保姆來工作了兩個月，便在外面到處招搖自稱是沈部長的孫女，結果被公安機關發現了，來我們家查問。父親聽說之後，便把她辭退了。還有一個公家派來負責打掃客廳和院子的衛生，以及跑跑腿等雜活的服務員老白，已經工作了近十年。平時比較懶散，母親很看不慣，父親則取寬容的態度，一直沒有要求調換。「文化大革命」開始不久，有一次母親批評他工作不認真，他突然憤憤地說：「你們是資產階級，我要去叫紅衛兵來！」果然，第二天他帶了「人大三紅」的紅衛兵來抄家了。這件事給母親的刺激和驚嚇不小，從此健康日益惡化。但父親還是原

諒了他，沒有要求機關事務管理局把他調走，認為這種幼稚的行為是受整個政治環境的影響，不能完全怪他。幾年之後，父親的一個親戚要回南方，父親讓這個服務員去買一張臥鋪票。那時臥鋪票難買，需要一早去車站排隊。誰料那服務員說，他沒有義務為父親的親戚服務。這件事使父親很生氣，認為這是不可原諒的瀆職行為，第二天就打電話請管理局把他調走了。並且謝絕了再派新的服務員來，說：「我這裡的工作不多，自己雇一個小保姆就完全可以了。」

第三節　遠離特權

建國之初，父親向周總理表示不能擔任文化部長的理由之一是「不會做官也不想做官」。在舊社會，官場的黑暗父親見得多了，所以對做官有一種本能的逆反心理，雖然也明白新社會的「官」和舊社會的官有本質的區別。不過最終父親還是服從大局，接受了這個委任。

既做了「官」，父親便有意識地遠離特權。對於政府規定的給高級幹部的特殊服務，如配備秘書和警衛員，分配較寬敞的住房和配備專車，以及較好的醫療條件等，父親認為這是工作需要，聽從組織上的安排。除此之外，凡屬私人的需求，他一概不沾公家的光。在部長任內的十五年中，父親大約有三四次和母親同去外地休假，往返的路費、住宿費、伙食費，都由自己支付。有一回乘飛機去海南島，辦事人員覺得路費數目太大，就對父親說：「按規定這是可以報銷的。」父親則回答：「別人可以去報銷，我不需要，我的收入可以負擔這筆路費。」同樣的執拗還表現在稿費上。父親寫了一篇論文（好像是《夜讀偶記》），天津一個出版社將它出了單行本，並把稿費寄了來。父親讓我們把稿費退回去，說：「我已經領過一次稿費了，不能再重複收了。」

1949 年父親搬進文化部宿舍大院一棟假三層的小樓時，家具殘缺不全，尤其是缺少書架書櫃。當時幹部的家具全部由公家統一配備，父親卻沒有向公家伸手，而是自己花錢請木匠來做了好些書櫃、書架、衣櫥。這棟小樓父親一直住了二十五年。50 年代後期，有些從外地來京的朋友，看見父親住在這樣一棟舊式的狹窄的小樓裡，就說：「茅公，您怎麼還住在這樣一棟小樓裡，不嫌氣悶嗎？像您這樣級別的幹部現在都搬到帶假山庭院的平房裡去了，那

1950 年 10 月，茅盾的侄女瑪婭從蘇聯回國。11 月，茅盾夫婦與老
友們在頤和園集會，歡迎瑪婭。前排：楊之華（左一）、張琴秋（左三）。
沈霜（左四）、後排：徐梅坤（左二）、茅盾（左三）、瑪婭（左四）、陳
小曼（左五）、蘇井觀（左六）、孔德沚（左七）。

裡空氣好又寬敞。您應該搬個家，換個好點的環境。」父親總是笑笑說：「住
在文化部宿舍大院裡，上班方便。而且房子大了，服務人員就需要多，我們
只有兩口人，生活也簡單，無需太排場。」

70 年代初母親去世後，父親體力日衰，獨自上下樓已很困難。在我們的
一再勸說下，父親終於同意遷出這棟小樓，搬到不用爬樓的平房去。父親先
去看了原來李德全住過的房子，那是一個大院子，大鐵門裡有一棟獨立的樓，
四周有茂密的林木、果樹和一個未完成的游泳池。父親看了，認為太豪華而
不實用，服務員都住在大鐵門旁邊的平房裡，離樓房甚遠，「這樣，服務員每
天要來回地跑，我不方便，他們也不方便。」最後找到了交道口一處一進半
的四合院，父親很滿意，在那裡度過了他最後的歲月。

父親在文化部長任內，每年總要去外地或出國兩三次，約一二個月，這
期間他的生活起居都是自己料理，從不依賴警衛員和秘書，而且一般外出也
不帶秘書。所以，母親平日就為父親準備好一隻帆布提包，裡面放著牙具、
毛巾、漱口杯、剃鬚刀、梳子、肥皂、手電筒、拖鞋，以及換替的內衣褲、
襪子等。總之一切出門必備的生活用品一應俱全，臨行再匆忙，只要提上這

個帆布包就行了。父親曾向我們講過他親身經歷的一個故事：大約是 1954 年春，父親作爲全國人民慰問中國人民解放軍代表團總團副團長兼華東地區代表團團長，來到了東南沿海某地。他與解放軍一位首長同住一室。住定之後，父親就打開隨身帶的箱子，把換替的衣服以及毛巾牙刷等生活用品一一取出放好。等到一切就緒打算去洗澡時，發現那位首長仍端坐在沙發上未動。父親正要和他打招呼，卻見他向門外叫了一聲，一個警衛員應聲走進房來，那首長就吩咐他把襯衣褲拿出來。警衛員熟練地打開首長身邊的箱子，取出襯衣褲，掛在衣架上，再把箱子關上。父親大爲驚奇，因爲打開身邊的箱子，取出襯衣褲，乃舉手之舉，何必還要指使別人來做！後來父親又發現，那位首長刷牙，也是警衛員預先替他倒上漱口水，擠好牙膏；洗臉也由警衛員打好水，準備好毛巾和肥皂。父親大惑不解：這位高級將領，很可能還是貧農家庭出身，參加革命幾十年，怎麼會有這樣的作風，又是從哪裡學來的？父親認爲，這裡既反映了特權思想，又是一種封建陋俗的表現，也是供給制造成的惡果。

「四人幫」垮台前夕，當時某部一位副部長病故了，盛傳他的子女從他的住處取回遺物時，只拿到了兩隻熱水瓶，因爲其餘的東西都是公家無償供給使用的。這事傳到了父親的耳朵裡時，他說：「這當然是無稽之談，不過有一點可以肯定：供給制是多吃多佔的溫床。」他認爲這個制度是從蘇聯學來的，在戰爭年代起了好的作用，那時物資缺乏，生活也簡單。在和平環境下就不同了，生活一天天改善，供給的範圍卻越來越大。供給標準則根據級別的高低而相差得越來越懸殊，結果弊端也越來越明顯。50 年代有大批蘇聯專家來華支援我國建設，聽說有的專家看到我們部隊的某些領導幹部家中一個孩子配備一個保姆，幾個孩子就配備幾個保姆，覺得很奇怪，不明白爲什麼首長夫人非要工作不可，不能帶自己的孩子？他們認爲從經濟角度考慮，自己帶更合算些，而且對孩子來說也更好。何況有的夫人，文化水平不高，只能勝任簡單初級的工作，辭退工作在家帶孩子，對工作不會有多大影響。他們說，蘇聯的軍官夫人們絕大多數受過高等教育，有孩子以後就在家照顧孩子，等孩子上了小學，再重新走上社會。父親說：「蘇聯的這種做法是合理的，我們處處學蘇聯，爲什麼在這個問題上就不肯學？」

父親擔任文化部長後，公家給他配備了一名廚師，父親謝絕了，父親認爲家裡只有兩口人，不需要太鋪張。而且母親也看不慣廚師的大手大腳，她

習慣自己下廚做家常菜。住在文化部宿舍大院時，有名的朝內菜市場就在馬路對面，母親每天像在上海時一樣，提著菜籃子過街買菜，很方便。這樣過了二十年。母親去世後，1974 年 12 月我們搬到了交道口新居，附近沒有大菜市場，只有個小菜市，有時要買好一點的菜，就得讓燒飯的阿姨乘車去東單菜市場。阿姨奇怪地問：「爲什麼不去東華門？」「東華門有菜市場嗎？」我們也奇怪地反問。「那裡有特供門市部，你們不知道？」我們回答：「沒有聽說過。」她很驚訝：「啊呀，你們沒有特供本嗎？從前在朝內市場買菜，我還以爲你們嫌東華門太遠呢。沈部長是應該有特供本的。你們一直都沒有領過嗎？馬老家的廚師從來都是在東華門特供點買菜的。」這位阿姨原來在馬敘倫家幫工，她常年觀察馬老家的廚師做菜，漸漸學會了手藝，等到她來到我們家時，已然成了正式的「廚師」。

　　我們根本不知道去哪裡領特供本，聽完就算了，沒再過問。誰料這位阿姨人很活泛，與管理局的職工混得很熟，過了幾天竟從管理局領回一個特供本，說：「管理局的人還奇怪沈部長爲什麼不去領特供本哩。」又告訴我們：「憑特供本可以買到市上買不到的五糧液、中華牌香煙，其他副食品都比市場上的質量好，價錢也不貴。比如冰凍大蝦就一年四季都有貨。」從此，我們飯桌上菜肴的質量大有提高，父親招待客人的香煙也由前門牌升級爲中華牌了。

　　還有一件事也是得益於這位阿姨的。父親起居室裡的那台蘇聯產的黑白電視機，已有二十高齡，圖像已不清晰，搬到新居後終於不出圖像了。爲了使父親每晚看電視的消遣不致中斷，我們上街到處尋找電視機。但那時還沒有國產電視機，進口電視機只在寄售店裡能買到，但大多也已破舊不堪。後來聽說百貨大樓有首次投放市場的國產 9 英寸黑白電視機，我就起了個大早去排隊買回一台。但屏幕實在太小，父親一隻眼睛幾近失明，

暇時，茅盾在院子裡坐坐。（1976 年夏）

靠另一隻僅有零點三視力的眼睛，只能看到晃動的人影。也是這位阿姨不知怎麼打聽到管理局最近從商品展覽會上購得一批西德生產的大彩電，由管理局統一分配給需要彩電的副總理級以上的首長，而且還知道，副總理以上的首長家絕大多數早已有大彩電了，只有沈部長還在看 9 英寸的黑白電視，就建議我們向管理局提出申請。於是，1975 年秋季，我們終於有了一台 24 英寸的彩色電視機，父親每晚看兩小時電視的樂趣也得以保持。但是管理局遲遲不來收電視機的錢，父親一直惦記著，問了若干次，還讓家人去催問，得到的答覆是一律不收錢，父親才不得不罷休。

特權對父親的最大傷害，是使得父親在解放後的三十年中，始終未能回家鄉烏鎮去祭拜祖母的亡靈！作為文化部部長，又是作家協會主席，在旁人看來衣錦還鄉是順理成章的事，父親也多次到過上海、杭州以及南京，距烏鎮都近在咫尺。但是父親從未提出過回鄉探望的要求，即使有同志提出，他也藉口迴避。因為那時烏鎮還不通公路，只有從水路才能到達。更主要的是，不論從水路還是陸路回烏鎮，都將驚動當地的政府，加強保衛，引起轟動，形成前呼後擁的場面，這是父親最不願意的。為了私人的原因而影響地方的工作，造成不必要的浪費，這是特權造成的惡果。而父親身在其中又無法擺脫這個陰影，其結果只能是忍痛扼殺回鄉探親和祭奠祖墳的願望，只盼望冥冥中的祖父母能體諒他的不孝！

第四節　節儉持家

父親的日常生活，可用「儉樸」二字來概括。這儉樸的形成，並非來自生活的長期艱辛和困頓，而是對人世間的貧富、貴賤、榮辱都洞達後所選擇的一種生活方式，所形成的一種思維定式。即所謂「從心所欲不逾矩」。譬如父親睡覺的海棉床墊，由於使用時間太久，已經老化，中央形成了一個凹坑，父親卻不願換個新式的「席夢思」，理由是「這個蠻好」。這是吝嗇？不是。父親只是容不得浪費，哪怕是公家的一張稿紙。

在飲食方面，可以說中國的名菜佳肴父親都品嘗過。30 年代，他與一群老朋友以聚餐會的方式吃遍了上海的名菜館。抗戰時期他的足跡遍及西南西北的大中城市，在朋友們招待的宴席上嘗遍了各地的特色風味。解放後，更是各具特色的大小宴會不斷，所以在飲食上父親稱得上是個「美食家」。在宴

會桌上，父親還喜歡向廚師打聽名菜的烹飪法，然後在另一次宴會桌上向朋友們宣講。母親常譏笑父親是個只說不練的空頭「廚師」。不過在家中，父親只吃母親做的那幾樣家鄉菜，從不挑剔。我小時聽慣了父親關於烹飪的理論，很希望父親能露一手。這樣的機會終於來了。大約在 1935 年春，母親要送祖母回烏鎮，得耽擱三四天，爲兩個孩子做飯的差事就落到了父親的頭上。我們原想，這一下父親能大顯身手了。誰料我們坐到飯桌旁時，父親卻宣布：「我們來吃『日本飯』！」然後在每人面前放一個盤子，盤裡盛上飯和菜，另外再加一小碗羅宋湯，就這樣一菜一湯了事。我們覺得新鮮，倒也吃得津津有味，把盤子裡飯菜吃了個精光。父親問：「好吃嗎？」我們叫：「好吃！」「那就把盤子舔乾淨！舔乾淨了洗起來也方便。」我們覺得好玩，自然樂於從命，而且一舔就是好幾天，直到母親回來才又恢復原狀。

父親的飲食觀是：簡單、有營養和好吃。他那「日本飯」就貫徹了這三條原則。所以我們的家常飯以簡單爲第一，但營養必須跟上。三年困難時期，父親擔心孩子們營養不夠，就每個週末領大家去館子吃一頓，補充營養。至於「好吃」則排在第三位，試想，母親做的菜五十年如一日，能永遠好吃嗎？父親曾戲謔地說：「媽媽燒的菜，有數的幾樣，閉著眼睛我都聞得出是什麼菜。」可是父親吃飯並不挑剔，端上什麼就吃什麼。父親明白，這些菜都是母親親自從菜市場買來的，又親自下的鍋，這是母親的一番心血。母親去世後，我們繼續吃著「烏鎮菜」，因爲接替母親做飯的女佣，在母親的薰陶下也已經學會了母親的那幾樣拿手菜。直到馬敘倫家那個燒飯阿姨來到我們家之後，又弄來了特供本，我們家的食譜才有了變化。不過父親仍堅持他那飲食三原則，以「簡單」爲第一，而且那時他的身體已衰

1955 年 1 月，茅盾在北京寓所門前。

老，每頓吃得很少，一般是一小碗蛋白羹，一小碟荣，一小碗米飯或粥，遇有新鮮蔬菜時。才多吃幾口。

父親一生雖參加過數不清的宴會，欲從不飲酒，敬酒時，或象徵性地抿一下，或乾脆以茶代酒，故宴請雖多，卻未成酒鬼。直到晚年，友人送來靈芝，說靈芝泡酒能健身祛病，才買來紹興黃酒泡上，每天喝一小盅當藥吃。待靈芝泡完，也就不喝了。父親參加宴請都是被動的，他不喜歡交際應酬，在我們家裡就從未有過大擺宴席，賓客盈門的場面，最多是少數來京的老朋友在家中小聚，吃母親燒的家鄉菜。到外面飯店裡大宴賓客的事更沒有見過。

在文化部宿舍小樓的客廳裡，有一台頂著一個大帽子的冰箱，這是母親在定居北京後從隆福寺舊貨店裡淘來的，母親把它當作寶貝，不捨得放在廚房裡而是安置在客廳裡。60 年代初有一位老編輯來我們家，見到這冰箱便大笑說：「你們家的冰箱還戴著大帽子呀！這是老古董了，可能是第一代的冰箱，至少有三四十年壽命了。」原來那時冰箱的製冷設備在冰箱頂上，所以戴個「大帽子」，新式冰箱早就把製冷設備藏到冰箱背後去了。於是我們就慫恿父親換冰箱。「用得好好的，又沒有壞，換什麼？」母親第一個反對。後來這台冰箱一直超期服役，直到父親去世，又作為文物保存在北京的茅盾故居中。

父親的衣著，既講究又儉樸。講究的衣服是指對外的，裝門面的，因而也是比較高檔的。儉樸的衣服是指家常的，普通實用的，對內的。這後一類是父親衣著的真面目。這樣的分類，從商務印書館時代就開始了。那時父親出門辦事已基本上脫掉長衫馬褂，穿起了西裝。這也是新文化運動的風氣之一──競穿西裝。西裝價格不菲，穿著又不舒服，所以只是為了應酬而穿，一回到家父親就連忙換成中裝，母親則會把西裝小心地掛進衣櫥裡。

建國以後，父親當上了文化部長，需頻繁出國，50 年代平均每年兩次，所以對外著裝的要求就從一般的應酬升級為外交禮儀，「得體」變得尤為重要。於是為父親置辦出國服裝，便成了母親的一件操心事。以大衣為例，就有皮大衣，厚呢大衣，薄呢大衣，夾大衣，風衣等，而且每種至少有不同顏色的兩件。好在每次出國多半不超過一個月，不存在換季的問題，除了身上穿的，隨身帶的衣服並不多。父親出國穿的鞋卻沒有置備多少，基本上就穿 1948 年在香港買的一雙英國貨三節頭皮鞋，因為母親堅持這雙皮鞋質量

好，穿得出去，這雙鞋於是成爲專業
「出國鞋」。父親常說：「穿這些出國
裝備，是爲了給國家爭面子，實在是
不得已而爲之，穿在身上一點也不舒
服。」

父親偏愛中裝，倒不是爲了省錢
（那是母親的觀念），而是因爲中裝舒
適、保暖，又便於活動。父親的中式
服裝都是自家縫製的，祖母是縫紉的
行家裡手，從父親的竹布短衫，襯絨
夾襖，絲綿襖褲，絲綿袍，乃至中式
皮襖皮袍，都出自祖母之手。到了 30
年代，祖母回了烏鎮，把家交給母親
打理，這一切縫紉活計也就由母親接

1980 年的茅盾。

替過來。母親的手藝就是由祖母傳授的。可以說，父親的居家服裝，前三十
年飽含著祖母的心血，後四十年浸透了母親的辛勞。

1970 年母親去世後，父親的中式服裝就斷了來源，於是父親對母親縫製
的這些衣服就更加珍惜。他讓小曼找裁縫爲絲綿襖做上罩衫，還把所有穿慣
了的衣服都用一隻箱子專門保管起來。有些衣服由於他長期伏案工作，兩肘
部分磨破了，就讓女佣細心地補上一塊補丁。在父親的細心保管下，這些衣
服又陪伴父親度過了最後的十年。現在保存在茅盾故居中的這些衣服，大多
已打上了補丁。

父親有一件毛巾浴衣，是父親洗澡後穿上它吸汗、休息用的。由於使用
的年頭太久，已是補丁摞補丁，肩背部已磨得稀疏透亮。那時正在「文革」
中，商店裡買不到浴衣，穿浴衣被認爲是資產階級生活方式。於是我們去買
了兩條大浴巾，自己剪裁，爲父親做了一件新浴衣。可是父親不願換新的，
說舊的穿慣了，柔軟，吸水好，洗完澡一身汗，穿上它就吸乾了，不會著
涼。後來，有一次不小心浴衣又劃破了一條大口子，這才換了下來。誰知父
親下次洗澡穿上新浴衣，卻感覺不舒服，非讓換上那舊浴衣，才肯上床休息。
於是這件舊浴衣就一直伴隨著父親直到最後。

父親生活上的節儉，還表現在儘量爲公家節省，能自己解決的一定自己

解決。50 年代初還沒有空調，公家要爲每個高幹家配備電扇。父親沒有要，因爲家中已有一台從上海帶來的 40 年代出產的華生牌電扇，母親很寶貝這台電扇，說它是名牌貨。就這樣，這台電扇陪伴父親度過了三十個夏天，直到 1975 年它轉不動了，才換了一台新的。「文革」後，我們作主爲父親在臥室裡裝了一台空調，這才結束了酷暑對父親的熬煎。

作爲作家，父親最離不開的工具便是紙和筆。解放前，父親寫作是自己買稿紙，《子夜》的稿紙便是很高級的道林紙。解放後，父親寫文章就不再買稿紙了。這倒不是因爲公家供應了稿紙，他很少用公家發的稿紙，而是因爲他發現看過的大量文件和資料都只印了一面，另一面是空白的。父親認爲這太浪費，應該利用。於是這些文件的背面就被他用來記了日記，作了筆記，起草了文件，以及寫了文章。現在裝訂成冊保存完好的 64 冊日記就是用這種紙記載的，《夜讀偶記》、《關於歷史和歷史劇》、《一九六〇年短篇小說漫評》、《關於曹雪芹》等這些解放後撰寫的幾萬字的大塊文章，也都是寫在這種「稿紙」上的。還有關於紅樓夢研究的大量筆記，古詩文的注釋，以及內容豐富的各種讀書筆記等，也都記錄在這種紙上。

還有一種紙，也常被父親廢物利用來作「稿紙」，這就是過期的台曆。每年新年，都會有一兩個舊台曆被換下來，厚厚的一疊，背面基本上是空白的，紙張又好，父親就用繩穿起來當作筆記本用。由於太小，只能記些零碎的材料，寫大篇文章一般不用它。但也有例外，《霜葉紅似二月花》續編的草稿，有一部分就寫在這樣的「稿紙」上。

父親的用紙之道，一直爲朋友們以及身邊的秘書、服務人員所讚嘆，視爲儉樸的榜樣。而在父親，只是一種習慣，一種思維定式。

在用車上，父親也堅持不沾公家的光。父親有一輛專用轎車，起先是蘇聯的「吉姆」，後來換成國產的「紅旗」，主要用於公務或去醫院，其他時候很少使用。母親上街或看病，除非正好順路搭乘，否則便坐公交車。父親晚年寫回憶錄，許多資料需要我們去外邊查找，有人說爲首長辦事可以用車，但我們不管路多遠，都是騎自行車。平時，秘書爲了公務上的事，或者警衛員替父親去醫院取藥、灌氧氣，開車去辦也在情理之中，可是每次他們也都騎自行車去。有一個雪天的早晨，父親把警衛員叫到屋裡，手裡拿著錢，對警衛員說：「氧氣用完了，今天要去醫院換氧氣袋，可是外面下雪路滑，騎車不安全，你就乘公共汽車去罷，這是乘車的錢。」

　　1979 年夏天的一個傍晚，我們的小女兒，父親最疼愛的丹丹突然發病（腹痛），我們連忙用自行車把她帶到東單頭條兒童醫院就診。經診斷為急性闌尾炎，需轉到西城的市兒童醫院覆查。當時已近深夜，沒有公交車了，我們又騎車帶她趕到市醫院。整整折騰了一夜。我們沒有驚動父親，更沒有想到用父親的車。倒是第二天父親知道整個經過後，責怪我們道：「這是特殊情況，是可以用我的車的，不然，把小丹丹的病耽誤了怎麼辦！」

　　父親一生儉樸、不計私利，平等待人，這來自他幾十年的修養，是一種自然的流露。他去世前決定把一生積攢下來的稿費 25 萬元人民幣捐獻出來設立一個文學獎基金，就是父親這種精神的體現。1980 年 9 月間，有一個設立魯迅文學獎的議案送交父親徵求意見，父親由此得到了啟發。他問我：「解放後我們生活安定，你媽媽向來節儉，我也不會花錢，稿費一直存在銀行裡，現在有多少了？」我當時掌管全家的財政，就答道：「大概有二三十萬罷。」父親沉吟一下說：「明年 9 月是魯迅誕辰一百週年，要開紀念大會，還打算設立一個魯迅文學獎。我想，你們都有固定的工資收入，我這筆稿費放在家裡也沒有用，不如捐獻出去設立一個文學獎，你看如何？」我贊成道：「好啊！這是件大好事！」父親問：「一個單項文學獎的基金，25 萬元夠不夠？」我說：「現在一個普通工人的月工資才三四十元，25 萬元是個很大的數目，作為基金，肯定能起到繁榮創作的作用。」父親又和我商量設立什麼單項獎。我說：「單項獎有小說、詩歌、散文、戲劇……你是寫小說的，就設立小說

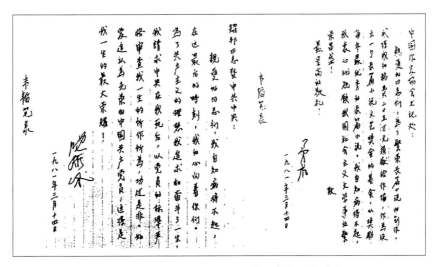

茅盾臨終前口述給中共中央及作家協會書記處的信。

罷。」父親顯然已胸有成竹，他說：「不，這樣範圍還是太廣，這筆錢一分散就不能起到獎勵的作用了。我想，這幾年短篇小說有了長足的進展，長篇小說還不夠繁榮，我自己是寫長篇小說為主的，就捐款設立個長篇小說獎吧。」我表示完全同意：「那你看什麼時候向作協提出這件事？」「不急，到明年魯迅文學獎設立後再說罷。」

可是，父親沒有等到那一天。1981 年 2 月父親住進北京醫院後不久即病危。3 月 14 日，父親在病床上口述了給中共中央的請求在他去世後追認為中共黨員的信以後，又口述了給作家協會書記處的信：

> 親愛的同志們，為了繁榮長篇小說的創作，我將我的稿費二十五萬元捐獻給作協，作為設立一個長篇小說文藝獎金的基金，以獎勵每年最優秀的長篇小說。我自知病將不起，我衷心的祝願我國社會主義文學事業繁榮昌盛。（《人民日報》1981 年 4 月 1 日）

在過去的二十多年間，茅盾文學獎已經評選和頒發了五屆，共有二十四部長篇小說獲獎。小說的作者涵蓋了自上世紀 30 年代迄今的四代作家。作品的題材既有歷史的凝視，更多的是反映幾十年來我國現實生活的動盪和變革，其中多部作品還有史詩的氣派。這些小說都是現實主義的作品，它們的問世，是對我國現實主義文學傳統的堅持、弘揚和發展，展現了我國社會主義文學事業日益繁榮昌盛和無限光明的前景。

父親在六十餘年的文學生涯中，著譯達 1500 餘萬字，然而在某次會議的代表登記表上父親卻這樣填寫著：文化程度——北京大學預科；主要經歷和藝術成就——1919 年參加文學活動，1927 年 9 月起開始寫小說，寫過一些小說、雜文、文藝評論、古典文學研究等等。寥寥數語帶過。父親的人格魅力由此可見一斑。

晚年的茅盾。